BERNHARD WUCHERER

Goldmadonna

BERNHARD WUCHERER

Goldmadonna

Kriminalroman

GMEINER

Immer informiert

Spannung pur – mit unserem Newsletter informieren wir Sie regelmäßig über Wissenswertes aus unserer Bücherwelt.

Gefällt mir!

Facebook: @Gmeiner.Verlag
Instagram: @gmeinerverlag
Twitter: @GmeinerVerlag

MIX
Papier aus verantwortungsvollen Quellen
FSC® C083411

Besuchen Sie uns im Internet:
www.gmeiner-verlag.de

Im Ehnried 5, 88605 Meßkirch
Telefon 07575/2095-0
info@gmeiner-verlag.de

1. Auflage 2021

Lektorat: Daniel Abt
Herstellung: Mirjam Hecht
Umschlaggestaltung: U.O.R.G. Lutz Eberle, Stuttgart
unter Verwendung eines Fotos von: © Christian Müller / stock.adobe.com
Druck: CPI books GmbH, Leck
Printed in Germany
ISBN 978-3-8392-2828-9

»Weiß Gott, sie war eine schöne Frau!«

Die alte Dame nickte nur stumm. Dann bestätigte sie das, was sie soeben gehört hatte, und fügte hinzu: »Ja … wunderschön!«

Weil der Regen wie entfesselt auf die schützenden Schirme klatschte, die sich deswegen dicht an dicht drückten, machte sie sich erst gar nicht die Mühe nachzusehen, *wer* ihr diese wichtige Information über das Aussehen der Verblichenen hatte zukommen lassen. Erstens kannte sie die offensichtlich viel zu früh Verstorbene nicht und zweitens wollte sie nicht Gefahr laufen, die hervorragende Position ihres Schirmes zu gefährden. Denn es hatte sie nicht nur ein scheinheiliges Dauerlächeln, sondern auch große Anstrengung gekostet, ihn unauffällig in geschlossenem Zustand zwischen den anderen Schirmen hindurchzuschieben und ihn dann zu öffnen.

Dies war ihr nur gelungen, weil sie es über mehrere Jahrzehnte hinweg wohl an die hundert Mal geübt hatte. Sie war inzwischen eine wahre Meisterin, was Beerdigungen anging. Deswegen hatte es auch dieses Mal auf dem Friedhof im niederländischen Grenzort Vaals geklappt, ohne dass allgemeines Gezeter ausbrach.

Die alte Dame drückte ihre Augen unter dem gehäkelten Schleier vor dem Gesicht zusammen und nickte unmerklich lächelnd vor sich hin. Mit dem bisherigen Verlauf dieser Beerdigung war sie rundum zufrieden. Wenn dies hier alles vorüber war und sich die ineinander verhakten Schirme über ihrem eigenen Regenschutz voneinander gelöst hatten, würde sie den Ehemann der Verstorbenen ansprechen und ihm nach allen Regeln der Kunst kondolieren. Dass dies der große Mann mit den langen blonden Haaren war, der ihr auf der anderen Seite des Grabes gegenüberstand, hatte sie bereits recherchiert, als sich die engsten Verwandten in der Aussegnungshalle zusammengefunden hatten.

Ach, wie sie diese kleinen Unterredungen auf dem Friedhof liebte, die schon oft dazu geführt hatten, dass sie zum Leichenschmaus oder wenigstens zu Kaffee und Kuchen eingeladen worden war. Für sie gab es nichts Verbindenderes als den gemeinsamen Schmerz um Verstorbene. Da war es egal, ob sie diese gekannt hatte oder nicht. Und auch wenn bei Regenwetter getrauert wurde, war sie überglücklich.

Jetzt aber musste sich die Dame erst einmal auf das Hier und Jetzt konzentrieren, denn gleich würde der Herr Pastor Erde auf den Sarg werfen. Das Geräusch, das die Dreckklumpen verursachten, wenn sie auf das hohl klingende Sargholz knallten, liebte sie fast mehr, als sich eine Einladung zum Leichenschmaus zu erschleichen.

Doch dieses Mal sollte es ihr nicht gegönnt sein, sich auf das sehnlichst erwartete Geräusch zu konzentrieren, denn eine extrem raue Männerstimme riss sie aus ihren Gedanken: »Wie eine Madonna … Sie sah aus wie eine ›Schwarze Madonna‹!«

Die alte Dame stutzte und war drauf und dran, ihren Kopf mitsamt dem Gesichtsschleier zu heben. Das hatte nicht wie eine der üblichen Beerdigungsphrasen geklungen, wie sie begeisterte »Friedhofsgänger« auswendig konnten. Sie kannte den Unterschied. Immerhin ging sie seit ihrem Eintritt in die Frühpension jahrein, jahraus auf jede katholische oder evangelische Beerdigung im Umkreis von 20 Kilometern, falls es von Aachen aus eine Buslinie gab, die in die Nähe des jeweiligen Friedhofes führte. Und weil dieses zwar irgendwie merkwürdige, ja fast schon hämisch klingende »wie eine ›Schwarze Madonna‹« von einem Mann gekommen war, der offensichtlich nicht zur Verwandtschaft gehörte – er stand hier und nicht auf der anderen Seite des Aushubes –, war sie neugieriger geworden, als sie es ohnehin schon gewesen war. Der Ehemann der Frau, die soeben unter die Erde gebracht wurde, stand ihr ja direkt gegenüber. Oder hatte sie sich getäuscht und möglicherweise sogar schlampig recherchiert? Falls dem so wäre, würde sie es der Tatsache zuschreiben, dass der Bus erst angekommen war, als die Zeremonie in der Aussegnungshalle bereits begonnen hatte.

Schwarz, durchfuhr es sie wie einer der Blitze, die diese Beerdigung zu etwas ganz Besonderem für sie machten. Obwohl sie wegen der Schirme keinen einzigen sehen konnte, verliehen die grollenden Donnerschläge der Zeremonie eine außergewöhnliche Atmosphäre. Deswegen habe ich bei den Hinterbliebenen vorhin so viele asiatische Menschen mit dunkler Haut gesehen – ich hatte mich schon darüber gewundert. Die Verblichene war also eine Asiatin und hatte dunkle Haut …

Sie überlegte, was zu tun war. Auf alle Fälle musste sie ihre Contenance bewahren. Schließlich war sie trotz dieses Fauxpas Beerdigungsprofi und hatte bei solch willkommenen Anlässen schon ziemlich alles erlebt, was die Abgründe der menschlichen Seele und das Verhalten von Hinterbliebenen herzugeben vermochten. Sie wurde unruhig. »Verdammt!«, entfuhr es ihr so laut, dass es sogar der Herr Pastor hörte. So viel zur Contenance.

»Anindas Tod ist kein schmerzlicher Verlust und ihr Mann kann sich nun eine ehrenwerte Frau suchen«, flüsterte ihr die Dame zu, die schräg hinter ihr stand. Offenkundig war sie mit den Verhältnissen innerhalb der Familie vertraut. Hochinteressant! Eine Nachbarin vielleicht? Eine enge Verwandte war sie jedenfalls nicht, denn die standen ja alle um den Witwer herum. Aber das war im Moment nicht so wichtig, sie hatte zwei interessante Informationen erhalten, die ihren Zugang zum Leichenschmaus in greifbare Nähe gerückt hatten. Aninda war wohl ein Luder, zumindest aber keine gute Ehefrau gewesen, reimte sie sich hastig zusammen. Wenn sie noch den Namen des Ehemannes erfuhr, wäre das Festmahl gesichert. In gewohnt hinterhältiger Art fragte sie: »Äh … wie heißt er doch gleich wieder mit Vornamen?«

»Wer?«

»Anindas Mann.«

»Louis … Louis van Basten! Ein waschechter Vaalser und dazu ein gottesfürchtiger Mensch! Den kenne ich schon seit seiner Kindheit!«

Die durchtriebene Friedhoftouristin triumphierte innerlich, konnte ihre neuen Erkenntnisse aber nicht weiterverarbeiten, weil ausgerechnet in diesem Augenblick der Witwer ein Zitat aus dem Lukasevangelium loswerden musste. Bevor sich die Trauergäste – falls sie van Bastens Worte wegen des klatschenden Regens überhaupt verstanden hatten – darüber Gedanken machen konnten, knallte auch schon die Erde auf den Sarg, deren Geräusch die Dame so liebte.

Nun war alles wieder in bester Ordnung. Die strafenden Blicke der Trauergemeinde wegen ihres Fluches waren inzwischen an ihr abgeprallt wie der Regen, der die anderen Beerdigungsteilnehmer durchnässte. Dennoch war sie nicht ganz zufrieden. Sie überlegte, wie sie sich dem Mann gegenüber verhalten sollte, der von der »Schwarzen Madonna« gesprochen hatte und von dem sie nur die an den Knien zerrissenen Hosenbeine und die auffällig großen und beinahe leuchtenden Schlangenlederstiefel sah. Als sie sich dazu entschlossen hatte, die hart erkämpfte Position ihres Schirmes vorzeitig aufzugeben, um dem Unbekannten neben ihr ins Gesicht zu schauen, war es zu spät. Sie sah gerade noch, wie der Mann sich zwischen den anderen Beerdigungsbesuchern hindurchquetschte und verschwand. Dabei fielen ihr noch die weißen Streifen an seiner Jeans und ein rotes Emblem an der rechten Gesäßtasche auf. Zu ihrem Entsetzen zeigte es einen aufgerissenen Mund mit herausgestreckter Zunge. Und sein Ausspruch mit der »Schwarzen Madonna« blieb ihr im Ohr. Seine raue Stimme würde sie jederzeit wiedererkennen wie seine auffälligen Cowboystiefel.

KAPITEL 1

Limburger nieuws vom 19. Oktober 2021 – Polizeibericht:

Vaals. *In der Nacht von Sonntag auf Montag wurde vor dem Restaurant »De Zwarte Madonna« auf dem Eschberg in Vaals eine Madonnenfigur entwendet. Dabei sind der oder die Täter mit großer Raffinesse vorgegangen. Anstatt die schwere Figur gewaltsam aus ihrer Bodenverankerung zu reißen, haben sie mühsam und zweitaufwendig das Sockelfundament ausgegraben und anschließend die Befestigungsschrauben gelöst. Das von einem belgischen Künstler erstellte, aus Blaustein gehauene, modern gestaltete Standbild ist 1,78 Meter hoch und weist erhebliche Zeichen der Verwitterung auf. Dass der oder die Täter nicht in das Restaurant oder in das gegenüberliegende Museum eingebrochen sind, wo über 200 Heiligenstatuen und andere religiöse Kunstgegenstände eine leichtere Beute gewesen wären, könnte ebenso darauf hinweisen, dass es sich nicht um Profis handelt, wie die Tatsache, dass sie eine relativ wertlose Staue gestohlen haben, verglichen mit den anderen Madonnenfiguren im Park, der zum Restaurant gehört. Möglicherweise sind der oder die Sakralschänder unter der Bevölkerung von Vaals und Umgebung zu suchen.*

Sachdienliche Hinweise an die Politie Limburg Zuid …

»Oha!«, entfuhr es dem belgischen Kriminalhauptkommissar Frederic Le Maire, als er diese Zeilen las. Er saß gerade vor dem Café »d'r Koffereck« in Vaals und blätterte in der hiesigen Tageszeitung. Obwohl es herbstlich kühl war, hatte er es vorgezogen, draußen auf seine Lebenspartnerin Angelika zu warten, anstatt es sich in der warmen Gaststube des beliebten Lokals gemütlich zu machen.

Es war Dienstag, also Markttag. Und weil der weit über die Landesgrenzen hinweg bekannte Wochenmarkt auf dem nahe gelegenen Koningin Julianaplein beim Rathaus abgehalten wurde, musste er nicht allein der Frische des herbstlichen Vormittags trotzen. Denn während die Frauen eifrig das knackige Obst und Gemüse oder das frische Fleisch und das umfangreiche Fischangebot an den Marktständen prüften, um es nach Beendigung der Corona-Pandemie endlich wieder tütenweise davonschleppen zu können, gönnten sich einige ihrer Männer im »Koffereck« schon mal das erste Bierchen des Tages und andere – wie Le Maire *vor* dem Café – zusätzlich ein Zigarettchen.

»Fehlt nur ein Schild: ›Wir müssen draußen bleiben‹«, lästerte Peter Schreckmann, einer der Kettenraucher und dienstäglicher Stammgast im »Koffereck«. Wie viele andere kam er mit seiner Frau Lorette jede Woche aus dem wenige Autominuten entfernten ostbelgischen Grenzort Kelmis hierher, um es sich gut gehen zu lassen, während seine ständig vor sich hin schnatternde Gattin saisonale Köstlichkeiten besorgte.

Die anderen Raucher lachten über Schreckmanns mehr als abgedroschenen Witz und Frederic blätterte unbeeindruckt weiter in der Zeitung. Gerade hatte er den Polizeibericht über den Madonnendiebstahl fertig gelesen, als ihm Angelika zurief, er solle ihr beim Tragen der vielen Tüten ins gegenüberliegende Parkhaus helfen.

Weil Angelika eine extrem gut aussehende Frau mit einer Wahnsinnsfigur war, schaute nicht nur ihr Partner auf. Während Frederic Sekunden später über die Straße schlurfte, um ihr zu helfen, genoss er die bewundernden Blicke der anderen in seinem Rücken. Dabei hörte der Mordermittler, wie einer der Männer bemerkte: »Die gehört *zu ihm*? Unglaublich!«

Wenn man einen Menschen nur auf das Äußere reduzierte, mochte der Mann nicht einmal ganz falschliegen. Denn im Gegensatz zu seiner Angelika war Frederic optisch nicht gerade der Burner. Weil zu den größten Lastern des nur 1,65 Meter großen Mannes neben Selbstgedrehten auch original belgische Fritten und belgisches Bier gehörten, hatte er es im Laufe der Jahre zu einer bemerkenswerten Körperfülle gebracht. Und weil er zudem stets unrasiert war und im Gegensatz zu Angelika keinen allzu großen Wert auf ordentliche, geschweige denn auf modische Kleidung legte, mochten die beiden rein äußerlich überhaupt nicht zusammenpassen. Dennoch liebten sie sich und harmonierten in jeder Hinsicht bestens miteinander – es sei denn, Angelika mäkelte an seiner Kleidung herum und versuchte, ihm Designerklamotten aufzuschwatzen oder ihn in einen dieser schicken »Fresstempel« zu schleppen, die es im Dreiländereck zuhauf gab. Zu Frederics Leidwesen ging meist *beides* miteinander einher.

Ließ man dies beiseite, konnte man getrost sagen, dass die beiden auch über das Private hinaus ein nahezu perfektes Team waren. Deswegen hatten sie auch eine verzwickte Mordserie der niederländischen »Frittenmafia« gemeinsam lösen und »so ganz nebenbei« auch einen europaweit agierenden Menschenhändlerring ausheben können.

»Zwei Fliegen mit einer Klappe … Das machen wir zwei ab jetzt immer so!«, hatte Frederic Le Maire seinerzeit nach einer Belobigung im Brüsseler Rathaus zu der Aachener Rechtsmedizinerin gesagt.

Damals war er der leitende Kriminalhauptkommissar der Mordkommission Lüttich gewesen. Bei seinem nächsten Fall, bei dem es um raffinierte »Glühweinmorde im Hexenhof« gegangen war, die auf dem Aachener Weihnachtsmarkt ihren Anfang genommen hatten, hatte sich das geändert. Wegen seiner Liebe zu Angelika war er von seiner zentral gelegenen Lütticher Wohnung in der Rue de la Violette an den Ronheider Berg in Aachen gezogen. Seither war er der Leiter der Eupener Kriminalpolizei. Dort war alles etwas gemütlicher als in Lüttich und er hatte es in der »Hauptstadt der Deutschsprachigen Gemeinschaft Belgiens« weniger mit Morden als mit mehr oder minder interessanten Delikten aller Art zu tun. Weil ihn dies bei Weitem nicht ausfüllte, dachte er sogar ernsthaft daran, sich *ganz woandershin* versetzen zu lassen. Und Le Maire wäre nicht Le Maire, wenn er nicht schon eine Idee im Kopf hätte.

Obwohl Lüttich von Aachen gute 50 Kilometer entfernt lag und eigentlich nicht mehr in seinen Zuständigkeitsbereich fiel, durfte er – wie es in einem gesonderten Schreiben hieß, das er vom Polizeipräsidenten aus Brüssel erhalten hatte – »bei zwingender Notwendigkeit« offiziell mit dem Segen von oben über die belgischen Grenzen hinweg auch in Nordrhein-Westfalen und – wenn es unumgänglich war – auch in anderen Teilen Deutschlands sowie in den Niederlanden und sogar in Luxemburg ermitteln. Allerdings musste er in diesem Fall mit den jeweils vor Ort zuständigen Behörden eng zusammenarbeiten und die dortigen Leitstellen informieren. Weil Le Maire ein absonderlicher Einzelgänger war, der sich am ehesten mit seinen eigenen Leuten, vor allen Dingen aber mit der Aachener Rechtsmedizinerin kompatibel zeigte, mochte ihm dieser Zusatz überhaupt nicht gefallen.

Den Grundstein für diese grenzüberschreitende Zusammenarbeit hatte Le Maire selbst gelegt. Denn nachdem er und sein Team ihren ersten internationalen »Doppelfall« gemeinsam mit ihren deutschen, niederländischen und englischen Kolleginnen und Kollegen spektakulär gelöst hatten, waren die Polizeichefs der Beneluxländer und Nordrhein-Westfalens zusammengekommen und hatten ein Dekret zur Zusammenarbeit über die Landesgrenzen hinweg unterzeichnet. Nach dem letzten medienwirksamen Erfolg wollte keiner der Polizeichefs riskieren, bei weiteren spektakulären Siegen über das internationale Verbrechen durch Frederic Le Maire *nicht* mit von der Partie zu sein.

Letztlich aber war dies dem eigenwilligen Ermittler egal; er tat sowieso, was er für richtig hielt, ob dies auswärtigen Kollegen passte oder nicht. Sein eigenbrötlerisches Verhalten konnte er sich *nur* erlauben, weil seine Erfolgsquote bisher unschlagbar gewesen war *und* weil er stets mit der toughen Aachener Rechtsmedizinerin zusammengearbeitet hatte.

*

»Nein, nein!«, wehrte Angelika ab, als Frederic Anstalten machte, sich wieder auf seinen Terrassenplatz vor dem »Koffereck« zu setzen, um eine seiner geliebten Selbstgedrehten zu rauchen. »Mir ist es hier etwas zu kühl! Meine

Finger sind vom Taschenschleppen klamm geworden. Ich habe mir jetzt ein Gläschen Prickelwasser in einer wohlig warmen Gaststube verdient.«

»Merde«, fluchte Frederic bewusst so leise, dass sie es nicht hören konnte.

Nachdem ihr die Bedienung den Sekt und ihm ein Affligem-Bier gebracht hatte, war für sie die Welt in Ordnung. Lediglich Frederic war wegen des Rauchverbots in geschlossenen Räumen etwas säuerlich, was Angelika amüsierte. Seit sie sich vor vier Jahren kennengelernt hatten, tat sie alles, um ihn vom Rauchen abzubringen. Dies war der eigentliche Grund, weswegen sie *im* Lokal und nicht auf der Terrasse saßen.

Nachdem sie den ersten Schluck genommen hatte, entfuhr Angelika ein zufriedener Seufzer. »Ist es nicht schön, dass wir *beide* zur selben Zeit eine Woche freinehmen konnten, um uns ein wenig in der Heimat zu entspannen? Zuerst in ›meinem‹ Nordrhein-Westfalen und dann in ›deinem‹ Belgien. Und jetzt sitzen wir hier im beschaulichen niederländischen Vaals.« Ohne seine Antwort abzuwarten, begann sie, die geplante Freizeitgestaltung an den freien Tagen vor ihm auszubreiten: »Weil du jetzt bei mir in Aachen wohnst, werden wir morgen von dort aus ein wenig durch die deutsche Eifel fahren. Vielleicht besuchen wir die Burg Satzvey und trinken dort …«

»… ein Gläschen Sekt«, ergänzte Frederic mit einem Lächeln. Er kannte seine Partnerin in- und auswendig. Er erinnerte Angelika daran, dass sie schon öfter die Burg besucht, aber er dort nie etwas Ordentliches zu trinken, geschweige denn zu essen bekommen hatte.

Angelika schürzte die Lippen und zuckte keck mit den Schultern. »Warum nicht? Wir können es ja noch einmal versuchen. Vielleicht hat sich das Angebot der Burggastronomie ja ein bisschen verändert, seit die junge Gräfin das Sagen hat.«

»Das glaubst du doch selber nicht«, konterte Frederic, weil er ahnte, dass es dort nach wie vor keine belgischen Fritten und kein belgisches Bier geben würde. Der einzige Maßstab, an dem sich gute Gastronomie in seinen Augen messen ließ.

»Dann fahren wir eben zum berühmten ›Krimihotel‹ nach Hillesheim. Dort gibt es ein Lokal, das dir gefallen wird. Wie das Hotel sind auch die Gasträume voll im ›crime style‹ eingerichtet. ›Themenkneipen‹ sind ja heutzutage voll im Trend!«, schlug Angelika vor.

Weil Frederic wusste, was es für ihn bedeutete, wenn sie beide nicht zur Arbeit mussten, seufzte er. »Hör mal! Als du vorhin auf dem Markt gewesen bist, habe ich mich ein wenig mit der hiesigen Zeitung beschäftigt. Da konnte ich lesen, dass irgendwelche Verrückten eine Madonna gestohlen haben und …«

»Eine Madonna?«, unterbrach ihn Angelika, weil sie glaubte, sich verhört zu haben.

»Ja!«, nickte Frederic. »Hier in Vaals! Es handelt sich um eine wettergegerbte Muttergottesfigur aus Blaustein, die vor dem Lokal ›De Zwarte Madonna‹ gestanden haben soll!«

»Vor der ›Schwarzen Madonna‹ in Vaals steht doch der ganze Park voller Heiligenfiguren. Und im Lokal hängen sie sogar an den Wänden. Da gibt es doch auch dieses ›Sakralmuseum‹«, entgegnete Angelika.

»Halleluja!«, entfuhr es Frederic lachend.

»Warum machst du dich darüber lustig? Ich dachte, dir gefallen themenbezogen eingerichtete Lokale. In *diesem*

Lokal ist alles authentisch, das ganze Café ist christlich dekoriert und eingerichtet. Dort kannst du sogar beichten!«

»Nicht im Ernst, oder?«, wunderte sich Frederic, der im Gegensatz zu Angelika nie dort gewesen war.

»Natürlich nicht! Obwohl im Lokal ein Beichtstuhl steht. Aber sag mal, was kann man mit einer verwitterten Madonnenfigur anfangen? Gibt es in Antwerpen nicht auch ein Touristenlokal, das ebenfalls mit sakralen Statuen vollgestopft ist wie das Café hier in Vaals?«

Frederic nickte. »Ja! Das kenne sogar ich! Du meinst sicher das ›Elfde Gebod‹ neben der Onze-Lieve-Vrouwekathedraal, oder?«

Angelika zuckte wieder mit den Schultern. »Ich glaube schon, dass ich es kenne. Wenn, dann ist es aber sehr lange her, dass ich dort war. Jedenfalls scheint dies wirklich ein Trend geworden zu sein«, fügte sie an und bemerkte, dass es auf der hiesigen ›Mergellandroute‹ etliche Lokale gab, in denen Heiligenfiguren herumstanden.

»Du meinst, dass sich dieser Trend auch bei uns fortsetzen und möglicherweise Erfolg haben wird?«

»Was heißt hier ›bei uns‹? Meinst du ›dein‹ ostbelgisches Eupen oder ›mein‹ nordrhein-westfälisches Aachen? Wenn schon, dann passt eine Kneipe mit Heiligenfiguren in die Kaiserstadt, dort gibt es schließlich einen weltberühmten Dom! Aber wieso interessiert dich das überhaupt? Witterst du schon wieder einen Mord?«, scherzte sie und war dabei stolz darauf, was »ihr« Aachen alles zu bieten hatte.

Frederic lächelte Angelika an und ließ sie weiterreden: »Na ja, meine Freundin Eleonore hat mir erzählt, dass in Aachen, direkt am Dom, ein altes Haus zu einem Speiselokal umgebaut wird, in dem es ›Messwein‹ geben soll.«

»Messwein? Du meinst so einen Wein, wie ihn die Priester während der Messe trinken?«

»Ja, geweihten Wein.« Angelika nickte. »Eleonore ist für die Raumgestaltung und das Interieur zuständig. Auf Wunsch des neuen Besitzers soll das Lokal durch und durch mit sakralen Gegenständen ausstaffiert werden. Dadurch möchte der Wirt, der extrem gläubig sein soll, neben gottesfürchtigen Einheimischen auch Pilger aus aller Herren Länder als Gäste anlocken, beispielsweise auch zur ›Aachener Heiligtumsfahrt‹. Aber erstens ist es nicht so weit, zweitens haben wir nichts damit zu tun und drittens hast du Urlaub. Uuuuurlaub! Verstehst du? Bestell mir lieber noch ein Gläschen Sekt!«

Die »Aachener Heiligtumsfahrt« fand doch alle sieben Jahre statt? Und da möchte der Wirt Umsatz machen?, dachte sich Frederic, während er die Bedienung herbeiwinkte.

*

Der Kriminalhauptkommissar saß knappe 70 Kilometer vom niederländischen Vaals entfernt in seinem Büro im ostbelgischen Provinzhauptstädtchen Eupen. Der Urlaub war – Gott sei's gejubelt, getrommelt und gepfiffen – endlich vorüber. Voller Tatendrang hatte der Chefermittler sein dreiköpfiges Team mitsamt seiner Sekretärin gleich am Morgen seines ersten Arbeitstages zum Rapport zusammengerufen.

Während einer nach dem anderen in seinem Büro eintrudelte, überlegte der Leiter des Eupener Kriminalkommissariats, weshalb er schlecht gelaunt war. Eigentlich müsste er doch glücklich darüber sein, den gemeinsamen Urlaub mit Angelika einigermaßen unbeschadet hinter sich gebracht zu haben und wieder an seinem geliebten Schreibtisch sitzen zu dürfen. Weiß Gott, er liebte dieses intelligente Vollblutweib, das so viele Vorzüge vorweisen konnte, wie *er* Mankos und Marotten hatte. Aber musste sie ihn ständig von einem Herrenausstatter zum nächstbesten Schuhladen und von einem Sternelokal in die nächste Champagnerbar schleifen?

Lediglich der von Angelika vorgeschlagene Ausflug nach Hillesheim hatte ihm ohne Punktabzug gefallen; denn das »Krimihotel«, in dem sie übernachtet hatten, war bodenständig gewesen. Zudem hatte sich das angegliederte »Kriminalhaus« mit seinen vielen Ausstellungsstücken und der großen Krimi-Bibliothek als äußerst interessant erwiesen. Und im dazugehörenden »Café Sherlock« hatte es nicht nur Kaffee und Kuchen, sondern auch feine Bierspezialitäten gegeben, zwar keine belgischen, aber trotzdem gut trinkbare. Die drei Tage in der deutschen Eifel hatten ihm so gutgetan, dass Angelika ihn sogar dazu hatte überreden können, den »Eifelkrimi-Wanderweg« über die gesamte Strecke hinweg mitzugehen und sich am »Krimi-Suchspiel« zu beteiligen.

»Das nenne ich eine gelungene ›Themengastronomie‹«, hatte Le Maire den Inhaber des »Kriminalhauses« gelobt, nachdem er einen Gutschein über eine urige Eifelbrotzeit für zwei Personen in Empfang genommen hatte, weil er beim »Kriminalisieren« von immerhin 18 Teilnehmern der Beste gewesen war. Bescheiden wie er nun einmal war, hatte er sich trotz Angelikas Drängen nicht als »echter« Kriminalbeamter zu erkennen gegeben.

Aber dann war es umso dicker gekommen: Von wegen Ausflüge in seine belgische Heimat! Stattdessen sämtliche Juweliere in Aachen, Boss-Outlet in Köln und der extravagante Philipp-Plein-Shop an der Düsseldorfer »Kö«. Mit Angelikas schickem SLK waren sie sogar zum Nobelschuhgeschäft von John Lobb bis nach Frankfurt hinuntergerauscht. An die sündhaft teure Übernachtung in einem der dortigen Viersternehotels durfte er gar nicht denken. Ja, geht's noch?, hatte er sich gefragt, Angelika zuliebe aber nichts laut dazu bemerkt. Die kostspieligen »Fresstempel«, in denen die Ober stets distinguiert dreingeschaut hatten, wenn er sich ein frisch gezapftes Bier anstelle des Rotweins zum Rumpsteak bestellt und sich vorsichtig nach Fritten erkundigt hatte? Nein, das war nicht das, was *er* unter Lifestyle und Dolce Vita verstand! Und es war noch schlimmer gekommen: Anlässlich seines Geburtstages hatte Angelika ihn nach Bochum zum »Starlight Express« gelockt. Allerdings hatte er sich schon während der Vorstellung eingestehen müssen, dass es sich um ein rasantes Musical handelte. Jedenfalls war er – anders, als es bei solchen oder ähnlichen Events bisher eigentlich immer der Fall gewesen war – nicht eingeschlafen. Dennoch mochte er sich »so etwas« nicht mehr antun.

Sehr zum Ärgernis seiner Sekretärin Fabienne Loquie kaute er in Gedanken daran genervt auf einem Bleistift herum. Weil die 29-jährige untersetzte Frau ihren Chef vergötterte, wies sie ihn nicht darauf hin, obwohl *sie* dafür zuständig war, dass im Eupener Kommissariat mit Bürobedarf sparsam und pfleglich umgegangen wurde.

»Was steht an, Locki?«, bellte der Chef seiner Sekretärin entgegen, deren Wangen sich schlagartig knallrot färbten und deren Augen einen gefährlich wässrigen Glanz bekamen.

»Also …« Nachdem Locki, wie die Sekretärin wegen ihres lockigen Kurzhaarschnittes allseits genannt wurde, abschweifend berichtet hatte, was während seiner Abwesenheit im Kommissariat los gewesen war, kam Le Maire zu dem Schluss, dass sich nichts Interessantes ereignet hatte.

Nach Lockis wenig ergiebigem Vortrag über allerlei Administratives, Telefon- und Posteingänge sowie über pikante Interna aus anderen Abteilungen erhoffte Le Maire sich von seiner Stellvertreterin Agnès Devaux interessantere und wichtigere Informationen. Aber die im Gegensatz zu ihrem Chef übergenaue Kriminaloberkommissarin konnte zu Le Maires Verwunderung auch nicht allzu viel berichten, schon gar nichts von einem aktuellen Mordfall.

»War's das schon, Devaux?«, fragte er sie nach Beendigung ihres kurzen Vortrages. »Kein einziger Mord? Nicht mal ein kleiner Totschlag? Ihr habt euch nur mit Kinkerlitzchen aus anderen Abteilungen beschäftigt?«

Devaux zog zuerst die Mundwinkel nach unten und die Stirn nach oben, bevor sie abwehrend ihre Hände hochhielt.

»Pierre! Herbert! Habt wenigstens *ihr* etwas?«

Weil Kriminaloberkommissar Pierre Vonderbank und Polizeihauptmeister Herbert Demonty nur wortlos ihre Köpfe schüttelten, beschloss Le Maire, auf den Balkon zu gehen, um sich eine Zigarette zu drehen. »Und dann bringst du mir einen deiner köstlichen Kaffees, Locki!«

»Ach, Chef! Noch etwas: Sie müssen sich bei Docteur Baguette in Lüttich zurückmelden!«

»Ich weiß, Locki! Danke! Du kannst mich gleich mit ihm verbinden, ich muss ihn sowieso kurz sprechen!«

»Aber erst *nach* dem Kaffee, oder?«, fragte sie in verführerischem Tonfall, den sie mit einem Augenzwinkern garnierte.

Le Maire nickte zustimmend.

Eine Kaffee- *und* Zigarettenlänge später hatte Le Maire seinen direkten Vorgesetzten Docteur Etienne Baguette am Telefon. Der hochrangige Beamte war der Chef einer von insgesamt drei Generaldirektionen mit Sitz in Lüttich, also ein »hohes Tier«. Über ihm stand nur das Generalkommissariat in Brüssel. Seine – also auch Le Maires Dienststelle – war Teil der Police Fédérale, der landesweiten Polizei Belgiens, die ihre Fühler in alle Richtungen ausstreckte, wenn es um das Verhindern möglicher Verbrechen oder um die rasche Aufklärung derselben ging.

Nach den üblichen Begrüßungsfloskeln drang aus dem Telefonhörer Papierrascheln. »Mein guter Le Maire, ich komme gleich zum Punkt: Ich lese hier, dass Sie zu viele Überstunden haben und schleunigst wenigstens einen Teil davon abbauen müssen!«

»Schon wieder Urlaub? Jetzt gleich?«, schoss es entrüstet aus dem besten Mordermittler Belgiens heraus.

»Ja! *Jetzt gleich!* Das Jahr geht dem Ende entgegen! Weil offensichtlich alle Mörder in Ihrem Zuständigkeitsbereich in die Herbstferien gegangen sind, ist hier seit Wochen tote Hose! Deswegen habe ich sogar unseren neuen Rechtsmediziner kurzfristig auf einen Fortbildungslehrgang nach Brüssel geschickt.« Offenbar um Le Maire dazu zu bewegen, wenigstens ein paar Überstunden abzubauen, schmückte er dieses Argument aus: »Sie haben ja selbst gemerkt, dass der junge Mediziner keine Erfahrung hat und dass derzeit nichts los ist!« Docteur Baguette legte eine kurze Pause ein, bevor er ergänzte: »Fragen Sie mich nicht, warum momentan niemand umgebracht wird. Wie gesagt …«

»Ich weiß, lausige Zeiten für Mordermittler«, murmelte Le Maire.

»Was? … Äh … Sind Sie verrückt geworden, Le Maire?«, rügte Docteur Baguette seinen Hauptkommissar, nachdem er realisiert hatte, was der soeben von sich gegeben hatte. Er räusperte sich fast etwas verlegen und fuhr in gemäßigtem Ton fort: »Jedenfalls ist das *die* Gelegenheit für Sie, in diesem Jahr ein paar Urlaubstage dranzuhängen. Ich weiß, dass ich anderen Kollegen nicht zumuten kann, im November Urlaub zu machen. Aber Sie fahren ja – wie ich weiß – sowieso nie ins Ausland in die Ferien.«

»Das stimmt nicht, Monsieur Docteur! Ich habe erst jetzt gerade ein paar Tage Urlaub in der Eifel gemacht!« Dass er gerne wieder einmal in sein geliebtes Katalonien oder ins schöne Allgäu fahren würde, verkniff er sich angesichts Baguettes drohendem Vorschlag.

»Jaja. Schon gut! Und jetzt genießen Sie zur Abwechslung einfach einmal *unsere* Heimat – Belgien ist wunderschön! Fahren Sie zur Küste hoch, oder …«

»Alles klar, Chef«, unterbrach Le Maire wieder. »Ich habe verstanden und beuge mich der Gewalt. Ich arbeite bis zum Wochenende einige Kleinigkeiten auf und lege dann ein paar Tage Urlaub drauf. Ist das für Sie in Ordnung?«

Le Maire bemerkte zwar Docteur Baguettes erleichtertes Ausatmen, der aber nicht Le Maires inneren Fluch.

»Ich wusste, dass Sie vernünftig sind!«, lobte Docteur Baguette, obwohl er sich denken konnte, dass in der Regel genau das Gegenteil der Fall war. Hauptsache, das Thema war für den Chef vom Tisch.

*

Endlich war die ungewöhnlich unaufgeregte Arbeitswoche ohne eine einzige Leiche zu Ende gegangen. Frederic wollte sich zuerst vom Büro zu seiner alten Wohnung in die Rue de la Violette begeben, die mitten im Zentrum von Lüttich lag. Dort würde er seinen Kulturbeutel und ein paar Klamotten in seinen 40 Jahre alten mintfarbigen Citroën packen und dann in die gemeinsame Wohnung nach Aachen zu seiner Angelika fahren. Dabei wusste er jetzt schon, dass er den neuen Designeranzug und die hippen Schuhe, die nach Angelikas Aussage »perfekt« zum Anzug passten, in seiner Lütticher Wohnung geflissentlich vergessen würde.

*

Am Nachmittag des folgenden Tages hatte der beurlaubte Kommissar eine Art Déjà-vu. Wie vor knapp zwei Wochen in Vaals machte Angelika Besorgungen, während er relaxt vor einem Lokal saß. Dieses Mal an einem Samstag und auf der Terrasse des Café-Restaurants »Elisenbrunnen« in seiner neuen Wahlheimat Aachen. Er hatte eine Zigarette im Mundwinkel und blätterte das »Aachener Tagblatt« durch. Dabei stolperte er über den Polizeibericht:

Aachener Tagblatt vom 30. Oktober 2021. – Polizeibericht:

Aus der Nachbarschaft. Wie die Aachener Polizei aus ermittlungstaktischen Gründen erst heute mitteilt, ist es im niederländischen Grenzort Vaals zu einer Leichenfledderei gekommen. Als am frühen Morgen des 19. Oktobers einer der Friedhofswärter über den Friedhof zur Aussegnungshalle gehen wollte, entdeckte er einen Erdhügel, der dort nicht mehr sein sollte, weil mit dieser Erde tags zuvor ein frisch ausgehobenes Grab zugeschüttet worden war. Bei näherer Betrachtung stellte er fest, dass das Grab der am Vortag darin beerdigten Frau wieder ausgehoben und der Inhalt des Sarges verschwunden war. Von Leiche und Leichendieb fehlt bislang jede Spur. Sachdienliche Hinweise …

Schon wieder Vaals? Dort geht es derzeit ja zu wie im Chicago der 1920er-Jahre! Ich glaube, ich lasse mich nach Holland versetzen, dachte Le Maire grinsend, schob den irrsinnigen Gedanken aber sofort wieder beiseite.

Weil die niederländische Provinz Limburg, zu der das ansonsten eher beschauliche Grenzstädtchen zählte, nicht zu seinem Revier gehörte, hatte er dort nichts zu melden. Allerdings scherte sich der belgische Kriminalbeamte normalerweise nie um Grenzen, an denen seine Kompetenzen als »ein im deutschsprachigen Gebiet Belgiens tätiger wallonischer Kriminalhauptkommissar« normalerweise endeten.

Die Sache mit dem Leichendiebstahl in Vaals interessierte ihn brennend. Aber: *Es ging ihn wirklich nichts an.*

Deswegen schlug er die Zeitung zu und zog nachdenklich ein paar Mal an seiner Zigarette. Schließlich war er für ermordete Menschen und nicht für verschwundene Friedhofsleichen aus dem Ausland zuständig – es sei denn, sie hatten etwas mit einem Mordfall zu tun, den er und sein Team bearbeiteten. Aber derzeit gab es eben *nichts* zu bearbeiten. »Keine Leiche, keine Arbeit! So einfach ist das«, seufzte er leise in sich hinein.

*

Frederics ganz persönliche »Urlaubswünsche« waren insofern in Erfüllung gegangen, dass Angelika nicht schon wieder freibekommen hatte und er seine Freizeit zumindest tagsüber weitgehend selbst im direkten Umfeld gestalten konnte. So hatte er es gemütlich angehen lassen und Angelika fast täglich zur Arbeit gefahren. Danach war er meist planlos durch Aachen geschlendert, ohne sich um das dortige Geschäftsleben zu kümmern. Manchmal hatte er sich in ein Café gesetzt, um ganz einfach Menschen zu beobachten.

Erst nach Angelikas Feierabend in der Aachener Rechtsmedizin war es für ihn das eine oder andere Mal etwas stressig geworden. Angelika hatte ihn dazu überredet, mit einem oder zwei befreundeten Pärchen ins »Aachener Brauhaus« oder in den »Domkeller« zu gehen, zwei der wenigen verbliebenen urigen Öcher Bierkneipen. Wie immer, wenn sie sich mit Freunden trafen, hatte Angelika sich die eine oder andere neckische Bemerkung wegen ihres Berufes anhören müssen wie beispielsweise: »Hast du dir auch schön die Hände gewaschen?« Weil die coole Leichenbeschauerin diese dummen Sprüche zur Genüge kannte, nahm sie das Ganze stets locker.

Frederic konnte nicht immer alles so leicht nehmen wie seine Partnerin. Denn während Angelikas beste Freundin, die 42-jährige Innenarchitektin Eleonore Olbrich, von ihrem aktuellen Projekt zwischen Münsterplatz und Fischmarkt erzählte und von der ersten Madonnenfigur schwärmte, die dort zur Dekoration eingetroffen war, nervte ihr Mann. Bert Olbrich war ein äußerst geschwätziger Psychologieprofessor der RWTH Aachen, der immer alles besser wusste – sogar besser als Frederic.

Während Frederics »Single-Urlaubs« hatte Angelika sich lediglich zweimal durchsetzen und ihn in die nordrhein-westfälische Spitzengastronomie schleppen können; einmal davon sogar in ein japanisches Edelrestaurant in Köln, in dem das Fleisch vor ihren Augen auf einem »Teppanyaki-Grill« zubereitet wurde.

»Jaja! Dann trinke ich in Gottes Namen eben ein japanisches Bier!«, hatte Frederic sehr zu Angelikas Missfallen geknurrt, nachdem ihn der freundliche Koch gefragt hatte, ob alles in Ordnung sei. »Asahi-Bier! Wenn ich das schon höre, *Asahi*! Da lobe ich mir mein belgisches Jupiler«, hatte er gemault und das Getränk mit einer todesverachtenden Mimik in sich hinein- und einen Shōchū hinterhergeschüttet.

Da hatte es auch nichts genützt, dass Angelika ihm erklärt hatte, dass er ein Sapporo- oder ein Yebisu-Bier hätte bestellen können. »Das Asahi ...«, hatte sie mit erhobenem Zeigefinger geschulmeistert, »... ist das teuerste japanische Bier, das sie hier haben, also wird es wohl auch das Beste sein. Und jetzt hör endlich mit deiner Motzerei auf!« Sie hatte ihn sogar *so* laut gerügt, dass der Chefkoch erneut an den Tisch gekommen war, um nochmals nachzufragen, ob alles in Ordnung sei.

»Jaja ... Ein Bier, bitte!«

Im »La Bécasse«, einem *französischen* Nobelrestaurant in Aachen, hatte er sich ein paar Tage später zwar schnell an die landestypische Zubereitung des Steaks mit der leckeren Soße gewöhnt. Allerdings gab es als Beilage *keine* Fritten, sondern nur Kroketten. Französische Kartoffelstäbchen hätte er – im Gegensatz zu deutschen Pommes frites – seinem Magen sogar angetan, obwohl er normalerweise nur belgische Fritten akzeptierte.

Was die Getränke betraf, so war er wenigstens diesbezüglich etwas zufriedener gewesen. Die Bierqualität war deutsch. Und damit konnte sich das japanische Gebräu trotz aller Bemühung nicht messen.

So waren die Tage vergangen, ohne dass Angelika die Zeit gehabt hatte, mit ihm ausschweifend shoppen zu gehen. Hier und da waren sie zwar in die von Frederic gerne gemiedene »Elisengalerie« oder in den von ihm gehassten Konsumtempel »Aquis Plaza« gehetzt, aber mehr hatte sie ihm nicht zugemutet. Weil Angelika bei den wenigen Einkaufsmöglichkeiten ganz auf sich selbst fixiert gewesen war, hatte sie ihn weitestgehend verschont. Die Camouflage-Jogginghose, die in einer Geschäftsauslage gelegen hatte, hatte sie ihm dann aber doch kaufen müssen.

Ich bin Polizeibeamter und kein Soldat. Nur gut, dass ich die ausschließlich zu Hause tragen muss und mich niemand damit sieht, hatte er sich gedacht, als er das Geschenk mit einem verzerrten Lächeln in Empfang genommen und ihr ein Küsschen gegeben hatte.

*

Zur Abwechslung war Frederics Lebensgefährtin übers Wochenende mit ihm nach Lüttich gefahren, wo sie sich erst einmal damit befassen musste, Frederics ehemaligen Erst- und heutigen »Ausweichwohnsitz« auf Vordermann zu bringen.

»Aha. *Da* also hast du deinen neuen Anzug und die Schuhe versteckt«, hatte Angelika in ruhigem Ton gesagt und die beiden hippen Teile demonstrativ auf dem Bett ausgebreitet. Das Schuhwerk hatte sie ebenfalls gut sichtbar direkt davor auf den Boden gestellt. Frederic war nichts anderes übrig geblieben, als den topaktuellen Anzug mit der, wie er fand, schrecklichen Jacquardmusterung zu loben. Um keinen Streit zu provozieren, hatte er sogar beschlossen, sich kampflos in sein unausweichliches Schicksal zu ergeben. Vielleicht wäre es doch besser, wenn ich Soldat geworden wäre, hatte er sich gedacht und sich gnädig gezeigt: »Weißt du was, Angelika? Zum Dank lade *ich* dich heute zum Essen ein!«, hatte er an diesem frühen Samstagabend verheißungsvoll getönt und – um seiner Geliebten zu gefallen – *den* Anzug angezogen, den er ansonsten niemals »freiwillig« tragen würde.

*

»Sag mal, spinnst du? Willst du mich natzen!«, schimpfte Angelika, die in ihrem engen Kostümchen eine ganz besonders gute Figur abgab, obwohl ihr die Zornesröte ins Gesicht geschossen war.

»Wieso?«, wunderte Frederic sich allen Ernstes, als sie durch die Tür der »Friterie du Perron« an der Ecke Rue de Rey nahe seiner alten Wohnung spazierten, wo Angelika ungläubig auf die frittierten Kartoffelstäbchen in der Auslage starrte, während er im Geiste bereits genüsslich damit begonnen hatte, sein Menü zusammenzustellen.

Fast angewidert wandte Angelika ihren Blick ab und schaute wehmütig zum Fenster hinaus. Anklagend zeigte sie über die Hauptstraße zum »Place du Marché« hinüber. »Hättest du mich nicht wenigstens ins ›Å Pilori‹ einladen können? Ist das nicht eines deiner beiden Stammlokale gewesen, als du noch in Lüttich gewohnt hast? Weshalb haben wir uns so rausgeputzt? Nur dass du mich in eine gewöhnliche Frittenbude schleppst?«

»Entschuldige, mein Schatz! Weil ich schon lange nicht mehr bei meinem alten Freund ›Fritten Ralf‹ war, dachte ich mir …«

»*Was* dachtest du dir?«, unterbrach Angelika schroff. »*Nichts* hast du dir dabei gedacht, als du mich ohne Vorwarnung hierhergebracht hast.« Während Angelika so richtig loslegte, brummte es in Frederics Hosentasche. Egal, wer dran ist, der Anruf kommt genau zur richtigen Zeit, dachte er sich und fischte sich zu Angelikas Erstaunen sein ausnahmsweise einmal betriebsbereites Mobiltelefon aus der Tasche. Dass der Akku seines Handys geladen war, lag nur daran, dass er sehnlichst darauf hoffte, endlich Arbeit zu bekommen, derentwegen er seinen Urlaub würde abbrechen müssen.

Als Angelika weiterschimpfen wollte, sagte er nur: »Entschuldige bitte.«

»Schon gut!«, schnaubte sie, aber ihr Unmut war noch lange nicht verraucht.

»Oh, Locki! Du bist es! Was gibt's? … Aha! … Schon gut!« Gleich darauf schoss ein erschrocken wirkendes und irgendwie doch zufrieden klingendes »*Was?*« aus ihm heraus. Nachdem er einige Male still genickt hatte, fragte er seine Sekretärin: »Wo?« Gleich darauf sagte er in versehentlich gut gelaunt klingendem Tonfall: »Ich fahre sofort los. Ruf die uniformierten Kollegen in Clermont an, dass sie alles absperren und nichts berühren oder verändern sollen!«

Angelika hatte sich zwar vorgenommen, umgehend weiterzupoltern, sowie Frederic sein Telefonat beendet haben würde, ahnte aber, um was es darin gegangen war. »Wer war das?«, säuselte sie und spielte dabei die Uninteressierte.

»Das hast du doch gehört, Schatz! Es war Mademoiselle Loquie, meine Sekretärin!«

»Und? Was ist los? Nun sag schon!«

Frederic atmete tief durch, bevor er antwortete: »Es tut mir leid, aber ich muss weg! Wir haben eine Leiche!«

»Wo?«

»Keine 30 Kilometer von hier!«

»*Wo?*«, wiederholte sie genervt.

»In Clermont!«

»Meinst du Thimister-Clermont in der belgischen Wallonie? Das kenne ich! Ein süßes mittelalterliches Örtchen.«

»Entschuldige bitte, Angelika. Ja! Selbstverständlich meine ich *dieses* Clermont und nicht das Clermont in Frankreich oder gar in Florida!«

Während Frederic sich insgeheim darauf freute, endlich wieder einen Mordfall lösen zu dürfen, anstatt mit Angelika einen auf fein machen zu müssen, holte sie ihr nagelneues iPhone hervor und versuchte, damit ins Netz zu gelangen.

»Also … Äh … Ich muss jetzt fahren!« Wenn der Kriminalbeamte hoffte, sich so einfach loseisen zu können, irrte er sich gewaltig. Angelika fragte ihn, ob er sie nicht mitnehmen mochte.

Der Mordermittler überlegte einen Moment lang. Dann zuckte er mit den Schultern und sagte, dass er grundsätzlich nichts dagegen habe, es aber nicht *ihr* Fall sei, weil der Tote, »… wie wir nun ja festgestellt haben«, in der Provinz Lüttich aufgefunden worden sei. Damit – so glaubte er – sei die Sache vom Tisch.

»Da irrt sich der Herr Kriminalhauptkommissar aber gewaltig!«, entgegnete sie selbstbewusst.

»Wie … Wie meinst du das?«, wunderte sich Frederic.

»Sieh selbst!«, sagte sie und hielt ihm triumphierend ihr Smartphone entgegen.

»Ja und? Du hast einen Routenplaner aufgerufen. Was soll das?«

Angelika lachte siegessicher auf, bevor sie ihm erklärte, dass es von Lüttich nach Clermont genau 28,4 Kilometer, von Aachen aus aber nur 23,3 Kilometer waren. »Also liegt Aachen näher am Tatort als Lüttich, oder? Außerdem ist dies sowieso nicht dein Fall, weil du in Eupen und nicht mehr in Lüttich arbeitest! Hast du das vergessen?«

Nun triumphierte Frederic: »Dennoch wurde *ich* angerufen! Und von Eupen aus sind es nur gute 14 Kilometer!«

Er sah Angelikas fordernden Blick und fluchte still in sich hinein. Er wusste, dass er sagen konnte, was er wollte, er hatte schon verloren. Also gab er sich lieber gleich geschlagen, als sich auf eine lange Diskussion einzulassen, bei der er am Schluss sowieso den Kürzeren ziehen würde. »Von mir aus!«, knurrte er. »Möglicherweise hast du Glück.«

Angelikas Augen weiteten sich erwartungsvoll. »Weshalb?«

»Na ja, ich hatte dir doch davon erzählt, dass der junge Nachfolger von Docteur Brülèe zur Fortbildung in Brüssel ist. Somit ist die Gerichtsmedizin in Lüttich derzeit verwaist.«

Bevor es sich Frederic doch noch überlegte, fiel sie ihm um den Hals und küsste ihn. »Danke, Lemmi!«

Nun stieg *ihm* die Zornesröte ins Gesicht. »Ich habe dir schon tausendmal gesagt, dass du mich nicht so nennen sollst! Und nun lass mich in Ruhe mit meinem Chef telefonieren, damit er unserer neuerlichen grenzüberschreitenden Zusammenarbeit zustimmen kann! Das klappt nur, wenn er seinen Segen gegeben hat. Und *den* bekommen wir nur, wenn es Docteur Baguette gelingt, Oberstaatsanwalt Delieux ebenfalls mit ins Boot zu nehmen.«

»Aber das war doch sicher nicht zufällig, dass sie in Eupen angerufen und dich zu dem Fall gerufen haben, oder?«, wunderte sich Angelika und setzte keck nach: »Dann gibt es sicher auch keine Probleme, wenn ich dich bei der Aufklärung dieses Falls unterstütze.«

KAPITEL 2

Und ob der leitende Lütticher Staatsanwalt Martin Delieux zugestimmt hatte. Denn der Mann war wegen eines überaus günstigen Zufalls erst vor einem Jahr zum Oberstaatsanwalt avanciert und musste sich in seiner neuen Position beweisen. Und dies tat er am besten, indem er möglichst viele, vor allen Dingen *schnelle* Erfolge erzielte. Weil dies ohne Mordfälle aber schwierig war, hatte er Docteur Baguettes Vorschlag zugestimmt, keine Zeit zu verlieren und die deutsche Rechtsmedizinerin mit der Leichensektion zu betrauen. Weil das Dream-Team Le Maire/Dr. Laefers bei den »Frittenmorden« vor zwei Jahren und bei den »Glühweinmorden« im vergangenen Jahr bereits hinreichend bewiesen hatte, dass es gut und erfolgreich zusammenarbeitete, konnte dies einer raschen Aufklärung des aktuellen Falls nur dienlich sein und für Delieux schnelle Ergebnisse zeitigen, mit denen er sich würde schmücken können. Deswegen war der Oberstaatsanwalt über seinen eigenen Schatten gesprungen und hatte seine Ressentiments Le Maire gegenüber beiseitegeschoben – zumindest vorübergehend. Er hatte seinen Eupener Chefermittler sogar persönlich angerufen, um ihm die volle Unterstützung der Staatsanwaltschaft zuzusichern. Dazu war allerdings nötig gewesen, dem Interimsleiter seiner Lütticher Mordkommission klarzumachen, dass dies *Le Maires Fall* und somit ein Fall der Eupener Kollegen war, die es mit aller zur Verfügung stehenden Lütticher Manpower zu unterstützen galt.

Weil Patrick Miller, der eigentliche Chef der Lütticher Mordkommission, im Urlaub weilte, kam es Delieux entgegen, Le Maire für den Fall abzustellen.

*

»Bonjour, Locki! Was gibt's?«

»Bonjour, Monsieur le Commissaire! Gut, dass Sie gleich rangehen!«

Le Maire seufzte. »Was gibt es denn Wichtiges?«

»Agnès Devaux ist bereits nach Clermont unterwegs! Den Kollegen Pierre Vonderbank konnte ich leider nicht erreichen. Und Herbert Demonty ist …«

»Na ja, wir haben Wochenende!«, unterbrach Le Maire seine aufgekratzte Sekretärin. Lassen wir es die beiden Kollegen genießen. *Eine* Unterstützung genügt mir fürs Erste! Ist sonst etwas?«

»Ja! Ich soll Ihnen ausrichten, dass sich Oberstaatsanwalt Delieux gleich morgen früh mit Aachen in Verbindung setzen wird, um die Angelegenheit in Bezug auf Ihre Kompetenz und die Sache mit Frau Dr. Laefers zu klären.«

Als er dies hörte, lachte Le Maire triumphierend auf. »Dass dies *mein* Fall ist, geht meinen Aachener Kollegen Peter Dohmen zwar nichts an, aber von mir aus. Danke, Locki! Ich bin in etwa 15 Minuten in Clermont und komme dann am Montag ins Büro. Du machst jetzt auch gleich wieder Feierabend, ich brauche dich heute nicht mehr, dafür am Montag umso mehr! Alles klar? Au revoir!«

Enttäuscht legte Fabienne Loquie auf. Weil ihr Freund Hennes auf beruflicher Bustour und sie deswegen allein war, wusste sie mit diesem verregneten Wochenende nichts

Besseres anzufangen, als zu arbeiten und ihrem Chef zur Seite zu stehen. Bis vor etwa zwei Jahren hatte sie ihn sogar offen angehimmelt. Seit sie aber während einer Reise nach Brüssel den Aachener Busfahrer Hennes kennen- und lieben gelernt hatte, verehrte sie ihren Chef nur noch, dies aber mit einer fast schon selbstlosen Hingabe, die Le Maire hier und da lästig war.

*

Die auf der Straße herumstehenden Anwohner staunten nicht schlecht, als Angelikas SLK fast etwas zu flott in die kleine Gasse einbog, die Locki ihrem Chef beschrieben hatte. Mehr staunten die Kolleginnen und Kollegen der ebenfalls von Locki informierten Eupener Spurensicherung darüber, dass *sie* zum Einsatz kamen und dass Le Maire in einem todschicken Anzug vor ihnen stand. Vollends verwundert waren sie, als sie gewahr wurden, dass nicht der junge Rechtsmediziner aus Lüttich, sondern eine ihnen bestens bekannte Rechtsmedizinerin aus dem Ausland die Leichenbeschau vornehmen wollte. Zumindest machte sie den Eindruck, denn die aparte Frau war in einen weißen Schutzanzug geschlüpft, mit ihrem Arztkoffer direkt auf die Leiterin der Spurensicherung zugegangen und hatte selbstbewusst gefragt: »Was haben wir?«

Weil normalerweise der leitende Ermittler diese obligatorische Frage stellte, blieb Le Maire nur ein drängendes »Und?« übrig.

»Der Fundort ist nicht der Tatort!«, verkündete Therese Lambert, die 39-jährige Leiterin der Eupener Spurensicherung, bevor sie beiseiteging und die Rechtsmedizinerin ihre Arbeit tun ließ. Und die würde in dieser Nacht wohl nicht einfach werden.

Vor ihnen war eine Frau mit dunklem Teint so an der oberirdischen Grabkammer der Familie Tomson-Brandebourg hindrapiert worden, als wenn sie ihren Rausch ausschlafen würde. Sitzend lehnte sie mit dem Rücken an der Glastür, die in die Familiengruft führte. Ihr linker Arm war wie schützend auf ihre Scham gelegt worden, der andere fehlte. Sie trug aufreizende Kleidung. Und während stetig Blut vom Armstumpf heruntertropfte, waren ihre Augen starr in Richtung der gegenüberliegenden Kirche Saint Jaques le Majeur gerichtet. Der Mund der Toten war so weit geöffnet, dass es wirkte, als ob sie dem heiligen Jakobus ihren Schmerz entgegenschrie.

Dieses Bild störte die Wahrnehmung der wenigen Menschen am Tatort so stark, dass sie wie erstarrt dastanden, einen Moment lang unfähig, etwas zu tun. Lediglich Le Maire war dazu imstande, die Lage um die Tote herum sofort zu analysieren: »15 Meter …« Damit meinte er den Abstand zwischen der Leiche und dem Gotteshaus, auf das sie starrte und vor dem unzählige, teilweise jahrhundertealte Grabsteine standen oder einfach nur herumlagen. Ob ihm diese Einschätzung etwas nützen würde, wusste er nicht. Aber dies war im Moment nicht wichtig, jetzt ging es erst einmal darum, den Leichenfundort »sauber« zu halten, die Leiche zu identifizieren und die Umstände des Todes an Ort und Stelle wenigstens in etwa zu analysieren.

»Todesursache?«, bellte Le Maire ungeduldig, musste sich mit einer Antwort aber so lange gedulden, bis Dr. Laefers mit ihrer Arbeit so weit war.

Der Mordermittler nützte die Zeit, um mit den wenigen anwesenden Streifenbeamten zu sprechen und sie das

Rundbogentor zum Friedhof absperren zu lassen. »… und leuchtet – verdammt noch mal – endlich das Areal aus!«

»Wir haben keine so großen Strahler zur Verfügung«, hielt einer der Beamten in eingeschüchtertem Tonfall entgegen.

»Dann holt ihr eben die Feuerwehr!«, gab Le Maire unwirsch zurück.

Nachdem dies geklärt war, blieb dem Mordermittler nichts anderes übrig, als sich »notgedrungen« eine Zigarette anzuzünden und das Tun seiner Partnerin im Dunkel der Nacht zu betrachten, das nur durch ein paar Taschenlampen erhellt wurde, weswegen die Szenerie umso schauriger wirkte. Davon unbeeindruckt, wartete er darauf, was sie zu berichten hatte. Und das traf ihn mit voller Wucht.

»Also, Herr Hauptkommissar!«, sagte sie, während sie aufstand. »Die Frau ist etwa 25 Jahre alt und keine zwei Stunden tot, weswegen das Blut dort …«

»… nicht ganz eingetrocknet ist«, kam Frederic seiner Partnerin zuvor.

»Die Schleifspuren hier sind frisch und kommen von dort!«, bestätigte Therese Lambert, während sie mit einer Hand zur entgegengesetzten Seite des Friedhofseingangs zeigte. Gleichzeitig drückte sie Le Maire ein Tütchen in die Hände.

»Was ist das? Sieht wie Schuppen eines Reptils aus, vielleicht einer Schlange«, stellte er fest, nachdem er den Inhalt des Tütchens näher betrachtet hatte. »Woher stammt das?«

»Von ihren Fingerspitzen! Diese Schuppen finden sich auch unter ein paar Fingernägeln«, kam es zur Antwort.

»Ist das alles, was ihr bisher gefunden habt?«, knurrte Le Maire.

»Sie sind gut! Bei *den* Lichtverhältnissen«, kam es ruppig zurück.

»Papiere?«

Die Chefin der Spurensicherer schüttelte wortlos den Kopf.

»Merde!« Weil es dem Ermittler im Moment nicht weiterhalf, gab er das Tütchen an die Spurensicherung zurück und wandte sich wieder Angelika zu. »Und?«

»Schwer zu sagen, mit wem wir es zu tun haben! Die Klamotten sind sehr aufreizend, vielleicht Verbindungen zum Rotlichtmilieu?«

»Und die Todesursache?«, fragte Le Maire noch einmal.

Angelika winkte Frederic näher zu sich, dann beugte sie den Oberkörper der Frau nach vorne. »Sie wurde von hinten erstochen! Alles Weitere …«

»Jaja. Schon gut. Ich weiß … morgen!«, grummelte der Ermittler, während er weiter suchend um sich blickte. »Na, endlich!« Le Maire war erleichtert, als der durch die Polizei angeforderte Gemeindeelektriker mit zwei Flutlichtern auf dem Ladewagen ankam und unverzüglich damit begann, die Beleuchtungskörper so aufzustellen, wie sie die Rechtsmedizinerin und die Spurensicherer haben wollten.

Während die ausfahrbaren Strahler hochgekurbelt und wackelnd in Position gebracht wurden, blitzte das Licht eines Strahlers für den Bruchteil einer Sekunde in Richtung des Kirchenendes, wohin der Ermittlungsleiter zufällig gerade schaute. Weil Le Maire glaubte, einen Kopf mit langen Haaren gesehen zu haben, der hinter der Mauerecke hervorgelugt hatte, eilte er links um die Kirche herum, um die Person zu erwischen. Aber er war zu langsam. Bei der davonrennenden Person konnte er gerade noch feststellen, dass es sich um einen großen Mann handelte, an dessen rechtem Handgelenk etwas zu blitzen schien, als für einen Moment das Licht einer Straßenlaterne darauf schien. Weil der Mann dann aber ganz im Dunkel verschwand, hatte er keine Chance mehr, ihn zu erwischen.

*

»Was tust *du* denn hier?«, knurrte der belgische Mordermittler, als er anderntags in der Aachener Rechtsmedizin auf seinen Kollegen Peter Dohmen stieß.

»Keine Sorge, Frederic, ich habe es schon gehört, es ist *dein* Fall! Und da mische ich mich selbstverständlich nicht ein! Allerdings helfe ich dir gerne, wenn …«

Frederic hob abwehrend die Hand. »Dieses Mal nicht, okay?«

»Weil dies hier …«, Peter Dohmen drehte sich mit weit aufgerissenen Armen um die eigene Achse, »… aber die rechtsmedizinische Abteilung ›meines‹ Kommissariats ist, darf ich doch sicher dabei sein, wenn dir Angelika sagt, was sie herausbekommen hat, oder etwa nicht?«

Da war es wieder, dieses ewige Platzhirschgehabe, das der deutsche und der belgische Chefermittler eigentlich nicht mehr an den Tag legen wollten, seit sie zusammen im allgäuischen Oberstaufen gewesen waren, um Gilbert Primat gemeinsam zu verhaften, den damals über sämtliche Landesgrenzen hinweg gesuchten »Glühweinerpresser«. Seither waren sie sogar mehr oder weniger zu Freunden geworden – irgendwie zumindest. Deswegen *und* weil ihm dieser Fall bereits zugeteilt worden war, zeigte sich der belgische Kommissar großmütig. Er gestattete dem

Hausherrn, dabei zu sein, wenn Angelika über die Leiche dozieren würde.

»Jussuf …« Damit meinte sie ihren Assistenten Jussuf Abdalleyah, der sofort verstanden hatte, dass er das Tuch von der Toten nehmen und ihren Oberkörper hochheben sollte.

»Kommen wir also zuerst zur Todesursache: Wie ich bereits am Leichenfundort feststellen konnte, ist sie von hinten erstochen worden! Und zwar …«

»Um Gottes willen! Was ist *das* denn?«, unterbrach Peter Dohmen die Rechtsmedizinerin, hielt aber sofort inne, als er Frederics genervten Blick sah.

»Darf ich weitermachen?«, hakte sich Angelika gleich wieder ein, um eine unnütze Streiterei der beiden Alphatierchen im Keim zu ersticken. »Also: Die Stichwunde sieht deswegen so schlimm aus, weil der Mörder ein Messer benutzt hat, das einseitig normal geschärft ist und auf der anderen Seite grobe Sägezacken besitzt! Deswegen muss er es ihr mit aller Kraft in den Rücken gerammt haben. Zudem hat er es ein paar Mal in der Wunde gedreht. Die von der Schneideseite her spitz zulaufende Klinge ist am Schaft 40 Millimeter breit und genau 21,5 Zentimeter lang.«

»Gerade so kurz, dass sie vorne nicht herauskam«, resümierte Frederic.

»Kurz?«, entfuhr es Jussuf Abdalleyah verwundert.

Aber weder Frederic noch Angelika gingen darauf ein. Stattdessen gab sie Frederic recht und fuhr unbeirrt fort: »Ja. Der Stich ging von hinten genau in den linken Lungenflügel. Und zwar so, dass sie nicht gleich tot war.«

Frederic überlegte kurz, dann fragte er, wie groß die Frau gewesen sei.

»1,66 Meter!«

»Sie war also recht klein. Das heißt, dass der Mörder – wenn er größer ist – das Messer mit dem Daumen nach vorne – also eher von unten – hineingestoßen haben könnte. Der Stichkanal würde dafürsprechen, oder?« Weil ihm Angelika durch ein Kopfnicken beigepflichtet hatte, fasste Frederic seine Theorie zusammen: »Wenn er das Messer von oben benutzt hat, hätte er es zu hoch angesetzt. Wir können also davon ausgehen, dass der Mörder mindestens 1,80 Meter groß ist, oder?«

»*Du* fragst mich etwas?«, wunderte sich Peter Dohmen, nickte aber bestätigend.

Während die beiden erfahrenen Ermittler darüber sprachen, gebot die Rechtsmedizinerin ihrem Assistenten, die Tote wieder auf den Rücken zurückzulegen. Dann zeigte sie auf die Hämatome zwischen den Brüsten der Toten.

»Was haben die blauen Flecken zu bedeuten?«, mochte Frederic wissen.

»Ganz einfach!«, antwortete die Ärztin. »Siehst du nicht, dass das die Form eines Schuhabdrucks ist?« Sie zeichnete mit dem Zeigefinger die nicht besonders gut erkennbaren Konturen nach und erklärte den beiden, dass der Mörder mit dem spitz zulaufenden Schuh mit hohen Hacken – »vielleicht ein Stiefel« – mit seinem rechten Fuß auf der Brust der Toten gestanden hatte, als er dem bedauernswerten Opfer den rechten Arm absägte. »Eine saubere Arbeit!«, bescheinigte die Rechtsmedizinerin dem Mörder und bedeutete Jussuf, sich auf den Boden zu legen, um die Situation nachstellen zu können. »Übrigens: Schuhgröße 45!«

Angesichts dieses Schauspiels musste Frederic trotz der traurigen Sachlage und der bedauernswerten Toten für einen Moment belustigt schmunzeln, blieb aber professionell: »War sie da bereits tot?«

Angelika blähte ihre Wangen und stieß Luft aus, bevor sie antwortete. »Ich glaube nicht. Sie war aber sicherlich bewusstlos von den Folgen des Stiches in ihren Rücken, während ihr der Arm abgetrennt wurde. Ich kann auf jeden Fall schon einmal so viel sagen, dass der Arm mit an Sicherheit grenzender Wahrscheinlichkeit mit demselben Messer abgetrennt wurde, mit dem auch der Stich in die Lunge erfolgte. Haut und Fleisch wurden akkurat aufgeschnitten, bevor der Os humeri fachgerecht zersägt wurde.«

»Also nicht unbedingt post mortem?«, interessierte Frederic, der sich mit der menschlichen Anatomie bemerkenswert gut auskannte.

Angelika nickte bestätigend.

»Dann kann es sich bei dem Mörder nur um einen ganz besonders perversen Triebtäter handeln!«, konstatierte Peter Dohmen.

»Das müsst *ihr* herausfinden«, antwortete die Ärztin und rief ihren Assistenten erneut zu sich: »Jussuf, holst du bitte die Wäsche?«

Als er die Reizwäsche sah, war Frederic nicht besonders erstaunt. »Ein Slip ouvert mit Tigermuster und ein BH mit Löchern für die Brustwarzen … Netzstrümpfe und Strapse? Deutet auf Prostitution hin, oder sie war auf dem Weg zu einem Rendezvous.«

»Sieht so aus …«, bestätigte Angelika, »… zumal im rechten Strumpf zwei Präservative und insgesamt 300 Euro steckten. Außerdem war sie extrem auffällig geschminkt.«

»Ihre aufreizende Kleidung habe ich schon beim Auffinden der Leiche bemerkt«, rekapitulierte Le Maire und ergänzte, dass er wegen des bei ihr gefundenen Geldes einen Raubmord grundsätzlich ausschließen würde. »Vielleicht ein abnormal veranlagter Kunde, ein Sadist?«, resümierte er, bevor er die Frage stellte, auf die Angelika gewartet hatte. »Geschlechtsverkehr?«

»Ja. Aber mindestens acht Stunden vor ihrem Tod.«

»Mit Präservativ?«

Angelika nickte.

»Dann wird es wohl schwierig, an die DNA ihres mutmaßlichen Mörders zu kommen«, zeigte Frederic sich enttäuscht.

»Geninformationen bekommen wir sicher. Ob diese aber dem Mörder zuzuordnen sind?« Angelika zuckte mit den Schultern, bevor sie zu bedenken gab, dass der letzte Geschlechtsverkehr weit vor dem Mord stattgefunden hatte.

*

Der erfahrene Mordermittler wusste, dass die ersten 48 Stunden nach der Tat die wichtigsten für die Ergreifung von Tätern waren. Aus diesem Grund und wegen des besonders grausamen Falles wollte er schnellstens mit seinen Leuten reden, weswegen er sie gleich am Montagmorgen zusammenrief.

Locki hatte es bereits geahnt und so wartete der mit einer Leinendecke belegte Besprechungstisch bereits mit einer Kanne Kaffee und Croissants auf die Polizisten. Genau das brauchte der Chef, bevor er mit seinem kleinen Mitarbeiterstab die bisher eher dürftigen Erkenntnisse bündelte. Anstatt selbst etwas zu sagen, ließ er Devaux den Vortritt mit ihrer Ortsanalyse.

»Weil es vom Place de la Halle aus direkt in den Friedhof geht, haben die beiden Kollegen aus Clermont den gesamten Platz unter meiner Aufsicht abgesucht. Aber ebenso wie auf dem Friedhof selbst haben wir dort nichts gefunden. Trotz der Dunkelheit haben wir die Suche in der Nacht bis zum Tor unter dem Rathaus und um die Kirche herum ausgedehnt.«

»Und?«, drängte Le Maire in seiner typisch ungeduldigen Art. Er hatte sich irgendwelche Spuren des Phantoms erhofft, das er in der Tatnacht hinter der Kirche in Clermont gesehen und vergeblich gejagt hatte.

Devaux zuckte resignierend mit den Schultern. »Außer den Schleifspuren, die sich auf dem Asphalt außerhalb des Friedhofes verloren haben, war nichts zu finden.«

»Auch keine Fußabdrücke des Flüchtenden?«

»Nein.«

»Und die Fahndung nach ihm?«

»Die wurde auf Ihre Anordnung hin unverzüglich eingeleitet. Aber …«

»Schon klar!«, unterbrach Le Maire verständnisvoll, weil ihm klar war, dass die Fahndung noch keinen Erfolg zeitigen konnte und weiterhin wohl auch nicht würde, weil der Flüchtende längst über alle Berge war. »Dann veranlasse bitte schnellstens, dass mindestens zehn, besser *mehr* Beamte das gesamte Dorf auf den Kopf stellen.«

KAPITEL 3

Dem Niederländer Louis van Basten war es nach langen Hin und Her gelungen, das Haus am altehrwürdigen Münsterplatz mitten in Aachens Altstadt zu kaufen, in dem vor längerer Zeit mit der »Albrecht-Dürer-Stube« ein Öcher Traditionslokal beherbergt gewesen war. Und weil der Umbau des ehedem beliebten Lokals unweit des Kaiserdoms den Anforderungen des Denkmalamtes unterlag, musste er ständig nervenaufreibende Verhandlungen führen, Kompromisse eingehen … und mehr Geld ausgeben, als er eingeplant hatte. Also war ihm nichts anderes übrig geblieben, als sich schon seit Frühjahr mehr in der nordrhein-westfälischen Kaiserstadt als in seinem niederländischen Heimatort Vaals aufzuhalten. Er musste mit Hand anlegen, wo es nötig war. Aus diesem Grund hatte er sich am frühen Montagabend mit seiner Innenarchitektin verabredet.

Der große und kräftig gebaute Mann mit den zu einem Dutt zusammengebundenen Haaren verließ gerade die Kirche St. Foillan schräg gegenüber dem Dom, als Eleonore Olbrich die Krämerstraße herunterkam und winkend auf ihn zulief.

Der Witwer war an diesem Tag unter anderem nach Aachen gefahren, weil er wieder ein paar Dinge aus seiner alten Wohnung in Vaals in seine neue im oberen Stock seines Restaurants bringen musste. Seinen Umzug hatte er peu à peu organisiert. Den Termin mit der Innenarchitektin hatte er unbedingt einhalten wollen, obwohl es den gottesfürchtigen Mann in die Kirche gezogen hatte, um für seine erst vor Kurzem verstorbene Frau Aninda zu beten. Der gelernte Restaurator und Steinmetzmeister war Gott bedingungslos ergeben, beseelt von seinem Glauben an Jesus Christus und an ein Leben nach dem Tod, entweder im Himmel, im Fegefeuer oder in der Hölle … ein jeder, wo er hingehörte.

»Können Sie bitte kurz Ihre Bluetooth-Knöpfe aus Ihren Ohren nehmen?«, rief die Innenarchitektin und kreiste mit ihrem Zeigefinger vor dem rechten Ohr herum.

»Was? Ach so? Ja, natürlich. Entschuldigung. Jetzt kann ich Sie hören.«

»Mein aufrichtiges Beileid. Wie geht es Ihnen?« Eleonore Olbrich schaute den künftigen Gastwirt besorgt an. »Sie schwitzen ja und wirken abgehetzt. Ist alles in Ordnung?« Die Innenarchitektin hatte erst vor ein paar Tagen erfahren, dass van Bastens Frau Aninda durch einen tragischen Sturz die häusliche Treppe herunter einen Genickbruch erlitten hatte, während ihr Mann in Aachen gewesen sein musste. »Es tut mir leid, dass ich von der Beerdigung nichts erfahren habe. Selbstverständlich wären mein Mann und ich gekommen, um …«

»Schon gut!«, wehrte van Basten ab. »Der Herr behütet alle, die ihn lieben«, ergänzte der einerseits gebrochen, andererseits irgendwie steinern wirkende Mann, der Frauen gegenüber stets versucht hatte, Stärke zu beweisen. Um einen dementsprechenden Eindruck auch bei seiner Architektin zu erwecken, ging er nicht weiter auf das ein, was sie gesagt hatte. Stattdessen kam er gleich zum Geschäft. Dabei schlug er den Weg am Dom vorbei ein, über den Münsterplatz in Richtung des nahen Fischmarktes, vor dem sich sein zukünftiges Lokal befand.

Nachdem sie vor dem alten Kaufmannshaus mit den beiden rundbogigen Glasfronten im Erdgeschoss angekommen waren, zeigte er mit ausgebreiteten Armen zur Beschriftung über der Eingangstür. »Ich hätte dort gerne blattvergoldete Metallbuchstaben in einer breit laufenden Frakturschrift. Geht das?«

Eleonore Olbrich musste nicht überlegen. »Wir haben zwar einen Buchstaben mehr in unserer Firmierung als die bisherige Bezeichnung des Lokals mit 17 Buchstaben und zwei Wortzwischenräumen. Dafür verwendet man bei Frakturschriften Versalbuchstaben nur in Bezug auf die übliche Großschreibung. Somit gewinnen wir in der Breite etwas Platz. Es ist schade, dass im Sturz zwischen dem Erdgeschoss und dem ersten Stockwerk die Höhe zu knapp ist, um größere Lettern anbringen zu können. Deswegen müsste die ›Breite Kanzlei‹ passen und groß genug wirken.«

»Weshalb ausgerechnet diese Schrift?«, mochte van Basten wissen. Wegen seines alten Berufes kannte er diese Fraktur, die durch ihre s-förmigen Schnörkel im Aufstrich verziert ist und allein schon deswegen besticht.

Die Architektin schmunzelte, als sie ihm erklärte, dass dies ihre Lieblingsfraktur sei und die »Breite Kanzlei« im Gegensatz zu anderen Frakturschriften wie zum Beispiel der »Walbaum« schönere Großbuchstaben habe, was sich gerade beim »Z« bei der Bezeichnung »Zur Goldenen Madonna« zeigen würde. »Ich bin zwar keine Grafikdesignerin, weiß aber, dass es auf eine ›Corporate Identity‹ ankommt, die zur Art des Restaurants passt, wenn man Erfolg haben möchte. Und die Authentizität, die Ihr geplantes Speiselokal im Schatten des altehrwürdigen Kaiserdoms ausstrahlen wird, zeigt sich ja jetzt schon am bisher zusammengetragenen Interieur!«

»Sie haben recht«, nahm van Basten den Ball auf. »Das Landesamt für Denkmalpflege verbietet uns ja ein Schild und besteht auf Einzelbuchstaben. Das ist auch gut so. Wir möchten die schöne alte Fassade ja nicht verschandeln, oder? Lassen Sie uns reingehen.«

Wie meistens waren sich der feinsinnige Auftraggeber und die kreative Innenarchitektin einig. Überdies hatten sie sich von Anfang an bestens verstanden, was für eine harmonische und zielführende Zusammenarbeit zum Wohle des Objektes gesorgt hatte. Kein Wunder also, dass die beiden seit Wochen um eine persönlichere Anrede ihres Gegenübers herumeierten. Weil *sie* mit ihren 42 Jahren zwar fünf Jahre älter, aber eine Frau und zudem die Auftragnehmerin war, *er* hingegen zwar der Mann in diesem gestalterischen Duo, aber auch der Jüngere war, hatte sich bisher keiner der beiden getraut, dem anderen das »Du« anzubieten.

Im Inneren des schmalen Mittelhauses aus dem 17. Jahrhundert erwartete die beiden eine fast schaurig anmutende Szenerie. Im fahlen Licht, das sich bei tristem Herbstwetter in der bereits einsetzenden Dunkelheit durch die beiden Frontfenster ins Innere mühte, wurden sie von den dunklen Konturen mehrerer Menschen erwartet. Zumindest schien dies so. Eine einsam hängende brennende Glühbirne hellte den Raum nicht merklich auf.

»Waren Sie heute schon einmal hier?«, fragte die Architektin, weil ihr die Funzel aufgefallen war.

»Nein, nein!«, wehrte der Hausherr ab. »Offenbar habe ich gestern versehentlich vergessen, die Birne auszuknipsen!« Nachdem er den Sicherungskasten gefunden und das gesamte zur Verfügung stehende Licht angeschaltet hatte, offenbarte sich ihnen, um was es beim Interieur für dieses Lokal künftig gehen würde: sakrale Gegenstände, Andachtsbilder … und Heiligenfiguren, die hier überall so achtlos herumstanden und herumlagen, als wenn sie nichts wert wären. Neben den Pestheiligen Rochus und Sebastian lehnten ein Wendelin und eine Barbara an der Wand, während mitten im Raum ein übergroßer Johannes auf drei Balken zu ihren Füßen lag. Dazwischen standen etliche andere Kirchenheilige, Herrgottsfiguren, Engel und andere Statuen der verschiedensten Art herum, die alle ebenso ihre Plätze finden sollten wie die alten Kerzenleuchter, Gemälde und kistenweise kleinere Devotionalien.

»Und dies sind bei Weitem nicht alle Statuen!«, versprach der künftige Wirt des Restaurants »Zur Goldenen Madonna«.

»Das muss auch so sein! Denn wenn ich mich hier umsehe, sieht es für mich so aus, dass die Menge der Madonnenfiguren im Vergleich zu den anderen Heiligen etwas zu mager ist. Wir dürfen nicht vergessen, dass wir aus der ehemaligen ›Albrecht-Dürer-Stube‹ eine ›Goldene Madonna‹ machen! Allein schon wegen dieses neuen Lokalnamens können wir nicht genug Madonnen haben«, konstatierte die Frau kritisch, lobte ihren Auftraggeber aber gleich darauf: »Wie ich sehe, haben Sie inzwischen einen alten Beichtstuhl aufgetrieben. Respekt!« Nachdem Eleonore Olbrich sich ein Weilchen im Raum umgesehen hatte, erkundigte sie sich nach den neugotischen Kirchenbänken, aus deren Seiten- und Sitzteilen sie von einem Kunstschreiner gemütlich-rustikale Eckbänke machen lassen wollte.

»Die müssen in den nächsten Tagen aus Italien eintreffen, die Kirchenlüster aus Frankreich übrigens auch«, verkündete van Basten mit unverhohlenem Stolz in der Stimme.

»Dann befindet sich ja fast das gesamte Interieur hier, wenn ich aus dem Urlaub zurück bin!«, freute sich die Innenarchitektin. Als sie versehentlich eine der wenigen Madonnenfiguren berührte, hatte sie Farbe an ihrer Hand. »Oh! Die kenne ich ja noch gar nicht! Ist die frisch bemalt worden?«

»Äh … ja!« Van Basten räusperte sich. »Das habe ich gestern gemacht«, kam es eilfertig zur Antwort. »Sie wissen doch, dass ich in meinem früheren Leben Restaurator gewesen bin.«

»Wunderschön! Sie wirkt, als würde sie leben«, bemerkte Eleonore Olbrich. »Man spürt, dass sie ein begnadeter Künstler sind.«

Stolz über das Lob, zog er sie von der materiell wertlosen Gipsfigur weg und erklärte ihr, dass er die Technik des Blattvergoldens perfekt beherrschen würde … auch wenn es lange her sei, dass er sie gelernt habe. »Um meine Figuren selber restaurieren zu können, richte ich mir hier im Keller eine kleine Werkstatt ein«, verkündete er.

»Darf ich die mal sehen?«

»Erst, wenn der Lastenaufzug eingebaut ist und ich meinen Werkraum fertig eingerichtet habe. Im Moment schaut es dort aus wie bei Hempels unterm Sofa.«

Eleonore Olbrich musste lachen. Mit einem lakonischen »Na gut« gab sich die Architektin für den Moment zufrieden.

*

Kurze Zeit später schlurfte die Beerdigungstouristin Marlene Jacobs zielstrebig durch Aachens Innenstadt. Sie wollte rechtzeitig zum Dom gelangen, wo gleich die abendliche Vesper beginnen würde. Als die 78-Jährige an einem Printengeschäft vorbeikam, ließ sie sich für einen Moment aufhalten. Denn vor dem Ladengeschäft bot eine Verkäuferin Printenstückchen zum Verkosten an. Dabei hörte sie unweit neben sich einen Mann mit unangenehm rau klingender Stimme zu einem anderen sagen, dass er jetzt in die Antoniusstraße gehen würde, um dort einer »Schwarzen Nutte« »Manieren beizubringen«.

»Bist du besoffen, Thijs? Lass es lieber! Ab nächster Woche arbeitet Asmara doch wieder in Lüttich und du hast dann deine Ruhe«, empfahl der andere, der seinem Gegenüber irgendwie ähnlich sah, im Gegensatz zu ihm aber eine angenehm weiche Stimme hatte. »Du hast doch schon genug Schaden angerichtet und mich gedemütigt.«

Es war nicht der widerliche Dialog der beiden, weswegen die Frau das soeben erhaltene Printenstückchen wie eine Hostie auf ihre Zunge legte, bevor sie sich hastig bekreuzigte. Ihr war die Reibeisenstimme desjenigen bekannt, der einer Prostituierten Gewalt antun wollte. Als sie den großen Mann betrachtete, fielen ihr dessen Jeans mit den weißen Streifen und dem merkwürdig aussehenden Symbol auf der rechten Gesäßtasche auf. Am meisten aber stachen ihr die Schlangenlederstiefel in die Augen. Weil sie dies alles vom Vaalser Friedhof wiedererkannte, wurde ihr mit einem Schlag mulmig. Weil der andere mit dem Rücken zu ihr stand, sah sie nun auch die kalten blauen Augen desjenigen, dessen Antlitz sie in Vaals nicht gesehen hatte. Und weil er seine Lederjacke links geschultert hatte, konnte sie auch das Löwentattoo auf seinem rechten Oberarm sehen.

Irgendetwas stimmt mit dem nicht, dachte sie.

Nach der Antwort des anderen verabschiedeten sich die beiden. Von einer unbändigen Neugierde getrieben, beschloss die Frau, auf den Kirchgang zu verzichten und stattdessen dem Typen namens Thijs zu folgen. Dies sah sie quasi als »Nachrecherche« auf ihr merkwürdiges Friedhofserlebnis in Vaals an.

KAPITEL 4

Mittlerweile war eine knappe Woche vergangen und van Bastens Kellerumbau gut vorangekommen. Er war sogar fast schon beendet, auch der Lastenaufzug war inzwischen eingebaut worden.

»Setzen Sie sich rein, er hält Sie aus!«, hatte der Hausherr seiner Architektin übermütig angeboten und ihr in den Aufzug geholfen, bevor er aufs Knöpfchen gedrückt und sie damit nach unten befördert hatte.

Im Keller angekommen, wunderte Eleonore sich darüber, was hier in dieser einen Woche passiert war, in der sie zusammen mit ihrem Mann Bert im Allgäu Urlaub gemacht hatte: Der Schlaghammer hatte wohl ganze Arbeit geleistet, die Wände waren nicht nur sauber verputzt, sondern bereits in einem dezenten Grau gestrichen. Und zum Heizungskeller war eine ebenso dicke Brandschutztür eingebaut worden wie in dem vor ein paar Wochen vergrößerten Durchlass, der von der Kellertreppe aus direkt ins Lokal führte. Der Boden war frisch gefliest, selbst im Heizraum. Darüber hinaus standen in einem gewissen Abstand von den Wänden Regale, die allerdings erst befestigt werden konnten, wenn das Grau so abgetrocknet war, dass darüber ein flüssigkeitsabweisender Lack gestrichen werden konnte. Eine Wand war mit einer grünen Folie abgedeckt worden, wie man sie ansonsten nur in Gärten benutzte. In der Mitte des größten Lagerraums war ein etwa zwei Meter langer Edelstahltisch aufgestellt worden.

»Wie klein der Keller jetzt wirkt mit all den Möbeln«, bemerkte sie.

»Und nun zeige ich Ihnen mein Heiligtum!«, sagte van Basten und führte Eleonore Olbrich in seine Werkstatt.

»Wow!«, entfuhr es ihr, als sie den perfekt ausgestatteten Raum sah, den sie eher für das Domizil eines Künstlers als das eines Handwerkers gehalten hätte. »Aber was sollen diese beiden Gefriertruhen? Benötigen Sie die trotz des Kühlraumes, den Sie mir gerade gezeigt haben?«, wunderte sich die Innenarchitektin. »Die hier ist ja schon angeschlossen.«

»Oh Gott! Das ist natürlich ein Versehen. Wahrscheinlich hat einer der Handwerker das Teil an den Strom gehängt, weswegen sie jetzt erst eingeschaltet wurde, als ich die Sicherungen reingedreht habe«, klärte der Hausherr das Malheur auf. Er erklärte, dass er diese beiden Gefriertruhen wegen des Kühlraumes und des darin bereits eingebauten Gefrierschrankes nicht mehr benötige und eine davon vom Lieferanten umgehend abholen ließe … sowie er den Inhalt der darauf liegenden Kisten verräumt habe. Während er ihr den Weg in den Lagerraum wies, bekundete er, wie froh er war, dass nicht nur dieser Raum für länger haltbare Waren, sondern auch alles andere fertig sei und nun ausreichend Platz für gefrorenen Fisch, Muscheln, Austern, Geflügel und Fleisch zur Verfügung stünde.

»Immerhin koche ich selbst und verarbeite nur gute Produkte«, hatte er mit erhobenem Zeigefinger gesagt und damit Eleonore Olbrichs Neugierde befriedigt.

»Also müssen Sie keinen Koch einstellen?«

Der Hausherr schüttelte bestätigend den Kopf. »Nein, nur eine Küchenhilfe und einen Spüler.«

Zum Abschluss des kleinen Rundgangs hatte er sie darauf hingewiesen, dass sie sich nun gemeinsam voll und ganz dem eigentlichen Ausbau des Lokals und dessen Einrichtung zuwenden konnten. »Nun sind Sie am Zug!«, hatte er betont und die Frau zur Feier des Tages auf ein paar Bierchen in den nahe gelegenen »Domkeller« eingeladen.

»Aber nur kurz, mein Mann wartet zu Hause auf mich!«, sagte sie, nahm das Angebot jedoch gerne an.

Wie es der Zufall wollte, hatten sie sich in der urigen Kneipe so wohl gefühlt, dass sie nicht bemerkt hatten, wie die Zeit vergangen war. Dementsprechend hatten sie sich gut unterhalten, während sie ein Dom-Kölsch nach dem anderen getrunken hatten. Eleonore Olbrich wollte gerade zwei Bier auf ihren Deckel bestellen, als ihr von hinten die Augen zugehalten wurden.

»Angelika?« Sie vermutete ihre beste Freundin hinter dieser Überraschungsattacke. Aber es war nicht die stadtbekannte Rechtsmedizinerin, sondern Nashwa, eine liebenswerte, junge Ägypterin, die sie kurz darauf herzlich umarmte.

»Ich glaube es nicht! Nashwa, was tust *du* denn hier? Ich dachte, du bist längst nach Scharm asch-Schaich zurückgekehrt!«

»Ich war auch zu Hause im Sinai. Aber bei den Unruhen in meinem Land? Diese Idioten …«, damit meinte die junge Frau die Terroristen in Ägypten, »… ruinieren dort den ganzen Tourismus! Nein, da habe ich keinen Bock drauf. Ich studiere in Köln Tourismusmanagement«, verkündete sie, bevor sie Eleonores Begleiter einen verächtlichen Blick zuwarf und in schroffem Ton fragte: »Wer ist das?«

Nachdem Eleonore verstanden hatte, weswegen die ansonsten sanftmütige Nashwa sich derart abweisend verhielt, lachte sie herzhaft auf. »Ach, entschuldige bitte. Das ist Herr van Basten, vor dem musst du mich nicht schützen. Keine Sorge, zwischen Bert und mir ist alles in Ordnung! Herr van Basten ist lediglich mein derzeitiger Boss, einer meiner liebsten Auftraggeber.« Die Architektin zwinkerte ihm keck zu. »Er hat die ›Albrecht-Dürer-Stube‹ am Münsterplatz drüben gekauft und ich durfte für ihn den Innenausbau planen.« An den Mann an ihrer Seite gewandt erklärte sie, dass diese bildhübsche junge Dame die 21-jährige Nashwa Al-Thani sei, ein ehemaliges Au-pair-Mädchen, das vor einigen Jahren bei ihr zu Hause gearbeitet hatte. »Sieht sie nicht aus wie eine Madonna?«

Mit ihrer lebhaften Art hatte sie van Basten auf Anhieb in ihren Bann gezogen, und das trotz ihres frechen Auftritts zu Beginn ihres Zusammentreffens. Ihre seidenglänzenden Haare, das wie von Künstlerhand geschaffene Gesicht, die strahlenden braunen Augen und die makellose Figur, die sich unter dem dünnen Kleidchen abzeichnete, ließen wohl die Herzen der Männer höherschlagen, denen sie begegnete. Doch das kecke Aussehen täuschte; denn Nashwa hatte eine gute Erziehung genossen und war überdies stets vernünftig, sie ließ sich selten zu etwas hinreißen, das ihrem guten Ruf schaden könnte. Ihre Eltern in Scharm asch-Schaich wussten, dass sie sich in der Ferne hundertprozentig auf ihre innig geliebte Tochter verlassen konnten.

»Was trinken Sie?«, fragte der große Mann, dem die junge Frau gerade einmal bis zur Schulter reichte.

Er bekam von der Studentin zur Antwort, dass sie nichts trinken wolle, er sie aber gerne duzen dürfe.

»Also dann …«, nutzte die inzwischen ein wenig beschwipste Innenarchitektin beherzt die Gelegenheit und bot ihrem Auftraggeber ebenfalls das »Du« an.

*

Le Maires Ermittlungen waren nur zäh vorangekommen. Der leitende Hauptkommissar hatte seine Leute darauf angesetzt, die umliegenden niederländischen Städte und deren Umfeld auszuhorchen, in denen es Rotlichtbezirke gab.

Während sich Streifenpolizist Herbert Demonty die belgischen und deutschen Grenzorte zu den Niederlanden vorgenommen hatte und Pierre Vonderbank fast bis auf Höhe von Rotterdam gefahren war, hatte sich Agnès Devaux in Maastricht umgehört … und war beim dortigen »Schaufensterstrich« fündig geworden. Nach endlosem Herzeigen eines Fotos der Toten und unzähligen Befragungen in einschlägigen Gegenden hatte sie von einer Prostituierten erfahren, dass sie die junge Frau auf dem Foto zwar nicht besonders gut kennen würde, ihr aber schon einmal begegnet sei. Allerdings hatte die Frau den Namen ihrer Kollegin »vergessen« und auch nicht gewusst, wie alt sie war. Erst nachdem die Kriminalbeamtin mit einem Fünfziger nachgeholfen hatte, war die junge Frau damit herausgerückt.

»Die Frau auf dem Foto ist Sushila, eine Kollegin von mir. Warten Sie kurz; ja, sie heißt Perumal mit Nachnamen und ist 24 Jahre alt. Ich glaube, ihre Familie kam ursprünglich von den Molukken. Mehr weiß ich nicht, weil Sushila immer allein arbeitet. Sie sucht ihre Freier aber nur ›draußen‹. Hier in Maastricht hat sie kein Zimmer.«

»Was heißt das, sie arbeitet ›draußen‹? Geht sie auf den Straßenstrich?«, hatte Devaux nachgefragt und mühsam erfahren, dass dies bei Sushila etwas anders sei als bei ihr selbst, weil das Mordopfer eine Art »Wanderhure« gewesen sei, die nur »auftragsbezogen« mal hier, mal da gearbeitet hatte und nicht ortsgebunden war.

»Keine Verwandten, Freunde, Zuhälter?«

Die Prostituierte kaute gelangweilt auf ihrem Kaugummi herum und schüttelte den Kopf.

»Ich habe doch schon gesagt, dass Sushila ausschließlich allein arbeitet, sie ist glücklich damit!«

»Na ja, glücklich sieht anders aus, oder etwa nicht?«, knurrte Devaux und warf einen kurzen Blick auf das Foto. Weil sie spürte, dass Sushilas ehemalige Kollegin vielleicht doch noch etwas wissen konnte, hakte sie nach: »Wirklich kein Zuhälter oder ein anderer Macker?«

»Ah … ich verstehe!« Nachdem Devaux der breit grinsenden Prostituierten weitere 20 Euro in die Hand gedrückt hatte, bekam sie zur Antwort, dass da »schon mal« ein Mann war, den sie mit Sushila gesehen hatte. Sie konnte allerdings nicht sagen, ob es sich dabei um einen Freier oder um einen Zuhälter gehandelt hatte.

»Wie sah er aus?«, drängte Devaux, bekam aber nur »groß!« zur Antwort.

»Und? Weiter?«

»Ja, nix weiter! Sehr groß! Ich habe den Mann nur ein paarmal aus der Entfernung gesehen!«

Mehr war beim besten Willen nicht aus der jungen Frau herauszubringen. Deswegen zog Devaux ab, um in Maastrichts einschlägigen Gegenden und Kneipen weiterzurecherchieren.

Der Chef selbst indessen verfolgte zusammen mit Locki

neben der DNA eine weitere interessante Spur: Während seine Sekretärin mit Unterstützung ihres Computers und mithilfe von Interpol alles tat, um den Gencode einem polizeibekannten Typen zuordnen zu können, kümmerte er sich um die Schlangenlederschuppen, die von der Spurensicherung an der verbliebenen Hand der Toten gefunden worden waren.

»Sie stammen von einem Schuh. Genauer gesagt, von dem rechten Stiefel, mit dem der Mörder auf ihrer Brust gestanden hat«, hatte Angelika ihm erklärt und dabei mit Jussuf Abdalleyahs neuerlicher Hilfe anschaulich demonstriert, wie sich die arme Frau mit ihrer linken Hand nach Leibeskräften gewehrt hatte, indem sie den Stiefel wegzudrücken versuchte. »Das ist ein weiteres Indiz dafür, dass es sich um einen Stiefel und *nicht* um einen Schuh handelt, den das bedauernswerte Opfer trotz ihrer Schwäche so umklammert hatte, dass sogar ein paar der angeklebten Fingernägel abgebrochen sind!«

Als Fabienne Loquie ihrem Chef mitteilte, dass die DNA nicht amtsbekannt sei, beauftragte er sie damit, in sämtlichen Schuhläden des Dreiländerecks – beginnend in Maastricht – nach dem Verkauf von Schlangenlederstiefeln zu fragen. »Adressenrecherche übers Internet, Befragung übers Telefon! Größe 45; das kann doch nicht so schwer sein«, hatte er wegen des bisher mäßigen Erfolges geknurrt, bevor er grußlos das Kommissariat verlassen hatte.

Lockis kleine Lästerei – »Und was ist mit Amazon?« – hatte er geflissentlich überhört. Le Maire wusste, dass es, wenn überhaupt jemandem, nur seiner Sekretärin gelingen würde, die Herkunft der Schlangenlederstiefel herauszubekommen. Was täte ich nur ohne Locki?, hatte er sich gedacht und sich dabei trotz seiner miesen Laune ein stilles Lächeln abgerungen.

*

Die Suche nach einem Mann, der Schlangenlederstiefel trug und der vermutlich – so hatte Le Maire es sich aufgrund der Schuhgröße von einem forensischen Sachverständigen der Mordkommission Lüttich statistisch errechnen lassen – wahrscheinlich um die 1,90 Meter groß sein musste, lief auf Hochtouren. Während Locki seit Tagen mit Schuhherstellern landauf und landab sowie mit Schuhgeschäften im Umkreis von 50 Kilometern mailte, skypte, simste und telefonierte, durchforsteten Pierre und Devaux die Datenbanken nach groß gewachsenen Kriminellen, die ins Raster passen könnten. Weil dies bisher zu keinem Erfolg geführt hatte, verlor Le Maire die Geduld und ließ Herbert Demonty die Dateien nach sadistischen Triebtätern durchsuchen.

Weil er selbst diese Art der trockenen Schreibtischarbeit hasste wie die Pest, hatte er sich dazu entschlossen, ›Feldstudien‹ zu betreiben, indem er unter die Leute ging und nach großen Männern mit passendem Schuhwerk Ausschau hielt. Dabei konnte er gut nachdenken. Also meldete er sich für den Rest des Tages ab und fuhr nach Aachen, obwohl ihm klar war, dass der Mörder sicherlich nicht dort zu finden war. Aber wer wusste das schon?, dachte er sich.

Mit einer Zigarette im Mundwinkel und beiden Händen in den Hosentaschen schlenderte er durch die Altstadt seines neuen Wohnortes. Im Geiste ging er durch, was er wusste.

Clermont ist zwar belgisch, die Tote aber eine Niederländerin mit indonesischem Migrationshintergrund, fasste er seine Erkenntnisse in einem Satz zusammen.

Als er gerade die mit Menschenmassen durchzogene Adalbertstraße hinunterlief und über all den Köpfen einen Hinterkopf herausragen sah, riss es ihn. »Nein, das kann nicht sein«, grummelte er, während er versuchte, sich durch die entgegenkommenden Menschen schneller nach vorne zu drücken als diejenigen, die in dieselbe Richtung liefen wie er. Mit seinen 1,65 Meter hatte er es allerdings schwer, sich gegen die vielen Menschen durchzusetzen und den Abstand zu dem großen Mann zu verringern. Also blieb ihm nichts anderes übrig, als zwischendurch hochzuhüpfen, um zu sehen, wohin der Unbekannte lief. Dabei kam er sich vor wie ein Ausdruckstänzer. »Merde!«, fluchte er und erwog sogar, seinen Dienstausweis zu zücken und »Polizei im Einsatz!« zu rufen, um schneller vorwärtszukommen. Dies erschien ihm dann aber doch etwas zu albern. Als Le Maire am Kugelbrunnen angelangt war, war der große Mann plötzlich wie vom Erdboden verschluckt, einfach weg. Und weil sich dort die Einkaufsstraße gleich mehrfach teilte, wusste Le Maire nicht weiter. Er hatte im Moment keine Ahnung, was er tun sollte; mithilfe seines Aachener Kollegen Peter Dohmen eine Fahndung nach einem großen Mann herausgeben? So ein Schwachsinn, ich blamiere mich doch nicht ausgerechnet hier in Deutschland, besann er sich, während er verärgert auf dem Platz vor dem »Aquis Plaza« herumirrte. Er musste aufgeben, ob er wollte oder nicht. Obwohl es ihn ärgerte, war ihm klar, dass die Wahrscheinlichkeit winzig war, dass er hier in Aachen denjenigen großen Mann auf Anhieb gefunden hatte, den er und seine Leute mit Hochdruck suchten. Er beruhigte sich rasch wieder. Um ganz runterzukommen, beschloss er, sich erst einmal ein Bierchen zu gönnen. Aber wo, in Gottes Namen, gab es hier in Aachen ein belgisches Bier?

*

Frederic hatte sich tatsächlich bis zum Abend gedulden müssen, um sein geliebtes Jupiler genießen zu können. Er saß mit Angelika im »Sel et Poivre« in Eynatten, einem Geheimtipp im Aachener Umfeld mit einer hervorragenden Küche und fairen Preisen. Trotzdem mochte Frederic solche schicken Speiselokale nicht besonders. Aber wenigstens lag das beliebte Restaurant in Belgien, weswegen es dort belgisches Bier und – so hoffte er trotz des gehobenen Niveaus – auch belgische Fritten gab. Es ärgerte ihn, dass seinem Leibgericht irgendwie immer der Ruf anhaftete, eine hundsgewöhnliche Billigspeise zu sein, die von Ignoranten sogar als Fast Food bezeichnet wurde.

Trotz seiner nachmittäglichen Schlappe und des vermutlich megafeinen Essens, das ihn gleich erwarten würde, fühlte Frederic sich gut. Der Ober hatte ihm versichert, dass er anstatt Kroketten »selbstverständlich« auch Fritten bekommen würde. Dementsprechend gut gelaunt ging er nach draußen, um eine Zigarette zu rauchen. Angelika saß allein da und betrachtete die wunderschöne Dekoration der gemütlichen Gaststube. Dabei hörte sie zufällig mit, wie ein Mann am Nebentisch der Frau, die ihm gegenübersaß, mehr oder weniger beiläufig erzählte, dass in Homburg in einem Garten direkt gegenüber der Brasserie »Grain d'Orge« eine Madonnenfigur aus Marmor gestohlen worden sei. Den Brauereigasthof kennen wir auch, dachte Angelika. Homburg lag nur etwa zehn Kilometer von Clermont, dem Fundort der Frauenleiche, entfernt. Angelika lauschte weiter, wie die Frau am Nebentisch über ihren nächsten Urlaub zu sprechen begann, der sie wohl nach Isny im Allgäu und an den Bodensee führen sollte.

»Ach, da bist du ja wieder«, bemerkte sie erfreut, als Frederic an den Tisch zurückkam. »Sag mal, was hältst du davon, wenn wir gelegentlich wieder nach Oberstaufen fahren, um uns dort ein paar Tage zu erholen?«

Frederics Augen begannen zu leuchten. »Eine gute Idee! Wir können dann bei Gustl …«

»*Nein!* Dieses Mal gehen wir *nicht* ins ›Hotel Tyrol‹!«, fuhr Angelika sofort dazwischen.

»Weshalb denn nicht?«, wunderte sich Frederic. »War etwas nicht in Ordnung, als wir im letzten Winter mit den Dohmens dort gewesen sind?«

»Im Gegenteil«, wehrte Angelika lachend ab. »Das Hotel ist in jeder Hinsicht top. Aber du versumpfst immer mit Gustls Stammgästen an der Hotelbar und ich kann schauen, wo ich bleibe!« Weil sie wusste, wie sie Frederic packen konnte, schlug sie ihm vor, bald mit Eleonore und Bert Olbrich zum Skilaufen in den etwas mondänen Allgäuer Tourismusort zu fahren. »Die Olbrichs waren gerade dort. Und laut Eleonores Aussage war es fantastisch. Die Wanderwege rund um Oberstaufen müssen grandios sein und …«

»Dann von mir aus lieber *ohne* die Olbrichs in ein anderes Hotel deiner Wahl!«, wehrte Frederic ab. Er mochte Angelikas Freundin Eleonore, aber Bert konnte er nicht lange ertragen. Der Psychologieprofessor nervte Frederic bei jedem Zusammentreffen von der ersten Sekunde an, weil er ihn und die anderen Leute um sich herum ständig zuschwafelte. Und weil der Schwätzer sich bei seinem Oberstaufen-Aufenthalt sicher ebenfalls mit dem Hotelchef Gustl angefreundet hatte, würden er und Eleonore wahrscheinlich nirgendwo anders absteigen, wenn sie in Oberstaufen wären. Ihnen blieb nichts übrig, als den Olbrichs nichts zu sagen und ein anderes Hotel zu nehmen. »Wir könnten doch zur Abwechslung einmal das Hotel ›Adler‹ buchen«, schlug er deswegen mit einem unverhohlenen Grinsen vor.

»Damit du mit Armin im ›Adlerhorst‹ abstürzen kannst? Meinst du, das ist dann besser für mich?«

Weil Frederic bemerkt hatte, dass er durchschaut worden war, musste er laut lachen. »Warum nicht? Der ›Adlerwirt‹ ist doch ein netter Kerl, oder?«

Das Lachen sollte ihm gleich wieder vergehen, denn Angelikas Handy klingelte. »Mademoiselle Loquie! Was kann ich für Sie tun? … Ja, er sitzt vor mir!« Mit strafendem Blick wandte sie sich an Frederic und rügte ihn, dass er den Akku seines Mobiltelefons nicht geladen hatte, bevor sie ihm ihr Handy über den Tisch reichte.

»Rufumleitung auf dein Handy? … *Was?* … Wo? … Herbert ist bereits unterwegs? Gut! … Hast du die Spurensicherung ebenfalls informiert? Gut! – Und du gehst jetzt ins Büro? Von mir aus! … Wir sind in einer Stunde vor Ort! … Garçon, la facture s'il vous plaît! … Nein! Nicht du, Locki! … *Nein!* Damit meinte ich den Ober! Ich sitze gerade mit Frau Dr. Laefers in einem Restaurant in Eynatten. Au revoir!«

»Nicht schon wieder, oder?« Aufgrund der wenigen Wortfetzen konnte Angelika sich zusammenreimen, um was es ging.

Frederic nickte mit zusammengekniffenen Lippen. »Doch. In Burg-Reuland.«

»Aber das liegt …«

»… im äußersten Osten der Provinz Lüttich. Etwa 80 Kilometer von hier! … Herr Ober, bezahlen *bitte!*«, rief er – da ihn der Kellner offensichtlich nicht verstanden hatte – nun auf Deutsch.

KAPITEL 5

»Louis! Louis! Bist du da?« Obwohl sie von ihrem Auftraggeber drei Tage nach ihrem Versacken im »Domkeller« morgens um 9 Uhr herbestellt worden war und pünktlich vor der Tür stand, nützte Eleonores Klopfen und Rufen nichts. Ihr neuer Duzfreund schien nicht da zu sein. Also blieb ihr nichts anderes übrig, als zu versuchen, Louis auf dem Handy zu erreichen. Und dies klappte auf Anhieb. »Wo bist du? Wir haben einen Termin! Ich stehe vor dem Lokal, klopfe wie wild und schreie mir die Lunge aus dem Leib!«

»Tut mir leid, ich habe dich nicht gehört. Ich bin hier! Einen Moment bitte.«

Kurz darauf öffnete Eleonores Auftraggeber die Haustür.

»Guten Morgen, Louis!«, rief sie ihm trotz der Warterei gut gelaunt entgegen, als sie den Gastraum betrat. Nach den inzwischen wohl schon obligatorischen Begrüßungsküsschen sagte sie: »Entschuldige bitte, dass ich gestern wegen eines anderen Kunden keine Zeit hatte – ein Notfall! Nun aber stehe ich dir wieder mit ganzer Kraft zur Verfügung! Ich hoffe, du bist nicht sauer auf mich!«

Louis van Basten grummelte ein »Schon in Ordnung« zurück.

»Geht es dir nicht gut? Hast du einen Kater vom Wochenende?«, hakte seine Innenarchitektin scherzend nach. Sie hatte sich schon bei der Begrüßung darüber gewundert, den ansonsten stets gepflegten Mann unrasiert und nicht gerade frisch riechend angetroffen zu haben.

»Alles in Ordnung, ich habe nur die ganze Nacht durchgearbeitet«, wehrte er ab und sagte zu ihr, dass man den Keller bis morgen nicht betreten könne, weil er die Wände gestern mit einem übel riechenden Lack überzogen habe. Dann räusperte er sich und teilte ihr mit, dass die Gefriertruhe auch schon abgeholt worden sei.

»Also brauche ich erst gar nicht in den Keller zu gehen und wir können uns ganz auf die Gestaltung des Lokals konzentrieren«, folgerte Eleonore erfreut, während Louis die Brandschutztür zum Keller abschloss.

Zwei Stunden lang hatten sie sich den Flur, die Küche, den Personalraum und die Toiletten vorgenommen und dabei immer wieder erneut rege diskutiert. Er war mit einem Meterstab bewaffnet, sie hatte ständig ihren Skizzenblock in der Hand, ihn aber lediglich im Flur zum Einsatz gebracht. Für Bleistiftnotizen, Berechnungen und dergleichen mussten die noch nicht neu bemalten Wände herhalten. Nachdem sie mit diesen Räumen fertig waren, ging es ans Eingemachte, die Einrichtung und die farbliche Gestaltung der Gasträume. Dazu hatte Eleonore bereits konkrete Vorstellungen. »Ich müsste allerdings wissen, wie die Mädchen und Jungs aussehen«, hatte sie in den Raum geworfen, weil immer noch nicht alle Heiligenfiguren da waren. Vor allen Dingen fehlten noch ein paar große Madonnen.

»Die zwölf Apostel aus Südtirol kommen dort hin«, sagte van Basten und zeigte zuerst auf die etwa 50 Zentimeter hohen neugotischen Figuren, die eingepackt auf einer Palette lagen. Dann zeigte er zum Wandfries, auf den die Figuren sollten.

»Sehr gut. Und den Fries machen wir dann in einem dunklen Blau und setzen ihn mit Blattgold ab wie die Sterne an der Decke«, legte Eleonore fest, während sie eine der Figuren auspackte, um deren Farben zu sehen. Anschließend bestimmte sie: »Dort kommen die Kirchenbänke hin und dorthin stellen wir den Beichtstuhl.«

»Gut! Und hier steht eine der beiden menschengroßen Madonnenfiguren, die ich gerne hätte«, ergänzte Louis, dem es sichtlich Freude bereitete, zusammen mit der Innenarchitektin kreativ herumzuspinnen.

»Wie viele Madonnenfiguren haben wir bisher?«, mochte Eleonore wissen.

»Zwei«, bekam sie zur Antwort.

»Und wo sind sie?« Die Innenarchitektin schaute sich um, konnte aber außer den bereits bekannten Heiligen und ein paar kleineren Madonnenfiguren keine große Statue finden.

»Die beiden Madonnen, die ich hier habe, sind in meiner Werkstatt, wo ich sie gerade restauriere. Sie sind im nazarenischen Stil bemalt und gut erhalten. Deswegen muss ich sie auch ›nur‹ restaurieren«, antwortete der Hausherr.

Aha, deshalb schaut er heute so verhauen aus, er hat sicher die ganze Nacht hindurch gemalt, dachte sich Eleonore. »Das ist gut. Denn bis auf eine goldene Madonna würden hier nicht viele einfarbige Figuren hereinpassen«, lobte die Innenarchitektin, mochte aber wissen, ob weitere Madonnen dazukämen. »Die schönste und größte Madonnenfigur muss dem Restaurantnamen entsprechend in Vollgold sein!«

»Jaja, ich weiß, die Corporate Identity! Lass dich überraschen!«, lachte der ehemalige Restaurator und Steinmetz, wurde aber schnell wieder ernst: »Lass mir nur ein bisschen Zeit! Okay?«

»Schon gut«, gab Eleonore sich zufrieden. »Im Moment muss ich lediglich wissen, wie viele ich insgesamt einplanen kann und wohin diese Kreuzwegtafeln sollen. Wie viele sind es?«

»Natürlich vollständig!«, antwortete van Basten. »14, wie es sich gehört. Ich würde vorschlagen, sie zu beiden Seiten des Flurs an die Wände zu hängen. Ich habe schon gemessen: Sie würden dort genau hinpassen.«

Eleonore nickte »Gut. Und nun komm mal her.« Sie wischte den Staub von einem der Tische und legte ihr iPad darauf. Auf dem Gerät begann sie, ein Bild nach dem anderen aufzurufen. »Das sind Kirchen und Kapellen im neugotischen Stil. Dazu passt der Nazarenerstil hervorragend. Das ist eine spannende Kunstrichtung, die deutsche Künstler zu Beginn des 19. Jahrhunderts in Wien und in Rom begründet haben. Die Bezeichnung kommt aus der Bibel. Mit diesem Begriff wurden die Anhänger Jesu nach dessen Kreuztod bezeichnet und …«

»Jetzt halt mal die Luft an!«, bremste Louis die Innenarchitektin aus, bevor sie vollends ins Schwärmen geriet. »Schon vergessen? Ich war mal Restaurator und kenne mich mit Stilrichtungen bestens aus.«

KAPITEL 6

Zur selben Stunde saß Frederic Le Maire mit seinen Leuten im Besprechungszimmer des Kommissariats, um die bisherigen Ergebnisse in Bezug auf den neuen Mordfall von gestern Abend zu bündeln. Locki hatte zum obligatorischen Kaffee Croissants auf den Tisch gestellt, die allerdings bisher niemand angerührt hatte. Der gestrige Mord saß allen immer noch in den Knochen.

»Jetzt haben wir einen Serienmörder«, bemerkte Agnès Devaux.

»… der nun auch in Belgien sein Unwesen treibt«, ergänzte Herbert.

»*Und* es ist ein Beuteschema zu erkennen!«, kam der Chef zum Wesentlichen, nachdem sie alle Erkenntnisse vom Mord an der Frau zusammengefasst hatten, die am gestrigen Abend ein obdachloser älterer Mann an einer Mauer gegenüber der Pfarrkirche der 4.000-Einwohner-Gemeinde Burg-Reuland entdeckt hatte. Dabei war schnell offenkundig geworden, dass es sich um ein- und denselben Mörder handeln musste wie bei der ersten Toten in Clermont. Nicht nur wurde der tödliche Stich mit demselben Sägemesser in den Rücken geführt, ebenso wurde dieses Mal der linke Arm mit derselben Klinge amputiert. Zwischen den beiden Opfern gab es Gemeinsamkeiten. Laut ihrem Ausweis, den der Täter wahrscheinlich nicht gefunden hatte, weil das Dokument in einem ihrer knielangen Lackstiefel versteckt gewesen war, hieß die 21-jährige Tote Nursanti Ohaman. Das deutete auf einen Migrationshintergrund hin, wahrscheinlich aus den ehemaligen Kolonien, vielleicht auch indonesisch. Gemeldet war sie in Kerkrade. Und ihr äußeres Erscheinungsbild legte nahe, dass sie ebenfalls eine Prostituierte gewesen war. Wie bei der ersten Toten war auch ihre verbliebene Handfläche sorgsam auf ihre Scham gelegt, das Opfer war sitzend an die Mauer drapiert worden. Ihre Augen waren weit geöffnet und in Richtung des Kircheneinganges gerichtet. Alles deutete darauf hin, dass Devaux richtiglag und sie es nun mit einem Serienmörder zu tun hatten, und zwar mit einem psychopathischen, was allerdings genauer zu ergründen sein würde. Zunächst aber wollte Le Maire die Leiche sehen und mit Dr. Laefers sprechen.

»Und unser ›Spürhund‹ begibt sich nach Kerkrade, um das Umfeld der zweiten Toten zu ergründen«, warf Le Maire in den Raum.

»Wer, ich?«, fühlte sich Devaux angesprochen.

»Ja, du hast ja bereits die Identität der ersten Toten herausbekommen. Also betraue ich dich jetzt auch mit dieser Aufgabe«, kam es lobend aus dem Mund des knorrigen Einsatzleiters. »Und du, mein Freund Pierre, machst mit deiner Suche nach Neuigkeiten über das erste Mordopfer dort weiter, wo du deine Arbeit wegen der zweiten Toten unterbrochen hast. Herbert, du begibst dich wieder nach Burg-Reuland und schnüffelst dort herum, während ich nach Aachen zur Rechtsmedizin fahre.«

»Und was ist mit mir?« Locki machte auf Le Maire erneut einen beleidigten Eindruck, weswegen er nichts erwiderte. »Nehmen Sie sich wenigstens ein Croissant mit!«

»Also gut, du bleibst an unserem Cowboystiefel tragenden Mordverdächtigen dran, okay?«

*

Eine gute halbe Stunde später traf Le Maire in Aachen ein, wo bereits die Rechtsmedizinerin … und Peter Dohmen auf ihn warteten.

»Was ist mit dir, Peter?« Weil sein deutscher Kollege einen betrübten Eindruck auf ihn machte, klopfte Frederic ihm aufmunternd auf die Schulter.

»Ach!«, winkte Peter ab und zeigte zu den beiden Tischen, auf dem weibliche Leichen lagen. »Als wenn dies hier nicht reichen würde, hatten wir heute Nacht einen Einbruch in Aachen.«

»Bei wem?«

»Bei einem Juwelier am Büchel.«

»Wurde dort nicht schon mehrmals eingebrochen?«, wusste Le Maire, weil dies längst hinter der belgischen Grenze amtsbekannt geworden war.

»Ja«, bestätigte der Aachener Kriminalbeamte. »Unsere Mordkommission hat damit zwar nichts zu tun, musste aber für die Fahndung nach dem oder den Schuldigen ein paar Leute abstellen.«

»Schon komisch, oder?«

»Was meinst du, Frederic?«

»Na ja, dass bei ein und demselben Juwelier gleich mehrmals nacheinander eingebrochen wird.«

Bevor Peter Dohmen seine persönliche Einschätzung zu den Einbrüchen abgeben konnte, unterbrach die Rechtsmedizinerin die Unterhaltung der beiden. »Hallo? Hier spielt die Musik!« Angelika verzichtete auf ein Begrüßungsküsschen und führte den belgischen Mordermittler gleich zu einem von zwei Tischen, auf denen je eine weibliche Leiche lag. »Um es gleich vorab zu sagen: Wie schon bei der ersten Toten glaube ich nicht, dass der Mörder geschlechtliche Nähe zu ihr gesucht hat. Denn der letzte Verkehr liegt bei diesem Opfer mindestens zwölf Stunden zurück.«

»Aber das hat doch nichts zu sagen«, hielt Frederic dagegen, in der Hoffnung, hier möglicherweise DNA des Mörders zu bekommen.

Angelika musste seinen Enthusiasmus bremsen: »In diesem Fall schon. Sie hat sich danach gebadet oder geduscht. Dennoch habe ich Abstriche genommen.«

»Und?«, drängte Frederic.

Angelika schaute ihren Partner mit einem bedauernswerten Blick an, bevor sie ihm mitteilte, dass es sich leider in beiden Fällen um ältere Erbinformationen handelte. »Jedenfalls hatten *beide* Frauen bei ihren letzten Geschlechtsakten Kondome benutzt.«

»Merde!«

»Bevor du dich aufregst, kann ich dir sagen, dass die Frau nicht durch einen Stich in die Lunge, sondern durch einen tiefer angesetzten Stoß an inneren Blutungen gestorben ist.«

»Und was sagt mir das jetzt? Dass es ein- und derselbe Mann gewesen ist, der beide Frauen mit der gleichen ›Stichtechnik‹ ermordet hat?«

»Ja«, gab die Ärztin ihrem Partner recht und konkretisierte das Ganze: »Das zweite Opfer war größer als das erste. Deswegen hat der Mann in diesem Fall nicht die Lunge, sondern von schräg unten durch die rechte Niere hindurch die Leber durchstoßen. Dass dieser Stich ebenfalls von unten kam, zeigt der Stichkanal. Siehst du?«

»Das heißt, dass der Mörder bei Nursanti Ohaman *genau so* zugestochen hat, wie bei Sushila Perumal; nämlich mit dem Daumen der messerführenden Hand nach vorn.«

Wie schon beim ersten Mal setzte Dr. Laefers' Assistent die Leiche auf, damit der Ermittler einen Blick auf deren Rückseite werfen konnte. Als dies erledigt war und der Leichnam wieder auf dem Rücken lag, zog Jussuf Abdalleyah das Laken von der anderen Leiche bis zum Unterleib zurück. Die Ärztin zeigte zuerst auf die Brust der Toten, dann zum Armstumpf, sagte aber nichts. Dies wiederholte sie bei der anderen Leiche.

Frederic betrachtete die schuhförmigen Hämatome und die Armstümpfe beider Leichen ganz genau, bevor er feststellte, dass es sich auf dem Brustkorb der neuen Leiche um einen linken Schuhabdruck handelte, besser ausgeprägt als beim ersten Opfer. »Außerdem sieht es so aus, als wenn der Arm hier nicht ganz so sauber abgetrennt wurde, wie bei der Toten nebenan«, bemerkte er knapp. »Hier musste der Mörder ein wenig über Kreuz arbeiten, weswegen sein Schnitt nicht so gut gelungen ist wie bei Sushila Perumal.« Dann klatschte er sich an die Stirn und verkündete triumphierend, dass der Mörder der beiden Frauen ein Linkshänder war.

Angelika nickte. »Höchstwahrscheinlich, ja.«

Dohmen klopfte ihm auf die Schulter. Le Maire wollte sich gleich mit dem nächsten Punkt befassen und die Psychologie des Mörders ergründen. »Gut ist, dass wir jetzt einen ganzen Schritt weiter sind. Schlecht ist allerdings, dass wir es mit einem gefährlichen Serienkiller zu tun haben«, stellte er abschließend fest, während Jussuf die beiden toten Körper bedeckte und damit begann, die Leiche mit der Zehennummer 2021-15/11 a in Richtung der Kühlfächer zu schieben.

*

»Weißt du was?«, meinte Frederic Angelika gegenüber, nachdem sein Aachener Kollege gegangen war.

Die Rechtsmedizinerin war gerade dabei, sich die Hände zu waschen. »Ich höre.«

»Herbert, mein Streifenpolizist, hat sich in Burg-Reuland mit Einheimischen unterhalten. Dabei hat er von einer Frau etwas Interessantes erfahren. Und das möchte ich mir gerne selber anhören.«

»Ja, und?«, wunderte sich Angelika wegen des euphorisch klingenden Tones.

»Was hältst du davon, mich zu begleiten? Ich lade dich dort ins Restaurant ›Rosen‹ ein, da soll es eine kleine, aber feine Karte geben …«

»… auf der auch Fritten stehen, stimmt's?«

Ertappt blieb Frederic nichts anderes übrig, als zuzugeben, Locki »rein sicherheitshalber« darum gebeten zu haben, sich übers Internet in diesem Restaurant danach zu erkundigen, ob es dort auch Fritten zu den Speisen geben würde. »Was ist jetzt? Hast du Lust oder soll ich allein fahren?«

Dass Angelika zögerte, wunderte Frederic. Normalerweise war *sie* es, die *ihn* in feine Lokale schleppte, und nicht umgekehrt. Deswegen traute sie ihm nicht ganz über den Weg. Aber letztlich ließ sie sich auf das Abenteuer ein. Selbstverständlich nicht einfach so, das wäre auch zu leicht gewesen. »Gut!«, sagte sie. »Wir gehen aber rasch in die Alexanderstraße und kaufen dir einen neuen Mantel!« Immerhin stünde der Winter bevor und ein neuer

Mantel sei schon letztes Jahr, im Grunde genommen früher, fällig gewesen. Frederic hatte resigniert genickt. Als wenn dies nicht schon genug wäre, rief ihm Angelika zu: »Ach, noch was!«

Auweia, jetzt kommt's, befürchtete Frederic nicht zu Unrecht, weil er seine Partnerin allzu gut kannte. Wenn er geglaubt hatte, mit der Essenseinladung *ihr* einen Gefallen getan zu haben, würde er sich gleich getäuscht sehen, weil *sie* anderen eine Freude bereiten mochte. »Was ist denn, Schatz?«, antwortete er in schrecklicher Vorahnung kleinlaut.

»Wegen der Aufregung um die neue Leiche hatte ich ganz vergessen, dir zu sagen, dass Bert heute Geburtstag hat und uns …«

»Olbrich?«, schoss es entsetzt aus Frederic heraus.

»Welchen Bert kennst du sonst noch? Natürlich meine ich Eleonores Mann.« Bevor Angelika berichten konnte, dass sie am Abend von Bert zu einem kleinen Umtrunk eingeladen waren, warf Frederic hastig ein, dass er im Restaurant »Rosen« bereits einen Tisch reserviert hatte.

»Gut! Sehr gut sogar!«, kam es zu Frederics Verwunderung sofort zurück. »Dann ruf ich dort an und teil den Wirtsleuten mit, dass wir zu viert sind.« Kaum hatte Angelika dies ausgesprochen, suchte sie auch schon über ihr iPhone die Telefonnummer des Restaurants heraus. »Na also … Bonjour, Madame, hier Dr. Laefers aus Aachen. Auf den Namen Le Maire müssten für heute Abend zwei Plätze reserviert sein! … Ja, ich warte.«

In was habe ich mich da nur wieder reingeritten, seufzte Frederic in sich hinein.

»Was? Es liegt keine Reservierung vor?« Angelika schaute Frederic fragend an, der tat so, als würde er sich wundern. »Haben Sie denn vier Plätze frei? … Ja, ich warte wieder.«

Während die Wirtin gute 90 Kilometer entfernt checkte, ob Plätze zur Verfügung standen, nahm Angelika sich Frederic zur Brust. Sie ahnte, dass es kein Versehen des Lokals war, dass von Frederics Reservierung nichts bekannt war. »Du hast überhaupt keinen Tisch für uns zwei bestellt, stimmt's?«, schnauzte sie ihn an.

»Aber ich wollte es heute Morgen machen, glaub mir bitte. Allerdings habe ich es dann – wie du Berts Einladung – wegen unseres neuen Falls schlicht und einfach vergessen. Es tut mir …«

»Ja, ich höre«, unterbrach Angelika mit einer erhobenen Hand, weil die Wirtin wieder dran war. »Super! … Was? … Auf den Namen Le Maire, *Frederic Le Maire.*« Sie schaute den Kommissar streng an, sprach dabei aber ohne Unterbrechung weiter. »Alles klar? … Dann also bis 19 Uhr. Ich danke Ihnen.«

»Da hast du noch mal Glück gehabt, mein Schatz!«, hauchte sie ihm trotz gefährlich blitzender Augen zu und streifte ihren Arztkittel ab. »Ich mache heute etwas früher Feierabend, Jussuf!«, rief sie ihrem Assistenten zu, bevor sie sich bei Frederic einhakte und ihn nach draußen zog.

Was kam, war zumindest aus Frederics Sicht kaum auszuhalten. Anstatt wie gehofft mit Angelika in Berts nagelneuem BMW hinten zu sitzen, musste er neben dem Piloten auf dem Beifahrersitz Platz nehmen. Und dies hatte er Angelika zu verdanken, die während der Fahrt neben Eleonore sitzen wollte, damit sie sich mit ihr unterhalten konnte. Zuvor hatte sie sich vehement dagegen gesträubt, in Frederics mintfarbigen Citroën einzusteigen. Weil *ihr* kleiner Flitzer aber nur für zwei Personen Platz hatte, war Bert in die Bresche gesprungen und hatte angeboten, sein erst eine Woche altes »Wunderwerk der Computertechnik« zur Verfügung zu stellen.

»Mein bayerischer Freund braucht Bewegung!«, hatte er zu Angelika gesagt, nachdem Eleonore das Telefon an ihn weitergereicht hatte.

Berts großzügiges Angebot beinhaltete detailgenaue Erklärungen zu allem, was sein BMW konnte. Und Berts Neuerwerbung konnte weiß Gott viel, zu Frederics Leidwesen sogar *zu* viel. Dies nervte den Polizisten umso mehr, weil er mit der Computertechnik von Autos nichts am Hut hatte. Doch es nützte nichts; er musste sich die »Vorlesung« des Psychologieprofessors während der gesamten Stunde anhören, die sie von Aachen aus bis nach Burg-Reuland benötigten. Wie gerne hätte Frederic auch etwas von seiner 40 Jahre alten französischen »Göttin« erzählt, anstatt dem selbstgefälligen Geschwafel des allwissenden Angebers zuzuhören. Aber er hatte nicht die geringste Chance, Bert mitzuteilen, wie er an den alten Citroën gekommen war und was *der* alles konnte.

*

Kaum dass sie das Restaurant »Rosen« betreten und ihre Plätze eingenommen hatten, wurde ihnen von einem freundlichen Ober die Karte in die Hände gedrückt. »Einen Aperitif, die Herrschaften?«

Das geht ja schon wieder gut los, dachte sich Frederic und orderte trotz Angelikas scharfem Blick ein Bier.

Während sich die anderen Entenbrust, Scampi, Steinbutt oder Wachtelschenkel schmecken ließen, mochte es Frederic der Jahreszeit und seinem Naturell entsprechend eher etwas rustikaler. Also bestellte er sich zuvor ein Assortiment (»Wie sich das schon anhört!«) von herbstlichen Waldpilzen *in* Blätterteig *an* Kräuter-Knoblauch-Creme und als Hauptgang ein Steak *vom* Hirsch mit Saisonfrüchten und Wintergemüse. »… aber bitte mit Fritten!«

Angelikas neuerlich tadelnden Blick ignorierte Frederic. Stattdessen tupfte er sich ganz nonchalant den Mund ab und stand auf. »Entschuldigt mich bitte!«

Während sich die Frauen angeregt unterhielten, kam Bert ausnahmsweise einmal nicht zu Wort. Solange Frederic weg war, blieb ihm nichts anderes übrig, als zuzuhören, wie Eleonore ihrer Freundin vom Restaurantumbau am Münsterplatz berichtete. Als sie Angelika von ihrem »tollen« Auftraggeber vorschwärmte, begann es in Bert zu brodeln. »Stell dir vor, wen ich getroffen habe, als ich mit Louis van Basten im ›Domkeller‹ gewesen bin …«

»Wen? – Nun sag schon«, drängte Angelika.

»Kannst du dich an mein Au-pair-Mädchen erinnern?«

»An Nashwa? Klar kann ich mich an das süße Mädchen erinnern!«

»Ja?« Eleonores Augen strahlten freudig. »Nashwa und ich haben ausgemacht, dass wir uns morgen in aller Ruhe auf ein Schwätzchen treffen. Nur wir zwei!«

Aber anstatt sich über Nashwa zu erkundigen, stockte Angelika. Sie war nervös geworden. Unruhig schaute sie sich um. Sie wunderte sich darüber, dass Frederic so lange auf der Toilette war. Als er nach ein paar weiteren Minuten immer noch nicht zurück war, entschuldigte *sie* sich bei den Olbrichs und stand auf, um ihn zu suchen. Nachdem sie erfolglos an die Toilettentür geklopft hatte, ging sie nach draußen, wo sich ein paar Raucher um einen Aschenkübel herum zusammengefunden hatten. Frederic war nicht dabei. Nunmehr gänzlich beunruhigt, eilte sie in den Flur zurück. Da hörte sie um die Ecke Stimmen. Das ist er, dachte sie zunächst erleichtert. Und die andere Stimme kenne ich vom Telefon. Aber was hat Frederic mit der Wirtin zu schaffen? Verheimlicht er mir etwas? Derart getrieben, konnte sie es nicht lassen, die beiden zu belauschen. Leider bekam sie nichts mehr vom Gespräch mit, weil ausgerechnet in diesem Augenblick Bert auf sie zukam und wissen mochte, was sie hier im Flur tat und wo Frederic sei.

Kurz darauf hatten sich alle wieder an ihrem Tisch eingefunden. Während Bert das Wort an sich gerissen hatte und auf Frederic einredete, suchten Angelikas Augen den Blick ihres Partners. Die erregte Frau hoffte, etwas daraus lesen zu können. Aber Frederic schien sich keiner Schuld bewusst zu sein. Jedenfalls verhielt er sich wie immer, wenn sie mit den Olbrichs zusammen waren: Er hörte Bert mehr oder weniger geduldig zu.

Eleonore fragte ihre Freundin, ob sie nun von Nashwa weitererzählen dürfe.

»Ja! Selbstverständlich! Was ist aus der kleinen Maus geworden?«

»›Kleine Maus‹? Von wegen …«

Während sich die beiden Damen ein Glas des neu eingetroffenen Vincent Lamboureux gönnten, eines exzellenten Champagner Pinot Noir Blanc de Noirs, blieb Frederic trotz mehrmals hartnäckiger Nachfrage des Obers beim Bier und Bert wegen des Fahrens beim obligatorischen Mineralwasser.

Schon etwas angesäuselt war Eleonore wieder auf ihr aktuelles Einrichtungsobjekt gekommen. In einem wahren Wortschwall erzählte sie derart detailgenau vom künftigen Restaurant »Zur Goldenen Madonna«, dass Frederic und Angelika glaubten, Bert zuzuhören. Dies änderte aber nichts daran, dass die beiden überaus interessant fanden, was Eleonore berichtete. Frederic genoss es, dass ausgerechnet Berts Frau ihrem Mann zumindest für ein Weilchen einen Maulkorb aufgesetzt hatte. Als der Kriminalhauptkommissar hörte, wie das neue Lokal nach dem Umbau heißen und dass es mit unzähligen Heiligenfiguren bestückt werden solle, war er neugierig geworden.

»Wisst ihr, dass im Oktober in Vaals eine Madonnenstatue gestohlen wurde?«

»Ich weiß auch etwas!«, schoss es aus Angelika hervor, der in diesem Moment das Gespräch im »Sel et Poivre« einfiel.

Die Blicke der drei waren voll und ganz auf Angelika gerichtet. Sie berichtete, dass in Homburg vor Kurzem ebenfalls eine Steinmadonna verschwunden war. »Stellt euch vor, direkt gegenüber des ›Grain d'Orge‹!«

»Du meinst den Brauereigasthof, in dem wir schon mal waren?«

»Genau«, entgegnete Angelika.

»Dann sind es ja schon zwei Madonnenfiguren, die in unserem Umfeld gestohlen wurden«, bemerkte Eleonore in Erinnerung daran, dass ihr Auftraggeber bisher zwei Madonnenfiguren besorgt hatte. Um keine unnötige Unruhe aufkommen zu lassen, behielt sie das für sich. Sie fragte nur, wie die Figuren aussahen.

»Unbemalt!«, schoss es fast gleichzeitig aus Frederic und Angelika heraus.

Weil Frederic konkretisierte, dass »seine« Figur aus Blaustein war, setzte auch Angelika nach: »Ich glaube, ›meine‹ Figur war aus Marmor.«

»Hat dein Auftraggeber auch Madonnenfiguren in seinem Lokal?«

Weil Eleonore sicher war, dass van Basten nichts mit den Diebstählen zu tun hatte, bejahte sie und erklärte, dass »ihre« Figuren im nazarenischen Stil bemalt seien.

Die beiden Paare unterhielten sich noch lange über dieses Thema und einige andere Dinge, bevor sie den Abend gemütlich ausklingen ließen.

KAPITEL 7

»Kaffee?«, säuselte Locki ihrem Chef betont leise entgegen. Sie hatte bemerkt, dass er einen schweren Kopf hatte.

Was würde ich nur ohne sie machen?, dachte sich Le Maire, während er auf den Besprechungsraum zuging, ohne zuerst sein Büro anzusteuern. Was dies hieß, wussten seine Mitarbeiter: außerordentliche Besprechung!

»Wie sieht es aus?«, knurrte er über den Tisch, während seine Augen erfolglos die Croissant-Schüssel suchten. »Also nichts Neues!«, resümierte er, nachdem seine Leute ihm der Reihe nach berichtet hatten, wie sie bei ihrer Suche nach dem vermeintlichen Mörder vorangekommen waren. »Ist das alles?«

Als sich für einen Moment ein lähmendes Schweigen breitmachte, schnippte Locki mit den Fingern.

»Was ist?« Le Maire war aufgrund des Gehörten ruppiger, als er es beabsichtigt hatte. Gestern hatte er mit Angelika wegen einer Kleinigkeit gestritten, nachdem sie von den Olbrichs nach Hause gebracht worden waren. Das Liegen auf der Couch hatte ihm nicht gerade gefallen. Zuerst war Angelika sauer gewesen, weil sie gedacht hatte, er hätte mit der aparten Wirtin angebandelt. Nachdem Frederic den Grund für das Gespräch im Flur des »Rosen« aufgeklärt hatte, war sie sauer geworden, weil er sie ihrer Meinung nach nur deswegen zum Essen eingeladen hatte, um von der Wirtin in Erfahrung zu bringen, ob sie was zur Lösung des Mordfalles in Burg-Reuland beitragen konnte. Dabei hatte er doch lediglich von ihr selbst hören wollen, was sie bereits Herbert erzählt hatte, und das wusste Angelika auch, schließlich hatte er es ihr gesagt, bevor er sie eingeladen hatte. Jedes Detail des Mannes war wichtig, den die Wirtin in Burg-Reuland um den Friedhof und um die Kirche herumschleichen gesehen hatte, einige Stunden bevor die zweite Leiche gefunden worden war. Da verstehe einer die Frauen, hatte Frederic sich gedacht, als ihm Angelika eine Wolldecke zugeworfen hatte und er damit im Wohnzimmer verschwunden war.

»Also, Locki, was ist nun?«, drängte der Chef, der seine Mitarbeiter über das im »Rosen« erworbene Wissen und über seine neue Ermittlungsstrategie in Kenntnis setzen wollte. Dementsprechend musste er seine eigenen Leute einteilen und zusätzliche Kollegen aus den umliegenden Polizeistationen oder aus Lüttich anfordern.

Anstatt eine Antwort zu geben, ging die Sekretärin wortlos ins Chefbüro und holte die Blätter, die sie ihm gestern kurz vor Feierabend auf den Schreibtisch gelegt hatte.

Le Maire rollte genervt mit den Augen.

»Hier, Chef!«, zischte Locki wegen der mangelnden Wertschätzung ihr gegenüber.

»Was ist das?«

»Das Ergebnis meiner Recherchen!«

Je länger Le Maire die Ausdrucke betrachtete, umso heller wurde seine Miene. »Nicht schlecht.«

Jetzt reichte es Fabienne Loquie. »Nicht schlecht?«, hallte es durch sämtliche Räume des Kommissariats. »Sie haben wohl nicht …«

»Schon gut, Locki!«, besänftigte Le Maire seine Sekretärin, bevor sie richtig loslegen konnte. Er wusste, dass sie jahrein, jahraus alles für ihn und für das Kommissariat tat und immer da war, wenn sie gebraucht wurde. Er wusste aber auch, dass die kleine Frau hochgehen konnte wie eine Rakete, wenn ihre Arbeit nicht genug anerkannt wurde oder zu wenig Wertschätzung fand. Also bat er sie höflich, ihn und die anderen am Ergebnis ihrer Recherchen teilhaben zu lassen.

Nachdem die junge Frau allen Kaffee nachgeschenkt und sich dabei etwas beruhigt hatte, verteilte sie die Ergebnisse an die Polizisten und berichtete, dass im Umkreis von 70 Kilometern in letzter Zeit lediglich fünf paar Schlangenlederstiefel der Größe 45 verkauft worden waren, weil es scheinbar nicht allzu viele Menschen mit großen Füßen gab, die sich ein solch auffälliges Schuhzeug zulegten. »Und ich habe kein einziges Schuhgeschäft ausgelassen … hoffe ich zumindest.«

Nachdem sie fertiggesprochen hatte, gab es den verdienten Beifall des Beamtenkollegiums.

Aufgrund der neuen Erkenntnisse sah Le Maire es als viel versprechend an, sich vordergründig auf den Träger der auffälligen Cowboystiefel zu konzentrieren. Also nahm er Lockis Ausdrucke in die Hände und teilte seine Leute ein: »Devaux! Du fährst nach Bütgenbach zum ›Schuhhaus Lejoly‹! Die Adresse lautet Zur Domäne 29.«

Le Maire erzählte anschließend, was ihm die Chefin des »Rosen« in Burg-Reuland berichtet hatte. Sie sei sicher, dass sie den großen Mann mit dem sonnengebräunten Gesicht, seinem Dreitagebart, den langen blonden Haaren und den auffälligen Stiefeln wiedererkennen würde. Ihr waren sogar die weißen Streifen an dessen Jeans und das rote Emblem auf der rechten Gesäßtasche im Gedächtnis geblieben. Allerdings konnte sie das Motiv nicht beschreiben. »Locki, veranlass bitte, dass der Phantomzeichner umgehend zu ihr fährt.«

Stolz darauf, sich als Teil des Ermittlerteams fühlen zu können und wichtige Beiträge geleistet zu haben, eilte sie zum Telefon.

Weil Bütgenbach so nah am Auffindungsort der zweiten Toten lag, erwog Le Maire für einen kurzen Moment, selbst dort hinzufahren. Als ihm Angelikas Eifersucht in den Sinn kam, verwarf er diesen Gedanken so schnell, wie er gekommen war, und beließ es bei der Einteilung, die er sich vorgenommen hatte.

»Pierre! Du fährst nach Lüttich zum Schuhgeschäft ›Snipes‹! Moment … Boulevard Raymond Poincaré 7.«

»Ist gut, Chef!«

»Und du, mein lieber Herbert, ab nach Kerkrade zum Schuhgeschäft ›Scapino‹! Warte … Die Adresse lautet Hoofdstraat 8. Geh bitte in Zivil. Und ich steuere zuerst Vaals an …« Le Maire musste wieder auf einem der Blätter nachsehen »… und besuche dort ›Stef Shoes‹ in der Tyrellsestraat 7. Danach fahre ich nach Aachen-Brand zum ›Schuhhaus Hermanns‹ in die Trierer Straße 742.«

Nachdem die drei abgezogen waren, ging er ins Sekretariat, um sich bei Locki zu bedanken.

»Schon gut, Chef, alles klar. Ich versuche, den Phantomzeichner in Lüttich zu informieren, und bin dabei den ganzen Tag im Büro erreichbar. Au revoir!«

»Au revoir, Locki!«

*

Im künftigen Restaurant »Zur Goldenen Madonna« in Aachen gingen die Arbeiten zügig voran. Die Leuchtreklamefirma hatte sogar schon die dreidimensionalen Metallbuchstaben für den Fries oberhalb des Restauranteinganges geliefert.

Die Innenarchitektin hatte das Ineinandergreifen der verschiedenen Handwerker wie immer professionell im Griff. Kaum dass ein Klempner oder ein Elektriker die Wände aufgeschlitzt, darin Rohre oder Kabel verlegt hatte, waren sie vom Hausherrn höchstpersönlich sauber verputzt worden. Der Maurer und die Schreiner arbeiteten ebenso Hand in Hand wie Eleonore mit ihrem Auftraggeber, der momentan damit beschäftigt war, Ränder an der Decke und an den Wänden abzukleben. Lediglich die überall herumliegenden und herumstehenden Heiligenfiguren gingen immer wieder im Weg um. Aber auch daraus machte niemand ein wirkliches Problem. Nur Eleonore Olbrich hatte eins. Ihr hatte die Sache, die sie über die gestohlenen Madonnenfiguren gehört hatte, einfach nicht aus dem Kopf gehen wollen. Also überlegte sie, wie sie van Basten unauffällig auf die beiden Skulpturen ansprechen sollte, die er im Keller restaurierte. Da kam ihr die zündende Idee, die Rechnungen dafür einzufordern. Es war schließlich ihre Aufgabe, sämtlichen Schriftverkehr auf inhaltliche Richtigkeit zu kontrollieren und abzuzeichnen. Also nutzte sie die gemeinsame Mittagspause, um ihren Auftraggeber damit zu konfrontieren: »Louis, mir fällt gerade ein, dass mir die Rechnungen der Leuchtreklamefirma, des Kühlhauseinbauers und der beiden Madonnenfiguren fehlen. Hast du auch die Quittungen für Farben, Pinsel und das andere Kleinzeug, das du im Baumarkt geholt hast?«

»Kein Problem, Eleonore«, antwortete Louis. »Ich bin froh, dass ich damit nichts zu tun habe und du die eingehenden Rechnungen kontrollierst. Ich habe alles sorgsam gesammelt und kann sie dir morgen mitbringen. Aber sag mal, du machst irgendwie einen ernsten Eindruck. Ist etwas?«

»Nein, nein, Louis!«, wehrte Eleonore ab, die mit dieser spontanen Antwort mehr als zufrieden war. Ihr bisheriger Gedanke, dass ihr Auftraggeber und nunmehriger Duzfreund Louis van Basten ein Madonnendieb sein könnte, war für sie unerträglich gewesen. Nun konnte sie einigermaßen zufrieden sein. Wenn sie am kommenden Tag die Rechnungen für die beiden Figuren in Händen hielt, wäre die Sache vergessen.

Während sie sich über dies und das unterhielten, blätterte Eleonore nebenbei in der »La Libre Belgique«, die wohl einer der belgischen Handwerker mitgebracht und auf dem Tisch liegen gelassen hatte. Dabei glaubte sie, ihren Augen nicht zu trauen, als sie eine kleine Notiz sah, in der beschrieben wurde, dass in Antwerpen aus dem Garten eines privaten Anwesens heraus eine Madonnenstatue entwendet worden war. Nachdem sie die kurze Pressenotiz gelesen und dabei festgestellt hatte, dass dies am Samstagabend zwischen 20 und 22 Uhr gewesen war, blähte sie die Wangen und stieß erleichtert Luft aus.

»Ist etwas nicht in Ordnung, Eleonore?«, mochte Louis wissen, dem Eleonores Reaktion nicht entgangen war.

»Nein, nein! Alles bestens!«, tat Eleonore das Gelesene ab. »Was es auf dieser Welt nicht alles gibt!«

»Du musst nicht alles glauben, was in der Zeitung steht«, lachte Louis.

Weil in diesem Moment der Elektriker eine Frage an den Auftraggeber hatte und Louis mit ihm fortging, war es dem Bauherrn nicht möglich nachzuhaken. Eleonore war nicht nur darüber froh. Die aufgewühlte Frau war nun gänzlich erleichtert, dass Louis van Basten keinesfalls der gesuchte Madonnendieb sein konnte, weil er am Samstagabend um die bewusste Zeit mit ihr und ihrem ehemaligen Au-pair-Mädchen Nashwa im »Domkeller« versumpft war. Dabei war Nashwa nur in Eleonores Nähe geblieben, um auf sie achten zu können. Die junge Frau selbst hatte keinen Tropfen Alkohol getrunken.

»Also, wie geht es mit den Sitzecken weiter?«, mochte der an den Tisch zurückgekehrte künftige Wirt nach der Mittagspause von seiner Architektin wissen.

Bevor die Frau antworten konnte, mischte sich der Tischlermeister ein, der mit seinen beiden Leuten ebenfalls gerade die Brotzeit beendete. »Die Seitenteile sind gestern von der Ablaugfirma zurückgekommen und werden bereits in meiner Werkstatt gebeizt, bevor sie glatt geschliffen werden, während andere meiner Mitarbeiter schon damit beschäftigt sind, die Bänke herzustellen und dann mit den Seitenteilen zu verzapfen.«

»Das heißt also, dass sie einbaubereit sind, wenn die Malerarbeiten beendet wurden?«

Der Tischler aus Hergenrath musste lachen. »Wenn ich mich so umsehe, sind die Sitzbänke weit vorher fertig, bevor die Wände Farbe gesehen haben.«

»Nicht so frech, junger Mann!«, scherzte van Basten, der sich selbst eingestand, noch viel Arbeit vor sich zu haben, weswegen er wohl ein paar Nachtschichten würde einlegen müssen. »Ich bekomme das hin!«, versprach er Eleonore, die von Anfang an dafür plädiert hatte, einen örtlichen Anstreicher mit den Malerarbeiten zu beauftragen, um den geplanten Starttermin des Restaurants anlässlich der Eröffnung des Öcher Weihnachtsmarktes nicht zu gefährden. Louis hatte jedoch darauf bestanden, den künstlerischen Part selbst zu übernehmen. Das war von vorneherein klar gewesen – immerhin war er ein begnadeter Handwerker, der sich in früheren Jahren sogar an heikle Stuckarbeiten gewagt hatte.

*

Bevor er nach Vaals fuhr, rief Frederic in der Rechtsmedizin an, weil er mit Angelika gemeinsam die »De Zwarte Madonna« aufsuchen wollte. So ganz waren ihm die Madonnendiebstähle nicht aus dem Kopf gegangen. Während sie sprachen, fiel ihm ein, dass er sich auch die »Goldene Madonna« in Aachen in diesem Zusammenhang einmal ansehen könnte. So bat er Angelika, bei Eleonore anzurufen, um zu erfahren, ob sie auf der Baustelle war und ob sie kurz vorbeikommen dürften. Und dies hatte Angelika allzu gerne getan.

Eine gute halbe Stunde später standen die beiden vor van Bastens Haus, wo sie bereits von Eleonore Olbrich erwartet wurden.

»Entschuldige, meine Liebe! Ich wollte mir einfach mal ansehen, wovon du mir in Burg-Reuland so vorgeschwärmt hast. Du hast mich neugierig gemacht.« Mit dieser Begrüßung hatte Angelika ein eventuelles Misstrauen Frederic gegenüber wegen seines Jobs gar nicht erst aufkommen lassen. Er hatte ihr gesagt, weswegen ihn das neue Lokal interessierte. »Ich hoffe nur, es gefällt dir, wenn es fertig ist und wir dorthin zum Essen gehen können«, hatte Angelika ihm ins Ohr geflüstert.

Nach der unvermeidlichen Bussibegrüßung, die Frederic hasste wie die Pest, bat Eleonore die beiden in die Gaststube, wo sie auf den Hausherrn stießen, der gleich seine Knöpfe aus den Ohren nahm, um die beiden zu begrüßen.

»Das ist mein Auftraggeber Louis van Basten. Und das sind meine besten Freunde, die Le Maires. Angelika ist Rechtsmedizinerin hier in Aachen und Frederic ist belgischer Kriminalpolizist.«

»… der in Deutschland nichts zu sagen hat«, tat Frederic Eleonores Aussage ab und reichte van Basten freundlich lächelnd die Hand. Weil der Mann geschätzte 1,90 Meter groß war, musste der Belgier zum Niederländer hochschauen. »Sie sind also der künftige ›Madonnenwirt‹, von dem uns Eleonore schon so viel erzählt hat.«

»Ich hoffe, nur Gutes!«, scherzte van Basten und streckte einen Arm mit geöffneter Handfläche von sich. Dann räusperte er sich und forderte die anderen auf, ihm zu folgen: »Kommen Sie, ich zeige Ihnen gerne den aktuellen Stand der Renovierung.«

Mit sichtbarer Freude und unverhohlenem Stolz führte der Hausherr die beiden durch das ganze Lokal und erklärte ihnen jeden einzelnen Schritt der Umbaumaßnahmen. Er führte sie sogar in den Keller hinunter, um ihnen seine Werkstatt zu zeigen. »Diese ›Nazarenermadonna‹ hier ist fast fertig restauriert«, erklärte er, während er auf eine buntbemalte Figur zeigte.

»Wahnsinn, wie die Farben strahlen! Ist sie neu bemalt?«, mochte Frederic wissen.

»Nein«, antwortete anstatt des Hausherrn dessen Architektin. »Louis hat sie nur restauriert und den alten Glanz hervorgeholt.«

»Bis auf das Gold. Zerstörtes oder abgeriebenes Gold

kann man nicht mehr gut zum Glänzen bringen«, warf van Basten ein und erklärte, dass alles, was im Moment gelb grundiert sei, blattvergoldet werden würde. »Das mache ich, wenn ich diese große Madonna hier komplett vergolde!« Er zeigte zu einer überlebensgroßen Statue, deren Form sich unter einem Leintuch abzeichnete. »Um sie mit Blattgold versehen zu können, muss ich erst den Rest der abblätternden Farbe abschleifen.«

»Mit diesen Flaschenzügen hier können Sie Ihre Statuen bewegen?«, interessierte den Ermittler.

»Ja. Das alles habe ich für sündhaft teures Geld einbauen lassen, weil ich wieder Freude am Restaurieren gefunden habe. Damit kann ich künftig all meine Neuerwerbungen selbst herrichten. Und wenn die Gäste etwas davon interessiert, können sie es mir direkt aus dem Lokal heraus abkaufen … natürlich nicht alle Teile. Meine ›Goldmadonna‹ ist zum Beispiel unverkäuflich!«, verkündete er und zeigte zur Außenwand. »Und mit diesem speziellen Lastenaufzug dort kann ich alles herunter und wieder nach oben befördern.«

»Alles?«, fragte Le Maire.

Obwohl er den Sinn der Frage nicht verstand, nickte van Basten.

Der belgische Schnüffler schaute sich den monströs auf ihn wirkenden Aufzug genauer an. »Darin hat ja ein Elefant Platz«, bemerkte er voller Respekt.

»Ich weiß«, antwortete van Basten mit einem Lächeln auf den Lippen und schilderte, dass er ihn günstig bei einer Firmenauflösung ersteigert hatte. »Der Einbau war teurer als das Teil selbst. So, nun aber genug geschwatzt. Ich lade euch auf einen Kaffee in den ›Elisenbrunnen‹ ein.«

*

»Eleonores Auftraggeber scheint ja ein netter Kerl zu sein«, bemerkte Angelika sichtlich angetan, als sie eine gute Stunde später im Auto saßen und auf dem Weg nach Vaals waren. Das ermittelnde »Dream-Team« hielt direkt auf den Parkplatz des Cafés »De Zwarte Madonna« zu, von wo aus sie gleich ins Lokal gingen. Dort sah es so ähnlich aus, wie in van Bastens »Goldener Madonna«, nur aufgeräumter. Überall befanden sich Heiligenfiguren, -bilder und -devotionalien. Alles war so, wie es Angelika von ihrem letzten Besuch vor ein paar Jahren in Erinnerung hatte. Sogar der Beichtstuhl stand noch da, wo er seinerzeit schon gestanden hatte.

»So ähnlich möchte van Basten sein Restaurant also einrichten«, stellte Frederic fest. Angelika erinnerte ihn, dass Eleonores Auftraggeber seine Inspiration von einem Lokal in Antwerpen hatte.

»Ist das nicht das Gleiche?« Er kannte das »Elfde Gebod« in Antwerpen und sah keine großen Unterschiede zwischen den drei »Madonnenpubs«, wie er es ausdrückte.

Während der belgische Polizist darauf wartete, den Wirt oder die Wirtin sprechen zu können, klopfte er ungeduldig mit einer Handfläche auf die Theke.

»Der Chef ist im Museum drüben«, sagte eine freundliche Bedienung, die sein Begehr zu erahnen schien. Dabei zeigte sie zur ehemaligen Klosterkapelle hinüber.

»Wahnsinn! Hier sind ja mehr Heiligenfiguren als im Lokal!«, stellte Frederic im Devotionalienmuseum fest, während er dem Wirt der »Schwarzen Madonna« seinen Dienstausweis unter die Nase hielt.

»Was möchte ein belgischer Polizist von einem unbescholtenen niederländischen Staatsbürger?«, wunderte sich der Kurator der unzähligen Statuen. Das Opfer des Madonnendiebstahls schien sich nicht sonderlich darüber zu freuen, dass sich die Polizei um die gesetzeswidrige Entwendung auf seinem Gelände kümmerte – im Gegenteil. »Was wollt ihr schon wieder von mir?«, schnarrte es dem Kriminalhauptkommissar in nunmehr genervtem Ton entgegen. »Habt ihr den Dieb endlich gefasst?«

Der Mann führte den Polizisten und dessen Begleiterin in den kleinen Park zwischen dem Café und dem Museum, wo im Oktober die Madonnenfigur gestohlen worden war. »Hier hat sie gestanden!«

Frederic und Angelika schauten sich erstaunt an. »Aber hier steht doch eine Madonna«, wunderte sich der Ermittler und erfuhr, dass die gestohlene Figur schon längst ersetzt war.

»So schnell? Ist es nicht schwierig, an solche Statuen zu kommen?«, wunderte sich Le Maire.

Der Wirt nickte. »Doch schon!«

»Und wo haben Sie dann diese Figur herbekommen?«

Nun musste der Wirt lachen. »Glauben Sie, dass ich Ihnen meine Lieferanten verrate?«

»Dann geben Sie mir bitte ein Foto der gestohlenen Figur …«, knurrte Le Maire.

»Schon wieder? Ihr habt doch bereits eins!«, wunderte sich der Wirt.

Während er auf die Rückkehr des Mannes wartete, sagte Frederic zu Angelika, dass es sich bei dieser Ersatzstatue um eine *gestohlene* Madonna handeln könnte. »Weißt du was? Ich glaube, das mit den geklauten Madonnen ist mir doch zu dumm!«

»Das sehe ich auch so! Aber du wirst doch wohl noch auf das Foto warten, oder?«

Frederic zündete sich eine Zigarette an und nickte.

Kurz darauf kam der Mann zurück und drückte ihm ein Foto der gestohlenen Madonna in die Hände, das der Ermittler gleich betrachtete. »Aber … Ist das alles? Da kann man ja kaum etwas erkennen! Haben Sie kein besseres Bild?«

Der Mann schüttelte nur den Kopf.

Le Maire verabschiedete sich frustriert.

»Auf Wiedersehen!«, sagte Angelika auf Deutsch, worauf ein »Tot ziens!« vom grinsenden Museumswirt zurückkam.

»Das war nicht sehr ergiebig!«, ärgerte sich Frederic, als sie das Auto in der Tiefgarage unter einem Supermarkt am Prinz Willem Alexanderplein parkten, um von dort aus das Schuhgeschäft aufzusuchen, in dem er sich über den Käufer eines Schlangenlederstiefels erkundigen wollte. »Eine Viertelstunde lang freies Parken«, freute er sich. »Dann lass uns schnell machen!«

*

Zehn Minuten später wusste der Mordermittler, dass er nicht *mehr* wusste als zuvor. Die Verkäuferin konnte sich immerhin daran erinnern, eines dieser seltenen Teile verkauft zu haben, weil es das einzige Paar dieser Art und Größe gewesen sei, das die Chefin »versehentlich« mitbestellt hatte.

»Wenn Sie sich schon daran erinnern, dass Sie *dieses* Paar Schlangenlederstiefel verkauft haben, müssen Sie sich doch an den sicherlich auffälligen Käufer erinnern …«

Frederic Le Maire konnte die Verkäuferin fragen, was

er mochte, der Mittfünfzigerin war nicht mehr zu entlocken, sie konnte sich an rein gar nichts erinnern.

»Dennoch vielen Dank.« Le Maire seufzte.

»Jetzt fahren wir nach Aachen-Brand!«, kam es Angelika fast im Befehlston entgegen. »Hoffentlich können die im ›Schuhhaus Hermanns‹ uns weiterhelfen.«

Bevor Frederic den Weg zum Parkhaus einschlagen konnte, hakte Angelika sich bei ihm ein und gab ihm ein Küsschen auf die Wange. »Lass uns zuvor die Straße da hochgehen, dort gibt es ein paar schöne Geschäfte. Dafür bekommst du dann im ›De Fockink‹ ein leckeres Bierchen und ich ein Gläschen Champagner. Regina und Nico freuen sich, wenn sie uns wieder mal sehen. Die beiden Wirtsleute magst du doch auch, oder?«

Derart bestochen, blieb Frederic nichts anders übrig, als zu nicken und gute Miene zum bösen Spiel zu machen. Er verkniff sich sogar das Fluchen. »Na gut, dann fahre ich eben gleich morgen früh nach Aachen-Brand. Aber vorher muss ich telefonieren.«

Als Angelika merkte, dass er wieder einmal sein Handy vergessen hatte, gab sie ihm ihres.

»Locki hat …«

»Vergiss es!«, blockte Angelika ab, weil sie keine Ausrede hören mochte.

KAPITEL 8

Der erste Advent rückte näher und das Restaurant »Zur Goldenen Madonna« sollte langsam seiner Eröffnung entgegengehen. Aber Eleonore sah schwarz, was dies anging.

Auf allen Plätzen der Aachener Innenstadt waren Handwerker damit beschäftigt, Weihnachtsmarktstände, Buden, Hütten und Podien aufzubauen. Kabel wurden verlegt, Rohre zusammengesteckt und unzählige Tannenbäume abgeladen, von denen die meisten aus der Eifel stammten. Auch auf dem Münsterplatz vor van Bastens Baustelle hatte sich eine hektische Betriebsamkeit ausgebreitet, die alles andere als vorweihnachtliche Stimmung verströmte. Es wurde genagelt, gehämmert, gebohrt und herumgeschrien, was das Zeug hielt. Aber schon in wenigen Tagen würde hier der »Hexenhof« mit seiner weithin bekannten »Kulthütte« Weihnachtsmarktbesucher aus aller Herren Länder in eine ruhige und vorweihnachtliche Stimmung versetzen, wie es nur die weltbekannte »Old German Christmas« vermochte. Ganze vier Wochen lang würde es hier nach Bratwurst, Zimt und Glühwein duften.

Es war *die* Zeit des Jahres, in der nicht nur die Einheimischen ihre herbstliche Lethargie beiseiteschoben. Die Stadt würde von Abertausenden internationalen Besuchern bevölkert werden, die sich wie Ameisen vom Rathausplatz über den Katschhof bis zum Münsterplatz hinunter ausbreiteten und sich im »Hexenhof« festbeißen würden.

Wie gerne würde der geschäftstüchtige »Madonnenwirt« dieses Weihnachtsgeschäft mitnehmen? Der Name seines Lokals und dessen Einrichtung würden ebenso perfekt in die Vorweihnachtszeit passen wie die Hausphilosophie. Hier in der »Goldenen Madonna« würden – in einem Lichtermeer aus Kerzen und alten Kirchenlüstern – Heerscharen von Engeln jauchzen und jubilieren, während die Gäste mit himmlischen Leckereien verwöhnt wurden.

Aber trotz aller Bemühungen würde es Louis van Basten nicht gelingen, termingerecht auf den ersten Advent fertig zu werden. Also blieb ihm nichts anderes übrig, als den Eröffnungstermin auf »unbestimmt« zu verschieben. Weil es ausschließlich an ihm lag, dass es nicht wunschgemäß vorwärtsging, konnte er seiner Innenarchitektin keinen Vorwurf machen, im Gegenteil: Eleonore Olbrich hatte ihrerseits alles getan, was in ihrer Macht stand, um das Restaurant pünktlich mit Beginn des Weihnachtsmarktes eröffnen zu können. Aber durch die verflixte Detailverliebtheit des künstlerisch begabten Mannes war alles ins Stocken gekommen. Gerade die Blattvergoldung würde extrem viel Zeit in Anspruch nehmen. Im Grunde genommen war es ihr mittlerweile fast einerlei geworden – sie hatte sich genug geärgert. Hauptsache, *sie* war nicht schuld an der ständigen Eröffnungsverschiebung. Allerdings hatte sie an ihrem derzeitigen Lieblingsobjekt nichts mehr zu tun – im Moment jedenfalls. Vermutlich würde sie erst wieder zur Enddekoration nach der kompletten Fertigstellung benötigt werden. So konnte sie van Basten getrost allein lassen und sich um ihr ehemaliges Au-pair-Mädchen kümmern, das ohne Absage nicht zu ihrer Verabredung gestern gekommen war. In Sorge drüber, dass ihr etwas passiert sein könnte, versuchte Eleonore ständig, Nashwa auf ihrem Handy zu erreichen, erfolglos! Zuerst war die Mailbox dran, irgendwann war das Handy tot gewesen, nichts hatte sich mehr gerührt. Als wenn die junge Ägypterin ihre SIM-Karte herausgenommen hätte. Aber weshalb hätte sie das tun sollen? Weil Eleonore Nashwa nur allzu gut kannte und zudem wusste, dass eine Frau in diesem Alter niemals ohne ihr Handy aus dem Haus gehen würde, war sie mit jedem unbeantworteten Anruf unruhiger geworden. Vielleicht war ihr Handy gestohlen worden? Oder sie hatte es verloren? Weil aber in beiden Fällen der Klingelton zu hören sein müsste, zermarterte Eleonore sich den Kopf. In ihrer Verzweiflung rief sie sogar bei der Universität zu Köln an, um etwas über Nashwas Verbleib in Erfahrung zu bringen. Weil sie keine Verwandte der Studentin war, bekam sie allerdings trotz betont höflichen Nachfragens keine Auskunft. Denn insbesondere wenn es sich um ausländische Studierende handelte, waren nicht nur Behörden, sondern auch Universitäten äußerst vorsichtig geworden und gingen mit Personendaten ganz besonders sorgsam um.

Von der Sekretärin, die Eleonore Olbrich ans Telefon bekommen hatte, erfuhr sie lediglich, dass bei einigen Studiengängen die vorlesungsfreie Zeit begonnen hatte und die meisten Studierenden entweder in die Weihnachtsferien nach Hause gefahren waren oder auf einem der Kölner Weihnachtsmärkte jobbten.

Vielleicht ist Nashwa ebenfalls nach Hause gefahren und liegt nun in Scharm asch-Schaich in der Sonne, während ich mir unnötige Sorgen mache, beruhigte sich Eleonore selbst und versuchte, auf andere Gedanken zu kommen. Aber die Situation um ihre junge Freundin mochte ihr nicht gefallen, in Ägypten war es in jüngster Zeit wieder vermehrt zu Terroranschlägen auf Touristen gekommen. Was ist, wenn Nashwa deutsche Reisegruppen auf den Berg Sinai hochbegleitet oder gar in einer der Tourismushochburgen arbeitet? In El Gouna vielleicht? Immerhin studierte sie in Deutschland Tourismusmanagement und könnte in ihrer Heimat sogar fachbezogen jobben, was ihr sicherlich nicht nur einen Riesenspaß machen, sondern auch verhältnismäßig ordentlich entlohnt werden würde.

*

Am Vorabend hatte Angelika ihren Geliebten von einem Vaalser Modegeschäft zum anderen geschleppt. Dann hatten sie ihre Tüten zum Auto gehievt und waren in den Supermarkt gegangen, den sie direkt von der Tiefgarage aus hatten erreichen können. Dort hatte Angelika Lebensmittel einkaufen wollen. Dies alles war für Frederic nur zu ertragen gewesen, weil sie ihm versprochen hatte, im Anschluss die Wirtsleute vom »De Fockink« zu besuchen. In deren gemütlichem Pub hatten sie ohne Zeitdruck etwas trinken wollen, bevor Angelika zu Hause zu kochen beginnen würde. Dies hatte für Frederic bedeutet, dass er nicht – wie sonst üblich, wenn sie unterwegs waren – den Tag mit einem schicken Essen beenden musste. Dementsprechend gut gelaunt war er gewesen und hatte nur allzu gerne seinen Besuch im zweiten Schuhgeschäft in Aachen-Brand auf den nächsten Morgen verschoben.

*

Es war bereits Mittag, als Le Maire bester Stimmung im Büro auftauchte und seine Mannschaft zusammentrommelte. Wie immer ließ er zuerst die anderen berichten.

»Also?«, warf er knapp ins Rund, während Locki Kaffee einschenkte. »Wer beginnt?«

Von Devaux erfuhr er, dass sich der Inhaber des »Schuhhauses Lejoly« überhaupt nicht mehr an den Verkauf von Schlangenlederstiefeln – schon gar nicht der Größe 45 – erinnern konnte. Als er auf Devaux' Drängen hin im Computer nachgesehen hatte, war von dem Ladenbesitzer bestätigt worden, dass zwei Paar dieser Schuhe, davon ein Paar dieser Größe, bei einem seiner Lieferanten bestellt und verkauft worden waren.

»Pierre?«

Der Oberkommissar wehrte gleich ab: »Ich war gestern zwar in Lüttich. Und die Leute im Schuhgeschäft waren allesamt äußerst freundlich, aber das ›Snipes‹ ist ein solch großer Laden, dass sich da wirklich niemand mehr erinnern konnte. ›Wir wechseln unsere Kollektionen ständig‹, hat mir die Geschäftsführerin gesagt.«

»Herbert?« Trotz der neuerlichen Enttäuschung schien Le Maire nach wie vor gut drauf zu sein.

Vom Chef angesprochen, zog sich der Streifenpolizist an den Stuhllehnen hoch, räusperte sich und berichtete, dass man sich in Kerkrade zwar an einen »relativ« großen Mann erinnern konnte, sich aber dessen Gesicht nicht gemerkt hatte.

»Wann hat er die Schuhe gekauft?«, mochte Le Maire wissen.

Herbert Demonty zog seinen kleinen Notizblock heraus und blätterte das letzte beschriebene Blatt nach vorn, um die Frage zu beantworten. »Im Juli!«

»Also im Hochsommer! Cowboystiefel in der heißen Jahreszeit?«

»Und was haben *Sie*, Chef!«, wollte Devaux wissen. Es ärgerte sie, nichts herausbekommen zu haben.

»Ich denke, dass ich einen Volltreffer habe, der sich auch mit der Aussage der Wirtin des ›Rosen‹ deckt!«, verkündete Le Maire nicht ganz unbescheiden und kam gleich zur Sache: »Tina Hermanns, die Chefin des gleichnamigen Schuhgeschäftes in Aachen-Brand, leitet normalerweise ›Andiamo-Schuhe‹ am Büchel in der Aachener Altstadt. Am bewussten Tag aber half sie vormittags in der Eschweiler Filiale und nachmittags im Stammgeschäft in Aachen-Brand aus. Sie wusste *ganz genau*, wie der Typ aussah, der diese Schuhe gekauft hatte.«

»Ja, und? Wie sah er denn aus?«, fragte Pierre.

Le Maire lehnte sich zurück und beschrieb den Mann inklusive aller neuen Erkenntnisse: »Tatsächlich geschätzte 1,90 Meter groß. Kräftige, aber schlanke Figur, langes blondes Haar, sonnenstudiogebräuntes Gesicht, kantige Züge, Dreitagebart, zerrissene Jeans mit seitlichen weißen Streifen und einem roten Zungenemblem auf der rechten Gesäßtasche, weißes T-Shirt unter einer braunen Lederjacke, Silberkette mit Schwert um den Hals und Löwenkopfring am linken Mittelfinger. Der Mann hat ein Tattoo auf seinem rechten Oberarm. Einen Löwen mit einer Krone auf dem Haupt, der in einer Pranke Pfeile und in der anderen ein Schwert hält!« Dann sagte er zu Locki: »Gib die Fahndung raus! Bei der Gelegenheit kannst du ja nachfragen, wo das Phantombild aus Burg-Reuland bleibt.«

*

»Merde!«, hallte es durch die Räume des Eupener Kommissariats. Aber nicht weil Le Maire von seiner Sekretärin soeben erfahren hatte, dass keine halbe Autostunde von Eupen entfernt in der berühmten Zisterzienserabtei Val-Dieu direkt neben der Basilika eine weiße Madonnenfigur mit dem besonderen Merkmal einer hellblauen Schleife entwendet worden war. Vielmehr war es eine andere schlechte Nachricht, die Le Maire zutiefst erschütterte: Locki hatte ihm nach ihrem Anruf beim Phantomzeichner der Kriminalpolizei Lüttich berichtet, dass es nicht mehr zu einem Zusammentreffen mit der Zeugin gekommen sei. Die Wirtin des »Rosenlokals« hatte nach Lüttich fahren wollen, war aber schon auf dem Weg zu ihrem Auto von einem grünen Lieferwagen überfahren worden und am Unfallort – unmittelbar vor ihrem Haus – verstorben, weswegen sie leider kein Phantombild mehr würde erstellen können.

»War es ein Unfall oder …«, mochte ihr Chef wissen und bekam zur Antwort, dass die Kollegen aus Lüttich nichts dazu sagen konnten, dafür aber mit Sicherheit wussten, dass es sich um Fahrerflucht handelte.

Auch wenn Le Maire einige Fragen zu diesem Vorfall hatte, musste er jetzt vordringlich der anderen Spur folgen, weswegen er direkt zur Sache kam: »Und was ist mit dem Phantombild aus Aachen-Brand?« Weil er wusste, dass sie nun trotz des Totalausfalles einer Zeugin immer noch eine Spur hatten, drängte er seine Sekretärin, in Lüttich Dampf zu machen.

Wenige Minuten später konnte Locki vermelden, dass Frau Hermanns mit ihrem Jaguar bereits auf dem Weg nach Lüttich sei, um dem Verdächtigen ein Computer-Gesicht zu geben.

»Gut! Dann kannst du auf deinem PC alte Bekannte suchen, die am rechten Oberarm mit einem Löwen tätowiert sind! Vielleicht haben wir ja Glück.«

Obwohl Le Maire mit dem aktuellen Fortgang der Dinge einigermaßen zufrieden sein konnte, wusste er, dass ihm die Zeit davonlief. Wenn es sich um einen psychopathischen Serienmörder handelte, würde der bald wieder zuschlagen und sich ein neues Opfer suchen. Und das musste mit allen zur Verfügung stehenden Mitteln verhindert werden. »Bis das Phantombild hier ist, kümmert ihr euch mit Hochdruck weiter um das Umfeld der beiden Opfer«, gab er seinen drei Leuten vor, während er sich via Internet weiter über die indonesischstämmige Minderheit in den Niederlanden im Allgemeinen informieren wollte. »Die Morde müssen etwas mit dieser Bevölkerungsgruppe zu tun haben. Aber was? Haben wir es mit einem fremdenfeindlichen Motiv zu tun?«, sagte er, bevor er sich in sein Büro zurückzog, um nachzudenken.

*

»Wo bleibt dieses verdammte Phantombild?«, schimpfte Le Maire, weil er zwei Stunden später immer noch nichts auf seinem Tisch liegen hatte. Die »Wartezeit« hatte er genützt, indem er sich genauer über die molukkischstämmigen Bevölkerungsgruppe in den Niederlanden und deren Verbreitung im Dreiländereck informiert hatte. Immerhin hatte ein Blick ins Melderegister ergeben, dass auch das zweite Opfer molukkische Wurzeln hatte. Bei seiner Recherche war herausgekommen, dass eine Gruppe dieser Menschen erstmals 1951 im Hafen von Rotterdam von Bord gegangen war und – laut der Statistiken, die ihm Locki nebenbei ausgedruckt hatte – 70 Jahre später 45.000 Menschen mit molukkischem Migrationshintergrund in den Niederlanden lebten. Allerdings war Le Maire bei der Betrachtung der Einwohnerstruktur der Niederlande aufgefallen, dass im Süden nur einen Bruchteil derjenigen Menschen mit molukkischen Wurzeln lebte, die in den Niederlanden gemeldet waren. Im niederländisch-belgischen Grenzgebiet – also in *dem* Bereich, in dem es die beiden Toten gegeben hatte, war das Aufkommen dieser Bevölkerungsgruppe fast marginal. Immerhin hatten zunächst ungefähr 13.000 und später 35.000 Menschen von der indonesischen Inselgruppe, die zur ehemaligen Kolonie »Niederländisch Indien« gehörte, die Niederlande erreicht. Die meisten Molukker und ihre Nachfahren lebten im Norden und in der Mitte des Landes, nicht in Le Maires Wirkungsbereich. Warum also *ausgerechnet hier* innerhalb kurzer Zeit zwei tote Frauen mit molukkischem Migrationshintergrund? War das nur ein Zufall oder war der Täter ein Rassist?«, hatte er sich gefragt, war aber nicht weitergekommen.

Er war heilfroh, als seine Sekretärin an die Tür klopfte und ihm einen Ausdruck durch den geöffneten Türspalt entgegenhielt, ohne sich selbst sehen zu lassen.

»Ach, Locki, sei nicht albern! Keine Spielchen bitte!«

Minuten später hatten alle einen Ausdruck mit dem Konterfei des mutmaßlichen Mörders und … Kaffee vor sich.

»Er sieht wirklich genau so aus, wie ihn Frau Hermanns beschrieben hat«, lobte Le Maire zufrieden und gab die Anweisung, das Phantombild unverzüglich mit der Polizeidatenbank gegenzuprüfen. Dank modernster Computertechnik konnte mit einigen Klicks ermittelt werden, ob das darauf erkennbare Gesicht polizeibekannt war. Und tatsächlich: Die Polizisten saßen im Besprechungsraum, als Fabienne Loquie mit drei weiteren Ausdrucken zurückkam.

Devaux schlug mehrmals mit der flachen Rückhand auf das Blatt und rief erfreut: »Ha! Jetzt haben wir ihn!«

»… haben wir niemanden«, bremste Le Maire den Enthusiasmus seiner Oberkommissarin. »Wir wissen jetzt zwar, dass er Thijs Leeuwen heißt, 40 Jahre alt ist und aus Rotterdam stammt, wo er eine Metzgerlehre abgebrochen hat. Und sein Vorstrafenregister ist zwar so lang wie eine Toilettenpapierrolle, aber wir wissen nicht, wo er wohnt. Also wissen wir auch nicht, wie wir an ihn herankommen können. Ganz zu schweigen davon, dass er bisher nur seltene Schuhe gekauft hat und sonst nichts Belastendes gegen ihn vorliegt.«

Nun beteiligte sich Polizeihauptmeister Herbert Demonty am Gespräch: »Keine Meldeadresse? Wirklich nicht?«

»Nein!«, beharrte Locki in beleidigtem Ton. »Ich kann es gerne noch einmal überprüfen. Aber so wie es aussieht, scheint Thijs Leeuwen weder in Belgien noch in den Niederlanden gemeldet zu sein … auch in Deutschland nicht.«

»Vielleicht unter anderem Namen?«, warf Devaux ein.

»Schon möglich, aber das hilft uns im Moment nicht weiter!«, unterdrückte Le Maire eine fruchtlose Diskussion, während er Leeuwens Strafregister genauer betrachtete und zu kommentieren begann. »Der hat ja wirklich alles gemacht, was Gott verbietet«, bemerkte er. »Als Kind hat er Tiere gequält. In seiner Jugend das Übliche, quer durch's Gemüsebeet. Unter anderem saß ›der Metzger‹ mehrfach wegen sexueller Belästigung und ebenfalls wegen mehrfacher schwerer Körperverletzung ein, zuletzt an einer Prostituierten.«

»Mit indonesischem Migrationshintergrund?«, mochte Kriminaloberkommissar Pierre Vonderbank wissen.

»Das steht hier nicht. Dennoch passt das einschlägige Profil auf den Mann, den wir suchen. Wartet mal.« Kaum dass er fertiggesprochen hatte, bat er Locki, eine Verbindung zu Frau Dr. Laefers herzustellen.

»Hier, Chef!«

»Danke, Locki! … Ah! Hallo, Angelika. Ich hätte da mal eine Frage: Könnten die Schnitte, mit denen die Arme bei den beiden Opfern abgetrennt wurden, von einem Mann stammen, der in jungen Jahren eine Metzgerlehre absolviert hat?«

»Na, klar! Das wäre sogar typisch für die Art und Weise, *wie* die Arme abgetrennt wurden.«

Le Maire verabschiedete sich und unterbrach die Verbindung. Dann trug er Locki auf, das Phantombild an sämtliche Polizeidienststellen des Dreiländerecks und an die sonst üblichen Verteilerstellen zu mailen. »Somit läuft das schon mal und wir verlieren keine unnötige Zeit.« Der erfahrene Mordermittler hatte die große Sorge, dass »es« wieder geschehen würde, wenn sie den Mörder nicht schnellstens fassten.

KAPITEL 9

Am Abend hielt es Eleonore Olbrich nicht mehr aus; es drängte sie nach Köln, um dort nach Nashwa zu forschen. Es ging ihr einfach nicht in den Kopf, dass sich die junge Frau wegen ihrer geplatzten Verabredung nicht bei ihr gemeldet hatte und seither verschwunden war. Weil sie sich ohne Berts Einweisung nicht zutraute, mit dem neuen BMW zu fahren, und ihr kleiner Flitzer in der Werkstatt war, entschied sie sich dazu, die Dienste der Deutschen Bahn in Anspruch zu nehmen. Laut Internetauskunft würde sie mit dem Regionalexpress vom Aachener Hauptbahnhof aus bis zum Kölner keine Stunde benötigen. Und mit der lästigen Parkerei hätte sie dann auch nichts zu tun. Also lud sie das Zugticket der Reiseverbindung auf ihr Handy und rief ihren Mann in der Uni an, um ihm die Sache zu erklären. Weil der heilfroh darüber war, dass sie mit dem Zug fuhr, anstatt sein Auto zu nehmen, erhielt sie dessen wohlwollende Zustimmung nur allzu gerne. Zur Sicherheit packte sie noch rasch ein paar Sachen für eine eventuelle Übernachtung zusammen und bestellte ein Taxi, das sie zum Bahnhof bringen sollte. Zuvor wollte sie kurz bei Louis van Basten vorbeischauen, um ihm mitzuteilen, dass sie voraussichtlich bis morgen nicht erreichbar sei, »… falls etwas sein sollte!«

Weil das Taxi nicht direkt bis zu van Bastens Baustelle fahren durfte, musste sie ein paar Schritte zu Fuß gehen. Bevor sie um die Ecke vom Fischmarkt zum Münsterplatz bog, hörte sie ein lautes Geschrei, das direkt vom Restaurant an ihre Ohren zu dringen schien.

Eleonore war entsetzt. »Was ist denn hier los?«, fragte sie Louis und bekam anstatt einer Antwort von einem der beiden Streifenpolizisten die Frage zurück, wer sie denn sei und was sie dies anginge.

»Mein Name ist Eleonore Olbrich, ich bin die Innenarchitektin, die dieses Objekt hier im Auftrag von Herrn van Basten umbaut und gestaltet. Wären Sie nun so freundlich, mir zu sagen, um was es hier geht?«

»Dann sind Sie also für diese Baustelle hier mitverantwortlich? Gut! Sorgen Sie dafür, dass Ihr Kunde nicht weiter zu abendlicher Stunde mit dem Presslufthammer den Schlaf seiner Nachbarn stört!« Der ältere der beiden Polizisten zeigte zu einem wütend dreinschauenden Rentnerpaar und ergänzte, dass sich diese Herrschaften über den Lärm beklagt und die Polizei gerufen hätten.

Weil Eleonore nicht verstand, weshalb Louis mit dem Schlagbohrer herumhantieren musste, fragte sie ihren Auftraggeber danach.

Aber bevor der Niederländer antworten konnte, begannen die Nachbarn schon wieder, lauthals auf ihm herumzuhacken, was zur Folge hatte, dass van Basten entnervt zurückschrie.

»Ruhe!«, fuhr der jüngere der beiden Beamten dazwischen und hatte Erfolg damit. Er konnte sich wieder dem Hausherrn zuwenden: »Zeigen Sie uns doch bitte, weswegen dieser Lärm verursacht wurde.« Der Polizist ging in Richtung der geöffneten Lokaltür.

»Stopp!«, rief der Hausherr und baute sich vor dem Polizisten auf, um ihm den Weg zu versperren. »Haben Sie einen Durchsuchungsbeschluss?«

»Machen Sie sich doch nicht lächerlich! Es geht hier lediglich um nächtliche Ruhestörung«, sagte der ältere Polizist mit einem verständnislosen Kopfschütteln. »Oder haben Sie etwas zu verbergen?«

»Es kann in einer Baustelle schon mal vorkommen, dass es etwas lauter zugeht als von den Behörden gestattet«, mischte sich Eleonore ein, um zu deeskalieren. Sie zog ihren Auftraggeber beiseite und flüsterte ihm etwas ins Ohr.

»Also gut«, sagte van Basten mit einem gequälten Lächeln auf den Lippen und reichte dem aufgebrachten Rentnerpaar die Hand. »Es tut mir leid und wird nicht mehr vorkommen. Wissen Sie was? Quasi als Schmerzensgeld lade ich Sie beide zur Eröffnung ein. Essen und Trinken frei.«

Die Mienen der Nachbarn erhellten sich und auch die Polizisten blickten freundlicher drein. »Ziehen Sie Ihre Anzeige zurück?«, mochte der Ältere wissen und bekam einmütiges Kopfnicken zur Antwort.

»Sehr gut, dann ist die Sache für uns erledigt«, sagte der andere und wandte sich mit einem ironisch gemeinten Schmunzeln an van Basten: »Wir brauchen also keinen Durchsuchungsbeschluss mehr.«

»Es tut mir leid«, entschuldigte sich der Angesprochene und zeigte zur Tür. »Aber dort drin schaut es derzeit furchtbar schlimm aus, da kann ich niemanden reinlassen. Und weil ich deswegen die Eröffnung immer wieder hinausschieben muss, sind meine Nerven wohl etwas angegriffen.«

»Schon gut«, winkte der Polizist ab und verabschiedete sich mit zwei Fingern an seiner Dienstmütze. Sein Kollege tat es ihm gleich.

Nachdem sich auch die beiden Nachbarn mit einem »Nichts für ungut« verabschiedet hatten, wollte Eleonore von Louis wissen, weshalb ein Schlaggerät zum Einsatz kommen musste. »Ich denke, die Grobarbeiten sind längst erledigt und du arbeitest an deinen Madonnenfiguren?«

»Tu ich ja!« Weil der Gastronom in all der Aufregung nicht gleich wusste, wie er ihr dies genauer erklären konnte, stotterte er nur herum, was Eleonore auf die Uhr schauen ließ. »Ach herrje! Ich muss zum Bahnhof!«

»Du fährst weg?«, wunderte sich Louis.

»Ja. Das wollte ich dir sagen und mich kurz auf der Baustelle umsehen, bevor ich nach Köln fahre.« Weil die Zeit drängte, konnte sie ihm nicht erklären, weshalb sie dorthin musste, und sich erst recht nicht mehr auf der Baustelle umsehen. Also blieb ihr nur ein »Tschüss! Bis die Tage!«.

Als Louis van Basten allein war, überkam ihn das innige Bedürfnis, in die Kirche zu gehen, um dort zu beten. Der streng gläubige Katholik hatte vor, in der nur wenige Meter entfernten Stadtpfarrkirche St. Foillan mit der sogenannten »Schönen Madonna« aus dem Jahre 1411 Zwiesprache zu halten. Immer wenn der gottesfürchtige Mann »das Böse« in seiner Nähe hatte oder es selbst spürte, war ihm danach zumute. Weil er das offensichtlich missgünstige Rentnerpaar zwar nicht als »böse«, zumindest aber als »streitsüchtige Menschen« einstufte und sich nach eigener Wahrnehmung bei dem Streit selbst so verhalten hatte, musste er sich *sofort* von dieser Sünde reinwaschen.

KAPITEL 10

Tags darauf klingelte es bei dem Nachbarspaar an der Wohnungstür, das sich bei der Polizei über den Lärm in der »Goldenen Madonna« beschwert hatte.

»Ja?«, dröhnte es aus der Sprechanlage. »Wer ist da?«

»Hallo! Guten Tag! Hier ist Ihr neuer Nachbar, Louis van Basten!«

»Ah! Der ›Madonnenwirt‹! Was kann ich für Sie tun? Möchten Sie hochkommen?«

»Nein, nein!«, wehrte van Basten ab. »Ich wollte Ihnen nur sagen, dass es heute noch einmal etwas lauter werden könnte.«

»Ach, das macht doch nichts«, entgegnete der Mann, der ihm gestern die Polizei auf den Hals gehetzt hatte. »Um was geht es denn?«, kam es in freundlichem Ton hinterher.

Van Basten überlegte einen Moment, dann teilte er seinem unliebsamen Nachbarn mit, dass soeben eine Madonnenstatue angeliefert worden war, die er in der Mitte würde zersägen müssen, um sie ins Lokal transportieren zu können. »Sie ist genau um …« Bevor er den Satz fertigsprechen konnte, vernahm er ein Knacken und die Verbindung zum Mieter der Wohnung im zweiten Stockwerk war abgebrochen. Sekunden später hörte er jemanden das Treppenhaus herunterstampfen. Kaum hatte er dies bemerkt, wurde die Haustür aufgerissen und der etwa 75-jährige Nachbar stand heftig atmend vor ihm. »So! Jetzt können Sie mir persönlich sagen, um was es geht.«

Van Basten war gleichermaßen erstaunt und irritiert. »Deswegen hätten Sie sich doch nicht extra heruntermühen müssen«, sagte er in bewusst sanftem Tonfall. Mehr fiel ihm im Moment nicht ein.

Weil der Mann nun schon einmal hier war und aus lauter Neugierde sicherlich keine Ruhe geben würde, konnte van Basten ihm ja auch gleich zeigen, was den Lärm verursachen würde. Die Hauptsache war, dass der alte Nörgler und seine zänkische Gattin keinen weiteren Aufruhr verursachten. Er wollte vor der Eröffnung nicht schon zweimal die Polizei im Haus gehabt haben.

»Wahnsinn!«, schoss es aus dem Nachbarn heraus, als er hinter van Bastens Haus eine etwa 2,50 Meter lange Madonnenfigur auf Paletten liegen sah, die von schützenden Holzlatten umgeben war.

»Sehen Sie, das ist mein Problem«, seufzte van Basten. »Diese Statue ist heute aus Rotterdam hierhergekommen und genau neun Zentimeter zu groß. Also – und dies ist das Ärgernis, weswegen ich Sie und Ihre Frau informieren wollte – muss ich sie in der Mitte zerteilen, um sie ins Haus schaffen zu können. Und dabei lässt sich ein gewisser Lärm nicht vermeiden.«

Der Alte betrachtete die aus Porphyr gefertigte Figur ganz genau, bevor er bemerkte, dass sie nicht besonders wertvoll sei.

»Sie kennen sich mit Gestein aus?«, wunderte sich van Basten.

Der Alte nickte und erzählte, dass er 34 Jahre lang in einem Steinmetzbetrieb gearbeitet hatte, bevor er gesundheitsbedingt in Frührente gegangen sei. »Die Lunge, Sie verstehen …«

Van Basten nickte bedauernd, bevor er dem ehemaligen Steinmetz erklärte, dass sein Restaurant »Zur Goldenen Madonna« kein Museum sei, in dem für Eintrittsgelder wertvolle Devotionalien gezeigt würden. Es handle sich auch nicht um eine spezielle Art der Marienverehrung. Vielmehr sollten viele verschiedene Jesus-, Madonnen- und andere Heiligenfiguren aller Art die Gaststube zieren. Und diese mussten lediglich gut aussehen, aber nicht unbedingt wertvoll sein. »Christusfiguren, Heilige wie die Apostel und sogar die Muttergottes mit dem Jesuskind sind relativ gut aufzutreiben. Aber Marienstatuen sind rar geworden und deswegen kaum bezahlbar. Eine solch große Madonna wie diese hier ist eigentlich gar nicht mehr zu bekommen«, erklärte van Basten. Dann weihte er seinen aufmerksamen Zuhörer ein, dass es sich hierbei – wie man unschwer erkennen konnte – um eine sogenannte »Schwarze Madonna« handelte, während er in seiner Werkstatt gerade damit beschäftigt sei, eine fast gleich große Marienstatue zu vergolden.

»Aha! Eine ›*Schwarze* Madonna‹ und eine ›*Goldene* Madonna‹ also«, wiederholte der Alte.

»Ja«, gab ihm van Basten recht. »Die beiden Marienstatuen sollen dann quasi für die Philosophie meines Restaurants stehen.«

»Das muss ich jetzt aber nicht verstehen«, grummelte der Mann und bot auch schon seine Hilfe an, die Skulptur von ihrer Lattenverpackung zu befreien.

Um keinen neuerlichen Stress mit dem plötzlich hilfsbereiten Rentner zu provozieren, ging van Basten darauf ein: »Also gut. Zusammen mit meinen beiden Helfern, die jeden Moment hier sein müssen, werden wir die Statue zersägen und dann ins Lokal transportieren. Sie genießen das Privileg, mein Restaurant jetzt schon von innen zu sehen, obwohl es noch nicht fertig ist. Dafür drücken Sie und Ihre Frau eine Nacht lang die Ohren zu, wenn ich ein letztes Mal mit dem Schlaghammer arbeiten muss.«

Damit hatte van Basten den Alten endgültig für sich gewonnen. »Ein allerletztes Mal?«

Van Basten nickte. »Nur heute Nacht noch, dann bin ich mit allen groben Arbeiten fertig und mache keinen Krach mehr – versprochen!«

*

Inzwischen war die Großfahndung nach dem gesuchten Thijs Leeuwen in vollem Gange. Wegen der Hilfe seines deutschen Kollegen Peter Dohmen hing dessen Konterfei nicht nur in sämtlichen öffentlichen Gebäuden Belgiens aus, sondern nun auch in deutschen Behörden, Bahnhöfen und Banken. Dass das Gesicht des 40-jährigen Gesuchten auf demselben Weg auch in den Niederlanden bekannt gemacht wurde, verstand sich von selbst. Denn auch die dortigen Behörden hatten ein großes Interesse daran, den Mörder hinter Schloss und Riegel zu bringen – immerhin hatten die beiden ermordeten Frauen die niederländische Staatsbürgerschaft gehabt. So war es nicht verwunderlich, dass sich jede Menge aufmerksame Bürgerinnen und Bürger in den Polizeidienststellen meldeten, weil sie den gesuchten Verdächtigen entweder kennen oder gesehen haben wollten.

Mehr als 20 Spuren konnten an einem Tag nicht bearbeitet, geschweige denn verfolgt werden. An diesem Freitag waren allein in Vaals acht Männer ins Kommissariat einbestellt oder zwangsweise dorthingeführt worden, die dem Gesuchten auf irgendeine Weise ähnlich sahen; vier Männer aus der Straftäterkartei waren den Ermittlern gegenübergesessen, weil sie Löwentattoos auf ihren rechten Oberarmen hatten, und weitere fünf, weil sie allein schon aufgrund ihrer einschlägigen Strafregister ins Schema passten, obwohl sie rein optisch nichts mit dem Gesuchten zu tun hatten. Schlangenlederstiefel schien allerdings kein Einziger von ihnen zu besitzen. Um dies genau zu überprüfen, mussten Hausdurchsuchungen durchgeführt werden.

So ging es momentan in Lüttich, in Eupen, in Aachen und in allen anderen Polizeidienststellen des Dreiländerecks zu. Die Sorge um ein mögliches weiteres Opfer ließ den Polizeiapparat auf Hochtouren laufen.

»Merde!«, fluchte Kriminalhauptkommissar Le Maire, weil er immer noch im Trüben fischte. Aber das Glück sollte der Polizei schließlich doch noch hold sein – zwar nicht dem Leiter der Mordkommission Eupen, dafür aber seinem Aachener Kollegen Peter Dohmen, bei dem ein Anruf einging, den Dohmens Sekretärin sofort durchgestellt hatte: »Hören Sie, ich weiß, wo Sie diesen Thijs Leeuwen finden können!«

Nachdem Peter Dohmen und sein Assistent Matthias Lehnen das gehört hatten, war es ganz ruhig im Chefbüro der Aachener Mordkommission geworden – bis der Kriminalhauptkommissar wissen mochte, wer denn am anderen Ende der Leitung sei.

»Das tut nichts zur Sache, ich rufe von einer Telefonzelle aus an. Hören Sie? … Gut! … Ich habe ihn vor zehn Minuten im Aachener Puff gesehen.«

*

Weitere zehn Minuten später war die berüchtigte Antoniusstraße in Aachens Stadtzentrum auf der einen Seite von der Nikolausstraße aus und auf der anderen Seite zur Mefferdatisstraße hin abgeriegelt.

»In Stoßzeiten arbeiten hier bis zu 100 Nutten im Schichtdienst. Wie sollen wir herausfinden, in welchem ›Appartement‹ sich Thijs Leeuwen aufhält?«, fragte Matthias Lehnen und bekam von seinem Chef zur Antwort, dass sie sich mit den Kollegen zusammen auf beiden Seiten von außen nach innen durcharbeiten werden. »Du gehst zur Kleinkölnstraße hoch und von dort aus zur anderen Seite des Bordells, um die Durchsuchung von der hinteren Seite aus zu leiten, während ich die Sache von hier aus manage. Achtet besonders auf Zimmer, in denen Prostituierte asiatischer Herkunft arbeiten. Alles klar? Ach, noch etwas: Das Wort ›Nutten‹ will ich von dir nicht mehr hören! Die Frauen hier bezahlen alle ihre Steuern und haben ungeachtet ihres Jobs menschlichen Respekt verdient!« Bevor Dohmens Stellvertreter etwas dazu sagen konnte, setzte der Chef nach: »Nimm ein paar Kollegen mit, um die Häuser der Bordellstraße auch noch von hinten abzusichern. Das heißt, dass auch je zwei Einsatzfahrzeuge die Kleinkölnstraße zu beiden Seiten abriegeln sollen!«

»Alles klar, Chef!«

»Wie sieht es unten auf dem Parkplatz hinter der südlichen Häuserzeile aus?«

»Dort haben bereits zwei Kolleginnen und zwei Kollegen Position bezogen.«

»Gut! Auf meinen Befehl hin schlagen wir zu! Und jetzt Abmarsch!«

Obwohl die Antoniusstraße an beiden Zugängen durch Polizeifahrzeuge abgeriegelt war und sich dies wie ein Lauffeuer im Bordellkomplex herumgesprochen hatte, bewahrten die meisten der dort arbeitenden Prostituierten Ruhe. Diejenigen, die in Deutschland korrekt gemeldet und deren »Kleingewerbe« ordentlich angemeldet war, hatten nichts zu befürchten. Lediglich die paar illegal in Aachen lebenden und in der Antoniusstraße arbeitenden Frauen mussten mit Repressalien rechnen. Aber so weit würden sie es erst gar nicht kommen lassen und sich so gut verstecken, dass sie die Polizei bei einer normalen Durchsuchung nicht finden konnte. Abgesehen davon, waren die Beamten nicht von der Sitte, weswegen sie es dieses Mal nicht auf Illegale abgesehen hatten. Bis zu Peter Dohmens Einsatzbefehl war alles ruhig geblieben. Nur die mit eingezogenen Köpfen davonschleichenden Freier, die gute Gründe hatten, sich dafür zu schämen, das Bordell besucht zu haben, brachten etwas Unruhe in das Ganze. Während die erfahreneren Polizisten sich auf das einstellten, was vor ihnen lag, nahmen die jüngeren Kollegen die Personalien der Männer auf.

Erst als die Beamten mit gezückten Schusswaffen begannen, ein Appartement nach dem anderen zu stürmen, und dabei die Frauen nach draußen scheuchten, wurde die Antoniusstraße zum Hexenkessel.

»Nichts!« oder »Sauber!«, hörte man die Polizisten ständig rufen, nachdem sie ein Zimmer nach dem anderen erfolglos durchsucht hatten. Damit die Frauen nicht in Gefahr gerieten, mussten sie sich am Ende der Straße versammeln. Die übrigen Freier, unter denen sich der Gesuchte nicht befand, wurden nach draußen geschickt, wo ihre Personalien aufgenommen wurden.

So ging das eine ganze Weile lang, bis sich die beiden Trupps in der Mitte der knapp 100 Meter langen Straße trafen. Sie standen vor einer auffällig orange gestrichenen Hausfassade mit der Nummer 19 – genau dort, wo die Straße einen kleinen Knick machte. Und ausgerechnet hier, im letzten Gebäude, das sie nun durchsuchen würden, sollten sie fündig werden?

Peter Dohmen war fast am Verzweifeln, als beide Durchsuchungstrupps sich vor dem mittleren Schaufenster des Hauses zusammengefunden hatten.

Jetzt oder nie, dachte sich der Einsatzleiter, der Haus für Haus nachgerückt war. »Wenn er dort auch nicht ist, sind wir einem falschen Tipp aufgesessen«, knurrte er, während seine Leute das letzte Gebäude stürmten.

»Das war's! Hier ist er auch nicht!«, rief ihm ein uniformierter Kollege zu.

Sekunden später fiel ein Schuss. Und noch einer. Insgesamt krachte es sechs Mal.

»Verdammt, was ist da los?« Bevor Peter Dohmen mitbekam, was sich im Inneren des Hauses abspielte, kam einer seiner Leute herausgestürzt und schrie nach einem Notarzt. »Er ist *doch* da drin!« Der Beamte war sichtlich entsetzt. »Wir brauchen einen Arzt, es hat einen Kollegen getroffen!«

»Wen?«

»Peter Jehn!«

»Scheiße!« Ohne lange nachzudenken, gebot der Einsatzleiter einem Umstehenden, den Notarzt zu rufen, gleichzeitig zog er den Rest seiner Leute vor dem Hauseingang zusammen. Hätte Kriminalhauptkommissar Peter Dohmen gewusst, dass die gesamte Häuserreihe im Dachgeschoss mit unverschlossenen Brandschutz-Fluchttüren verbunden war, hätte er wohl anders gehandelt. Denn nach dem Schussgefecht hatte sich Thijs Leeuwen, weiter wild um sich schießend, über das Treppenhaus bis ganz nach oben zurückgezogen. Während sich ein paar Beamte um ihren angeschossenen Kollegen kümmerten und sich andere nur ganz langsam aus ihren Deckungen trauten, um dem Flüchtenden zu folgen, war Thijs Leeuwen über etliche Dachböden hinweg bis zum Anfang der Antoniusstraße gerannt.

Weil die Blicke sämtlicher Beteiligter auf das Haus in der Mitte der Straße gerichtet waren, auch die der vier Polizisten, die mit ihren beiden Streifenwagen die Antoniusstraße von der Nikolausstraße her abriegelten, war es für den Flüchtenden ein Leichtes, ungesehen aus dem allerersten Haus ins Freie zu huschen. Er wollte nach rechts um die Ecke zur Kleinkölnstraße. Weil dort ebenfalls Beamte im Einsatz waren, konnte er jedoch nicht auf diesem Weg flüchten. Also blieb ihm nichts anderes, als nach links in Richtung Büchel zu gehen. Obwohl er bewusst langsam ging, um den Eindruck zu erwecken, er sei ein Passant, den der Aufruhr hier nichts anginge, forderte ihn eine aufmerksame Polizistin auf, stehen zu bleiben.

Weil er von hinten als großer Mann mit langen blonden Haaren erkennbar war, wusste die Streifenbeamtin sofort, wer da scheinbar gemütlich in Richtung Büchel spazierte. »Halt! Stehen bleiben! … Stehen bleiben oder ich schieße!«, rief sie dem blonden Hünen mit zitternder Stimme zu.

Thijs Leeuwen blieb tatsächlich stehen. Dann drehte er sich blitzartig um und schoss die Polizistin ohne Vorwarnung nieder. Bevor die Kollegen der Frau reagieren konnten, war der treffsichere Schütze bereits den Büchel hinuntergerannt und rechts in die Körbergasse eingebogen, wo er kurz darauf im Gewühl der vielen Menschen in Richtung Puppenbrunnen verschwand.

*

Die Manöverkritik fiel furchtbar aus. Bei dem Desaster war ein Mann entkommen, der mutmaßlich zwei junge Frauen grausam ermordet und verstümmelt hatte. Darüber hinaus hatte Thijs Leeuwen nunmehr offenbar drei Morde zu verantworten. Der Polizeibeamte, den er im Flur des mittleren Bordellhauses niedergeschossen hatte, war an Ort und Stelle seiner Schusswunde erlegen. »Wenigstens geht es der Kollegin einigermaßen gut, die er in der Kleinkölnstraße angeschossen hat«, tröstete sich der total enttäuschte und wütende Einsatzleiter.

Kein Wunder, dass der Druck auf die Ermittler wuchs. »Wenn wir nur wüssten, wo dieses Schwein untergekrochen ist! Er muss doch irgendwo wohnen«, schimpfte Peter Dohmen und ordnete an, dass nochmals sämtliche Einwohnerbehörden kontaktiert wurden. Bei dieser Gelegenheit informierte er die Kollegen Miller und Le Maire über den verpatzten Einsatz mit dem katastrophalen Ausgang.

KAPITEL 11

Obwohl tags darauf alle Aachener Tageszeitungen, die regionalen Radiosender und sogar das Fernsehen über den misslungenen Polizeieinsatz und den Polizistenmord berichtet hatten, war nichts bis zu Eleonore Olbrich durchgedrungen. Sie war immer noch in Köln, um nach Nashwa zu suchen – ein mühsames Unterfangen, bei dem ihr allein schon der Datenschutz fast die Hoffnung auf Erfolg genommen hatte.

Durch ihre Beharrlichkeit war es der Innenarchitektin letztlich aber doch gelungen, in Erfahrung zu bringen, dass die Studentin zusammen mit zwei anderen jungen Frauen in einer WG lebte. Und weil Eleonore Olbrich die Adresse herausbekommen hatte, war es ihr möglich gewesen, sich mit einer von Nashwas Kommilitoninnen zu unterhalten. Allerdings war dabei nur herausgekommen, dass die Ägypterin seit einigen Tagen nicht mehr in der WG gewesen sei. Nashwas Mitbewohnerin hatte geglaubt, dass ihre Kommilitonin in Aachen war, weil sie auf dem dortigen Weihnachtsmarkt arbeiten wollte. Deswegen hatte sie sich nichts dabei gedacht. Und so war ihr auch nicht aufgefallen, dass Nashwa keinen Koffer gepackt hatte. Erst Eleonore Olbrich hatte bemerkt, dass Nashwas Bett nicht gemacht war und sogar ihre Unterwäsche zum Trocknen auf einer Leine hing. »Das ist nicht Nashwas Art, sie ist überaus ordentlich«, hatte sie der Mitbewohnerin gegenüber geäußert und deren Erlaubnis erhalten, das Zimmer genauer zu inspizieren.

Obwohl die Studentin Eleonore Olbrich mehrmals versichert hatte, dass dies alles nichts bedeuten musste, hatte es danach ausgesehen, als wenn Nashwa nicht in aller Ruhe zum Aachener Weihnachtsmarkt gereist war. So hätte sie ihre Studentenbude niemals verlassen.

Mittlerweile war die Innenarchitektin nach Aachen zurückgekehrt, wo sie nun das tun musste, was sie vor sich hergeschoben hatte. Sie würde sich mit Nashwas Eltern in Verbindung setzen. Um Abdel und Daria Al-Thani nicht zu beunruhigen, hatte sie dies eigentlich vermeiden wollen. Weil sie aber nicht mehr weiterwusste, blieb ihr nichts anderes übrig.

KAPITEL 12

Louis van Basten hatte große Mühe, den »neuen Freund des Hauses« auf Abstand zu halten. Seit der ungeliebte Nachbar dem Bauherrn die »Genehmigung« erteilt hatte, noch ein einziges Mal nächtlichen Lärm zu verursachen, wich der alte Steinmetz nicht mehr von seiner Seite. Der neugierige Rentner hätte gern van Bastens Werkstatt im Keller des Restaurants begutachtet. Aber dies wollte der Hausherr absolut nicht. Die Werkstatt war sein Reich. Sein Refugium.

»Gestern begann der Weihnachtsmarkt. Weil ich mit meinen Arbeiten hinterherhänge, konnte ich nicht – wie ursprünglich geplant – zeitgleich eröffnen.«

Seit van Basten ihm dies gesagt hatte, war es ganz aus gewesen; der neugierige Rentner wollte seinem neuen Nachbarn mit aller Gewalt zur Hand gehen. »Immerhin war ich früher ein guter Steinmetz mit großer handwerklicher Begabung«, hatte er argumentiert, bevor er nicht nur enttäuscht, sondern auch wütend abgezogen war.

Wenn mir der nur keine neuen Scherereien macht, hatte sich van Basten gedacht, während er das Restaurant abgeschlossen hatte und in den Keller gegangen war, um dort weiterzuarbeiten. Weil er froh war, endlich wieder allein zu sein, passte es ihm in den Kram, dass seine Innenarchitektin nicht da war, um ihn anzutreiben. Seine Nerven waren so angespannt wie schon lange nicht mehr. Habe ich die Haustür abgeschlossen?, überlegte er auf dem Weg in den Keller.

*

Weil es sich um ein Gewaltverbrechen handelte, war der tote Polizist Peter Jehn auf Angelikas Tisch gelandet, wo sie ihn hatte sezieren müssen. »Mitten ins Herz«, sagte sie einsilbig zu Peter Dohmen und meinte damit den Schuss aus einer Selbstladepistole FN Five-Seven mit dem ungewöhnlich durchschlagskräftigen Kaliber von 5,7 mal 28 Millimetern. »Laut KTU wird diese Leichtbauwaffe von vielen Polizeieinheiten benutzt.«

»Ich weiß«, entgegnete der Chef der Aachener Mordkommission, für den in diesem Moment allerdings etwas anderes wichtiger war, weswegen er ohne Umschweife fragte, ob die Leiche freigegeben werden konnte.

Die Rechtsmedizinerin nickte nur. Ihr steckte die Identifizierung durch die Frau des Toten in den Knochen, die eine Tochter im Alter von knapp zwei Jahren hatte und zudem hochschwanger war.

»Ich weiß, was in dir vorgeht, Angelika. Es gibt Tage, da möchte man seinen Job hinschmeißen«, sagte Peter Dohmen tröstend. »Wann?«, wollte er dann professionell wissen.

»Von mir aus jetzt gleich.«

Das »Gut« des Kriminalhauptkommissars klang schrecklich in Angelikas Ohren, obwohl Dohmen sich beeilte hinzuzufügen: »Dann kann ich der Familie Bescheid geben.«

Und schon war es wieder da, dieses Gefühl, den Job hinschmeißen zu wollen.

*

Wegen des Wochenendes war die Beerdigung des ermordeten Polizisten auf dem Waldfriedhof erst auf Montag angesetzt worden. Für die Witwe waren dies unvorstellbar schmerzhafte Stunden. Einerseits wollte sie sich möglichst schnell von ihrem über alles geliebten Mann verabschieden, andererseits fürchtete sie sich so davor, dass sie es am liebsten möglichst weit hinausschieben mochte. Aber die Stunde des letzten Lebewohls rückte unaufhaltsam näher.

Es war eine schreckliche Beerdigung, zu der fast alle Kolleginnen und Kollegen des ermordeten Polizisten aus der gesamten Städteregion Aachen, viele aus den belgischen und niederländischen Grenzstationen und Hunderte andere Trauernde gekommen waren.

Als der zuständige Polizeipräsident während seiner bewegenden Rede darauf zu sprechen kam, dass Polizeiobermeister Peter Jehn in Ausübung seiner Pflicht gestorben sei, brach es aus der bisher bewundernswert tapferen Witwe heraus – aus dem leisen Schluchzen wurde ein lautes Weinen, das wohl allen durch Mark und Bein ging.

Wie schon die tröstenden Worte des Pastors in der neu erbauten Aussegnungshalle nahm Marie-Therese Jehn am offenen Grab ihres geliebten Mannes alle weiteren Reden wie durch einen Schleier wahr.

Als der direkte Vorgesetzte des Toten der Witwe die von vier Kollegen zusammengerollte Landesfahne übergeben wollte, sackte sie in sich zusammen. Ihrem Bruder und ihrem Schwager gelang es nur mühsam, sie wiederaufzurichten.

*

»Was für ein sonniger Tag, ein richtig schönes ›Beerdigungswetter‹! Da konnte ich meinen Schirm getrost zu

Hause lassen«, sagte eine Frau zu einer ihr völlig fremden Person, die gerade zufällig neben ihr stand. Es war Marlene Jacobs, die auch schon bei Aninda van Bastens Beerdigung in Vaals dabei gewesen war. Sie würde sich gleich nach der Beerdigung an die Witwe heranmachen, um sich bei ihr einzuschmeicheln. Und dies ging erfahrungsgemäß am besten beim Kondolieren, wenn sie so tat, als hätte sie den Verblichenen bestens gekannt. Sie würde auch in diesem traurigen Fall ihre über Jahre hinweg gesammelte Friedhofserfahrung zusammennehmen, um die Witwe davon zu überzeugen, dass sie dazugehörte, und von ihr ein »Wir sehen uns später« oder etwas Ähnliches zu hören zu bekommen.

Zuvor hatte sie etwas anderes im Sinn: Sie musste unbedingt den Kriminalpolizisten ausmachen, der für die Verfolgung des Mannes verantwortlich war, der mutmaßlich zwei Prostituierte und nun auch einen Polizisten ermordet hatte. Das Konterfei des Gesuchten hatte sie inzwischen auf Plakaten an Bushaltestellen gesehen. Sie wartete – selbstverständlich, ohne die Witwe aus den Augen zu lassen – den offiziellen Teil der Beerdigung ab, um sich nach dem zuständigen Mann bei der Aachener Mordkommission durchzufragen.

»Was sagen Sie da? Sie wissen, wo der Gesuchte wohnt?« Kriminalhauptkommissar Peter Dohmen war aus dem Häuschen. Als Marlene Jacobs ihn von der Seite angesprochen und gefragt hatte, ob er Interesse am Verbleib des Polizistenmörders habe, hatte es den Mordermittler gerissen, er war hellhörig geworden. Wieder so ein Waschweib, das sich wichtigmachen möchte, dachte er sich zwar, lieh ihr aber dennoch sein Ohr.

Letztlich führte die Unterhaltung dazu, dass er sie ins Kommissariat einbestellte. »… und zwar gleich im Anschluss an die Beerdigung!«, bestimmte er und versaute der Frau damit die Chance auf ein gemütliches Kaffeekränzchen im Kreise der Trauernden. Ihr Protest half nichts, Peter Dohmen beharrte darauf, umgehend mit der unsympathischen Frau zu sprechen. »Ich bin gleich wieder bei Ihnen, bleiben Sie hier«, trug er ihr auf, weil er sich von seiner Rechtsmedizinerin sowie von seinem belgischen Kollegen Frederic Le Maire verabschieden wollte. »Wir rufen uns morgen zusammen, Frederic, okay?«

»Schon gut!«, antwortete Le Maire. »Ich bin im Büro!«

Angelikas Augen blitzten freudig auf, was Frederic wieder einmal nichts Gutes verhieß. Und er sollte recht behalten. Seine Partnerin schlug ihm vor, nicht mit der Trauergesellschaft zusammen die gedeckte Kaffeetafel aufzusuchen, sondern stattdessen den Nachmittag auf dem frisch eröffneten Weihnachtsmarkt zu genießen. Über die Ergebnisse der Polizeifahndung nach Thijs Leeuwen würde er per Handy auf dem Laufenden gehalten werden, das er ausnahmsweise dabeihatte.

Obwohl Frederic sich viel lieber mit seinem Aachener Kollegen über den aktuellen Mordfall unterhalten hätte, lehnte er die Einladung der Witwe ab, mit der Trauergesellschaft in das naheliegende Café zu gehen.

Während die beiden klammheimlich das Friedhofsgelände verließen, suchte Peter Dohmen die auskunftsfreudige Alte, die auf dem gesamten Friedhofsgelände nicht mehr aufzufinden war.

*

»Das glaub ich jetzt nicht!«, schimpfte der Leiter der Aachener Mordkommission, nachdem er sich zusammen mit Matthias Lehnen auf dem Friedhof nach seiner Informantin umgesehen und sie überall vergebens gesucht hatte. Weil sie sich deswegen über die Beerdigung hinaus eine weitere halbe Stunde in der Kälte aufgehalten hatten, fror es die beiden Männer. Also hatten sie sich dazu entschlossen, Marie-Therese Jehns Einladung zu Kaffee und Kuchen doch anzunehmen und sich dem engen Kreis der Verwandten, Freunde und Kollegen anzuschließen. Und was der Aachener Leiter der Mordkommission gleich beim Betreten des Cafés gesehen hatte, war tatsächlich nicht zu glauben: Nicht nur, dass seine Informantin hier war, sie saß auch noch am »Familientisch« und unterhielt sich gerade angeregt mit dem Bruder des Ermordeten. Und als sie die beiden Kriminalpolizisten sah, winkte sie ihnen so freundlich zu, als wenn sie die Gastgeberin wäre.

»Sag mal, bin ich im falschen Film?«, flüsterte der Kriminalhauptkommissar seinem Stellvertreter zu, der sich trotz des traurigen Anlasses ein Grinsen nicht verkneifen konnte.

Weil Peter Dohmen die Zusammenkunft keinesfalls stören wollte, blieb ihm nichts anderes übrig, als gute Miene zum bösen Spiel zu machen und sich zu den anderen Polizisten zu setzen, die sich gerade darüber unterhielten, was sie mit dem Mörder ihres Kollegen zu tun gedachten, wenn sie ihn erwischen würden.

»Lass die Alte ja nicht aus den Augen!«, trug der Kripochef seinem Stellvertreter auf, bevor er sich am Gespräch seiner Kollegen beteiligte.

»Was gibt es denn schon wieder zu grinsen?«, mochte Dohmen von Lehnen wissen, als ihm von hinten auf die Schulter geklopft wurde. »Wir können!«, sagte die offensichtlich wegen des leckeren Kuchens gut gelaunte Dame, während sie ihre mit Krümeln behafteten Zähne bleckte.

Bevor er sich über die Dreistigkeit aufregte, sagte der Polizist nur: »Bitte.« Dabei zeigte er mit einer geöffneten Handfläche in Richtung eines unbesetzten Nebenraumes. Bevor ihm diese merkwürdige Frau erneut entwischte, würde er sie lieber gleich hier anhören, anstatt mit ihr ins Kommissariat zu fahren. Außerdem war Gefahr im Verzug und die Zeit arbeitete gegen ihn. »Matthias, du schreibst mit.«

»Geht klar, Chef.«

Bevor Peter Dohmen die Frau etwas fragen konnte, stellte sie sich unaufgefordert vor.

»Sie heißen also Marlene Jacobs, das hatten Sie mir bereits gesagt! Sie sind 78 Jahre alt, wohnen in Aachen …«

»Ja! Am Seilgraben 179 und …«

»Gut!«, bremste Dohmen die Frau aus, bevor sie ihm ihre Wohnung beschrieb. »Und nun erzählen Sie uns, weshalb Sie zu wissen glauben, wo der Mann wohnt, den wir suchen, Frau …«

»Fräulein!«

»Wie bitte?« Peter Dohmen war verwirrt.

»Ich meine nicht mich, sondern die Bedienung!« Sie wandte sich ab und winkte der Kellnerin. »Fräulein! Bringen Sie mir bitte ein Kännchen Kaffee und ein Stückchen des köstlichen Marmorkuchens! Ich gehöre zur Trauergesellschaft.«

»Hallooo! Hier bin ich! Sprechen Sie *mit mir*«, empörte sich Peter Dohmen.

»Jaja, schon gut, junger Mann«, knurrte Marlene Jacobs zurück. »Gleich! Ich warte nur auf …«

»Jetzt reicht es mir aber! Entweder Sie sagen mir sofort, was Sie wissen, oder ich muss Sie aufs Revier mitnehmen!«

Das hätte er besser nicht gesagt. Denn als Drohung hatte die Frau dies nicht verstanden – im Gegenteil: Sie schien das »Angebot« sogar verlockend zu finden. »… aber erst, wenn ich meinen Kaffee getrunken und noch einen Kuchen gegessen habe.«

*

Louis van Basten arbeitete indessen weiter mit Hochdruck daran, am kommenden Wochenende eröffnen zu können. Aber wie sollte dies gehen? Anstatt sich mit dem von ihm bereits rekrutierten Personal zu treffen, es zu instruieren und auf die Philosophie der »Goldenen Madonna« einzuschwören, das Reinigungspersonal herzubestellen und mit den restlichen Lieferanten Kontakt aufzunehmen, um Waren zu ordern, war er immer noch damit beschäftigt, Steinbrocken und anderen Bauschutt mittels Aufzug nach oben zu bringen und in den Container zu verfrachten. Die blattvergoldete Madonnenfigur war zwischenzeitlich zwar fertig und im Restaurant aufgestellt worden, aber sowohl die in zwei Teilen herumliegende »Schwarze Madonna« als auch die beiden kleineren Marienstatuen warteten noch darauf, ihre Standplätze einnehmen zu können. Weil noch Platz war, würde van Basten sogar noch eine weitere Statue benötigen. Aber woher nehmen, wenn nicht stehlen, fragte er sich.

Wegen der Größe seiner »Schwarzen Madonna« war ihm nichts anderes übrig geblieben, als diese Figur direkt im Lokal zusammenzusetzen und weiter zu bearbeiten. Das schwarze »Antik-Finish« würde ihm dann bei Weitem nicht so viel Mühe bereiten wie das Vergolden der anderen großen Statue. Solange er nicht damit fertig war, wollte er niemanden sehen und niemanden hereinlassen.

Dennoch war der »Madonnenwirt« irgendwie mit dem Fortgang der Dinge zufrieden. Deswegen würde er seine Arbeit an diesem Tag früher niederlegen als sonst und die Abendmesse in St. Foillan besuchen. Aber kaum dass er das Haus verlassen wollte, stand wieder der neugierige Nachbar vor der Tür. Er musste sich etwas einfallen lassen, um ihn loszuwerden.

*

Weil sie bei ihrer Suche nach Nashwa das ganze Wochenende nichts erreicht und lediglich erfahren hatte, dass ihr ehemaliges Au-pair-Mädchen in Köln wie vom Erdboden verschluckt war, hatte sie das Bedürfnis, mit jemandem zu reden und etwas zu trinken. Nashwas Eltern hatte sie immer noch nicht informiert, vorher musste sie sich etwas entspannen und zerstreuen. Da kam es ihr gerade recht, dass der Weihnachtsmarkt seine Pforten geöffnet hatte. Sie hoffte, ihren Mann Bert dazu überreden zu können, mit ihr in die »Kulthütte« des »Hexenhofes« zu gehen, obwohl sie wusste, dass dort eigentlich immer ausgebucht war.

Freddi, der in der »Kulthütte«, einer rustikal eingerichteten und weihnachtlich dekorierten Almhütte im tirolerischen oder bayerischen Stil, für die Reservierungen zuständig war, presste die Lippen zusammen und schüttelte den Kopf.

»Dann eben nicht«, sagte die enttäuschte Eleonore zu Bert und wandte sich zum Gehen.

»Das war eigentlich klar«, tröstete der Psychologe seine Frau. »Wir wissen doch, dass dort ohne Reservierung nichts läuft. Dann gehen wir eben woandershin.«

Kaum hatte Eleonores Mann dies ausgesprochen, hörten sie hinter sich eine vertraute Stimme. Sie gehörte einem der beiden Chefs des »Hexenhofes«. Alwin drückte Eleonore und Bert, mit denen ihn und seine aus Spanien stammende Frau Sole ein fast freundschaftliches Verhältnis verband. »Wolltet ihr ein Plätzchen?«

Bevor die beiden etwas sagen konnten, winkte er sie hinter sich her. »Kommt mit! Ihr habt Glück. Angelika und Frederic sind auch hier. Sie hatten ebenfalls nicht reserviert, weswegen ich sie zu Ralph und mir ins Separee gesetzt habe. Nun kommt schon!«

Eleonore war überglücklich.

»Was tut *ihr* denn hier?«, fragte Angelika mit einem herzlichen Lächeln. Wie Ralph Cleef, der zweite Inhaber der »Kulthütte« auf dem »Hexenhof«, freute sie sich, Eleonore und Bert hier zu sehen. Lediglich bei Frederic hielt sich die Freude in Grenzen. Denn er wusste, wenn Bert Olbrich erst einmal saß, würde er dem Schwätzer nicht mehr entkommen können und sich sämtliche geistigen Ergüsse geduldig anhören müssen, die der Psychologieprofessor aus seinen Gehirnwindungen herauszupressen verstand.

Er schien dieses Mal Glück zu haben. Anstatt Bert führte an diesem Abend Eleonore das Wort. Und was die besorgte Frau über ihr ehemaliges Au-pair-Mädchen zu berichten hatte, berührte die anderen so, dass sie schweigend zuhörten, auch Frederic. Allerdings konnte ihr der belgische Kriminalbeamte nicht helfen. »Selbst mein hiesiger Kollege Peter Dohmen könnte keine Fahndung nach Nashwa rausgeben. Du weißt ja nicht einmal, ob und wo sie verschwunden ist. Selbst wenn du morgen erfahren solltest – was Gott verhüten möge – dass die Studentin auch nicht in ihrer ägyptischen Heimat ist, wäre es wohl am ehesten die Angelegenheit meiner Kölner Kollegen, dort dürfte sie ja gemeldet sein. Aber …«

»Und bei uns hat sie erst gar nicht angefangen, obwohl sie auf dem ›Hexenhof‹ die gesamte Weihnachtsmarkt-Saison jobben wollte«, mischte Alwin sich ins Gespräch.

»Sie ist hier überhaupt nicht aufgetaucht«, wusste Ralph zu ergänzen.

»Siehst du, Eleonore«, sagte Angelika, »Frederic hat recht! Gegebenenfalls müsstest du sie von ihren Eltern in Köln suchen lassen. Du hast keinerlei Handhabe, weil du ja nicht einmal mit ihr verwandt bist. Kein Wunder, dass man dir von der Kölner Uni aus keine Auskunft über sie gegeben hat.«

»Aber selbstverständlich halten wir hier in Aachen die Augen und Ohren offen«, tröstete Bert seine Frau, die schließlich auf ein anderes Thema kam und den anderen von ihrem aktuellen Projekt erzählte.

»Und wegen der nächtlichen Ruhestörung ist dann gleich die Streife gekommen?«, ärgerte sich Frederic, nachdem er von der Sache mit van Bastens Nachbarn gehört hatte.

Nachdem Eleonore auch vom zähen Fortgang der Baustelle berichtet hatte, waren sich bis auf Frederic alle einig, dass sie das Restaurant gleich nach seiner Eröffnung testen würden.

»Ja! Da gehen wir dann alle zusammen hin«, freute sich Eleonore, der dieser Abend, das zufällige Zusammentreffen mit ihren Freunden, die nette Unterhaltung mit ihnen und die paar Gläschen Schampus sichtlich guttaten.

KAPITEL 13

Einige Stunden nachdem Le Maire die »Kulthütte« verlassen hatte, rüsteten sich etwa 20 Polizisten für ihren heiklen Einsatz. Marlene Jacobs hatte nach der Beerdigung des jungen Streifenpolizisten dem Leiter der Aachener Mordkommission und dessen Stellvertreter tatsächlich sagen können, wo der Mörder wohnte. Deswegen hatten die Polizisten Stellung vor dem Haus bezogen, in dem er vermutlich eine Wohnung im ersten Geschoss hatte. Zu Peter Dohmens Erstaunen war auf einem der Namensschilder an diesem heruntergekommenen Vierfamilienhaus tatsächlich ein gewisser »T. L.« zu finden gewesen. Weil der Gesuchte aber zweifelsfrei nicht da gewesen war, hatte der Einsatzleiter entschieden, nicht in dessen Wohnung einzudringen. Er hatte gewusst, dass damit nicht viel zu erreichen war. Und vielleicht gehörten die Initialen auf dem Klingelschild ja nicht Thijs Leeuwen, sondern einer anderen Person.

Also waren die Aachener Polizisten in Alarmbereitschaft verblieben, während vier ihrer Kollegen vor dem Haus versteckt Position bezogen hatten, um es unauffällig zu observieren. Es handelte sich um ein abbruchreifes Haus, in dem außer diesem oder dieser »T. L.« arme Familien wohnten. Aus Sicherheitsgründen hatte Dohmen die Menschen aus ihren drei Wohnungen evakuiert und unter deren lautstarkem Protest vorübergehend woanders einquartiert. Wenigstens hatte er währenddessen erfahren, dass es sich bei dem Bewohner der übrigen Wohnung um einen Mann handelte. Dabei hatte er inständig gehofft, von der Zielperson nicht heimlich beobachtet zu werden.

Marlene Jacobs hatte den beiden Kriminalbeamten Peter Dohmen und Matthias Lehnen glaubwürdig berichtet, dass sie den Mann, vielmehr dessen Schuhwerk, schon einmal gesehen hatte. Weil sie dabei lediglich gesagt hatte, dass dies auf einer anderen Beerdigung »im Ausland« gewesen war, hatten sich die beiden Polizisten nichts dabei gedacht. Stattdessen hatten sie sich auf den aktuelleren Part von Marlene Jacobs' Geschichte konzentriert. Die Alte hatte vor ein paar Tagen vor dem »Printengeschäft Klein« in der Ursulinerstraße gestanden, um eines der kleinen Gebäckstücke zu verkosten, die ihr von einer Verkäuferin angeboten worden waren. Dabei habe sie rein zufällig gehört, wie ein Mann zu einem gewissen »Tiss ... oder so ähnlich« gesagt hatte, dass er es lassen solle, in die Antoniusstraße zu gehen, um dort einer gewissen Asmara »Manieren beizubringen«. Dann habe er etwas in der Richtung gesagt, dass dieser Tiss schon genügend Schaden angerichtet und ihn gedemütigt hatte. Was damit gemeint gewesen war, hatte Marlene Jacobs nicht gewusst.

Dafür hatte sie sich an etwas anderes aus der Unterhaltung zwischen den beiden Männern erinnern können: »Dieser ›Tiss‹ hatte eine sehr raue Stimme, die mich aufhorchen ließ. Und dann die auffällige Körpergröße und die Schlangenlederstiefel. Da konnte ich eins und eins zusammenzählen. Also bin ich ihm heimlich bis zu seiner Wohnung in die Mostardstraße hoch gefolgt, habe aber nichts unternommen. Erst als ich Tage später seine Visage auf einem Plakat gesehen habe, wusste ich, dass dieser Mann ein Mörder ist«, hatte die Alte gesagt. Peter Dohmen war froh gewesen, dem Mörder ein Stück näher zu sein.

*

Es war ein nervenaufreibender Tag und eine nervenaufreibendere Nacht gewesen, in der sich die Stunden schier unendlich in die Länge gezogen hatten. Irgendwann – es war schon in den Morgenstunden – erreichte Peter Dohmen der heiß ersehnte Funkspruch seiner Observationsmannschaft.

»Aufwachen, Matthias! Es geht los«, rief er seinem Assistenten zu, der genau wie sein Chef und zwölf Kolleginnen und Kollegen die Nacht im Kommissariat verbracht hatte, während die 20 Polizisten auf ihre Einsatzbefehle gewartet hatten. Nun war es endlich so weit und die Warterei schien sich gelohnt zu haben, denn die erfahrene Leiterin der Observation teilte ihnen im Flüsterton mit, dass die Zielperson soeben – es war genau 6.47 Uhr – das Haus betreten habe … und offensichtlich sturzbetrunken sei.

»Das ist ja wunderbar«, freute sich Dohmen, weil er deswegen ziemlich sicher sein konnte, dass Thijs Leeuwen nicht bemerken würde, dass die drei Wohnungen seiner Nachbarn menschenleer waren.

»Wie besprochen, alle zum Einsatzort!«, dröhnte es aus den Funkgeräten. Weil er seine Leute am Vorabend ausgiebig gebrieft hatte, musste der Einsatzleiter nichts mehr zur Vorgehensweise sagen. Er hatte lediglich für seine Leute vor Ort einen Ratschlag: »Seid auf der Hut, tut aber nichts, solange ich nicht bei euch bin! Vielleicht schläft die Zielperson inzwischen ein und macht es uns umso leichter.« Das hoffte er zumindest.

*

Trotz der frühen Morgenstunde breitete sich in der gesamten Stadt nach und nach eine zunehmend hektische Betriebsamkeit aus: Zeitungsausträger zu Fuß waren ebenso unterwegs wie die Lieferwagen vieler Öcher Bäckereien. Andere eilten zum Bus oder zum Bahnhof, um pünktlich an ihre Arbeitsstätten zu gelangen. Und die ersten Frauchen oder Herrchen der ungefähr 8.000 in Aachen gemeldeten Hunde führten ihre Lieblinge aus.

An ein paar schmalen Lichtstreifen, die aus Louis van Bastens Restaurant nach außen drangen, war zu erkennen, dass er auf seiner Baustelle war, wo er fieberhaft weiterarbeitete. Seit er einen nachbarschaftlichen »Bewunderer« hatte, genoss er es noch mehr als zuvor, die ungestörte Ruhe der Nacht für sich zu nutzen. Weil er die gröbsten Arbeiten gänzlich hinter sich hatte, würde er selbst keinen auffälligen Lärm mehr verursachen müssen – im Gegenteil: Er würde sich davor hüten, noch einmal unangenehm aufzufallen. Das war schlecht fürs Geschäft.

*

An Wochentagen war Eleonore Olbrich um diese frühe Zeit sowieso schon auf den Beinen, weil ihr Mann um 7.00 Uhr aus dem Haus musste – aber nicht, ohne zuvor ordentlich gefrühstückt zu haben. Unabhängig davon war die Innenarchitektin an diesem Morgen früher aufgestanden als nötig. Der gestrige Abend in der »Kulthütte« hatte ihr zwar etwas Zerstreuung gebracht, ihr die Sorge um Nashwa aber nicht zu nehmen vermocht. Deswegen hatte sie die ganze Nacht kein Auge zugetan und es kaum erwarten können, die Al-Thanis in Scharm asch-Schaich anzurufen. Und dies würde sie nun auch tun. Allerdings erwies es sich als gar nicht so einfach durchzukommen. Verdammt, vielleicht sind sie schon bei der Arbeit, dachte sie und versuchte es weiter – so lange, bis es endlich klappte. »Abdel, bist du es?«

»Ja«, kam es zwar verwundert, aber in gut verständlichem Deutsch zurück. Nashwas Vater hatte Eleonores Stimme nicht sofort erkannt.

»Ich bin es, Eleonore Olbrich aus Deutschland … Kennst du mich nicht mehr, Abdel?«

»Na klar, Eleonore! Schön, von dir zu hören! Was gibt es denn Neues in Aachen?«

»Gott sei Dank«, seufzte Eleonore.

»Soll ich Allah ebenfalls danken?«, fragte er spaßeshalber, weil er sich riesig freute, von Eleonore zu hören.

»Äh … nein. Ist Daria auch hier?«, kam es etwas zögerlich zurück.

»Weshalb?« Abdels Stimme klang plötzlich ernster.

»Ach, ich habe nur eine Frage …«

»Nein, Daria ist schon in ihrem Shop.«

Weil es in der Leitung ruhig wurde, hakte Abdel nach: »Was willst du von ihr?«

Wieder war es für einen Moment still. Dann nahm Eleonore sich zusammen und fragte Abdel direkt, ob seine Tochter in Ägypten sei.

»Nein!«, antwortete er beinahe barsch. »Was willst du von ihr? Du kannst sie an der Universität zu Köln oder in ihrer WG erreichen. Soll ich dir ihre Nummer geben?«

»Nein, nein«, wehrte die zutiefst erschrockene Frau ab. »Nashwas Handynummer habe ich, aber ich kann sie nicht erreichen, weil ihr Handy tot ist, keine Mailbox, nichts.«

Nachdem der nunmehr beunruhigte Vater mehr darüber wissen wollte, berichtete Eleonore ihm alles, was sie wusste und was sie bisher schon in puncto Suche nach der jungen Frau unternommen hatte.

Was dann folgte, war für Eleonore kaum zu ertragen. Letztlich war auch Abdel froh, dass seine Frau schon außer Haus war. Eleonore gelang es mühsam, ihn davon zu überzeugen, dass er seiner Frau zunächst nichts darüber sagen sollte, um sie nicht in Panik zu versetzen. Ob sie ihn aber davon hatte überzeugen können, sich nicht sofort ins nächste Flugzeug zu setzen, um nach Köln zu fliegen, wusste sie nicht.

»Ich melde mich morgen wieder. Vielleicht hat sich bis dahin etwas getan und Nashwa ist wieder aufgetaucht.« Mit diesem frommen Wunsch beendete sie das Gespräch und ließ dabei einen verzweifelten Vater zurück.

*

Sanft geklingelt hatten die Männer des SEK nicht. Stattdessen waren sie mit Hilfe eines Schlüssels der Nachbarn leise ins Haus eingedrungen und hatten dann die Wohnungstür eingetreten, um Thijs Leeuwen aus dem Schlaf zu reißen. Dabei war alles ganz schnell gegangen: Die schwer bewaffneten und bestens ausgebildeten Männer hatten sich in Sekundenschnelle auf die einzelnen Zimmer verteilt und alle Räume gesichert. Als zwei von ihnen ins Schlafzimmer eingedrungen waren, hatte der betrunkene Schwerverbrecher nicht die geringste Chance gehabt, sich gegen die Festnahme zu wehren. Er hatte zwar versucht, an seine Waffe zu gelangen, dies aber nicht so schnell geschafft, wie er zu Boden gerissen und auf den Bauch gedreht worden war. Erst als die Handschellen geklickt hatten, war dem Polizistenmörder klar geworden, was hier soeben abgelaufen war. Dementsprechend hatte er herumgeschrien und herumgezappelt wie ein Fisch auf dem Trockenen.

»Nur zu …«, hatte ihn einer der wütenden Polizisten ermuntert, sich zu wehren. »Gib mir einen Grund, dich jetzt gleich an Ort und Stelle zu erschießen!«

Schließlich führten sie ihn ab. Zurück waren lediglich ein paar Polizisten geblieben, um auf die Spurensicherung zu warten.

*

Im Gegensatz zu seinem belgischen Kollegen Frederic Le Maire verhielt Peter Dohmen sich im Dienst stets korrekt und entsprechend der Vorschriften. Bei einem »Polizistenmörder«, der darüber hinaus zwei junge Frauen bestialisch ermordet haben könnte, gab sich der ansonsten eher zuvorkommende Mann keine Mühe, freundlich zu sein. Er und sein Stellvertreter saßen dem ungepflegten, nach Zigaretten und Alkohol stinkenden Mann nun schon eine geschlagene Stunde im Verhörraum gegenüber und taten alles, um etwas aus ihm herauszubringen. Sie stellten ihm bei Kooperationsbereitschaft sogar Strafmilderung in Aussicht.

Aber den erfahrenen Schwerverbrecher schien dies nicht zu beeindrucken, er hatte nicht einmal nach einem Anwalt verlangt. Weil die Fakten mehr als klar waren und die Beweislage – zumindest was den Polizistenmord und

-mordversuch anbelangte – jedem noch so schlitzohrigen Paragrafenverdreher gegenüber eigentlich zerreißfest sein musste, konnten sich der Aachener Chefermittler und sein Assistent weiter hinauslehnen, als sie dies normalerweise bei Verhören taten. Aber Thijs Leeuwen gab keinen der ihm zur Last gelegten Morde zu, nicht einmal die Schüsse auf die beiden Polizeibeamten, die aus Sicht seiner Befrager glasklar auf der Hand lagen.

»Er ist doch eine härtere Nuss, als ich gedacht hatte«, flüsterte Peter Dohmen fast vier Stunden später seinem jüngeren Kollegen entnervt ins Ohr.

»Wie sieht Ihre weitere Taktik aus?«, mochte Matthias Lehnen wissen.

Sein Chef zuckte mit den Schultern und grummelte: »Ich brauch jetzt erst einmal einen starken Kaffee.«

Das war es vorerst. Der Leiter der Aachener Mordkommission hatte einfach keine Lust mehr, sich mit Thijs Leeuwens coolem Gehabe weiter herumzuschlagen – erst die mehr als traurige Beerdigung, danach das nervende Gespräch mit der Zeugin, dann die Festnahme und nun musste er dem Mörder eines Kollegen stundenlang in die Augen schauen. Peter Dohmens Nerven waren vom gestrigen Tag, der direkt in eine schlaflose Nacht und dann wieder ohne nennenswerte Erholungsphase in den nächsten Arbeitstag übergegangen war, allzu stark strapaziert worden. Er beschloss am frühen Nachmittag, die Vernehmung vorläufig abzubrechen und nach Hause zu fahren, um sich die dringend benötigte Erholung zu gönnen. Wie sehr hätte er sich zuvor ein paar Geständnisse des inzwischen zur Untersuchungshaft verdonnerten Niederländers gewünscht.

Dass Thijs Leeuwen bezüglich der beiden Schüsse auf zwei Polizeibeamte beharrlich schwieg, war Peter Dohmen im Moment relativ egal. Diese beiden Taten würde die Staatsanwaltschaft problemlos beweisen – dafür waren die Sachverhalte zu klar und glaubwürdige Zeugen zu zahlreich. Was den kaltblütigen Mord an seinem Kollegen Peter Jehn betraf, würden im Grunde genommen sogar die Aussagen der Prostituierten genügen. Und was den Schuss auf die Kollegin in der Kleinkölnstraße anbelangte, gab es mehr als genügend bezeugungshungrige Frauen und Männer in Uniform.

Was allerdings die beiden Morde an den Prostituierten betraf, hätte der Aachener Einsatzleiter seinem Eupener Kollegen Frederic Le Maire mehr als gerne Schützenhilfe geleistet.

»Was ist jetzt, Chef?«, holte ihn Matthias Lehnen aus seinen Gedanken, weil auch er hundemüde war.

»Wir machen morgen mit der Gegenüberstellung weiter. Bestell Frau Jacobs und ein paar große Männer auf 9 Uhr ein, dann kannst du gehen. Wenn Frau Jacobs zweifelsfrei bestätigen kann, dass der Mann über Gewalt an einer Prostituierten gesprochen hat, dann haben wir ein weiteres Indiz. Gute Nacht!«

»Sehr witzig«, antwortete der junge Kriminalkommissar angesichts der frühen Nachmittagsstunde.

*

Abdel Al-Thani hatte es inzwischen nicht erwarten können, von Eleonore zu hören. Anfangs war es ihm nur mühsam gelungen, vor seiner Frau Daria geheim zu halten, dass ihre gemeinsame Tochter Nashwa verschwunden sein könnte. Später hatte der besorgte Vater keine Chance mehr gehabt, ihr Eleonores Anruf zu verschweigen. Denn die feinnervige Frau hatte schnell bemerkt, dass mit ihrem Mann etwas nicht stimmte. Also hatte sie ihn so lange gelöchert, bis er mit der Hiobsbotschaft herausgerückt war. Was sich danach in der Villa der Al-Thanis unterhalb einer Hügelkette im ägyptischen Badeort Scharm asch-Schaich abgespielt hatte, war unbeschreiblich gewesen. Nashwas Mutter hatte das Gehörte mit einem Schreikrampf beantwortet, der dann in einen Nervenzusammenbruch übergegangen war, weswegen Abdel einen befreundeten Arzt hatte kommen lassen.

Nachdem Daria eine Beruhigungsspritze bekommen und den ersten Schrecken überstanden hatte, war für sie klar gewesen, dass sie umgehend nach Deutschland fliegen musste, um Nashwa in Köln zu suchen. Abdel hatte große Mühe gehabt, seine immer wieder weinende Frau davon zu überzeugen, vor einer unüberlegten Aktion Eleonore anzurufen, um sich von ihr auf den neuesten Stand bringen zu lassen. Und dies hatte Daria dann auch getan. Es war aber kein erfreuliches Gespräch gewesen. Nachdem sie von Eleonore erfahren hatte, dass es leider keine positiven Nachrichten gab, hatte sich Abdel einverstanden erklärt, mit ihr nach Köln zu fliegen. »… aber erst, nachdem dir der Arzt grünes Licht gegeben hat!«

*

»Frisch sehen wir wohl immer noch nicht aus«, scherzte Peter Dohmen, anstatt Matthias Lehnen mit einem »Guten Morgen« zu begrüßen.

»Guten Morgen, Chef. Frau Jacobs wartet bereits im Verhörraum auf Sie.«

»Was?« Der Kriminalhauptkommissar prustete ungewollt den Schluck Kaffee aus dem Mund, den er gerade zu sich genommen hatte. »Ich hatte Ihnen doch aufgetragen, die Frau auf 9 Uhr herzubestellen!«

»Ja, schon, aber Frau Jacobs hat darauf bestanden, bereits um acht hier zu sein, weil sie danach auf den Wochenmarkt und um 11 Uhr auf eine Beerdigung müsse.«

Peter Dohmen blähte die Backen und stieß ganz langsam Luft aus, bevor er sagte: »Von mir aus … falls du auf die Schnelle ein paar groß gewachsene Statisten für die Gegenüberstellung auftreibst.«

»Mach ich, Chef!«

»Mann, Mann, Mann! Dieser Tag fängt ja gut an. Das Weib raubt mir den letzten Nerv.«

»Soll ich den Gefangenen auch gleich aus seiner Zelle holen lassen?«

»Was denn sonst!«, bellte der genervte Leiter der Aachener Mordkommission zurück.

Nachdem der Öcher Hauptkommissar Marlene Jacobs die von ihr gewünschte Tasse Kaffee zugebilligt hatte, waren sie in das Thema eingestiegen. »Glauben Sie mir, Frau Jacobs, Sie brauchen jetzt keinen Spiegel! Die Männer, die Ihnen gleich hinter einer Glasscheibe gegenüberstehen werden, können Sie nicht sehen!«

»Und wenn doch?«

»Soll *ich* weitermachen?«, mischte sich Matthias Lehnen ein, bevor sein Chef auszurasten drohte.

Der schien sich etwas beruhigt zu haben, weswegen er dankend abwinkte. Dennoch spitzte sich die Sache weiter zu: Hatte er ihr trotz seiner angespannten Nerven anfangs gut zugeredet und ihr gesagt, dass sie sich Zeit lassen solle, war sein Ton zunehmend schärfer geworden. Nun standen sie schon eine halbe Stunde vor der Glasscheibe und »Madame« konnte sich immer noch nicht für einen der Männer entscheiden, die nach wie vor dastanden und Schilder mit Nummern in ihren Händen hielten, während sie darauf warteten, endlich entlassen zu werden.

Weil Lehnen auf die Schnelle nicht genügend groß gewachsene Kollegen hatte auftreiben können, musste der kleinste von ihnen auf einer Bierkiste stehen, vor die Dohmens Assistent zunächst die Ecke eines Tisches gestellt hatte. Dadurch sollte Frau Jacobs nicht sehen können, dass sie getäuscht wurde, weil der 1,64 Meter große Polizeibeamte lange blonde Haare hatte. Dann war dem Kommissar eingefallen, dass ja nur einer von ihnen Schlangenlederstiefel trug, weswegen er mit zwei vor den Männern nebeneinanderstehenden und mit Tüchern bedeckten Bierbänken allen die Füße »abgeschnitten« hatte.

»Und?«, knurrte Peter Dohmen die Frau an.

»Sie haben doch gesagt, dass ich alle Zeit der Welt habe!«, schnarrte es zurück. »Einen Schluck Kaffee würde ich noch nehmen …«, fügte sie hinzu und hielt ihm den leeren Kaffeepott entgegen. »… aber mit etwas mehr Zucker als vorhin!«

»Ich mach das schon, Chef«, schritt Matthias Lehnen erneut ein, um zu deeskalieren.

Irgendwann – nach weiteren zermürbenden 15 Minuten – sollte es endlich so weit sein. Frau Jacobs entschied sich für einen der Männer: »Der da!«, sagte sie. »Den habe ich wiedererkannt!«

»Sind Sie sicher?«

»Hm!« Marlene Jacobs fasste sich mit einer Hand ans Kinn und begann zu überlegen. »Na ja …«

»So, jetzt reicht es! Wir brechen unverzüglich ab!«, entschied Peter Dohmen. »Sie können gehen!«

Marlene Jacobs schaute den Kriminalbeamten ungläubig an. »Das war es schon?«

Wenige Minuten später saßen sich die beiden Männer in Dohmens Büro gegenüber und zogen das Fazit, dass die Gegenüberstellung für die Katz gewesen war. »Was die anderen beiden Morde betrifft, soll sich doch Le Maire damit herumschlagen!«, stellte der Leiter der Aachener Mordkommission erschöpft klar, bevor er zum Telefonhörer griff.

KAPITEL 14

Limburger nieuws vom 24. November 2021. Polizeibericht:

Valkenburg. In der vergangenen Nacht wurde vor der Kerk van de H.H. Nicolaas en Barbara in der Valkenburger Kerkstraat eine Madonnenfigur entwendet, die in einer Nische über dem dortigen Tordurchlass gestanden hatte und …

»Schon wieder ein Madonnendiebstahl? Das schau ich mir jetzt aber etwas genauer an! Verbinde mich bitte mit Frau Dr. Laefers in Aachen«, trug er seiner Sekretärin auf, die es wenige Sekunden später an seinem Apparat klingeln ließ.

»Angelika? Hallo, Schatz! Hast du Lust auf einen Ausflug nach Valkenburg und …«

Angelika fiel ihm ins Wort: »Na klar, immer! Wann?«

»Heute Nachmittag.«

Nachdem es für einen Moment ruhig in der Leitung gewesen war, sagte sie, dass es sich gut treffen würde, weil sie sowieso ein paar Besorgungen machen müsse.

»Gut. Dann hole ich dich in einer halben Stunde ab.«

»Nein, nein!«, wehrte sie entschieden ab. »Du glaubst doch nicht, dass ich mich in deine alte Rostlaube setze! Wir fahren mit *meinem* Wagen und *ich* hole *dich* ab.«

»Merde!«

»Was hast du gesagt, mein Schatz?« Ohne Frederics Antwort abzuwarten, erlegte sie ihm detailliert auf, was er anziehen solle.

»Me…« Weil es ohnehin nichts nützte, schluckte er seinen zweiten Fluch hinunter.

*

Eine Stunde später saß Frederic geschniegelt und gebügelt neben Angelika, die nichts Besseres zu tun hatte, als ihn zu rügen, weil er sich nicht rasiert hatte. Aus lauter Freude darüber, unversehens zu einem Ausflug mitten in der Woche gekommen zu sein, fragte sie ihn nicht einmal, weshalb sie ausgerechnet in die limburgische Touristenhochburg fuhren. Stattdessen ging sie im Stillen die besten Restaurants in Valkenburg durch.

Weil Frederic seine geliebte Angelika in- und auswendig kannte, wusste er, was in ihr vorging. Deswegen wollte er sie von derlei schrecklichen Gedanken ablenken, indem er mit ihr über andere Dinge redete. Also sprach er über die Fahrtroute und empfahl ihr, den Weg über Aubel und Gulpen zu fahren. »… das ist zwar nicht unbedingt die schnellste, dafür aber die kürzeste Strecke.«

Ein profanes Thema folgte dem anderen, ohne dass Angelika sich nach dem eigentlichen Grund der Fahrt erkundigte. Weil sie ihn bestens kannte, wusste sie, dass es eine Dienstfahrt war. Aber sie wusste auch, dass sie diesem berufsbedingten Ausflug genügend Freizeitspaß würde abringen können.

Zunächst aber wollte sie Frederic seine Arbeit tun lassen und abwarten, wohin er sie führen würde.

Nachdem sie das Auto geparkt hatten, ging Frederic direkt auf die Fußgängerzone im Zentrum des schnuckeligen Städtchens zu, wo er zielstrebig in die »Kerkstraat« einbog. Das ließ Angelika stutzen, denn hier reihte sich ein Touristenlokal ans andere. Kurz darauf winkte sie ein uniformierter Polizist zu sich, der sich zackig als Daan De Bruyne von der örtlichen Gemeentepolitie vorstellte und offensichtlich auf Frederic gewartet hatte.

»Frederic Le Maire! Goedendag, geachte collega!«, grüßte der belgische Ermittler auf Niederländisch und wartete darauf, von De Bruyne über den Madonnendiebstahl aufgeklärt zu werden. Zuvor interessierte den niederländischen Schutzpolizisten, weswegen sich ein hochrangiger Kriminalpolizist aus Eupen für einen simplen Madonnendiebstahl in den Niederlanden interessierte. »Ihre Sekretärin hat mir nur gesagt, dass …«

Le Maire ging nicht darauf ein und kam gleich zur Sache: »Erzählen Sie mir bitte alles, was Sie wissen.«

Nachdem der belgische Kriminalbeamte erfahren hatte, dass der Dieb eine Leiter und einen Bolzenschneider zur Verfügung gehabt haben musste, um das schützende Gitter vor der Heiligenfigur zu zerschneiden, blickte er sich nach allen Seiten um. »Hier das ›Hotel l'Empereur‹, dort drüben ein Tor, das über die Göhl in die Altstadt hereinführt, und dort vorne das Stadtmuseum, eine Kneipe an der anderen und auch um diese Jahreszeit viele Touristen. Weswegen klaut man ausgerechnet hier eine nur mäßig wertvolle Lourdes-Madonna?«

»Woher weißt du, dass es sich um eine ›Lourdes‹-Madonna handelt?«, interessierte Angelika, die zur Antwort bekam, dass dies auch schon in der Abtei von Val-Dieu der Fall gewesen sei.

»Aber …«

»Hier, sieh mal auf das Foto, das mir der Kollege vorhin gegeben hat. Darauf erkennt man eine hellblaue Gürtelschleife, die ihr Kleid zusammenhält.« Dabei tat Frederic so, als habe er dies »immer schon« gewusst und nicht erst wegen der verschwundenen Madonna aus Val-Dieu recherchiert.

Nachdem sie das gesamte Umfeld abgelaufen und sich intensiv über den Diebstahl unterhalten hatten, stellte Le Maire dem Valkenburger Dorfgendarmen eine letzte Frage: »Gab es in jüngerer Vergangenheit einen Mord in Valkenburg oder Umgebung?«

Ohne mit der Wimper zu zucken, nickte der Uniformierte. »Ja!«

*

Eleonore Olbrich hatte vom »Hexenhof«-Inhaber Alwin Fiebus in dessen »Kulthütte« gehört, dass Nashwa beim Weihnachtsmarkt mitarbeiten sollte, aber zur Arbeit nicht erschienen war. Ohne sich zu entschuldigen. Eleonore hoffte, dass irgendjemand Nashwa auf dem Domplatz, wo mittlerweile der »Hexenhof«-Weihnachtsmarkt aufgebaut war, gesehen hatte. In ihrer Verzweiflung ging Eleonore Olbrich die wenigen Meter zu van Basten weiter, um ihn zu fragen, ob *er* Nashwa gesehen hatte.

Der künftige »Madonnenwirt« verneinte dies, bevor er Eleonore herzlich begrüßte und hereinbat. »Sicher ist das Mädchen mit einer ihrer Kommilitoninnen unterwegs oder hat einen neuen Freund. Du kennst doch die jungen Leute; wenn die freihaben und verliebt sind, lassen sie es schon mal richtig krachen und vergessen alles um sich herum.«

Eleonore schaute skeptisch. »Ich habe alles, aber auch wirklich alles nach ihr abgesucht. Ich war sogar in Köln, wo das Mädchen studiert. Nichts! Keine Spur von ihr! Was mir aber ganz besonders zu denken gibt, ist die Tatsache, dass ihr Handy tot ist. Eine moderne und aufgeschlossene junge Frau wie Nashwa würde doch niemals freiwillig auf ihr Handy verzichten – das braucht sie doch wie die Luft zum Atmen, oder etwa nicht?«

»Ich weiß es nicht, Eleonore.«

Als Eleonore ihre Stirn auf van Bastens Brust fallen ließ und er seine Arme auf ihre Schultern legte, begann sie, hemmungslos zu weinen. »Sicher ist sie einem Vergewaltiger zum …«

»Schhh! Schhhh! Das glaube ich nicht. Dann müsste sie ja irgendwo gefunden worden sein«, versuchte van Basten, die Frau in seinen Armen zu beruhigen.

»Es wird doch nichts Schlimmes passiert sein?«

»Ach was! Jetzt komm erst einmal ganz herein und setz dich! Ich mach uns eine Tasse Tee!«

Nachdem Eleonore sich ein wenig beruhigt hatte, sprachen sie über den Fortgang der Arbeiten im Restaurant.

»Ach, da fällt mir ein, dass du ja die neuen Rechnungen benötigst. Ich habe alle Einkäufe für dich zusammengestellt«, sagte Louis und stand auf, um sie zu holen.

Eleonore hatte über Nashwas Verschwinden die Rechnungen ganz vergessen. »Gut, Louis. Sehr gut.« Um sich eine grobe Übersicht zu verschaffen, durchblätterte sie mit ernster Miene den Berg von Rechnungen und Quittungen, die ihr der Bauherr in einem großen Kuvert gebracht hatte. Dabei steckte sie die Belege für den Kauf der Madonnenfiguren ganz nach vorn. Dann legte sie ein kaum merkliches Lächeln auf ihre Lippen.

»Ist mit den Belegen alles in Ordnung?«

»Ja, Louis. Auf den ersten Blick scheint alles bestens zu sein.« Eleonore stand auf und ging durchs Lokal, um die Figuren mit den Belegen zu vergleichen.

Der Hausherr schlenderte wortlos, aber sichtlich stolz hinter ihr her. Er fragte Eleonore, ob sie mit seiner Arbeit zufrieden sei.

»Und wie!« Die Innenarchitektin war froh, dass Louis augenscheinlich die Herkunft jedes einzelnen Objektes nachweisen konnte. Gott sei Dank, er hat die Madonnen also nicht gestohlen, freute sie sich innerlich, während ihre Finger bewundernd über die komplett fertig vergoldete »Corporate-Identity-Madonna«, das Markenzeichen des Restaurants, streiften.

»Gefällt sie dir?«

»Äh … Was? Ja! Sie ist wunderschön!«

»Lass das bitte, Eleonore! Die Farbe ist noch nicht ganz trocken.«

»Schon gut, ich wollte sie ja nur …«

»… anfassen, ich weiß. Aber wie gesagt; die Farbe auf den Flächen muss richtig eintrocknen. Dann muss ich die beiden Teile zusammenfügen und die Kanten überstreichen.«

»Kein Problem«, sagte Eleonore und zeigte Verständnis. Um sicherzugehen, dass Louis die Figur rechtmäßig erworben hatte, blätterte sie nochmals die Belege durch. Weil dies ihrem Auftraggeber auffiel und sie sich wegen ihres Misstrauens ein wenig schämte, lenkte sie davon ab, indem sie auf eine andere Rechnung zu sprechen kam, die rein gar nichts mit den Figuren zu tun hatte.

»Ist wirklich alles in Ordnung, Eleonore?« Louis schaute ihr ernst in die Augen.

»Ja.« Sie wollte von ihm wissen, wie er all dies allein bewerkstelligt hatte. Denn mittlerweile standen nicht nur einige Heiligenfiguren an ihren Plätzen – auch die Wände inklusive der Kunstverzierungen im Nazarenerstil waren komplett gestrichen. »Wir sind ja fast fertig!«

»Nicht ganz«, bremste Louis seine Architektin aus. »Die Brauerei muss die Zapfanlage und die Leuchtwerbung über der Theke installieren. Neben guten deutschen Bieren möchte ich niederländische und belgische Biersorten anbieten. Und bei der Thekenbeleuchtung habe ich mich für die belgische Brauerei Val-Dieu entschieden. Die hat ein wunderschönes Logo.«

»Das passt optisch gut zur Philosophie der ›Goldenen Madonna‹«, lobte Eleonore. »Und die Kühlanlage im Keller …«

»… ist komplett fertig und braucht nur gefüllt zu werden! Deswegen muss ich heute zu ein paar Biobauern ins Limburgische fahren.«

»Lass mich mal gucken …« Eleonore war schon auf dem Weg zur Treppe, als Louis sie am Handgelenk festhielt, um sie auszubremsen.

»Aua! Du tust mir weh, Louis!«

»Entschuldige, das wollte ich nicht. Aber ich musste dich zurückhalten, weil ich die Kellertreppe ganz frisch mit einer speziellen Farbe versiegelt habe.«

»Schon gut. Zurzeit bin ich wohl in jeder Hinsicht überempfindlich. Aber ich kann mit dem Lastenaufzug in den Keller fahren, oder nicht?«

»Selbstverständlich. Aber tu es dir nicht an. Dort unten sieht es schlimm aus.«

»Ach, das ist mir egal!« Eleonore wollte gerade zum Aufzug gehen, als ihr Handy klingelte. Nachdem sie rangegangen war, verfinsterte sich ihre Miene, dann sagte sie: »Ich rufe dich zurück! Bis dann! … Ja, ich melde mich wirklich gleich wieder. Tschüss!« Sie drückte den Anrufer weg und wandte sich wieder an Louis: »Wann möchtest du nun eröffnen?«

»Leider habe ich es nicht mit Beginn des Weihnachtsmarktes geschafft. Aber ich denke, dass ich am Nikolaustag eröffnen kann.«

»Das ist ja wunderbar«, freute sich Eleonore, wurde dann aber gleich wieder ernst. »Ich muss schnell weg. Ruf mich an, wenn ich etwas für dich tun kann.«

»Alles klar!« Obwohl Louis froh darüber war, dass er ungestört hatte arbeiten können, wusste er, dass er das ganze Drumherum bis zur Eröffnung nicht allein schaffen würde. Und weil die Innenarchitektin viel Ahnung von Werbung, PR und Marketing hatte, wollte er sich dies neben ihrem Händchen für tolle Dekorationen gerne zunutze machen.

»Also«, Eleonore umarmte Louis, »bis dann!«

»Mit dir stimmt doch etwas nicht«, zeigte Louis sich besorgt, bekam aber nur zur Antwort, dass dies nichts mit ihm zu tun habe. »Tschü-üss!«

Kaum hatte sie das Lokal verlassen, kamen ihr wieder die Al-Thanis in den Sinn. Die vorweihnachtliche Atmosphäre des »Hexenhof«-Weihnachtsmarktes wollte nicht recht auf sie überspringen. Das missmutige Gesicht des Glühweinverkäufers an dem Stand, an dem das blutrote Heißgetränk veredelt wurde, half dabei auch nicht gerade.

Hoffentlich war Nashwa in nichts Schlimmes hineingeraten, schoss es ihr durch den Kopf. Ich muss Daria gleich zurückrufen! Aber was soll ich ihr nur sagen?

*

Der Valkenburger Gemeindepolizist Daan De Bruyne hatte Frederic einen gehörigen Schrecken eingejagt, als er ihm bestätigt hatte, dass es vor Kurzem tatsächlich einen

Mord in seinem Heimatort gegeben hatte. Als der Niederländer seinem belgischen Kollegen berichtet hatte, dass es sich dabei um keine Prostituierte, schon gar nicht um eine mit indonesischem Migrationshintergrund, sondern um einen stadtbekannten Bettler gehandelt hatte, den ein paar junge Rechtsradikale im Vollrausch erschlagen hatten, war Le Maire betroffen gewesen. Mit seinen Fällen hatte dies jedoch nichts zu tun.

Später saß er in der Domstadt seinem Aachener Kollegen Peter Dohmen gegenüber, der ihn angerufen hatte. Le Maire war sehr angefressen. »Wenn wir keine Freunde wären, würde ich Beschwerde gegen dich einlegen!«, blaffte er Dohmen an, bevor er ihm die Leviten las: »Das, was du gemacht hast, geht überhaupt nicht und entbehrt jeglichen Willens für eine länderübergreifende Zusammenarbeit! Verdammt noch mal: Thijs Leeuwen ist nicht nur ›dein‹ Polizistenmörder, sondern auch der mutmaßliche Frauenmörder, der sein Unwesen in ›meinem‹ Revier treibt! Es wäre also das Mindeste gewesen, mir *vor* dessen – offensichtlich in aller Ruhe geplanten – Festnahme Bescheid zu geben, damit ich hätte dabei sein können! Aber nicht genug damit: Ihr beide musstet ihn ja auch vernehmen, ohne mir wenigstens darüber ein Sterbenswörtchen zu sagen! Merde! Ich bin stinksauer auf euch!« Frederic Le Maire schäumte vor Wut und Enttäuschung. Die faulen Ausflüchte und dürftigen Argumente seines deutschen Kollegen vermochten nicht, ihn zu besänftigen. Um sich selbst zu beruhigen, hastete er schimpfend nach draußen, um eine Zigarette zu rauchen.

Als er wieder zurückkam, fand er zwei solche Häufchen Elend vor, dass es ihm fast leidtat, Peter Dohmen und Matthias Lehnen derart zusammengefaltet zu haben, wie es ihm in deren Kommissariat eigentlich überhaupt nicht zustand. Er besann sich zur Sachlichkeit. »Von mir aus Schwamm drüber! Gut, dass ihr ihn festgesetzt habt. Und nun erzählt mir bitte ausführlich und in den kleinsten Details, wie es zur Festnahme kommen konnte, wie diese abgelaufen ist und was es sonst in diesem Zusammenhang gegeben hat. Ich möchte alles wissen.«

Dohmen und Lehnen – hauptsächlich Dohmen – hatten ihrem belgischen Kollegen haarklein von Thijs Leeuwens Verhaftung berichtet. Der Zeugin Marlene Jacobs, die sich bisher als ziemlich schwierig erwiesen hatte, maß Le Maire im Moment keine weitere Bedeutung bei. Für ihn war jetzt das Wichtigste, möglichst schnell mit Thijs Leeuwen zu sprechen. Weil es aber schon nach Feierabend war, musste er die »Unterredung« auf morgen verschieben. Der Gefangene konnte ja nicht mehr entwischen. Wenn der belgische Ermittler schon in Aachen war, konnte er sich auch gleich in van Bastens Lokal nach den gestohlenen Madonnenfiguren aus Vaals, Homburg, Val-Dieu und Valkenburg umsehen, von denen er erfahren hatte. Und genau dies wollte er jetzt auch tun – insbesondere, weil er von der Vaalser Madonna und von der »Lourdes«-Madonna aus Valkenburg sogar Fotos zum Vergleich hatte.

*

Van Basten nahm seine Knöpfe aus den Ohren. Der »Madonnenwirt« war baff, als er den Belgier vor seiner Tür stehen sah. »Was kann ich für Sie tun, Herr Kommissar? Entschuldigung, ich glaube, Herr *Haupt*kommissar, stimmt's?«

»Nicht so förmlich, Monsieur. Ich bin rein privat hier. Weil ich gerade in der Nähe zu tun habe, dachte ich, dass ich kurz bei Ihnen vorbeischaue.«

Louis van Basten zögerte etwas, dann bat er den belgischen Kriminalbeamten, einen Moment zu warten. »Ich bin sofort zurück!« Als er zurückkam, bat er ihn herein. »Einen Tee? Ich wollte mir gerade einen Earl Grey aufbrühen.«

»Nein danke!«, wehrte Le Maire ab, bevor er unaufgefordert und ohne zu fragen mit seinem Rundgang durch sämtliche Räumlichkeiten begann. Dass mich van Basten gewähren lässt, ist schon mal ein gutes Zeichen, dachte er sich.

Während der irritierte Hausherr – vom Tun des seltsamen Gastes etwas nervös geworden – mit dem Wasserkocher herumhantierte, zog Le Maire unauffällig die beiden Fotos mit den Madonnen hervor und warf einen schnellen Blick darauf. Er sah sich genau um, konnte aber unter den vielen Heiligenfiguren keine einzige entdecken, die den Madonnen auf den Ablichtungen eins zu eins glich. Keine der weißen Madonnen hatte ein hellblaues Gürtelband vorzuweisen. Lediglich bei einer glaubte er, um den Bauch eine Art Gürtelband erkennen zu können. Also zog er die Fotos nochmals heraus, um festzustellen, dass die Körperhaltung der Madonna vor ihm etwas anders war als die der Abgelichteten. Außerdem war die kleine Statue hier bunt bemalt und sah so aus, als wenn sie etliche Jahrzehnte auf dem Buckel hätte.

Das war wohl ein Griff ins Klosett, dachte er sich gerade, als van Basten auf ihn zukam und ihn fragte, ob ihm das Lokal gefalle.

»Na ja …«, gab Le Maire offen zu und erklärte dem Hausherrn, dass er wenig Wert auf Restaurant- und Kirchenbesuche legte.

Wegen dieses Wortspiels musste van Basten lachen. »Bestimmt legen Sie aber Wert auf belgisches Bier«, mutmaßte er mit kriminalistischem Spürsinn. Damit erreichte er, dass sich Frederics Miene aufhellte. Er ging kurz hinter die Theke und kam mit einer kleinen Flasche zurück, die er seinem »Gast« in die Hände drückte.

»Das ist ja ein Jupiler!«, wunderte sich Le Maire. »Sie bieten Ihren Gästen belgisches Bier an?«

»Selbstverständlich! Aachen liegt direkt an der Grenze zu Belgien und zu den Niederlanden. Deswegen wird es bei mir neben belgischen Bierspezialitäten auch niederländisches Bier geben.«

»Sie hoffen also auch auf Gäste von dort?«

»Ja. Im Moment habe ich allerdings nur eine Kiste mit belgischem Flaschenbier hier. Ab der Eröffnung gibt es das Jupiler bei mir auch vom Fass. Aber es ist doch schön kalt, oder?«

Der belgische Bierkenner nickte zufrieden.

»Kommen Sie, eins geht immer!«, freute sich van Basten und öffnete unaufgefordert die Flasche in Le Maires Händen.

»Tut mir leid, ich darf das nicht annehmen«, lehnte der belgische Polizeibeamte dankend ab. Weil die Flasche nun aber schon geöffnet war, schaute er auf die Uhr und ergänzte seinen Satz: »… außer das bleibt unter uns!«

»Das freut mich! Wissen Sie was? Ich lass meinen Tee stehen und trinke jetzt mit Ihnen ein Bierchen«, sagte van Basten und holte für sich selbst ebenfalls eine der kleinen Flaschen des Getränks.

Zwei Stunden später war für Frederic, wie »Louis« ihn nun nannte, kein Gedanke mehr an seinen Job. Thijs Leeuwen hatte er an diesem Tag ja sowieso nicht mehr vernehmen wollen. Und dass er mit Angelika eigentlich Essen gehen wollte, hatte er vergessen – zumindest fühlte er sich so, als wenn er es vergessen hätte. Das hier ist schließlich geschäftlich, legte er sich eine Ausrede parat.

Inzwischen war fast die Hälfte der Bierkiste leer, was natürlich auf die Blase zu drücken begann. »Ich müsste kurz auf die Toilette.«

»Warte, Frederic; ich zeig sie dir.«

Nachdem er sein Geschäft verrichtet hatte und auf dem Rückweg ins Lokal war, konnte es der Schnüffler doch nicht ganz lassen und drückte die Klinke der Tür zur Kellertreppe hinunter, was van Basten hörte.

»Da geht es nur ins Lager runter! Weil ich die Treppenstufen mit einem schwer trocknenden Lack überzogen habe, dürfen sie noch nicht betreten werden! Was wolltest du eigentlich dort unten?«

»Nichts, nichts!«, wehrte Frederic hastig ab. »Ich habe nur die Richtung verwechselt und mich verlaufen – nach so vielen Bierchen ist das auch kein Wunder, oder?«

Kaum hatte Frederic dies ausgesprochen, kam Louis mit zwei neuen Fläschchen an. Während der ganzen Zeit hatte van Basten nicht gemerkt, dass Frederic ihn immer wieder ausgefragt hatte. So hatte der Polizist erfahren, dass es für all die korrekt erworbenen Figuren, Bilder und Devotionalien Belege gab, die Louis' Innenarchitektin zur Überprüfung mitgenommen hatte. »Was meinst du, was da los wäre, wenn ich hier geklaute Antiquitäten hätte?«

Als Louis erzählte, dass er eigentlich in die Abendmesse hatte gehen wollen, dies wegen des vielen Biers an diesem Tag jedoch nicht mehr infrage kam, war sich Frederic ziemlich sicher, dass es sich beim »Madonnenwirt« Louis van Basten um einen gottesfürchtigen Christen handelte, dem es zudem wirtschaftlich gut ging. Weshalb also sollte ausgerechnet *er* Heiligenfiguren stehlen? Das hatte Louis weiß Gott nicht nötig, war sich Frederic absolut sicher. Überhaupt ist Louis eine bemerkenswerte Persönlichkeit, dachte er sich, nachdem er einiges von dessen Hingabe zur Kunst und zum Glauben gehört hatte. Die von Louis mit erhobenem Zeigefinger rezitierten Bibelsprüche aus Hiob 5,17: »Glücklich der Mensch, den Gott bestraft! Verachte die Zucht des Allmächtigen nicht!«, oder aus dem dritten Buch Mose 5,17: »Wenn jemand sich verfehlt und etwas tut, was Gott verboten hat, hat er damit Schuld auf sich geladen, auch wenn er es nicht erkannte!«, beeindruckten den wenig praktizierenden Christen zwar nicht sonderlich, gaben ihm aber doch ein wenig zu denken.

Frederic »musste« so lange bei Louis bleiben, bis auch die letzte der 250-Milliliter-Flaschen leer getrunken war. Und es machte Frederic nichts aus; denn er musste zum Rauchen nicht nach draußen gehen.

»Dies ändert sich aber mit der Eröffnung!«, mahnte Louis spaßeshalber. Der intelligente Niederländer war trotz seiner Bier für Bier zunehmenden Melancholie den ganzen Abend über ein äußerst kommunikativer Typ geblieben, mit dem man sich gut unterhalten konnte. Der bisweilen sogar witzige Mann hatte auch nicht abgeblockt, als Frederic ihn auf den Tod seiner Frau angesprochen hatte, von dem ihm Eleonore erzählt hatte: »Als ich hier war, ist Aninda beim Putzen ausgerutscht und die Treppe runtergefallen … Genickbruch!«

»Oh! Das tut mir aber leid! Sicher waren da meine niederländischen Kollegen vor Ort und haben den Unfall untersucht«, hinterfragte Frederic.

Louis nickte wortlos. Dann hatte er dazu bemerkt, dass er seine Frau über den Tod hinaus liebte und sie immer bei sich haben würde – eine Aussage, die Frederic zwar nicht ganz verstand, dennoch Verständnis dafür hatte, obwohl er im Grunde genommen nicht gerade als feinfühlig bezeichnet werden konnte. Weil er und Louis sich in den letzten Stunden menschlich nähergekommen waren, zog es Frederic vor, den offensichtlich trauernden Witwer nicht weiter mit dem Thema zu konfrontieren. Und weil er von seinem Beruf als Mordermittler sowieso nichts erzählen würde, war der Bewunderer der »Diables Rouges« auf das Thema Fußball gekommen, worüber er sich trefflich mit dem Fan der »Nederlands voetbalelftal« streiten konnte: »Meine ›Roten Teufel‹ werden irgendwann Weltmeister!«, zeigte sich Frederic zuversichtlich, während Louis der Meinung war, dass sich die niederländische Nationalmannschaft ebenfalls »irgendwann« wieder aufrappeln und Weltklasse haben würde. Weil Louis allerdings bei Weitem nicht so viel Ahnung von Fußball hatte wie Frederic, war dieses Thema bald erschöpft.

Nachdem Louis und Frederic müde waren und die ganze Kiste leer, wollten beide nur noch in ihre Betten.

Was sage ich nur Angelika?, ging Frederic durch den Kopf, während er zum Elisenbrunnen hinunterschlurfte, um nach einem Taxi Ausschau zu halten.

KAPITEL 15

Der belgische Mordermittler hatte, was er hatte haben wollen: Er würde gleich dem mutmaßlichen Frauenmörder gegenübersitzen und ihn nach allen Regeln der Verhörkunst auseinandernehmen. Und das sogar im Vernehmungsraum *seines* Kommissariats im ostbelgischen Eupen.

Weil Thijs Leeuwen in Aachen, also im Ausland, von deutschen Polizeibeamten festgenommen worden war, dürfte er eigentlich auch *nur dort* verhört werden. Genau genommen hätte der belgische Mordermittler sogar einen schriftlichen Antrag stellen müssen, um den Mann mit der niederländischen Staatsbürgerschaft in Aachen vernehmen zu dürfen. Dass der Verdächtige unter hohen Sicherheitsvorkehrungen ins ostbelgische Eupen gekarrt worden war, hatte Le Maire nur dem schlechten Gewissen seines Aachener Kollegen zu verdanken.

So hatte Dohmen Thijs Leeuwen mit einem speziell gesicherten Fahrzeug nach Eupen bringen lassen. Peter Dohmen war absolut sicher gewesen, dass sein Gefangener ein Einzeltäter war, weswegen er wohl kaum von irgendwelchen Komplizen befreit werden würde. Um dennoch sicherzustellen, dass er nicht abhauen konnte, hatte Dohmen ein solch großes Begleitaufgebot mit nach Eupen geschickt, dass es an Übertreibung grenzte.

Le Maire hatte vor Beginn der Vernehmung seine Leute zusammengerufen, um sie über sein gestriges Gespräch mit Peter Dohmen und dessen Stellvertreter Matthias Lehnen ebenso zu informieren wie über das, was ihm die Aachener Rechtsmedizinerin mit auf den Weg gegeben hatte.

Nachdem Frederic Le Maire wegen des ausgefallenen Dinners gestern Abend – es hätte wohl im Aachener »Bismarckturm« stattfinden sollen – gleich nach dem Aufwachen von Angelika einen Anpfiff höchster Güte erhalten hatte, saß er nun im Besprechungszimmer. Die Aachener Kollegen waren dienstbeflissen mit der Bewachung des Gefangenen beschäftigt, während er und seine Leute sich über Thijs Leeuwen unterhielten und dabei Lockis Kaffee genossen … zur Feier des Tages selbstverständlich *mit* Croissants.

Er bat Locki, ihm das eingetütete Messer zu bringen, das auf seinem Schreibtisch lag. Kaum hatte er die Plastiktüte in der Hand, streckte er sie den anderen wie eine Trophäe entgegen. »Wie mir die Rechtsmedizinerin heute Morgen bestätigt hat, könnten unsere beiden Opfer mit *genau so* einem Fahrtenmesser der Marke NedFoss ermordet worden sein: Es ist einseitig normal geschärft und besitzt auf der anderen Seite eine glatte Spitze mit 10 Sägezacken im oberen Bereich. Die Klinge ist am Schaft 40 Millimeter breit und genau 21,5 Zentimeter lang.«

»Woher will die Frau Doktor so genau wissen, dass es sich um ein Messer der Marke NedFoss handelt?«, interessierte Devaux.

»Weil alle Merkmale haargenau zu diesem Messertyp passen, den übrigens auch Rambo in seinen Kinofilmen verwendet.« Bevor die anderen zu lachen begannen, fuhr Le Maire fort: »Weit vor Leeuwens Festnahme hat Frau Dr. Laefers Muster von mehreren infrage kommenden Messertypen verschiedener Hersteller bestellt. Und dieses hier …« Er reichte das Muster herum, das ihm Angelika mitgegeben hatte, »passt wie gesagt ganz genau in die Stichkanäle bei den beiden Opfern!« Nachdem das Muster herumgereicht worden war, holte Le Maire ein anderes Messer hervor, das aus gutem Grund eingetütet war. »Und dies hier ist die Waffe, die wir bei Thijs Leeuwen gefunden haben!«, verkündete er voller Stolz auf Angelika.

»Und wie sind *Sie* an die Waffe gekommen?«, mochte Devaux wissen.

»Durch gute Beziehungen«, witzelte der Chef. Er setzte aber sofort wieder eine ernste Miene auf und erklärte ihr, dass er die Tatwaffe dankenswerterweise von Hauptkommissar Dohmen und das »Muster« von Frau Dr. Laefers bekommen hatte. »Lasst mich aber schnell meine Ausführungen von vorhin beenden«, bat er und berichtete, dass er an diesem Morgen schon in aller Frühe mit Frau Dr. Laefers zur Rechtsmedizin gefahren sei, wo sie ihm bestätigt hatte, dass bei den Morden eine solche Waffe verwendet worden war. »Die Abgleiche der Stichkanäle belegen dies eindeutig!«

Devaux meldete sich zu Wort: »Und was sagt uns das alles?«

Le Maire zögerte, bevor er antwortete: »Es könnte die Tatwaffe sein.«

Mit dieser Antwort gab sich die Oberkommissarin nicht zufrieden. »Was heißt ›könnte‹? Keine DNA der Opfer?«

»Nein, leider keine DNA. Das ist es ja gerade! Nicht einmal Leeuwens Fingerabdrücke sind am Griff.«

»Und sonst nichts, was irgendwie weiterhelfen könnte?«

Le Maire schüttelte den Kopf. »Diese Waffe passt zwar *haargenau* ins Bild … Länge, Breite, Beschaffenheit und so weiter. Aber leider wurde sie extrem gut gereinigt, wahrscheinlich zuerst mit einem aggressiven Lösungsmittel und dann durch etliche Durchgänge Wasser mit Spülmittel.«

»Aber das ist doch gar nicht so schlecht. Wenn jemand eine solche Stichwaffe, die – wie Sie sagten – *haarklein* als Mordwaffe in Betracht gezogen werden kann, *so* akribisch reinigt, dass nicht einmal die Aachener Kriminaltechniker Fingerabdrücke des Besitzers finden, ist das doch ein klares Indiz, dass der Besitzer dieser Waffe etwas zu verbergen hat.«

»Da gehe ich d'accord mit dir, Pierre. Aber wir müssen es ihm erst beweisen! Und spülen kann jeder sein Besteck, so oft und so sauber er will. *Wenn* er tatsächlich unser Mörder ist, werden wir dies über kurz oder lang herausfinden. Also, gehen wir es an!«

Wegen der Brisanz der beiden »Gliedermorde«, wie die Presse die Sache sinnigerweise bezeichnete, musste Le Maire schwere Geschütze auffahren. Dies hieß, dass er die Vernehmung nicht allein durchführen würde. »Devaux und Pierre, ihr beide nehmt am Verhör teil. Und du, Herbert, kümmerst dich am Schreibtisch um das ›Tagesgeschäft‹.«

Die beiden Kriminaloberkommissare schauten sich zufrieden an.

»… und du, Locki, bist die Protokollführerin.«

*

Während Peter Dohmen und Matthias Lehnen dem gleich stattfindenden Verhör im Hintergrund folgen durften und bereits Platz genommen hatten, ging Le Maire mit seinen beiden Oberkommissaren zum Vernehmungstisch, an dem der Gefangene mit Handschellen und Fußfessel bereits auf das wartete, was auf ihn zukommen würde.

Kurz nachdem sie sich gesetzt hatten, drehte Le Maire sich zu Dohmen um und fragte ihn, ob er dem Gefangenen nicht wenigstens die Fußfessel abnehmen mochte. Das eindeutige Kopfschütteln seines Aachener Kollegen quittierte er mit einem verständnisvollen Kopfnicken – immerhin hatte nicht er, sondern in erster Linie Peter Dohmen die Verantwortung für den Gefangenen.

Nachdem dies geklärt war, ging es zur Sache: Um den Gefangenen gleich zu Beginn des Verhörs zu verunsichern, knallte der Verhörspezialist zwischen sich und Leeuwen das eingetütete Messer auf den Tisch. Dabei beobachtete er ganz genau Leeuwens Reaktion. Der Verdächtige war eindeutig erschrocken. Weil das Le Maire zunächst genügte, ließ er das Messer liegen, bemerkte aber nichts dazu, sondern begann das Verhör ganz anders, als es junge Polizisten in den heutigen Polizeiakademien lernten. Dabei umschiffte er die zeitraubende Aufnahme persönlicher Daten, die Locki später von Peter Dohmens Sekretärin abfragen konnte. Le Maire hielt sich auch nicht lange mit Zahlen, Daten und Fakten auf, die ihm unwichtig erschienen. Stattdessen streckte er seinem Gegenüber mit einer Hand ein Plastiktütchen mit abgebrochenen Fingernägeln und mit der anderen eingetütete Schlangenlederschuppen entgegen: »Das haben wir bei der ersten Leiche gefunden. Kennen Sie es?«

Leeuwen reagierte nicht, bis Le Maire mit den Tütchen provozierend vor dessen Gesicht herumfuchtelte: »Wissen Sie jetzt, was da drin ist?«

Es kam zwar immer noch keine Antwort, aber wenigstens eine erste Regung vonseiten des Befragten.

Nach ein paar raffinierten Fangfragen und detailgenauen Erklärungen, wie es in *belgischen* Gefängnissen zuging, blaffte Leeuwen zurück, dass er in ein deutsches Gefängnis kommen würde, weil er dort – was er nicht abzustreiten brauchte – einen Polizisten erschossen und eine Polizistin angeschossen hatte.

»Glauben Sie allen Ernstes, dass wir Sie in die gemütliche JVA Aachen schicken, damit Sie dort als Held dastehen, weil Sie ein Polizistenmörder sind? Nein, mein Freund! In Deutschland sind Sie ›nur‹ für die Tötung eines Menschen verantwortlich, in Belgien hingegen haben Sie zwei bestialische Morde begangen!«

Es dauerte nicht lange, bis Leeuwen einknickte und still zuhörte, was ihm Le Maire zu sagen hatte: »Diese abgebrochenen Fingernägel und diese Schlangenlederschuppen haben wir bei der 24-jährigen Sushila Perumal in Clermont gefunden und …«

Le Maire brauchte nicht lange und Leeuwen gab zu, in letzter Zeit in Clermont gewesen zu sein. Weil dem hartnäckigen Ermittler dies vorerst genügte und er seine berühmt-berüchtigte »Zickzacktaktik« anwandte, konfrontierte er Leeuwen gleich mit der zweiten Toten: »Nursanti Ohaman, 21 Jahre jung!« Auch hier beließ er es dabei und fragte Leeuwen, wann er das letzte Mal in Burg-Reuland gewesen sei.

Der Angesprochene zuckte mit den Schultern und sagte: »Ich weiß es nicht mehr so genau.«

»Aber Sie waren in jüngerer Zeit dort, oder?«

»Ja, und? Vielleicht! Ist das verboten?«

»Das an sich nicht! Aber …«

Nach einem längeren Hin und Her fuhr Le Maire seine beiden »Geschütze« auf, indem er abwechselnd Devaux und Pierre Fragen stellen ließ. Er bestimmte weiterhin das Tempo des Verhörs. Dabei machte er sich die zwar altgediente, aber immer noch funktionierende Taktik »guter Bulle, böser Bulle« so lange zunutze, bis der Verdächtige mit den Nerven am Ende war. Genau darauf hatte Le Maire hinausgewollt, bevor *er* ein paar völlig andere Fragen stellte: »Sagen Sie mal; wie würden Sie sich selbst einschätzen? Sind Sie in Ihren Kreisen beliebt? Haben Sie da was zu melden oder sind Sie nur eine kleine Nummer?«

»Pah!« Dass der Gefangene nicht auf den Tisch spuckte, war alles. Denn er regte sich nun derart auf, dass er zuerst beruhigt werden musste, bevor er berichten konnte, etliche Feinde zu haben, die ihm nicht nur die Krätze an den Hals, sondern den Tod wünschen würden. »Die sind doch nur neidisch, weil ich mit Asmara eine neue Nutte habe, die …«

Als der zornig erregte Mann merkte, dass er bereits zu viel gesagt hatte, hielt er abrupt inne und sagte nichts mehr.

Le Maire hatte genug gehört und wusste jetzt, dass Leeuwen gefährliche Gegner hatte, die ihm ans Leder wollten. War die Mordserie vielleicht ein Mittel, einen unliebsamen Konkurrenten zu schädigen?

Le Maire drängte weiter in diese Richtung, aber Leeuwen blockte ab.

»Dann weg mit ihm.«

»Was ist denn jetzt los?«, mochte Peter kurz darauf von Frederic wissen, nachdem seine Leute den Gefangenen auf *sein* Geheiß hin abgeführt und zum Gefangenentransporter gebracht hatten.

»Ich brauche ihn heute nicht mehr. Du kannst ihn gerne zurückhaben«, antwortete Frederic.

»Aber …«

»Kein Aber! Er braucht Zeit zum Nachdenken. Wenn ich ihn jetzt weitermalträtiert hätte, hätte er gleich wieder dichtgemacht.«

Gänzlich verunsichert, wollte Peter von Frederic wissen, was er von Thijs Leeuwen hielt und wie es weiterging.

»Natürlich habe ich noch viele Fragen an ihn und es gibt noch einiges aufzuklären.«

»Was denn? Glaubst du, dass er es war?« Peter Dohmen war nun erst recht neugierig geworden.

»Etliche Indizien sprechen klar dafür, andererseits könnte das Ganze auch ein perfider Krieg im Rotlichtmilieu sein.«

Der Aachener Kriminalbeamte nickte verständnisvoll, hinterfragte dann aber noch mal, wie es nun weitergehen würde.

»Ich werde Thijs Leeuwen mit ein paar Tricks auf meine Seite ziehen, indem ich ihm beim nächsten Verhör *in Aachen* die Hoffnung machen werde, dass er möglicherweise doch in einem der ›gemütlichen‹ deutschen Gefängnisse inhaftiert werden könnte … falls er sich kooperativ zeigt.«

*

Weil Angelika ihren Frederic – kaum dass er an diesem Morgen die Augen geöffnet hatte – heftig angegangen war, hatte sie den ganzen Tag über ein schlechtes Gewissen gehabt. Auch als sie in der Rechtsmedizin die mögliche Tatwaffe untersucht hatte, war sie sehr schnippisch zu ihm gewesen. Eigentlich hatte Frederic überhaupt nichts getan, außer sein Handy im Büro liegen zu lassen, weswegen sie ihn nicht hatte erreichen können. Und dies hatte sie derart auf die Palme gebracht, dass sie ihn nicht einmal ausreden ließ, als er erklären wollte, dass er am Vorabend mit Louis van Basten in der immer noch nicht eröffneten »Goldenen Madonna« den Herrgott so lange einen guten Mann hatte sein lassen, bis auch das letzte Fläschchen Jupiler geleert worden war. Der gut angesäuselte Polizeibeamte war nach Hause gekommen, als Angelika schon tief und fest geschlafen hatte. Sie hatte seine Bierfahne erst gerochen, als sie irgendwann aufgestanden war, um zur Toilette zu gehen. »Na, warte«, hatte sie gegrummelt, bevor sie wieder zu Bett gegangen war und sich gleich auf die andere Seite gedreht hatte.

Und dieses »Na, warte« war dann am Morgen etwas *zu* heftig ausgefallen, weswegen sie es nun wiedergutmachen wollte – sie musste nur warten, bis er von der Arbeit nach Hause kam.

»Überraschung!«, rief Angelika, als Frederic aus seinem Citroën stieg.

Was kommt jetzt schon wieder?, dachte er sich, während sie ihm entgegeneilte, um ihn gleich darauf zu küssen und zu umarmen.

»Was war *das* denn?«, wunderte er sich und bekam die Antwort in der Form, dass Angelika sich bei ihm für ihr unangemessenes Verhalten entschuldigte.

»Schon gut! Ich habe Kopfschmerzen«, beeilte er sich zu sagen, weil ihm aufgefallen war, dass sich Angelika ausgehfertig zurechtgemacht hatte und ihn nun sicher in irgendeinen »Fresstempel« mitschleppen wollte.

»Keine Sorge!«, sagte sie, weil sie seine Bedenken erkannt hatte. »Wenn du möchtest, fahren wir zu deinem Freund Leo nach Kelmis in die ›Friterie Central‹ auf eine Portion Fritten und ein Bierchen. Na, was hältst du davon?«

Obwohl Frederic glaubte, sich verhört zu haben, hellte sich seine Miene auf. Dann schaute er an sich herunter und strich über seine Bartstoppeln. »*So?*«

»Warum nicht? Wir nehmen *deinen* Wagen.«

»Wirklich? Meine ›Rostlaube‹?«

Weil Angelika wusste, wie sehr er an seiner mintfarbigen, 40 Jahre alten »Göttin« hing, sagte sie, dass sie ihm wegen der Sache heute Morgen eine kleine Freude bereiten mochte. »Es tut mir echt leid.«

»Na gut. Dann lass uns gehen!«

KAPITEL 16

Weil Eleonore Olbrich bis heute bei der Suche nach ihrem ehemaligen Au-pair-Mädchen nicht weitergekommen war, hatte sie in ihrer Verzweiflung gleich morgens erneut Nashwas Eltern angerufen. Abdel und Daria Al-Thani waren da schon bereit gewesen, in Scharm asch-Schaich ins nächste Flugzeug zu steigen und nach Köln zu fliegen. Nachdem die Buchung geklappt hatte, war bei Eleonore die telefonische Bestätigung eingegangen, dass sie um 18.32 Uhr mit der ›Air Sinai‹, Flugnummer AS-1362, in Köln/Bonn ankommen würden und sich auf dem General Aviation Terminal mit ihr treffen konnten.

»Gut, Abdel. Ich hole euch ab … Ja … Versprochen! … Bis später.«

Um Zeit zu sparen und nicht zwischen Köln und Aachen hin- und herpendeln zu müssen, hatten die drei beschlossen, sich in Köln Zimmer zu organisieren. Von dort aus würden sie mit der gemeinsamen Suche nach Nashwa beginnen. Weil aber gerade der größte der Kölner Weihnachtsmärkte vor dem Dom eröffnet worden war und deswegen viele Gäste von auswärts die Stadt am Rhein fluteten, hatten sie große Mühe, freie Zimmer zu finden, zumal auch eine große Messe ihre Pforten geöffnet hatte. Letztlich aber waren sie im »Hotel im Wasserturm«, dem ehemals größten Wasserturm Europas, untergekommen, das Abdel Al-Thani – in Ägypten selbst Hoteldirektor – mit untrüglichem Kennerblick als »exklusiv, einzigartig und erlebenswert«, vor allen Dingen aber als »ideal gelegen« einstufte. Zudem bot das Viersternehotel einen grandiosen Ausblick auf die Domstadt. Aber den Al-Thanis war ebenso wenig nach einer schönen Aussicht zumute wie Eleonore Olbrich. Kaum eingecheckt, waren sie auf dem Weg zum Weihnachtsmarkt, um dort unverzüglich mit ihrer Suche zu beginnen. »Vielleicht hat sie ja hier einen Job ergattern können und ist deswegen nicht zur Vorstellung auf den ›Hexenhof‹-Weihnachtsmarkt nach Aachen gekommen, ohne abzusagen«, hatte Eleonore gehofft.

»Das ist nicht Nashwas Art«, gab Abdel zu bedenken, setzte aber dennoch seine ganze Hoffnung in Eleonores Vermutung.

»Gut, dann fahren wir erst einmal ins Parkhaus unter dem Hotel ›Maritim‹. Von dort aus ist es nicht weit zum Dom.«

So weit hatte bisher alles geklappt, weswegen die drei guten Mutes waren – zumindest so lange, bis Eleonore einen Flyer der Kölner Weihnachtsmärkte in die Finger bekam. »Um Gottes willen! Das darf doch nicht wahr sein«, entfuhr es ihr versehentlich so laut, dass es die anderen hörten.

Daria war erschrocken. »Was meinst du? Nun sag schon, was los ist.«

Eleonore atmete tief durch und gab ihr den Flyer. »Hier«, sagte sie und tippte auf die Seite mit einer Übersicht der gesamten Weihnachtsmärkte. »Zwölf! In Köln gibt es zwölf verschiedene Weihnachtsmärkte … oder sogar mehr!«

»Ach so, ich dachte schon etwas Schlimmes«, antwortete Daria sichtlich erleichtert und hakte sich bei Abdel ein, der die beiden Frauen aufforderte, nicht lange herumzulamentieren, sondern weiterzusuchen. »Zuerst sehen wir uns nach einem Print-Shop um, wo wir das Foto von Nashwa, das Daria in ihrer Geldbörse hat, dreifach vergrößern lassen.«

»Eine gute Idee, Abdel«, stimmte Daria zu und begann, in ihrer Tasche zu kramen.

Weil allein auf dem Weihnachtsmarkt am Dom über 150 Verkaufsbuden standen und sie nicht wussten, ob Nashwa – wie ursprünglich in Aachen geplant – an einem Glühweinstand arbeitete, mussten sie bei sämtlichen Marktbeschickern nachfragen, was natürlich sehr mühsam und zeitaufwendig war. Wenn der erste Blick eines Befragten andeutete, dass das Mädchen nicht da war, zeigten sie das Foto … und bekamen durchweg zur Antwort: »Nein, die habe ich noch nie gesehen.«

*

Bei dem Pensum, das sie zu bewältigen hatten, war es ihnen gestern nicht annährend gelungen, sämtliche Stände abzugrasen. Traurig, enttäuscht und frustriert hatten sie nach Schließung des Weihnachtsmarktes keine Lust gehabt, durch das vorweihnachtlich illuminierte Köln zu schlendern, um ein gemütliches Speiserestaurant zu suchen. Stattdessen hatten sie sich im »Maghreb«, einer Dönerbude in der Altstadt, mit Kebab begnügt. Danach waren sie mit sorgenvollen Gedanken zu Bett gegangen.

Beim Frühstück besprachen sie ihre Strategie, wobei die stets kreative Eleonore einen guten Gedanken hatte: »So kommen wir nicht vorwärts, ihr Lieben! Ich mache den Vorschlag, dass ihr dort weitersucht und euch aufteilt, wo wir gestern aufgehört haben. Wenn ihr damit fertig und …«, Eleonore musste schlucken, »… nicht fündig geworden seid, nehmt ihr euch die Weihnachtsmärkte auf dem Alten Markt und auf dem Neumarkt vor. Damit ihr euch zurechtfindet, besorgen wir zwei Stadtpläne.«

Abdel und Daria schauten sich gegenseitig an, dann wollten sie wissen, was Eleonore zu tun gedachte.

»Weil ich mich hier in Köln auskenne, werde ich mir die weiter weg liegenden Märkte vornehmen und, wenn es sein muss, auch bis zu den Märkten in den anderen Stadtteilen fahren. Wenn etwas sein sollte, könnt ihr mich jederzeit auf dem Handy erreichen … und ich euch.«

Als Eleonore kurz darauf die beiden liebenswerten Ägypter im Stadtzentrum aus ihrem Auto steigen ließ, wünschten sich alle viel Glück. Die Al-Thanis gingen Hände haltend in Richtung Dom und Eleonore schaute ihnen wehmütig nach. Verdammt, wir müssen Nashwa finden, machte sie sich selbst Mut und fuhr in Richtung Stadtgarten.

Um bei ihrer Suche eine möglichst breite Streuung zu erreichen, hatten sich Abdel und Daria gleich getrennt, nachdem sie mit dem Weihnachtsmarkt am Dom fertig gewesen waren. Abdel hatte es bis zum Weihnachtsmarkt auf dem Rudolfplatz verschlagen, während Daria zuerst zum Heumarkt gegangen war.

Wie am Vortag gestaltete sich die Suche nach dem verschollenen Mädchen äußerst mühsam und nervenaufreibend, zunehmend sogar zermürbend. Je weiter die Zeit fortschritt, umso mehr Menschen drängten sich um die Glühweinbuden. Das machte die Sache nicht gerade leichter. Und gegen Abend kam die Dunkelheit hinzu, die es besonders den Al-Thanis schwer machte, sich zurechtzufinden und sich bis zu den Budentheken vorzuarbeiten.

So hatten sie sich tapfer, bisher aber leider erfolglos, von Stand zu Stand gekämpft und waren inzwischen weit voneinander entfernt. Dabei hatten sie sich trotz ihres Hungers nichts gegönnt und unverdrossen mit der Suche nach ihrer geliebten Tochter weitergemacht.

Mittlerweile war es dunkel, laut und hektisch geworden. Über das Verhalten vieler Weihnachtsmarktbesucher und die oft ruppige Art der Menschen wunderten sie sich des Öfteren. Daria wurde nicht nur einmal von Betrunkenen angepöbelt und sogar in den Arm genommen oder betatscht. Aber die Ägypterin wusste sich zu wehren. Ein offensichtlich deutscher Weihnachtsmarktbesucher hatte sie verbal attackiert, indem er zu ihr sagte: »Na, meine schwarze Schönheit, wie wäre es mit einer guten deutschen Eiche wie mir?« Dies war der am wenigsten rassistische Spruch des widerlichen Mannes, der anschließend richtig aufdringlich wurde – für Daria entschieden *zu* aufdringlich. Sie fackelte nicht lange und tat nach einer Warnung das, was ihr Mann ihr immer und immer wieder eingebläut hatte für den Fall, dass sie von einem Unbekannten ernsthaft belästigt werden sollte. Ohne mit der Wimper zu zucken, schlug sie ihm ihr Knie so fest zwischen die Oberschenkel, dass der Mann vor Schmerz schreiend zusammensank. Den Jubel und den Beifall der um sie herumstehenden Menschen nahm Daria nicht wahr. Heftig atmend bückte sie sich, um das Foto aufzuheben, das sie bei der Aktion hatte fallen lassen. Eine junge Frau kam ihr zuvor und hob es für sie auf. »Dat is ja die Shirin!«, schoss es lachend aus ihr heraus.

»*Was hast du gesagt?*« Obwohl Daria wegen des ausgeprägten Kölner Dialektes im Grunde genommen nichts verstanden hatte, war ihr schlagartig klar geworden, dass diese Frau ihre Tochter kannte. Daria war wieder voll bei der Sache und hellwach. »Du kennst meine Tochter?« Darias Hände zitterten, als sie ihr Handy aus der Tasche hervorholen wollte. Sie glaubte zu träumen. »Du kennst sie wirklich? Wo … Wo ist sie?«

»Klar, kenn isch dat Mädche auf dem Foto!«

Während Daria fassungslos war und immer noch aufgeregt nach ihrem Handy kramte, um Abdel anzurufen, drängte die jugendliche Clique, mit der die junge Frau auf den Weihnachtsmarkt gekommen war, weiterzuziehen.

Daria wollte sie an der Jacke festhalten. »Wie heißt du?«, konnte sie gerade noch fragen, wurde dann aber versehentlich von einem der angetrunkenen Jungs aus der Clique so angerempelt, dass ihr dabei das Handy, das sie ausgerechnet in diesem Augenblick aus ihrer Tasche gefischt hatte, aus den Fingern glitt und hinunterfiel. Obwohl sie nur eine Sekunde auf den Boden geschaut hatte, um ihr Mobiltelefon aufzuheben, hatte dies ausgereicht, um die Frau aus den Augen zu verlieren.

In ihrer Verzweiflung drückte sich Daria ein Stück weit durch die Menschenmenge, um sie zu finden. Dabei schrie sie ihr so laut nach, dass sie von anderen Leuten schief angeschaut wurde. Also hatte sie in ihrer Aufregung in ihrer Muttersprache herumgeschrien, bevor sie inmitten der vielen Menschen weinend in sich zusammengesackt war. Anstatt zu helfen, machten die Weihnachtsmarktbesucher einen Bogen um die Fremde. Und wirklich *niemand* kümmerte sich um sie. Weil der Radius um Daria herum größer geworden war, dachten die Menschen wahrscheinlich, dass es sich um eine vollalkoholisierte Bettlerin handelte, die inzwischen heulend vor ihnen auf dem Boden lag.

Daria war am Ende, die ganze Aufregung mit der Suche nach ihrer verschwundenen Tochter, die Sache mit dem »Tiefschlag«, den sie dem lästigen Betrunkenen verpasst hatte, dann die junge Frau, die ihre Tochter kannte und die sie nicht hatte festhalten können. Sie fühlte sich elend … und von allen verlassen. »Abdel …«, kam es ihr leise über die Lippen.

Weil sie zwar geschwächt war, deswegen aber nicht aufgeben wollte, riss sie sich zusammen und stand wie von der Tarantel gestochen auf, um sich durch die Menschenmenge in Richtung der Stelle zu drücken, an der sie ihr Handy verloren hatte. Aber sie konnte suchen, wie sie wollte, sie fand es nicht mehr. Zu allem hin wurde ihr speiübel, sie musste sich übergeben und … verlor die Besinnung.

KAPITEL 17

Le Maires beide Oberkommissare waren gerade dabei, die zweite Vernehmung des mutmaßlich zweifachen Frauenmörders vorzubereiten. Weil das Ganze wie geplant dieses Mal im Verhörraum der Aachener Kripo stattfinden würde, durften Peter Dohmen und Matthias Lehnen wieder mit von der Partie sein, sollten sich allerdings – wie schon beim ersten Verhör – nicht aktiv an der Vernehmung beteiligen.

Während die drei Männer und Devaux in Dohmens Büro auf Le Maire warteten und darauf, dass der Gefangene in den Verhörraum gebracht wurde, unterhielten sie sich über Thijs Leeuwen und dessen grausame Taten. Aber sie wurden durch Le Maire unterbrochen, der in den Raum trat und gehetzt aussah. »Ich glaube nicht, dass er es war!«, platzte es aus dem Eupener Chefermittler heraus.

»Wie bitte? Was sagen Sie da, Chef?«, klang es fast entrüstet aus Devaux' Mund.

»Doch. Leider«, grummelte Le Maire. »Ich habe gerade von der KTU einen wichtigen Hinweis bekommen.«

»Was denn, Chef?«

»Doucement, Pierre, die Schlangenlederschuppen, die unsere Spurensicherung am ersten Tatort in Clermont gefunden hat, gehören eindeutig *nicht* zu den Stiefeln unseres Tatverdächtigen.«

»Ich finde, dass dies gar nichts heißen muss«, entgegnete Pierre. »Wir haben nun zwar ein schönes Beweisstück weniger, aber immer noch einen hochkarätigen Verdächtigen.«

»Na ja, ›Beweisstück‹?«, wiederholte Le Maire abschätzig.

Bis auf ihn nickten alle anderen zustimmend in Bezug auf das, was Pierre Vonderbank von sich gegeben hatte – auch Lehnen und Dohmen, der sich nun direkt an Le Maire wandte: »Auf was fußt deine Meinung sonst noch, außer den Stiefeln, die offensichtlich nicht Thijs Leeuwen gehören?«, interessierte den Aachener Kripochef.

»Weil ich mir noch nicht ganz sicher bin, kann ich im Moment leider auch noch nicht allzu viel dazu sagen. Nur so viel vielleicht: Es könnte sein, dass der wahre Mörder Thijs Leeuwen die Taten in die Schuhe schieben möchte. Unser Gefangener eignet sich doch hervorragend als Sündenbock, oder etwa nicht?«

Pierre und Devaux begannen, heftig über diesen Gedanken zu diskutieren und auf ihren Chef einzureden, der sich eine Zigarette drehte.

»Und was nun?«, fragte der Hausherr.

»Obwohl da die Sache mit dem Messer ist, das weder Blutspuren noch DNA oder Fingerabdrücke aufweist, werden wir Leeuwen selbstverständlich weiterverhören. Wegen des Mordes an unserem Kollegen kann er ja nicht weglaufen und bleibt uns somit erhalten.«

»Also werden wir ihn trotz der neuen Situation weiter vernehmen?«

Le Maire nickte. »Selbstverständlich! Immerhin hat er bereits zugegeben, an den Ablageorten der beiden Leichen gewesen zu sein.«

»Was nichts besagt«, ergänzte Devaux nun doch verhaltener.

»Ja, das stimmt wohl«, pflichtete Le Maire seiner Oberkommissarin bei. »Ich habe mich mit Frau Dr. Laefers eingehend über Thijs Leeuwens seelische Verfassung unterhalten. Aufgrund dessen, was sie von ihm weiß, glaubt sie nicht, dass er ein sadistischer Psychopath ist. Und wie ein Rechtsradikaler wirkt er auch nicht gerade. Um das genau beurteilen zu können, müsste er allerdings erst von einem Psychiater untersucht werden.« Le Maire strich sich über die Bartstoppeln, bevor er fortfuhr: »Klar ist, dass er ein brutaler Polizistenmörder ist, der sicherlich viel mehr auf dem Kerbholz hat, als wir wissen. Aber ein Psychopath?« Er schüttelte den Kopf. »Nein! Das glaube ich auch nicht. Momentan werden wir – so, wie es aussieht – keine andere Wahl haben, als zu hoffen, dass wir etwas von ihm erfahren, das uns weiterbringt«, seufzte Le Maire und ergänzte, dass es zudem an anderen heißen Spuren mangele. »Möglicherweise müssen wir ganz von vorn anfangen.«

Wenige Minuten später wurde der Hausherr darüber informiert, dass zwei Vollzugsbeamte Thijs Leeuwen in den Verhörraum gebracht hatten.

Nachdem Le Maire und seine Leute Platz genommen hatten, eröffnete er in gewohnt ruppiger Art das Verhör. Aber kaum dass er damit begonnen hatte, Thijs Leeuwen anzuherrschen, betrat eine uniformierte Polizistin den Raum und flüsterte Dohmen etwas ins Ohr, worauf er hochschoss und eilig den Raum verließ.

Die Eupener Ermittler ließen sich nicht von ihrer Arbeit ablenken und betrachteten den roten Löwen mit den schwarzen Konturen und der gelben Krone auf Thijs Leeuwens entblößtem Oberarm ganz genau.

»Was mich wundert, ist, dass das Löwentattoo genauso aussieht wie das Stadtwappen von St. Vith und …«

»Valkenburg«, beeilte sich Le Maires Oberkommissar zu sagen.

»Gut, Pierre, sehr gut!«

»Hat Vaals nicht auch einen roten Löwen im Wappen?«, fügte die Oberkommissarin hinzu.

»Stimmt, Devaux! Der doppelschwänzige Löwe mit der goldenen Krone geht auf eine Linie der Herzöge von Limburg zurück. In stilisierter Form findet er sich auch im Wappen der ›Deutschsprachigen Gemeinschaft Belgiens‹ und in anderer Form im niederländischen Staatswappen. Vielleicht doch ein nationalistisches oder rassistisches Motiv?«

»Sie meinen also, dass das miteinander zu tun haben könnte?«

»Vielleicht, vielleicht auch nicht.« Le Maire zuckte mit den Achseln.

Peter Dohmen kam zurück und flüsterte ihm etwas ins Ohr. Der Mordermittler stand in aller Ruhe auf und verkündete, dass die Vernehmung beendet sei. »Auf geht's, kommt mit. Wir fahren nach St. Vith.«

Die Oberkommissarin durchfuhr es, als hätte sie ein Blitz gestreift: »Dort gibt es eine weitere Leiche, stimmt's?«

Während Peter Dohmen den beiden Wachmännern auftrug, den Gefangenen in seine Zelle zurückzubringen, sah Le Maire seine Oberkommissarin ernst an.

Zumindest *diesen* Mord konnte der niederländische Hüne nicht begangen haben. Le Maire war gespannt, ob der neue Mord akkurat dieselbe Handschrift aufweisen würde wie die beiden vorangegangenen, oder ob es sich um einen Nachahmungstäter handelte. Möglicherweise aber hatte dieser Mord rein gar nichts mit den beiden bisherigen zu tun.

»Halte mich auf dem Laufenden, hörst du, Frederic?«, rief ihm der Leiter der Aachener Mordkommission flehentlich nach, als Le Maire den Raum verließ.

»Mach ich!« Frederic drehte sich nicht mehr um, sondern eilte zum Dienstfahrzeug, mit dem er und seine Leute gekommen waren.

»Pierre, du fährst«, ordnete er hoch motiviert an, bevor er Devaux damit beauftragte, Herbert und Theres von der Spurensicherung zu informieren. »Gib bitte auch Frau Dr. Laefers Bescheid. Sie soll beim Eupener Kommissariat vorbeifahren und Herbert mitnehmen.«

Devaux kam seiner Bitte nach.

»Welche Strecke fährst du?«, erkundigte sich Le Maire bei seinem Chauffeur.

»Moment, Chef, ich schau mal aufs Navi. Über Verviers, Spa, Malmedy und Stavelot … knapp 86 Kilometer!«

»Gut! Danke!« Frederic Le Maire war zufrieden.

Hat er soeben danke gesagt?, wunderte sich Pierre. Was ist denn heute mit dem Chef los?

*

Etwa eine Stunde später waren sie an ihrem Zielort im Osten der Provinz Lüttich angekommen, wo es bereits von Polizisten aus St. Vith und aus den umliegenden Dienststellen wimmelte. Und an Schaulustigen mangelte es trotz des starken Regens ebenfalls nicht. Nachdem auch die Rechtsmedizinerin mit dem Eupener Streifenpolizisten Herbert Demonty eingetroffen war, wurde das Ermittlerteam von zwei Schutzbeamten auf ihren Motorrädern zum Denkmalplatz vor der Vitus-Basilika eskortiert, wo sie direkt beim Leichenfundort parken konnten.

Weil einer der beiden Polizeibeamten, die für die Ermittler Schirme bereithielten, aus St. Vith stammte und bemerkt hatte, dass der Eupener Kripochef das sakrale Gebäude interessiert betrachtete, begann er, ihm die traurige Geschichte dieser katholischen Pfarrkirche zu erzählen: »Hier stand einst ein romanisches Gebäude, das 1944 während eines Luftangriffs bis auf die Grundmauern ausgebrannt ist. Vier Monate später wurde während eines zweitägigen Bombenhagels bei der Ardennenoffensive ganz St. Vith in Schutt und Asche gelegt. Der neoromanische Bau ist seit über 60 Jahren ein Symbol neuer Hoffnung und …«

»Wo finde ich die Leiche?«

Was ist das denn für ein Spinner, dachte sich der junge Polizist, der in seiner Lederkombi schneidiger aussah als Le Maire in seinem abgewetzten Lodenmantel, der den Regen nicht mehr so gut abperlen ließ wie in früheren Jahren. Anstatt etwas zu sagen, wies er den Weg zum östlichen der beiden Torbögen links und rechts des Hauptportals. Le Maire vermutete, dass die Wege unter den Torbögen zu beiden Seiten der Kirche dort hinführten, wo in früheren Zeiten ein Friedhof gewesen sein könnte.

Kaum waren sie durch den Bogen gegangen, war es wieder da; das Bild, das Le Maire befürchtet hatte: eine Frau mit dunkler Haut, die rechts des Torbogens schräg gegenüber dreier Grabtafeln in einer Mauerecke auf dem Boden saß, während ihre beiden Hände so auf ihrer Scham lagen, als würden sie diese schützen wollen. Die Leiche erweckte den Anschein, als würde sie auf die Grabinschriften starren.

»Eindeutig derselbe Mörder«, grummelte der Mordermittler, was die Rechtsmedizinerin schon nach wenigen Minuten Untersuchung bestätigen konnte: »Der linke Fuß wurde – so wie es aussieht – mit demselben Sägezahnmesser abgetrennt, wie …«

»Schon gut, Angelika«, fiel ihr Frederic ins Wort. »Irgendwelche Ausweispapiere?«

»Da musst du die Spusi fragen«, kam es zurück.

Also blieb ihm nichts anderes übrig, als sich direkt an die Chefin der Spurensicherung zu wenden: »Und, Theres? Hast du etwas gefunden?«

»Laut niederländischem Pass heißt sie Devi Tenga, ist 19 Jahre alt und in Westpoort, einem Stadtteil von Amsterdam, gemeldet!«

»In Amsterdam? Was tut die dann hier in St. Vith, so weit weg von zu Hause?«

»Ach, noch etwas …«

»Ja?« Frederic war gespannt.

»Ich finde keine Anzeichen dafür, dass sie eine Prostituierte war.«

»Wie?« Frederic Le Maire wunderte sich über diese Vermutung, die Theres Lambert auch gleich begründete: »Sie ist ›normal‹ geschminkt, trägt keine auffälligen, eher schäbige Klamotten und schon gar keine Dessous, die darauf hinweisen könnten – im Gegenteil: Ihre einfache Unterwäsche ist sicher schon viele Male gewaschen worden, also alt und oft gebraucht!«

»Sie ist also nicht wie die beiden anderen Leichen …« Anstatt seine Frage auszuformulieren, strich sich Frederic verunsichert über seine Bartstoppeln. »Hat sie auch keine Kondome bei sich?«

Theres schüttelte den Kopf. »Nein! Aber dafür habe ich etwas anderes für dich.«

»Was denn? Nun lass dir doch nicht alles aus der Nase ziehen!«

Theres hob erst den rechten entblößten Arm der Toten mit der Innenseite nach oben, dann den linken.

Weil sie nichts dazu sagte, trat Frederic näher, um die Armbeugen genauer betrachten zu können. »Sie war drogenabhängig?«

»Und das heftig!«, bestätigte Theres und bat den Kommissar, wieder zurückzutreten, um keine Spuren zu verwischen.

Der Chefermittler wandte sich an seine Leute und sagte: »Wir sind hier fertig.«

Weil es immer noch stark regnete, mochte Le Maire kein unnötiges Federlesen machen. Also fragte er nach Klärung aller momentanen Fakten einen der hiesigen Beamten danach, wo er mit seinen Leuten in aller Ruhe die hier erworbenen Erkenntnisse zusammenfassen konnte, ohne nass zu werden.

»Dort oben. Sie brauchen nur die Mühlenstraße etwa hundert Meter hochgehen, dann sehen sie direkt vor einer Kreuzung auf der linken Seite den ›Ratskeller‹. Schräg rechts gegenüber der Kreuzung ist das Rathaus.«

»Was soll ich denn im Rathaus?«, knurrte Le Maire den Polizisten an, bevor er sich an Angelika wandte: »Hast du gehört? Wir sind im ›Ratskeller‹. Wenn ihr hier fertig seid, kommt ihr nach, okay?«

Die Rechtsmedizinerin hob einen Arm und arbeitete konzentriert weiter.

*

In Köln hatten sich derweil tragische Szenen abgespielt. Was Nashwas physisch immer schon etwas labile und nun auch psychisch arg angeschlagene Mutter hatte mitmachen müssen, würde man nicht einmal seinem schlimmsten Feind wünschen. Gleichzeitig waren ihr Mann und Eleonore außer sich vor Angst und Sorge gewesen. Denn Daria war nicht erreichbar. So war Eleonore nichts anderes übrig geblieben, als Abdel zu benachrichtigen und mit ihm zusammen nach seiner Frau zu suchen – aber wo hätten sie ihre Suche starten sollen? Sie hatten ja nicht einmal gewusst, auf welchem Weihnachtsmarkt sich Daria aufgehalten hatte. Und weil sie die Möglichkeit in Betracht gezogen hatten, die Verschwundene im Hotel wiederzusehen, war Abdel mit dem Taxi zum »Wasserturm« zurückgefahren.

»Daria ist nicht hier!«, hatte er Eleonore mit zitternder Stimme am Telefon gesagt.

»Mach dir keine Sorgen, Abdel. Wir finden sie schon«, hatte Eleonore ihn zu beruhigen versucht und vorgeschlagen, dass er im Hotel bleiben solle, während sie auf dem Weihnachtsmarkt weitersuchen würde.

Bis zur Schließung der Kölner Weihnachtsmärkte um 22 Uhr waren es nervenaufreibende Stunden. Erst als die meisten Besucher die zuvor mit Menschenmassen gefüllten Plätze verlassen hatten, wurde Eleonore fündig. Allerdings stieß sie nicht auf Daria. Dafür fand sie wenigstens einen Hinweis auf die Verschwundene. Vor ihr lag ein total kaputt getretenes Smartphone auf dem Boden, das sie wegen des orientalischen Musters darauf zu ihrem Schrecken als Darias Handy identifizierte. Davon beunruhigt, fragte sie sich bei den umliegenden Budenbesitzern durch, die gerade damit beschäftigt waren, die Schotten dichtzumachen: »Entschuldigen Sie bitte; haben Sie eine Frau, etwa 40 …«

»Meinen Sie die Bettlerin, die dort vorne zusammengebrochen ist? Die habe ich gesehen!«, antwortete ihr die Betreiberin einer Bude. Die gestresst wirkende Kölnerin war auf die Frage der Aachenerin eingestiegen, ohne dass Eleonore ihre Freundin hatte beschreiben müssen.

»Was sagen Sie da? Wohin ist sie nach ihrem Zusammenbruch gebracht worden?«

»Da han isch nit darauf jeachtet, weil …«

»… weil es sich nur um eine ›Bettlerin‹ gehandelt hat! Stimmt's?« Eleonore war sauer. Nicht nur, weil sie für die Teilnahmslosigkeit der Marktfrau kein Verständnis hatte. Daria sah weiß Gott nicht aus wie eine mittellose Frau.

Was hat sich vor dieser Weihnachtsbude abgespielt?, fragte sie sich, während sie sich heftig atmend nach allen Seiten umsah. War es tatsächlich Daria, von der die Budenbetreiberin gesprochen hatte? Als Eleonore sich vergewissern wollte, machte die Frau keine weiteren Angaben, die ihr weiterhalfen.

Eleonore war ratlos.

*

Gleich nach der Rückkehr aus St. Vith hatte sich Le Maires Truppe an die Arbeit gemacht und eifrig weiter an den drei Mordfällen gearbeitet. Während der Chefermittler mit Dr. Angelika Laefers zur Aachener Rechtsmedizin fuhr, waren seine beiden Oberkommissare ins Eupener Kommissariat zurückgekehrt. Polizeihauptmeister Herbert Demonty hatte bei strömendem Regen in St. Vith ausgeharrt, um die Spurensicherer bei der Arbeit zu unterstützen und zu helfen, das Areal um die katholische Kirche herum großräumig nach irgendwelchen Beweisen oder

Indizien abzusuchen. Sobald sich etwas ergab, sollte er Le Maire ins Bild setzen. Erfahrungsgemäß leisteten die Spurensicherer zwar eine hervorragende Arbeit, aber nun war dazu noch Schnelligkeit gefragt. Ein viertes Opfer musste auf alle Fälle verhindert werden.

*

Am nächsten Morgen saßen alle in Le Maires Büro, um ihre Erkenntnisse in Bezug auf das dritte Mordopfer zusammenzufassen. Am Ablegeort der Toten war klar geworden, dass es sich eindeutig um denselben Mörder handeln musste, der auch Sushila Perumal und Nursanti Ohaman ermordet hatte. Also war Thijs Leeuwen raus.

»Westpoort ist ein polizeibekannter Brennpunkt-Stadtteil von Amsterdam. Nicht nur für die übliche Beschaffungskriminalität, sondern insbesondere für illegale Cannabiszüchtung, also für Rauschgift und …«, begann der Eupener Chefermittler die Lagebesprechung, wurde aber von seiner an diesem Morgen offensichtlich ganz besonders zappeligen Sekretärin unterbrochen: »… für verbotene Auto- und Motorradrennen sowie für illegale Betriebsaktivitäten! Dort wurden sogar extra Polizeieinsätze angeordnet und Sicherheitsdienste eingesetzt, weil …«

»Gut, Locki, sehr gut recherchiert!«

Le Maire ging nicht auf die Befindlichkeit seiner Sekretärin ein und kam nun auf den Punkt: »Was mich bei der Sache mehr interessiert, ist die Prostitution, die in Amsterdam extrem brutal gehandhabt wird.«

»Also wissen wir, weshalb das Mädchen aus St. Vith von dort abgehauen ist«, mutmaßte Devaux, die von ihrem Chef darin bestätigt wurde: »Ja! Mittlerweile haben wir nicht nur deren komplette Identität, sondern wissen auch, dass sie entgegen unserer ersten Einschätzung doch eine Prostituierte gewesen ist«, verkündete Le Maire und klärte seine Mannschaft auf: »Sie heißt Devi Tenga, ist 19 Jahre alt und in Westpoort gemeldet. Ihre Familie stammt ebenso von den Molukken wie die der anderen Opfer. Laut Aussage unserer niederländischen Kollegen von der Sitte war sie ein schwer erziehbares Heimkind, das die Schule abgebrochen hat und immer wieder ausgerissen ist. Später wurde das bedauernswerte Mädchen drogenabhängig, landete auf der Straße, streunte herum, bettelte, klaute und strandete schließlich auf dem Fensterstrich in Amsterdams berüchtigten Wallen.«

»Wo sie vermutlich Gewalt ausgesetzt war und deswegen auch von dort abgehauen ist.«

Le Maire nickte bestätigend.

»Aber weshalb ist sie ausgerechnet nach St. Vith gekommen?«, mochte Herbert wissen.

»Weil es dort keine Prostituierten gegeben hat und sie dort ungestört im Stillen ›arbeiten‹ konnte?«, wusste Pierre beizusteuern.

»Unterhalten wir uns darüber, weswegen bei unserem neuen Mordopfer nun der linke Fuß abgetrennt wurde. Handelt es sich möglicherweise um Ritualmorde?«, nahm Le Maire die Besprechung wieder an sich.

Sie waren gerade dabei, sich in diese Thematik zu vertiefen, als in Le Maires Vorzimmer das Telefon klingelte.

»Was? … Um Gottes willen! … Ja? … Äh, nein! … Gut, ich sag's ihm!«

»Was ist, Locki?«, mochte Le Maire von seiner Sekretärin wissen, als sie zurückkam. An ihrem Gesichtsausdruck hatte er sofort bemerkt, dass etwas nicht stimmte.

Weil sie mit ihrer Antwort zögerte, fragte sie der Chef: »Es wird doch nicht schon wieder eine Tote geben, oder?«

Locki stockte.

»Was ist nun?«, bellte Le Maire.

»Frau Dr. Laefers sagt, dass Sie Ihr Handy ausgeschaltet haben.«

»Merde«, knurrte Le Maire, während er auch schon in seiner Hosentasche herumkramte, um gleich darauf festzustellen, dass er wieder einmal vergessen hatte, den Akku aufzuladen.

»War das alles?«

»Nein! Natürlich nicht!«, kam es zurück. »Die Frau Doktor sagt, dass Kriminaloberkommissar Lehnen aus Aachen ebenfalls mehrmals erfolglos versucht hat, Sie zu erreichen, weil er …«

Locki hatte nicht ausgesprochen, als die Tür zum Büro ihres Chefs aufgerissen wurde und ein Streifenpolizist in deutscher Unform hereinstürmte.

»Verdammt noch mal! Was ist denn heute los?«, schimpfte Le Maire, der ahnte, dass es nichts Gutes sein konnte, was den deutschen Kollegen zu ihm nach Eupen geführt hatte.

»Leeuwen ist abgehauen!«

»Was?« Frederic Le Maire konnte es nicht glauben, als ihm berichtet wurde, dass der Gefangene schlicht und ergreifend eine günstige Gelegenheit ausgenutzt hatte und aus dem Polizeigewahrsam geflohen war.

*

Der Vormittag hatte nicht nur für die Eupener Mordermittler mit einer katastrophalen Nachricht geendet. Eleonore Olbrich und Abdel Al-Thani hatten ebenfalls eine Hiobsbotschaft nach der anderen verdauen müssen, denn niemand hatte etwas über die Ägypterin gewusst, Daria war einfach verschwunden und die ganze Nacht nicht aufgetaucht.

Eleonore Olbrich war auf einer Polizeiwache gesessen, um eine Vermisstenmeldung aufzugeben. Wegen der vielen Betrunkenen hatten die Beamten allerdings so viel zu tun gehabt, dass Eleonore wütend und enttäuscht abgezogen war, um auf eigene Faust weiter nach Daria zu suchen. Zu allem hin hatte sich auch der Saft im Akku ihres Handys verabschiedet, weswegen sie keinen telefonischen Kontakt zu den hiesigen Kliniken und zu Abdel hatte aufnehmen können. Also war ihr nichts anderes übrig geblieben, als mit einem Taxi sämtliche Notaufnahmen Kölns abzuklappern und sich nach Daria durchzufragen. Weil sie Abdels Nummer zwar in ihrem Handy gespeichert, aber nicht in ihrem Kopf gehabt hatte, war es ihr auch nicht möglich gewesen, den besorgten Mann anzurufen. Erst als ihr der Taxifahrer, der sie durch Köln kutschierte, den Tipp gab, die Rezeption des Hotels anzurufen, war zumindest dieses Problem gelöst. Ihr überaus freundlicher Chauffeur hatte von seiner Leitstelle sogar die Nummer des Hotels »Wasserturm« heraussuchen und von seinem Handy aus telefonieren lassen.

Eleonore hatte Abdel vor dem Hotel abgeholt, um mit ihm zusammen die ganze Nacht die Notaufnahmen durchzugehen. Schließlich waren sie morgens im St.-Hildegardis-Krankenhaus fündig geworden. Daria war nach ihrem Zusammenbruch dort eingeliefert worden, allerdings hatten die Rettungskräfte keinen Hinweis auf Verwandte gefunden, die sie hätten benachrichtigen können.

»Sie braucht jetzt viel Ruhe!«, hatte die behandelnde Ärztin gesagt und die beiden bedrängt, ihre Patientin wenigstens zwei bis drei Tage »hierzulassen«.

Weil sie sowieso keine andere Wahl gehabt hatten, war letztlich auch Abdel einverstanden gewesen.

»Weißt du was, Abdel? Wir bleiben einfach in Köln. Und du kümmerst dich um Daria, während ich morgen noch einmal zur Uni und zu Nashwas Unterkunft fahre, um mich dort nach ihr zu erkundigen.«

*

Eleonore war rasch klar geworden, dass sie nicht die geringste Chance hatte, an der Universität an zielführende Informationen über Nashwa zu gelangen. Wegen der Ferien waren die zahlreichen Hochschulen in Köln quasi verwaist, so auch Nashwas Studentenbude. Ihre beiden WG-Freundinnen waren nach Hause gefahren. Die eine Zimmergenossin stammte von der Frieseninsel Sylt, über 700 Kilometer von der Domstadt entfernt, die andere kam aus genau der entgegengesetzten Richtung, aus Konstanz am Bodensee. Eleonore hatte nicht einmal deren Handynummern, geschweige denn eine andere Kontaktmöglichkeit. Was also hätte sie in Köln ausrichten können? Herzlich wenig. So musste Eleonore Abdel das traurige Ergebnis ihrer Uni-Recherchen mitteilen und ihm vorschlagen, gleich nach Aachen weiterzufahren, sowie Daria sich dazu in der Lage fühlen würde. Allerdings – und dies musste Eleonore sich eingestehen – hatte sie keine Ahnung, wie sich die Suche nach der verschwundenen Frau in der alten Kaiserstadt gestalten sollte. Sie hatte nicht den geringsten Anhaltspunkt, an dem sie ansetzen konnte. Da kam ihr Angelika in den Sinn.

KAPITEL 18

Bevor Peter Dohmen mit einem Nervenzusammenbruch ins Aachener Luisenhospital eingeliefert worden war, hatte er die Großfahndung nach Thijs Leeuwen herausgegeben und die Leitung der Aachener Mordkommission seinem Stellvertreter Matthias Lehnen übertragen. Seither war die gesamte Polizei von Nordrhein-Westfalen und von Südlimburg hinter dem flüchtenden Polizistenmörder her. Als Angelika ihren Freund Frederic darüber informiert hatte und auch ein Aachener Schutzpolizist in Eupen angekommen war, hatten auch die Ostbelgier unverzüglich damit begonnen, nach dem Flüchtigen zu suchen. Thijs Leeuwen war es tatsächlich gelungen, genau in dem Augenblick, als er in Aachen aus einem Gefangenentransporter gestiegen war und man ihm leichtsinnigerweise nicht nur die Fußfessel, sondern auch die Handschellen abgenommen hatte, einen günstigen Moment auszunutzen, um abzuhauen, bevor sich das automatische Tor der JVA Aachen hinter ihm geschlossen und den verdutzten Beamten den Weg nach draußen versperrt hatte. Dabei hatte ihm eine glückliche Fügung geholfen. Denn im rechten Moment hatte ein anderer Gefangener, der zum Gericht gebracht werden sollte, so heftig zu randalieren begonnen, dass sich sämtliche Kräfte um ihn gekümmert hatten und folglich abgelenkt gewesen waren.

Lediglich Le Maire und sein Team beteiligten sich nicht an der Suche und kümmerten sich stattdessen weiter um die Aufklärung der »Gliedermorde«.

»Vielleicht habe ich etwas für euch«, sagte Locki in die angespannte Stimmung.

Croissants wären nicht schlecht, dachte sich Le Maire, sagte aber nichts, sondern ließ sie ausreden.

»Also …«, begann sie verheißungsvoll. »Weil ich im Internet nichts darüber finden konnte, habe ich mir im Medienzentrum der ›Deutschsprachigen Gemeinschaft‹ in der Hookstraße unten und in der Pfarrbibliothek St. Nikolaus in der Simarstraße oben ein paar Bücher über die Molukker und deren Geschichte besorgt. Wie ihr ja wisst, sind die Molukken eine indonesische Inselgruppe, die zwischen Neuguinea und Sulawesi liegt.«

Die Ermittler nickten aufmerksam.

»Was ihr aber vielleicht nicht wisst, ist die Tatsache, dass die Molukken bereits vor Zehntausenden von Jahren besiedelt wurden. Und damals gab es dort vielerlei für uns heutige Menschen unglaubliche Bräuche und Kulthandlungen. So zum Beispiel ein Bestattungsritual, bei dem den Toten die Gliedmaßen abgeschnitten wurden, bevor man die Körper eingemauert hat.«

Nachdem Locki fertiggesprochen hatte, war es für einen Moment so still, dass man eine Stecknadel hätte fallen hören können.

»Warum hat man das gemacht?«, fragte ihr Chef schließlich.

»Auch das kann ich euch sagen«, triumphierte Locki, bevor sie den anderen erklärte, dass die Ureinwohner der Molukken Toten die Arme abgetrennt hatten, um zu verhindern, dass sie damit im Tod mit etwas Bösem in Berührung kommen konnten.

»Und weswegen hat man ihnen die Beine abgetrennt?«, interessierte Le Maire und bekam von seiner Sekretärin zur Antwort, dass man die Toten daran hindern wollte wegzulaufen.

»… um nicht auf etwas Böses zu stoßen, stimmt's, Locki?«

Die Sekretärin nickte wissend. »Ja. Und sicherheitshalber wurden die gliederlosen Körper auch in Felsnischen und die Gliedmaßen an anderen Stellen eingemauert.«

KAPITEL 19

Obwohl Thijs Leeuwen zweifelsfrei nichts mit dem dritten Mord zu tun haben konnte, beschlich Le Maire das Gefühl, dass der Mann der Schlüssel zu der Mordserie war. Immerhin war der nunmehr schon wieder Flüchtige an zwei von drei Tatorten gewesen. Außerdem hatte Le Maire das Gefühl, dass irgendjemand Leeuwen hinhängen und die Spur auf ihn lenken wollte. Aber wer? Bei den Verhören hatte Leeuwen verlauten lassen, etliche Feinde aus dem Milieu zu haben, die ihn gerne loswerden würden. Möglicherweise hat dies tatsächlich – so wie es Leeuwen unversehens herausgerutscht war – etwas mit dieser Asmara zu tun, überlegte er, die wohl ebenfalls eine Prostituierte war. Und dem Namen nach könnte es sich wie bei den drei toten Frauen ebenfalls um eine Frau mit indonesischem Migrationshintergrund handeln. Dies musste Le Maire unbedingt klären.

Im Moment aber blieb dem gefrusteten Chefermittler nichts anderes übrig, als so lange abzuwarten, bis der Flüchtende erneut festgenommen wurde. Daher hatte er seine Leute für die Suche nach dem Polizistenmörder abgestellt.

Er selbst wollte sich inzwischen zurückziehen und nachdenken, bevor er wieder aktiv werden würde. Also ging er von seinem Büro aus zu Fuß ins nahe gelegene Café beim Minigolfplatz im Klinkeshöfchenpark, um dort etwas Boule zu spielen. Seit ihn sein pensionierter Kollege

Gerhard Schoffers zum ersten Mal mit dorthin genommen hatte, war das Café zu Angelikas Leidwesen eine seiner Lieblingskneipen geworden … obwohl es dort keine Fritten gab. Dafür wurde stets ein eisgekühltes Jupiler angeboten, das er gerne im Kreise der dort durchweg liebenswerten Stammgäste genoss. Immer wenn er in dem gemütlichen Vereinsheim war, fiel ihm das dazu passende Lied von Peter Alexander ein: »Die kleine Kneipe in unserer Straße …« Und dies ließ ihn dann besinnlicher werden, als wenn er ein Weihnachtslied hören würde.

Während er auf seine Sportkameraden wartete, blätterte er mehr oder weniger interessiert die Zeitungen durch, die dort auf einem Tisch lagen. Sein Leseinteresse wurde geweckt, als er ein Exemplar der »Allgäuer Nachrichten« im Papierkorb entdeckte. »Wie kommt *die* denn hierher?«, fragte er Rudi, der an diesem Spätnachmittag Thekendienst hatte.

»Ach, du kennst doch den Allgäuer, der zwischendurch immer wieder mal allein oder mit seiner Freundin hierherkommt.«

»Meinst du den, der mit seinen modischen Outfits so aussieht, als wenn ihn meine Angelika eingekleidet hätte?«

Rudi lachte laut, weil Frederic seine Partnerin schon mal mitgebracht hatte. Und Frederic musste schmunzeln.

»Genau den«, bestätigte André, ein Naturbursche, der ebenfalls dort verkehrte und sich zu Frederic an den Tisch gesellt hatte. »Der ist erst gestern wieder aus seiner Heimat zurückgekommen und hat uns gleich besucht. Er hat zwei Tassen Kaffee getrunken und seine Zeitung gelesen …«

»… die er dann hier liegen gelassen hat«, folgerte Frederic scharfsinnig. »*Darum* ist die einen Tag alt«, kombinierte der Kriminaler und begann, darin zu blättern, um den Polizeibericht zu lesen, der ihn in jeder Zeitung, die er in die Hände bekam, brennend interessierte – egal, wo er sich gerade befand. Als er die Kolumne gefunden hatte, zuckte Le Maire zusammen.

Allgäuer Nachrichten vom 26. November 2021. – Polizeibericht:

Oberstaufen. Dreister Diebstahl mitten im Herzen des Schrothkurheilbades. Statue vom Sockel der Mariensäule herunter gestohlen …

»Was ist?«, wunderten sich Rudi und André, die Frederics Reaktion bemerkt hatten.

»Ach, nichts. Ich glaube nur, dass ich ein paar Tage Urlaub brauche. Bringst du mir bitte ein Jupiler?«

Weil an diesem Tag zu wenig Männer gekommen waren, um mit Frederic eine ruhige Kugel zu werfen, und es sowieso zu kalt dafür gewesen wäre, hatte er das gemütliche Stübchen den ganzen Nachmittag über nicht verlassen und sich ein Bierchen nach dem anderen gegönnt – schließlich hatte es ja viel zum Nachdenken gegeben. Als dann auch Kalle, eine ehemalige Rotlichtgröße aus Köln und Stammgast in diesem Stübchen, aufgetaucht war, hatte der Polizist mit Einbruch der Dunkelheit den Herrgott endgültig einen guten Mann sein lassen und sich gänzlich entspannt. »Sag mal, Kalle …«, raunte Frederic und zog den bulligen Mann beiseite. »Könntest du mir einen Gefallen tun und im Aachener Rotlichtmilieu etwas für mich recherchieren? Weil dich dort alle kennen, bekommst du sicher ehrlichere Antworten als ich.«

»Na klar, mein Freund! Für ein Jupiler tu ich dir jeden Gefallen.«

»Eine Runde, Rudi!« Frederic war zufrieden.

*

Zur selben Zeit hatte sich Eleonore mit Angelika im »Wolke 7« getroffen, einem schnuckeligen, überdachten und bestuhlten Glühweinstand auf dem Aachener Weihnachtsmarkt. Allerdings schwebte die Innenarchitektin derzeit auf keiner Wolke – im Gegenteil, sie war todunglücklich. Und genau deswegen hatte sie ihre beste Freundin angerufen, um mit jemandem reden zu können. Sie musste ihr unbedingt von der vergeblichen Suche nach Nashwa berichten und ihr auch erzählen, was in Köln geschehen war. Dabei hatte sie im Hinterkopf, dass Angelika dies alles ihrem Freund Frederic weitererzählen würde, der sicher Rat wusste. Irgendwie hoffte sie immer noch, dass es eine ganz harmlose Erklärung für Nashwas Verschwinden geben musste, weswegen sie die hiesige Polizei nicht offiziell alarmieren wollte – im Moment jedenfalls nicht. Ihre Bemühungen in dieser Richtung waren in Köln im Sand verlaufen.

Die beiden saßen zwei Stunden zusammen und tranken Weihnachtspunsch. So erfuhr Angelika im Laufe des Abends alles, was Eleonore bedrückte. »Weißt du was? Ich rede mit Frederic darüber. Vielleicht weiß der weiter«, schlug die inzwischen etwas beschwipste Rechtsmedizinerin ihrer erleichterten Freundin vor, deren Rechnung aufgegangen war. »Jetzt muss ich aber erst einmal zur Toilette.«

Um nicht allein dazusitzen und die Zeit zu nutzen, wollte die momentan einigermaßen beruhigte Frau kurz zur »Goldenen Madonna« hinuntergehen, um nachzusehen, ob Louis am Arbeiten war. Deswegen bat sie eine Tischnachbarin, auf ihre Plätze zu achten. »Wir sind gleich wieder zurück!«, sagte sie, als sie aufstand und ging.

Als sie van Bastens Lokal stockdunkel vorfand, wunderte sie sich. Immerhin wollte er demnächst eröffnen. Dass er nicht im Restaurant war, um ihm den letzten Schliff zu geben, war seltsam. Vielleicht ist er ja hinten und zersägt wieder irgendeine Madonnenfigur, dachte sie sich nicht allzu ernst gemeint, ging aber dennoch ums Haus herum. Dort war ebenfalls nichts. Weil sie ein weißes Blatt an der Hintertür sah, trat sie näher, um lesen zu können, was darauf stand: »Liebe Lieferanten, bis zum 27. November bin ich hier nicht erreichbar!« Darunter sah Eleonore seine Handynummer. Das war's.

Der macht es sich aber leicht. Nur gut, dass das nicht meine Sache ist, dachte sich Eleonore, bevor sie sich kopfschüttelnd abwandte, um zum »Wolke 7« zurückzueilen, wo sie bereits sehnlichst von Angelika erwartet wurde. Weil der 27. November war, würde sie später vielleicht einmal nachsehen, ob Louis zurück war. Immerhin war es erst kurz nach 20 Uhr.

*

Weil Angelika etwas zu viel Punsch getrunken hatte, war sie todmüde ins Bett gefallen. Deswegen war sie nicht mehr dazu gekommen, Frederic zu erzählen, was Eleonore ihr von den Al-Thanis berichtet hatte. Und dass van Bastens zumindest fast fertig eingerichtetes Lokal derzeit gänzlich verwaist war, würde ihn ihrer Einschätzung nach sowieso nicht interessieren. Und weil sie am nächsten Morgen arge Kopfschmerzen plagten, war sie beim gemeinsamen Frühstück mit ihrem Lebensgefährten recht mundfaul. Anstatt Frederic vom gestrigen Abend zu berichten, hörte sie lieber zu, als er ihr vom Stübchen beim Minigolfplatz erzählte.

»Soso, während ich mich in der Rechtsmedizin mit drei Leichen herummühe, um vielleicht noch etwas zu entdecken, was den Herrn Kriminalhauptkommissar interessieren könnte, treibt der sich am helllichten Tag in Kneipen herum«, lästerte Angelika. Sie wusste längst, dass Frederics Leute sich mittlerweile ebenfalls an der Suche nach Thijs Leeuwen beteiligten, weil die eigenen Ermittlungen stockten. Dabei unterhielten sie sich natürlich auch über dessen Flucht, die Frederics Aachener Kollege Peter Dohmen zu verantworten hatte. »Vielleicht ist es ganz gut, dass Peter einen Nervenzusammenbruch hatte, somit ist er aus dem Schussfeld der Staatsanwaltschaft und der Presse«, meinte Angelika, merkte aber schnell, dass sich Frederic über das »Missgeschick« seines Kollegen sehr ärgerte, obwohl ihm dieser leidtat. »Vielleicht wäre Leeuwen gar nicht abgehauen, wenn er gewusst hätte, dass er bezüglich der Frauenmorde nicht mehr in Betracht kommt«, orakelte Frederic mehr oder weniger beiläufig, während er sich Herver Käse aufs Brötchen strich, was zur Folge hatte, dass Angelika die Nase rümpfte und das Küchenfenster öffnete.

Diese Gelegenheit nützte Frederic, um sie über ein Vorhaben zu informieren. »Im Moment kann ich hier nicht viel tun. Deswegen fahre ich morgen ins Allgäu.«

»*Was* tust du?« Weil dies zu laut aus ihr herausgeschossen war, musste Angelika ihren schmerzenden Kopf halten.

»Bleib ganz ruhig, Angelika. Ich fahre nicht zum Vergnügen dorthin. Vielmehr möchte ich dem Diebstahl einer Marienstatue nachgehen und mich bei den Oberstaufener Kollegen darüber erkundigen«, erklärte Frederic.

Angelika war plötzlich hellwach und begehrte auf: »Aber nicht ohne mich!« Und schon wieder musste sie ihren Kopf halten.

»Me…«, grummelte Frederic, der dies geahnt hatte.

»Was wolltest du sagen?«, unterbrach sie ihn. »Kannst du überhaupt weg? Immerhin hast du einen Serienmörder zu fangen.«

»Matthias Lehnen aus Aachen bleibt dran und meine Leute sind ja hier und halten mich auf dem Laufenden«, rechtfertigte sich Frederic.

»Auf was warten wir dann? Ich habe meine Arbeit an den Leichen getan und kann für ein paar Tage mitkommen. Ich muss nur kurz bei Jussuf anrufen und mich abmelden.«

*

Eine Stunde später war alles geklärt; sowohl Angelika als auch Frederic hatten in ihren Dienststellen angerufen und sich abgemeldet. Während dies bei Angelika mit einem Satz erledigt gewesen war, weil ihr Assistent Jussuf Abdalleyah keine Fragen gestellt hatte, war dies bei Frederic etwas komplizierter vonstattengegangen. Denn dummerweise hatten weder Herbert noch einer seiner beiden Stellvertreter den Hörer abgenommen, weil sie auf der Suche nach Thijs Leeuwen waren. Stattdessen war Locki dran gewesen. Und die hatte natürlich alles genau wissen wollen.

»Gib einfach den anderen Bescheid. Wenn etwas sein sollte, bin ich am selben Tag, spätestens aber am nächsten Morgen wieder hier. Meine Handynummer hast du ja. Au revoir, Locki!«

»Vergessen Sie aber nicht, immer darauf zu achten, dass der Akku aufgeladen ist, Chef!«

Das Packen gestaltete sich für Angelika wesentlich aufwendiger als für Frederic, der kein Aufheben machte und neben ein paar Kleinigkeiten nur ein Schlaf-T-Shirt und Ersatzunterwäsche in einen Plastikbeutel stopfte.

»Und diese geschmacklos karierten Strümpfe möchtest du mitnehmen? So kommst du mir nicht davon!«, schimpfte Angelika und packte für Frederic einen ganzen Koffer zusammen. »Schließlich fahren wir in den tiefsten Winter und zudem in einen schicken Wintersportort! Außerdem kennt man uns dort!«

»Ja, Gustl vielleicht, aber wer sonst noch?«, grummelte Frederic.

*

In ihrem Packeifer hatte Angelika schließlich ganz vergessen, Frederic etwas von Nashwas Verschwinden zu erzählen. So war eine einmalige Chance vertan worden.

Weil Eleonore vergeblich auf einen Anruf von Angelika gewartet hatte, war ihr nichts anderes übrig geblieben, als ihre Arbeit ganz liegen zu lassen und weiterhin selbst nach der jungen Frau zu suchen, während sie sich zwischendurch in Köln bei Abdel nach Darias Befinden erkundigte. Dabei wusste sie, dass sie ihm gut würde zureden müssen, so lange bei seiner Frau zu bleiben, bis es ihr wieder besser ging – und dies konnte nach der jüngsten Aussage der behandelnden Ärztin doch länger dauern als zunächst gedacht.

*

Von alledem konnte Louis van Basten nichts ahnen. Wie Eleonore vermutet hatte, war er am Vorabend zurückgekommen, um die Fertigstellung der Innenausstattung seines Restaurants voranzutreiben. Dazu war er spätnachts mit einem Anhänger voller Material angerückt. Mithilfe von drei Nachtschwärmern, die er quasi von der Straße aufgelesen hatte, war es möglich gewesen, im Schutz der Dunkelheit alles an Ort und Stelle zu schleppen, ohne von jemandem gestört zu werden.

Nachdem er die kräftigen Burschen gut entlohnt und weggeschickt hatte, war er an seine eigentliche Arbeit gegangen. Im Keller stand immer noch die Madonna, die van Basten erst vor Kurzem in Valkenburg abmontiert hatte. Weil er nicht dazu gekommen war, die Statue umzubemalen und auf antik zu trimmen, war er vorsichtiger geworden – insbesondere seit Le Maires scheinbar privatem Besuch in der »Goldenen Madonna«. Obwohl die beiden sich beim Leeren einer Kiste Bier ein bisschen angefreundet hatten, spürte Louis van Basten die Gefahr, die von dem Schnüffler ausging. Deshalb hatte van Basten die in Oberstaufen geklaute Madonna sicherheitshalber gut versteckt. Er würde sie zu einem späteren Zeitpunkt bemalen und erst dann mit ihr eine bis dahin sicherlich verkaufte Figur ersetzen, wenn Gras über die Madonnendiebstähle gewachsen war. Kein Mensch würde darauf kommen, dass jemand wegen einer Marienstatue mehrere hundert Kilometer fahren würde. Dieses kleine Ablenkungsmanöver kann nicht schaden, hatte sich van Basten gedacht, als er auch diesen Diebstahl beschlossen hatte.

KAPITEL 20

Trotz des Schneefalls, der auf Höhe der Raststätte »Allgäuer Tor« bei Dietmannsried eingesetzt hatte, und der weiteren gut 100 Höhenmeter bis nach Oberstaufen kamen sie gut voran. Laut Angelika lag dies *nur* daran, dass sie *ihr* Auto und nicht Frederics alte Kiste genommen hatten. Möglicherweise lag es aber auch daran, dass Frederic für sie die Winterreifen montiert hatte.

Nun standen sie enttäuscht vor dem Hotel »Tyrol«, in dem sie schon öfter logiert und eine Freundschaft mit der Wirtsfamilie Hanser und Wartig aufgebaut hatten. Das Hotel war offensichtlich geschlossen. »Ich habe dir doch gleich gesagt, dass du Gustl anrufen sollst!«, schimpfte Angelika und meinte damit den Hotelier, den beide gut kannten. Zu allem hin schneite es wie verrückt. »Was sollen wir jetzt tun?«

Weil Frederic seiner Partnerin recht geben musste, verkniff er sich das Fluchen. »Ach, ja, da fällt mir das Hotel ›Bergkristall‹ ein, in dem sich seinerzeit unser ›Glühweinerpresser‹ versteckt hat.«

Sie machten sich auf den Weg, der sie in Richtung des sogenannten »Paradieses« zu dem Hotel führen sollte, das Frederic von einem früheren Einsatz kannte. Dass es dabei so richtig zur Sache gehen würde, hätte sich der in Bezug auf Schnee etwas naive Mordermittler nicht gedacht. Denn schon als sie auf die Queralpenstraße eingebogen waren, merkten sie, dass hier ein Auto nach dem anderen im Schnee stecken geblieben war. Es hatte schlagartig so heftig zu schneien begonnen, dass das von Immenstadt herkommende Schneeräumfahrzeug es noch nicht bis auf die Höhe von Oberstaufen geschafft hatte. Also blieb der ungeduldigen Frau nichts anderes übrig, als ihren SLK wieder in den Ort zurückzulenken. Weil es auch hier wieder bergauf ging und Angelika wenig Erfahrung mit dem Führen ihres Autos durch knöcheltiefen Schnee hatte, war ihr dies nur mühsam mit mehreren Anläufen gelungen. Anstatt langsam anzufahren, hatte sie viel zu viel Gas gegeben. Als ihr ein freundlicher einheimischer Autofahrer diesen Tipp gegeben und auch geschoben hatte, war sie den Hügel hochgekommen und wieder im nahezu perfekt geräumten Ortszentrum von Oberstaufen angekommen. Der gemeindeeigene Winterdienst hatte bereits ganze Arbeit geleistet.

»Ich habe eine Idee!«, meinte Frederic unvermittelt.

»Pah! Du und deine dummen Ideen!«, schimpfte Angelika und wartete darauf, was ihr Partner für einen Mist vorschlagen würde.

Frederic war tatsächlich etwas eingefallen, was ihnen aus der misslichen Lage heraushelfen könnte: »Fahr bitte links in den Ort hinein und dann an der Kirche vorbei«, gebot er Angelika, die protestlos tat, was er von ihr verlangte … obwohl sie direkt in eine Fußgängerzone hineinfuhr.

Und da standen sie auch schon, die Herren Kollegen, sogar mit einer Kelle in der Hand, die dafür sorgte, dass sie unverzüglich anhalten mussten.

»Merde«, knurrte Frederic, während Angelika zu keifen begann, dass *er* das Knöllchen würde bezahlen müssen.

Nachdem Angelika das übliche Prozedere – Scheibe herunterkurbeln, Papiere vorzeigen und die Frage »Haben

Sie etwas getrunken?« – hinter sich gebracht hatte, stellte sich Frederic als belgischer Kollege der beiden uniformierten Polizisten vor und erklärte das Dilemma, in dem sie steckten.

»Der ›Adler‹, den Sie suchen, befindet sich gleich dort vorne, direkt vor ihrer Nase«, frotzelte der Polizist.

»Ich weiß, aber das ist nicht unser Problem.«

Der überaus freundliche Dorfgendarm strich sich übers Kinn und sagte: »Ach, ich verstehe.« Obwohl er überhaupt nichts verstanden hatte, bot der uniformierte Kollege dem Belgier seine Hilfe an. Der urige Allgäuer in Uniform erklärte ihm, dass zurzeit die meisten Hotels wegen Renovierungsarbeiten bis kurz vor Heiligabend geschlossen hatten … auch das »Bergkristall«.

»Also hätten wir uns umsonst dort hoch bemüht«, stellte Frederic mit einem zufrieden wirkenden Gesichtsausdruck fest.

Nachdem auch noch ein paar kollegiale Floskeln ausgetauscht worden waren, beugte sich der Streifenpolizist zu Angelika herunter und sagte ihr, dass er das Strafmandat vergessen würde, dies aber nicht mehr vorkommen dürfe. »Einen schönen Aufenthalt in Oberstaufen! Weiterfahren!«

»Also das muss ich wohl sagen: Die Allgäuer Kollegen sind wesentlich netter, als ich dies von Aachen gewohnt bin.«

»Tja, wie die Landschaft, so die Leute!«

*

Armin Hollweck, der beliebte »Adlerwirt«, war leider nicht da, um seine neuen Gäste begrüßen zu können. Dafür hatte dessen Bruder Achim das Paar in Empfang genommen und zu ihrem traumhaften Zimmer gebracht. Nachdem die neuen Gäste zu Achims Erstaunen vier Koffer aus dem Auto geholt hatten, war ihm die Frage auf der Zunge gelegen, ob sie vielleicht doch länger als zwei oder drei Nächte im Hotel bleiben mochten, was wegen der bevorstehenden Renovierungsarbeiten leider nicht möglich wäre. Aber der freundliche Ober, der auch ein hervorragender Concierge war, hatte sich seine Neugierde verkniffen und die beiden auf ein Empfangsgetränk in den »Adlerhorst«, die gemütliche Hausbar, eingeladen. Dort hatte er ihnen erklärt, dass die Küche leider schon geschlossen sei, weil das Hotel derzeit nur drei Tage geöffnet hatte. »Außer Ihnen sind es lediglich sechs Gäste. Wenn die weg sind, kommen gleich die Handwerker. Wir bauen den gesamten Wellnessbereich um«, verkündete Achim stolz und bat gleichzeitig um Verständnis.

»Das macht doch nichts!«, winkte Le Maire ab. »Wir haben ja sowieso schon das Glück gehabt, zu dieser Jahreszeit überhaupt eine Unterkunft im Ortszentrum zu bekommen.«

»Wissen Sie denn, welche Lokale geöffnet haben?«, mochte Angelika wissen, weil sie nach all der Aufregung Hunger bekommen hatte.

»Klar! Warten Sie mal«, überlegte der Ober laut: »Die ›Altstaufner Einkehr‹ hat leider auch schon geschlossen und zur ›Königlich Bayrischen Enzianhütte‹ kommen Sie wegen des Schnees momentan schlecht hin. Ich empfehle Ihnen die ›Schlemmeria im Moos‹, wo es hervorragende Allgäuer und internationale Speisen vom offenen Grill gibt. Die Wirtsleute Alfiu – ein waschechter Sizilianer – und Melli freuen sich immer über liebe Gäste!« Der Ober erklärte ihnen den Weg dorthin.

»Ein netter Kerl«, bemerkte Frederic, während er sich den Schal enger um den Hals zog und in das bestellte Taxi stieg. Schließlich wollten sie dem freundlichen Dorfgendarmen von vorhin keine weitere Arbeit machen.

*

Am nächsten Morgen, nach einem ausgiebigen Frühstück wussten die beiden alles über die Hintergründe des Glocken- und Schellengeklingels, das nächste Woche im Ort anstand. Ebenso lauschten sie Achims fachkundiger Erklärung des sogenannten »Klausentreibens«. Aber Frederic Le Maire war nicht wegen der alten Bräuche nach Oberstaufen gekommen, die sich dort im Jahresreigen wie die Perlen auf einer Schnur aneinanderreihten. Vielmehr wollte er sich jetzt um die gestohlene Marienstatue kümmern.

»Ich gehe mit!«, sagte Angelika und hakte sich bei Frederic ein.

*

Während Angelika das Schaufenster eines Optikers am Marienplatz begutachtete, der am heutigen Sonntag geschlossen hatte, stand Frederic nur wenige Meter von ihr entfernt vor der Mariensäule, die auf dem schön gestalteten Platz inmitten eines kleinen Teiches wie ein ägyptischer Obelisk in den Sonnenhimmel ragte. Allerdings war wegen der winterlichen Kälte kein Wasser in der künstlich angelegten Mulde. Trotzdem, dachte er, wie sind die Diebe dort hinauf-, vor allen Dingen aber mit der Statue wieder heruntergekommen? Die Säule ist mindestens zwei Meter hoch. Wie konnten sie die Madonna abmontieren, herunterholen und wegschaffen, ohne gesehen zu werden? Dass es mehrere Diebe gewesen sein mussten, war unzweifelhaft. Einer allein hätte dies niemals schaffen können.

Ich glaube nicht, dass sich van Basten zum Stehlen einer Madonnenfigur mit anderen Typen einlässt.

Obwohl Le Maire sich persönlich davon überzeugt hatte, dass alle Statuen, die er in der »Goldenen Madonna« gesehen hatte, dem Anschein nach legitim erworben worden waren, hatte sich in ihm das ungute Gefühl breitgemacht, dass mit dem Niederländer vielleicht doch irgendetwas nicht stimmen könnte. Dies allein hatte ihn dazu bewogen, auf die Schnelle nach Oberstaufen zu fahren, um diesem Madonnendiebstahl nachzugehen. Weil er in alle Richtungen ermitteln musste, hatte er van Basten im Geiste sogar auch schon mit den Morden in Zusammenhang gebracht, diesen Gedanken aber wieder verworfen. Eigentlich konnte er sich den auffallend gläubigen Katholiken weder als Dieb noch als Mörder vorstellen. Dennoch musste der scharfsinnige Ermittler *allen* Spuren folgen, er hatte gelernt, auf seinen Instinkt zu hören.

Also überlegte er, wie der Diebstahl abgelaufen sein konnte und weshalb ausgerechnet jemand aus Aachen diese Statue klauen sollte. Vielleicht genau aus diesem Grund, dachte er sich. Schließlich würde die Aachener Polizei der Sache keinerlei Bedeutung beimessen … falls sie überhaupt etwas davon erfahren sollte. Aber wie war van Basten ausgerechnet auf diese Figur gestoßen?

Weil Frederic wusste, dass er hier keine Antwort auf seine Fragen bekommen würde, nahm er sich vor, zur örtlichen Polizeistation zu gehen, um von den Beamten, die den Diebstahl aufgenommen hatten, etwas darüber zu erfahren.

*

»Also doch!«, war es aus dem belgischen Ermittler herausgeschossen. Nachdem er von einer Oberstaufener Kollegin erfahren hatte, dass eine Anwohnerin morgens um genau 4.36 Uhr wegen eines lauten Motorengeräusches auf dem Marienplatz aus dem Schlaf geschreckt war, hatte er seine Gedanken wieder in Richtung van Basten schweifen lassen. Die Zeugin habe einen vermutlich dunkelgrünen … oder dunkelblauen Pritschenwagen mit einem »ausländischen« Kennzeichen, das gelb gewesen sein könnte, wegfahren sehen. Dessen Beschriftung habe sie auf die Schnelle mitten in der Nacht natürlich nicht erkennen können.

Obwohl ihm diese Auskunft genügt hatte, um Louis van Basten nun doch als »Madonnendieb« verdächtigen zu müssen, war er nach Kempten gefahren, wo sich das zuständige Kriminalkommissariat befand.

*

Weil Frederic seine Angelika darüber informiert hatte, dass er nach Kempten fuhr, machte sie sich keine Sorgen um ihn und ließ es sich in Oberstaufen gut gehen.

Abends bekam sie Hunger und wollte in die »Königlich Bayerische Enzianhütte«, um dort etwas zu essen. Aber ohne Auto und ohne Frederic? »Wo bleibt der nur?«

»Ihr Mann wird schon kommen«, hatte Achim die Gerichtsmedizinerin zu beruhigen versucht und ihr ein Glas Champagner hingestellt.

Aber Angelika ließ sich trotz des wunderbaren Tages, den sie hinter sich hatte, nicht beruhigen. »Verdammt! Frederic hat den Akku seines Handys wieder einmal nicht aufgeladen!«, schimpfte sie, nachdem sie immer wieder versucht hatte, ihn zu erreichen. Es blieb ihr nichts anderes übrig, als im »Adlerhorst« weiterhin auf Frederic zu warten. »Wie weit ist es von Oberstaufen bis nach Kempten?«, wollte sie von Achim wissen, der gerade an der Rezeption seinen Dienst verrichtete.

»Etwa 40 Kilometer, für die man im Winter eine knappe Dreiviertelstunde braucht«, kam es zurück.

»Ach, das ist ja gar nicht so weit«, bemerkte Angelika einigermaßen beruhigt. »Dann wird er ja bestimmt gleich kommen. Seine dortigen Kollegen haben schließlich auch irgendwann Feierabend, vor allem am Sonntag.«

Aber Frederic kam nicht und Angelika konnte so oft auf ihr Handy schauen, wie sie wollte, es klingelte nicht.

Stattdessen klingelte ein Glas Champagner später das Telefon an der Rezeption. Achim nahm ab und schien ein Weilchen zuzuhören. Dann hörte Angelika ihn sagen: »Nein! Frau Dr. Laefers ist nicht auf ihrem Zimmer, Herr Le Maire! Ich brauche Sie nicht dorthin zu verbinden.« Während Achim dies gesagt hatte, war er aufgestanden, um der verdutzt dreinschauenden Angelika das Telefon an die Bar zu bringen.

»Danke, Achim.«

»Gerne.«

»Angelika?«

»Ja, ich bin es, Frederic. … Was? … Gleich morgen früh? … Bist du jetzt vollkommen verrückt geworden?«

KAPITEL 21

Nach einer anstrengenden Fahrt vom fast schon meterhohen Schnee in den altbekannten Regen waren die beiden erst nach zehn Stunden zu Hause angekommen. Deswegen hatte der belgische Mordermittler keine Möglichkeit mehr gehabt, sich in den neuen Fall einzuklinken, über den er am gestrigen Spätnachmittag via Telefon im Allgäu alles Wichtige gehört hatte. Bei seinem Telefonat mit Locki hatte er in Erfahrung gebracht, dass van Basten einen weißen Kombi und keinen grünen Kleinlaster fuhr. Außerdem war das Fahrzeug auf sein Geschäft, also auf sein Aachener Lokal, angemeldet und hatte dementsprechend auch ein deutsches und kein niederländisches Kennzeichen. Von wegen ›grün‹ oder ›blau‹, dachte Le Maire in Erinnerung an die unklare Aussage der alten Frau am Oberstaufener Marienplatz fast etwas verärgert. Andererseits war er froh, Louis van Basten aufgrund dieser Erkenntnis nun doch nicht als Dieb der Madonna in Oberstaufen weiter verdächtigen zu müssen. Er konnte getrost weiter davon ausgehen, dass keine einzige der in letzter Zeit gestohlenen Madonnenfiguren auf van Bastens Konto ging.

*

Nun saß er in seinem warmen Büro in Eupen, hatte einen Becher Kaffee in der Hand und Croissants vor sich auf dem Tisch. Er stellte seinen schwarzen Becher mit der weißen Aufschrift »BOSS« ab, stopfte sich ein Gebäckstück in den Mund und nahm gleich ein zweites in die Hand. »Was ist nun mit unserem neuen Fall?«, mochte er von seinen Leuten wissen, die ihm berichteten, dass es sich beim Opfer um eine 39-jährige Nigerianerin namens Chiamaka Katusi handelte, die dem Anschein nach abwechselnd in Aachen und in Lüttich der Prostitution nachgegangen sei. Allein schon deswegen und weil sie in Lüttich tot aufgefunden worden war, fiel dieser Mord nicht in Le Maires Zuständigkeitsbereich.

»Also ist es kein Fall für uns«, betonte Devaux, die gleich dazu bemerkte, dass dies dementsprechend eine Sache für die Lütticher Mordkommission sei.

Unbeeindruckt davon mochte der Chef wissen, was es weiter mit der Ermordeten auf sich hatte. So erfuhr er, dass sie erwürgt worden war.

»Keine Extremität abgetrennt?«

Devaux schüttelte den Kopf.

»Also hat sie dem ersten Anschein nach tatsächlich nichts mit unseren bisherigen Morden zu tun«, stellte er fest, während seine Hand wieder in Richtung des Croissant-Tellers glitt.

»Wieso nur dem ›ersten‹ Anschein nach?«, fragte Pierre und bekam zur Antwort, dass die Ermordete immerhin einen Migrationshintergrund hatte und eine Prostituierte gewesen sei.

»Also gut, Locki …« Le Maire wandte sich an seine Sekretärin, die sogleich eine andere Sitzhaltung einnahm und ihren Notizblock zückte. »Pat Miller soll mich auf dem Laufenden halten.«

»Ich rufe ihn gleich an«, bestätigte Locki ihren Auftrag.

Nachdem dies geklärt war, berichtete Le Maire den anderen von seinen Erkenntnissen in Oberstaufen, die sie allerdings nicht wirklich weiterbrachten.

*

In Aachen war indessen schon wieder die Hölle los. Peter Dohmen musste an seinem Krankenlager Dr. Knopps Besuch erdulden und dem Oberstaatsanwalt die Flucht seines Gefangenen erklären. Gleichzeitig war immer noch die gesamte Polizei des Dreiländerecks auf der Suche nach dem Mörder ihres Aachener Kollegen Peter Jehn.

Thijs Leeuwen aber hatte das Glück gehabt, dass er bei seiner Flucht an einer Haltestelle den Bus mit der Nummer 24 gesehen hatte, als dieser gerade im Begriff gewesen war, ins ostbelgische Kelmis abzufahren. Deswegen war es dem Schwerverbrecher gelungen, unbehelligt über die dortige Grenze zu gelangen, noch bevor die Großfahndung nach ihm richtig ausgelöst worden war. Und die alle halbe Stunde zwischen Eupen und Aachen oder zwischen Aachen und Kelmis hin und her pendelnden Busse konnten von den Beamten ebenso wenig vollständig durchsucht werden wie die Busse, die ständig von Aachen aus direkt in die Niederlande fuhren.

Von Kelmis aus war Thijs direkt nach Vaals gefahren.

Dort wollte er ein Auto klauen und mit ihm in möglichst weitem Bogen um die größeren Städte herum bis zur Küste fahren, um die Niederlande und Belgien zumindest vorübergehend in Richtung Großbritannien zu verlassen.

*

In Abdel Al-Thani brodelte es inzwischen. Die Warterei hatte ihn zermürbt. Ratlos saß er am Krankenbett seiner soeben aufgewachten Frau, die immer noch sehr geschwächt war, sich aber auf dem Weg der Besserung befand. In ihrer Seele hingegen sah es nach wie vor aus wie in einer Waschmaschine während des Schleudergangs. Dementsprechend verhielt sie sich ihm gegenüber.

Während Abdel sanft Darias Hand hielt, bemühte er sich, sie zu beruhigen: »Eleonore sucht in Aachen alles nach unserer Tochter ab. Sie kennt sich da gut aus und hat dort beste Beziehungen. Sicher wird sie Nashwa bald finden.«

»Aber …« Daria musste husten, bevor sie ihre Bedenken erneut aussprechen konnte. »Nashwa ist wie vom Erdboden verschluckt. Wir wissen ja nicht einmal, ob sie in Aachen, hier in Köln oder sonst wo verschwunden ist. Das Mädchen würde uns doch niemals solche Angst einjagen, wenn nichts passiert wäre.« Sie schaute ihrem Mann tief in die Augen. Obwohl sie nichts sagte, verstand Abdel, was sie mit ihrem Blick ausdrücken wollte. Er beugte sich über seine Frau und küsste sie auf die Stirn. »Ich weiß, dass du hier in dieser Klinik gut aufgehoben bist. Also kann ich mich getrost wieder auf die Suche nach unserem Sonnenschein machen.« Bevor er weitersprach, musste er schlucken. »Vielleicht ist Nashwa ja doch hier in Köln. Ich mache mich wieder auf den Weg.«

»Gut, Abdel. Ich bleibe bis morgen hier, dann helfe ich dir wieder bei der Suche. Hast du das Foto von Nashwa bei dir?«

»Ja, meine Liebe.«

»Ich liebe dich auch. Geh mit Allahs Hilfe und finde unsere Tochter.«

Während Abdel seine Frau erneut küsste, fielen ihr schon wieder die Augen zu.

*

Eleonore Olbrich war in Aachen ebenfalls intensiv damit beschäftigt, Nashwa zu finden. Weil sie inzwischen alle Möglichkeiten ausgeschöpft und auch die Vermisstenstelle der Aachener Polizei informiert hatte, überlegte sie, zu den Al-Thanis zu fahren. Bevor sie sich in ihrer Verzweiflung erneut nach Köln begab, wollte sie ihren Auftraggeber über ihre neuerliche Abwesenheit in Kenntnis setzen und sich bei der Gelegenheit über den aktuellen Stand der Dinge bezüglich des Lokals informieren. Louis hatte ihr am Telefon eröffnet, dass er das Restaurant nicht ohne sie eröffnen würde. Mittlerweile hatte sich in ihr ein solch schlechtes Gewissen breitgemacht, dass sie es als dringend nötig erachtete, mit ihm zu reden. Deswegen eilte sie zwischen den Weihnachtsmarktbuden hindurch über den Münsterplatz zur »Goldenen Madonna«. Dort angekommen, konnte sie klopfen, wie sie wollte, der Hausherr öffnete nicht. Also rief sie ihn auf dem Handy an. »Was? … Du bist in deinem Lokal?« Weil Eleonore daraufhin versuchte, durch die Frontfenster einen Blick zu erhaschen, Louis aber nicht sah, sagte sie ihm, dass sie direkt vor der Tür stünde und dort auf ihn warten würde. Es dauerte zehn Minuten, bis er sie einließ.

»Sag mal, spinnst du? Du lässt mich einfach hier stehen wie bestellt und nicht abgeholt! Geht's noch?«

Weil Louis merkte, dass seine Innenarchitektin wütend war, ging er in die Offensive und begrüßte die Besucherin nach rheinländischer Art mit drei Wangenküsschen.

Hastig entschuldigte er sich dafür, dass er im Keller eine Statue mit Patina überzogen hatte und nicht hatte aufhören können, weil die teure Farbe sonst getrocknet wäre. »Deswegen hat es etwas gedauert.«

Eleonore gab sich im Moment damit zufrieden – obwohl ihr aufgefallen war, dass Louis aussah, als wenn er nächtelang nicht mehr geschlafen hätte. Außerdem stank er – was an dem ansonsten gepflegten Mann absolut unüblich war – nach altem Schweiß. Die Haare des Hausherrn waren zerzaust und klebten nicht nur an seiner Stirn, sondern auch an den Wangen. »Ist mit dir alles in Ordnung?«, mochte sie irritiert von ihm wissen.

Louis van Basten strich sich die Strähnen aus dem Gesicht und nickte nervös.

»Was ist los?«, bohrte Eleonore weiter, obwohl sie sich eigentlich nicht lange bei ihm aufhalten und schleunigst nach Köln fahren wollte.

»Nichts! Alles okay!«

Eleonore glaubte ihm nicht und drückte sich an ihm vorbei ins Lokal. Immerhin war sie die zuständige Architektin, der es zustand, sich über den Fortgang der Arbeiten zu informieren. Außerdem war ausgemacht worden, dass sie die »Enddekoration« gemeinsam angehen würden.

»Halt, Eleonore! Geh nicht weiter!«, rief ihr der verdutzt dreinschauende Mann in einem Ton nach, der die Frau erschaudern ließ. Er eilte ihr hinterher, um sie aufzuhalten.

»Aua! Du tust mir weh!«, beklagte sich Eleonore, während sie sich aus van Bastens etwas zu festem Griff befreite. »Was ist los? Hast du etwas vor mir zu verbergen?«

An der unsicheren Reaktion und am starren Blick des offensichtlich total übermüdeten Mannes merkte sie, dass sie mit ihrer Einschätzung recht haben könnte. Umso neugieriger ging sie zwischen den fertig bemalten Wänden des Flures in die Gaststube. Dort konnte sie nicht fassen, was sie zu sehen bekam: Zu beiden Seiten hingen je sieben fertig restaurierte Kreuzwegtafeln. »Wow!«, entfuhr es ihr. »Grandios! Aber was stinkt hier so bestialisch?«

Eleonore war bereits in die Gaststube bis zu der großen Madonnenfigur gegangen, die das Wahrzeichen des Lokals werden sollte. Begeistert strich sie mit der flachen Hand über das Blattgold, mit dem Louis die zweieinhalb Meter hohe Statue überzogen hatte. Eleonore hatte in ihrer Begeisterung den Griff des Hausherrn an ihrem Handgelenk für einen Moment vergessen. Von der kompletten Möblierung, von den fertig bemalten Wänden und dem fast fertig platzierten Interieur fasziniert, merkte sie nicht, dass van Basten hinter ihr einen Hammer in die Hand genommen hatte. »Und hier …«, sie zeigte auf einen Steinsockel, »… kommt sicher die ›Schwarze Madonna‹ hin, von der du mir erzählt hast.«

Sie drehte sich zum Hausherrn um.

Louis legte den Hammer in den Werkzeugkasten zurück, aus dem er ihn kurz zuvor herausgeholt hatte, und Eleonore glaubte, dass er ihn aufräumte. Als sie dann sagte, dass sie die ›Schwarze Madonna‹ gerne sehen würde, und sich in Richtung Kellertreppe bewegte, nahm Louis van Basten den Hammer wieder in die Hand.

KAPITEL 22

»Im Vergleich zu den anderen ist Siti Utarati, das letzte Opfer des ›Gliedermörders‹, mit ihren 38 Jahren die weitaus älteste der vier ermordeten Frauen«, bemerkte Dr. Angelika Laefers und warf die Frage in den Raum, was eine Prostituierte aus Amsterdam in ihrer ›Arbeitskleidung‹ in der wallonischen Stadt Charleroi zu tun gehabt haben könnte. Das Mordopfer wurde gestern Abend gefunden und hatte die Ermittler die Nacht über wach gehalten.

»Das ist unsere Sache! Das werden wir herausbekommen«, knurrte Le Maire und zeigte auf sein Team, das sich im Raum der Rechtsmedizin eingefunden hatte. Weil Siti Utarati bereits die vierte Tote war, der man ein Körperteil abgetrennt hatte, dieses Mal das rechte Bein, zeigte sich der belgische Mordermittler ungewohnt nervös. Außer Thijs Leeuwen, der für den dritten Mord ein astreines Alibi hatte, gab es immer noch keine richtige Spur. Und ausgerechnet den konnte er derzeit nicht in die Mangel nehmen.

»Wir müssen Leeuwens Umfeld im Milieu unter die Lupe nehmen.«

»Wieso glaubst du, dass uns das weiterbringen könnte?«, interessierte Herbert.

Le Maire erklärte ihm, dass er sich vorstellen könnte, dass jemand aus Leeuwens Umfeld hinter den Morden stecken könnte, um sie Leeuwen anzuhängen oder ihm geschäftlich zu schaden. Er hatte nach eigener Aussage viele Feinde. Warum der oder die Verantwortlichen den dritten Mord begangen hatten, während der Mann, dem sie die Morde in die Schuhe schieben wollten, in Haft war, konnte Le Maire nicht beantworten. Vielleicht hatten der oder die Täter nicht gewusst, dass Leeuwen verhaftet worden war. »Ich habe schon jemanden darauf angesetzt«, verkündete der Chef und berichtete von Kalle. »Können wir davon ausgehen, dass sich die vier Morde an den Prostituierten bis aufs i-Tüpfelchen gleichen?«

»Nicht ganz«, antwortete die Ärztin zum Erstaunen ihrer vier Zuhörer. Sie erläuterte, dass es der Mörder im letzten Fall wohl eilig gehabt haben musste.

»Wie kommst du denn da drauf?«

»Einen Moment bitte.« Nachdem sie die Decke von der Leiche genommen hatte, zeigte sie zum rechten Beinstumpf der Toten.

»Ja, und? Was ist damit?«, ärgerte sich Frederic. »Wir wissen bereits, dass ihr der Mörder das rechte Bein abgetrennt hat.«

Die abgeklärte Rechtsmedizinerin klärte die Sache auf und zeigte den staunenden Polizeibeamten, dass die untere Extremität hastig und deswegen bei Weitem nicht so ordentlich wie bei den drei anderen Mordopfern abgetrennt worden war. »Dieses Mal hat er nicht auf einen sauberen und glatten Schnitt geachtet, sondern das gesamte Bein direkt oberhalb des Femurs mehr herausgedreht als abgeschnitten.«

»Entsetzlich!«, bemerkte Devaux und wandte sich für einen Moment ab.

Da hob die Ärztin ihren Zeigefinger und stellte fest: »Das war nicht alles.«

»Was denn?«

»Auf ihrer Brust ist ein uns altbekannter Stiefelabdruck zu erkennen.«

»… von dem die Spurensicherung mit absoluter Gewissheit sagen kann, dass es nicht der Abdruck von Thijs Leeuwens Schuh ist«, schränkte Frederic ein. »Es handelt sich um ein und denselben Mörder. Allerdings hatte er es – wie gesagt – dieses Mal ganz besonders eilig. Er hat sich nicht einmal die Zeit genommen, das letzte Opfer zur Schau zu stellen, sondern einfach so liegen lassen«, bestätigte Frederic Angelikas These.

»Aber weshalb? Wurde er gestört?«, warf Pierre in den Raum.

»Das glaube ich nicht«, grummelte der Chef. »Seine Eile hatte einen anderen Grund.«

»Die Frage ist nur, welchen?«, meldete sich Herbert zu Wort.

Ohne auf seinen uniformierten Kollegen einzugehen, wechselte Le Maire das Thema: »Wir haben eine alte Frau, die einen mysteriösen Mann mit Cowboystiefeln auf einer Beerdigung gesehen hat. Sie hat die Aachener Polizei zu Leeuwens Wohnung geführt.«

»Weißt du mehr darüber?«, interessierte Angelika.

»Sicher noch nicht alles«, seufzte Frederic.

»Soll ich die Frau zur Anhörung einbestellen?«

»Ein guter Gedanke, Herbert. Sie soll gleich morgen früh in unser Kommissariat kommen. Erklär ihr die Busverbindung von Aachen nach Eupen.«

»Also fangen wir wieder ganz von vorne an«, stöhnte Devaux.

*

Dr. Angelika Laefers war es gelungen, den Stiefelabdruck auf Siti Utaratis Oberkörper den bereits erkennungsdienstlich behandelten Abdrücken zuzuordnen.

Frederic hatte von seinen Lütticher Kollegen erfahren, dass die ermordete Chiamaka Katusi kurz vor ihrem Tod Geschlechtsverkehr gehabt hatte. Das passte zu seiner These, dass Siti Utarati das vierte Opfer des »Gliedermörders« gewesen war, das trotz einiger Merkwürdigkeiten ins Schema passte. Während die Prostituierte aus Lüttich mit an Sicherheit grenzender Wahrscheinlichkeit von einem anderen Straftäter ermordet worden war. Der Modus Operandi stimmte nicht überein.

Er beschloss, eine Pause zu machen und mit Angelika essen zu gehen.

*

Der Kriminalpolizist wusste, dass er Angelika mit seiner Wahl des Speiselokals keine Freude bereitet hatte.

»Das ist richtig sch…!«, bestätigte sie zwar seine Vermutung, behielt aber die Contenance und sprach das unschöne Wort nicht aus. Sie selbst würde sich niemals so proletenhaft verhalten – schließlich war sie eine Frau mit Manieren, die etwas vom Essen verstand und deswegen gerne in feinen Restaurants dinierte. Obwohl ihr nicht ganz wohl in ihrer Haut war, zeigte sie ihre gute Erziehung auch in dem Frittenladen, in dem sie gerade in der Kelmiser Albertstraße saßen. Dort würden sie ihrer Meinung nach mit einer lockeren Wortwahl nicht großartig auffallen. Eine Friterie war schließlich kein Nobelschuppen.

»Aber du musst zugeben, dass das hier eine äußerst

gepflegte und modern eingerichtete Friterie ist«, versuchte Frederic seine verwöhnte Partnerin zu beruhigen, während er ihr die Speisekarte unter die Nase hielt.

Obwohl Angelika schon ein paarmal mit Frederic hier gewesen war, schaute sie sich um und gab ihm zu dessen Erstaunen recht: »Ja, alles sehr ordentlich. Ein extrem sauberer Laden.«

Na also, dachte er sich wohlgelaunt, wurde aber gleich wieder mit Angelikas hohen Ansprüchen konfrontiert: »Und du meinst, dass ich *hier* etwas finde, das meinem verwöhnten Geschmack gerecht wird?«

»Versuchs einfach mal, mein Schatz!«, empfahl Frederic, während sein Zeigefinger bereits über das reichhaltige Angebot auf der Speisekarte huschte.

»Und? Was nimmst du?«, mochte Angelika wissen, obwohl sie die Antwort kannte.

Das Ganze wurde von den Friteriebetreibern Leon und Babs sorgenvoll beobachtet. »Geh hin und empfiehl ihr etwas! Du weißt doch, wie heikel die Frau Doktor ist!«, drängte Babs den allseits beliebten Friterie-Chef und gab ihm einen solch festen Schubs, dass der gut gebaute Mann fast über seine eigenen Beine gestolpert wäre.

»So nicht!«, schimpfte Leon und bat seine Mitarbeiterin Marie, eine Flasche Prosecco zu öffnen, während er seinen Mitarbeiter Nico damit beauftragte, ein Bier einzuschenken. »Spül das Glas aber vorher kalt durch!«

In einer Hand das von Angelika heiß geliebte Blubberwasser, in der anderen das Bier, ging er an den Tisch und begrüßte die beiden seltenen, aber honorigen Gäste. »Einen kleinen Aperitif aufs Haus?«

»Oh, das ist aber nett, Leon«, freute sich Angelika. Frederic war sowieso zufrieden – ein Jupiler aus dem Fass als Aperitif zu bezeichnen, gefiel ihm.

»Also …«, begann Angelika, bevor sie sich nach dem Essen den Mund mit der Serviette abtupfte. Frederic horchte auf. Er war gespannt, was sie zu meckern haben würde. Aber Angelika lächelte nur verheißungsvoll und stieß mit ihm an. Dann sagte sie, als wenn dies für sie das Normalste auf der Welt wäre: »Ich muss schon sagen; die Loempias als Vorspeise waren ebenso exzellent wie das Seehechtfilet mit Zitronenbuttersoße. Ich komme mir hier nicht vor wie in einer mit Tischen bestückten Frittenbude, sondern wie in einem schicken Restaurant. Wie war denn dein Pulled Pork?«

»Äh … gut. Sehr gut!« Weil Frederic glaubte, sich verhört zu haben, verengten sich seine Augen zu Schlitzen. Jetzt kommt's, dachte er sich, sah sich aber erneut getäuscht. Denn zu allem hin lobte seine gaumenverwöhnte Partnerin auch die Fritten.

»Schön, dass dir die Fritten geschmeckt haben. Nicht umsonst bezeichnet man Leon von hier aus bis in den tiefen Süden Deutschlands als ›Frittenkönig‹!«, freute sich Frederic und wollte die Gelegenheit nutzen, um Angelika gegenüber einmal mehr über die belgische Frittenkultur zu philosophieren.

Aber die Frau wehrte mit erhobener Hand ab. »Was ich dir noch sagen wollte …«

»*Was denn?*«, kam es dementsprechend schroff zurück.

»Ich habe dir doch davon erzählt, dass ich mich beim Weihnachtsmarkt mit Eleonore Olbrich getroffen habe.«

»Ja, und?« Frederic war gedanklich ganz bei den knusprigen Kartoffelstäbchen. Schließlich befand er sich ja nicht im Dienst.

Obwohl Angelika dies wusste, wollte sie ihn um einen dienstlichen Gefallen bitten. »Leider habe ich im Trubel unserer Oberstaufenfahrt vergessen, dir zu berichten, was Eleonore mir erzählt hat. Stell dir vor, ihr ehemaliges Au-pair-Mädchen ist verschwunden.«

»Seit wann wird es vermisst?«, mochte Frederic sogleich wissen, weil er dieses Thema grundsätzlich sehr ernst nahm. Wie oft hatte er es mit zunächst »nur« vermisst gemeldeten Mädchen zu tun gehabt, die dann tot aus irgendeinem Gewässer geborgen oder halbnackt im Wald verscharrt aufgefunden worden waren. Le Maire stank es gewaltig, dass immer erst etwas passieren musste, bevor sich die Schutzpolizei auf die Suche nach verschwundenen Teenagern machen durfte. Aber er wusste auch, dass gemäß des Gesetzgebers gewisse Zeiten eingehalten werden mussten, bevor jemand offiziell als vermisst deklariert werden konnte – dies galt sowohl für Deutschland als auch für Belgien und Holland. Dennoch hatte er sich nie darum geschert und sich stets umgehend auf die Suche gemacht, sowie eine Vermisstenmeldung eingegangen war und er davon erfahren hatte.

»Seit zwei Wochen«, antwortete Angelika und riss ihn damit aus seinen Gedanken.

»Oh! Erzähl mir, was du darüber weißt.«

Nachdem Frederic alles über Nashwa, ihr merkwürdiges Verschwinden und über die Al-Thanis erfahren hatte, was Angelika darüber sagen konnte, überlegte er kurz. Dann versicherte er sich noch einmal, dass es sich bei der Gesuchten um eine Ägypterin handelte und nicht um eine Niederländerin mit molukkischen Wurzeln.

»Nein, sie ist Ägypterin«, ärgerte sich Angelika, die nicht glauben konnte, dass Frederic eine Parallele zwischen den ermordeten Prostituierten und der jungen Frau zog.

»Immerhin hat das Mädchen eine dunkle Hautfarbe, oder?«

»Nashwa ist keine Prostituierte«, empörte sich Angelika, wurde aber sofort ausgebremst. »Bist du dir da ganz sicher? Als gut bezahlter Nebenjob vielleicht? Laut Sitte tun das mehr Studentinnen, als man glauben möchte.«

»Verdammt, *Frederic!* Ich sage es dir nochmals«, schimpfte Angelika, »Nashwa prostituiert sich allein schon aus dem Grund nicht, weil sie es finanziell nicht nötig hat.«

»Schon gut, schon gut!«, wehrte der Kriminaler ab. »Das glaube ich dir doch, mein Schatz! Aber ich muss nun einmal alles in Betracht ziehen. Und dazu gehört auch, dass ich Verbindungen jedweder Art zwischen dieser jungen Frau und den Ermordeten ausschließen … oder eben miteinbeziehen muss.«

Angelika wurde nachdenklich: »Glaubst du wirklich, dass sie etwas miteinander zu tun haben könnten?«

»Das habe ich nicht gesagt. Dennoch werde ich mich persönlich in die Suche nach dieser …«

»Nashwa Al-Thani«, half Angelika aus und drückte ihrem Partner einen Kuss auf die Wange, bevor dieser seinen Satz beendet hatte.

»Für was habe ich den denn verdient?«, wunderte sich Frederic gespielt, er wusste, dass sich Angelika darüber freute, dass er sich in die Suche nach dem Mädchen einklinkte, obwohl es die Aufgabe einer anderen Dienststelle in Aachen war.

»Das heißt also, dass du von Eupen aus offiziell nach ihr suchen lässt?«

Frederic musste schmunzeln. »Aber nur, wenn du mir versicherst, dass du gelegentlich wieder mit mir zum ›Frittenkönig von Kelmis‹ gehst. Wir haben es hier doch gut, oder etwa nicht?«

»Ach, du …«, winkte Angelika lachend ab, während sie die Geldbörse zückte. »Weißt du was? Heute lade ich dich ein.«

»Das ist Beamtenbestechung!«, empörte sich Frederic im Scherz und bestellte ein Bier, das es in der »Friterie Central« selbstverständlich perfekt gekühlt vom Fass gab, was in Frittenläden eher selten war. Es freute ihn, dass es seiner verwöhnten Partnerin bei Leon und Babs gemundet hatte … Und er war froh, von Nashwas Verschwinden erfahren zu haben. Auf jeden Fall würde er der Sache nachgehen.

KAPITEL 23

Die Sache hatte Le Maire auch nachtsüber beschäftigt und er hatte kaum geschlafen. Deswegen war der Leiter der Eupener Kriminalpolizei am nächsten Morgen der Erste im Büro, was fürwahr selten vorkam. Weil die offiziellen Dienstzeiten der Kripo im ostbelgischen Eupen später begannen als in Aachen, erhoffte er sich eine halbe Stunde Ruhe. Die aus seiner Sicht gewonnene Zeit wollte er dazu nutzen, um mit Matthias Lehnen ungestört über Nashwas Verschwinden zu reden und ihn zu bitten, die Suche von Aachener Seite aus zu verstärken. Die persönlichen Daten der jungen Ägypterin würde er sofort nachreichen lassen, wenn Locki diese über Eleonore Olbrich in Erfahrung gebracht hatte.

Nachdem er eine ganze Weile nach der Telefonnummer gekramt und darüber geflucht hatte, dass seine Sekretärin nicht da war, hatte er den Stellvertreter seines Aachener Kollegen an der Strippe, den er wie immer ungefragt duzte: »Ah! Guten Morgen, Lehnen! Wie geht es deinem Chef und was macht die Suche nach dem Flüchtigen?«, fiel er mit der Tür ins Haus.

So war es kein Wunder, dass der ansonsten stets höfliche Aachener Beamte zwar auf die plumpe Art des Belgiers einging, aber schnippisch antwortete: »Ich wünsche Ihnen ebenfalls einen guten Morgen, werter Herr Kollege! Was den Chef anbelangt, so bin *ich* momentan die Führungsperson unserer Mordkommission! Klar?«

Nachdem er dies gesagt hatte, war es still in der Leitung.

»Sind Sie noch da, Herr Le Maire?«

»Ja, ja!« Der Belgier räusperte sich, bevor er Matthias Lehnen zu dessen Beförderung gratulierte.

»Wollen Sie mich verscheißern? Sie wissen genau, dass das nur interimistisch ist«, kam es brüsk zurück.

»Weshalb gleich so empfindlich?«

Der Aachener Kriminalbeamte ging dieses Mal nicht darauf ein. Im Gegenteil: Um zu verhindern, dass sich das Gespräch in eine unangenehme Richtung hochschaukelte, berichtete er von sich aus, dass es Peter Dohmen den Umständen entsprechend gut ging, er inzwischen zwar zu Hause sei, aber arg an Thijs Leeuwens Flucht und dem damit verbundenen Verfahren des Staatsanwaltes zu knabbern habe.

»Also ist er weiterhin außer Dienst?«

»Ja! Was denn sonst?«, kam es unmissverständlich mit der dazugehörenden Erklärung zurück: »Und dies vermutlich länger. Denn wegen seines Nervenzusammenbruchs muss er in eine …« Nun räusperte sich Matthias Lehnen, bevor er seinem belgischen Kollegen erzählte, dass sein Chef wohl in psychologische Behandlung müsse.

»Oh! Das tut mir leid«, kam es betroffen zurück, bevor sich Le Maire nach dem Stand der Dinge bezüglich Thijs Leeuwens Flucht erkundigte und Matthias Lehnen erklärte, dass der Gesuchte zwar nichts mit den »Gliedermorden« zu tun hatte, dennoch aber irgendwie damit in Zusammenhang stehen müsse, »… weswegen ich immer noch großes Interesse daran habe, nochmals mit ihm zu sprechen.«

»Deswegen hätte ich Sie heute sowieso angerufen«, entgegnete der Aachener Kommissar.

»Ja?«, wunderte sich Le Maire und vernahm die Kunde, dass am Tag von Leeuwens Verschwinden in Vaals ein Auto gestohlen worden war, das Kollegen am Fährhafen von Zeebrügge wiedergefunden hatten. Bevor Le Maire etwas dazu bemerken konnte, erfuhr er, dass es sich zweifelsfrei um die Fingerabdrücke von Thijs Leeuwen handelte, die am Türgriff, am Lenkrad und an anderen Stellen des gestohlenen Fahrzeugs gefunden worden waren.

»Das ist ja ein Ding!«, schoss es aus Le Maire heraus. »Dann ist das Schwein nach England abgehauen! Hast du …«

»Selbstverständlich habe ich sofort Detective Chief Superintendent Finley Cavanaugh in Dover kontaktiert.«

»Respekt, Herr Kollege.« Le Maire war zufrieden. Er kannte den Leiter der Mordkommission in Dover vom gemeinsamen Ausheben eines Menschenhändlerrings in der englischen Hafenstadt.

»War's das? Ich muss jetzt wieder an die Arbeit«, tönte es vom anderen Ende der Leitung. Matthias Lehnen schien es eilig zu haben. Dennoch besprach Le Maire mit seinem jungen Kollegen in aller Kürze das Verschwinden von Nashwa Al-Thani und erfuhr, dass sie bereits in Aachen als vermisst gemeldet worden war.

*

Minuten später reihte sich ein »Guten Morgen« an das andere. Als alle Mitarbeiter da waren, ließ Le Maire seine Mannschaft von Locki zusammenrufen, um sie auf den aktuellen Stand der Dinge zu bringen. Nachdem er dies getan hatte, zog Devaux den Schluss, dass Thijs Leeuwen nach England abgehauen sei, weswegen sie diesbezüglich nichts mehr würden tun können.

»Das muss nicht unbedingt sein«, bremste der Chef seine Oberkommissarin und begründete dies damit, dass es sich um ein Täuschungsmanöver handeln könne.

»Also könnte er doch in Belgien oder in Holland sein«, resümierte Pierre und stellte gleich die Frage, was in diesem Fall zu tun sei.

»Oder wieder in Aachen«, trug Locki vor der Antwort ihres Chefs zum Gespräch bei.

»Wenn er so dumm ist, gut möglich. Die Fahndung läuft nach wie vor auch bei uns weiter und nicht nur in England«, beruhigte Le Maire seine Leute und kam auf die nächste Suche zu sprechen. »Während Matthias Lehnen die Nachforschungen bezüglich der ägyptischen Studentin in Nordrhein-Westfalen von Aachen aus leitet, wirst du, Devaux, die Suche nach ihr in Belgien in die Hand nehmen und die holländischen Kollegen davon in Kenntnis setzen. Weil ich glaube, dass deren Verschwinden etwas mit unseren Mordfällen zu tun haben könnte, hat dies ab jetzt höchste Priorität.«

»Weshalb? Weil das eine typische Aufgabe für Mordkommissionen ist?«, meckerte Devaux, der dies offensichtlich nicht passte.

»Und was soll ich tun?«, meldete sich Herbert zu Wort, um eine Eskalation zu verhindern.

»Du fährst jetzt erst einmal nach Hause und ziehst dir Zivilklamotten an!«

»So wie Ihre?«, frotzelte Devaux ihrem Chef gegenüber schon wieder, obwohl sie im Grunde genommen zufrieden mit der Arbeitsteilung war. Sie konnte es einfach nicht lassen, Le Maire ständig irgendwie spüren zu lassen, dass sie immer noch sauer auf ihn war, weil er ihr die Stelle als Kommissariatsleiterin vor der Nase weggeschnappt hatte.

Aber ihr Chef blieb besonnen und ging nicht darauf ein. Stattdessen erklärte er den anderen, dass der Polizeihauptmeister ab jetzt nicht mehr von seiner Seite weichen dürfe, weil es gefährlich werden könnte. »Ihr kümmert euch mit Hochdruck um die Vermisste. Und wir befassen uns zunächst mit der Zeugin von der Beerdigung.«

»Sie glauben also ernsthaft, dass die Ihnen weiterhelfen kann?« Devaux zog skeptisch die Augenbrauen nach oben, während sie gleichzeitig die Mundwinkel nach unten schob.

Le Maire blieb weiterhin ruhig. Unsicher zuckte er mit der Schulter, nickte und bekannte, dass er es nicht wisse. »Sie hat einen Mann mit Schlangenlederstiefeln gesehen und uns damit erst auf Leeuwens Spur gebracht. Ein Versuch ist es allemal wert. So, und jetzt an die Arbeit!«

*

Eine Stunde später standen sie vor der Tür eines Hauses, dessen Adresse Locki ihnen genannt hatte. Marlene Jacobs hatte darum gebeten, dass die Vernehmung bei ihr zu Hause stattfinden konnte und nicht wie geplant in Eupen.

»Was ist das denn für eine alte Hütte?«, bemerkte Le Maires Streifenpolizist in Zivil, der aussah, als wenn er seinen Kommunionsanzug tragen würde. Dann drückte er auf den Klingelknopf, neben dem »J. und M. Jacobs« stand.

»Die passt doch gut dazu«, flüsterte Le Maire dem Streifenpolizisten zu, als eine zerknittert aussehende Frau mit zerzausten Haaren den Kopf aus einem Fenster des zweiten Stockes streckte und sich erkundigte, was man von ihr wolle.

»Marlene Jacobs?«

»Wer sonst!«, schnarrte es unwirsch zurück. »Sie haben doch meine Klingel betätigt und nicht die von anderen Bewohnern dieses Hauses.«

»Pardon, Madame! Aber auf der Klingel stehen zwei Vornamen!«, entschuldigte sich Le Maire ungewöhnlich höflich.

»Das ›J‹ steht für Jupp, meinen verstorbenen Mann! Der konnte es ja nicht erwarten, mich mit seiner scheiß Briefmarkensammlung und seinen sieben Katzen alleinzulassen!«, kam es in erneut unfreundlichem Ton zurück.

»Um Gottes willen, was ist das denn für eine Schreckschraube?«, mochte Le Maire nicht wirklich von Herbert wissen. »Und setz endlich die alberne Sonnenbrille ab!«

Nachdem er sich und seinen Assistenten als belgische Kriminalbeamte vorgestellt hatte, hellte sich die Miene der Frau schlagartig auf. Während sie ein freudig erregtes »Momeeent!« heruntersang, strich sie sich hastig die Haare zurecht und knallte das Fenster zu.

Nach einer gefühlten Ewigkeit entfuhr Le Maire ein genervtes »Geht's noch?«.

Erst nachdem Herbert erneut geklingelt hatte und seinen Daumen auf dem Klingelknopf beließ, öffnete sich die Haustür einen Spaltbreit.

»Na, na, na, junger Mann!«, wurde er gerügt.

»Entschuldigung, aber …«

»Können Sie sich ausweisen?«, säuselte es den beiden Beamten entgegen, bevor Herbert etwas sagen konnte. Ihre Aufforderung begründete die Frau damit, dass sie dies im Fernsehen gesehen habe und deshalb wisse, dass dies üblich sei.

»Selbstverständlich«, grummelte Le Maire mit einem gequälten Lächeln auf den Lippen, als er seinen Ausweis zückte, den sich die Frau ganz genau besah und dazu bemerkte, dass das Foto wohl schon etwas älter sei. Das gleiche Spiel folgte anschließend mit Herberts Dienstausweis.

»Dürfen wir nun eintreten, gnädige Frau?«

»Aber sicher! Auf was warten Sie? Folgen Sie mir, meine Herren!«

»Hier müffelt es nicht schlecht«, bemerkte Le Maire seinem Assistenten gegenüber auf Französisch.

»Nach Katzenpisse«, fügte der Streifenbeamte hinzu. Dann rümpfte er die Nase.

Wenige Minuten später saßen die beiden an einem Wohnzimmertisch, der – wie die gesamte Wohnung – aussah, als wäre er Teil eines Biedermeier-Museums. Auf der gehäkelten Tischdecke lagen ebenfalls gehäkelte Tischsets, auf denen Tassen auf Untertassen standen, die aus echtem Meißner Porzellan zu sein schienen. Überall standen alte Möbel aus poliertem und lackiertem Kirschholz, die gerahmten Fotos und Kerzen Platz boten, die eher Grablichtern glichen. Da wirkten die bunten Jugendstillampen geradezu modern. Die beiden Beamten merkten schnell, dass hier nichts nachempfunden wurde, sondern alles so sein sollte, wie es war – inklusive der alten Dame, die unter ihrer schwarzen Häkeljacke eine weiße Bluse mit hochgeschlossenem Stehkragen trug, selbstverständlich mit Spitzen und Rüschchen versehen. Offensichtlich hatte sie die Zeit, während derer sie die beiden Beamten hatte warten lassen, dazu genutzt, sich umzuziehen, ihre Haare hochzustecken und sich ihre Wangen zu pudern. Wegen ihrer vielen Falten und der auffälligen Hakennase fiel es kaum auf, dass sie mit dem unpassend schrillen Lippenstift nicht richtig getroffen hatte.

Bevor Le Maire etwas sagen konnte, mussten die beiden Beamten Tee aus den nach Le Maires Meinung viel zu dünnen Tassen mit den viel zu kleinen Griffen trinken und sich dabei einen Teil ihrer Lebensgeschichte anhören.

Als sie Jupps Briefmarkensammlung betrachten sollten, um eine Schätzung abgeben zu können, wurde es dem belgischen Chefermittler zu dumm. »Gehen Sie damit doch zu ›Bares für Rares‹!«, empfahl er mit voller Überzeugung.

»Oh, das ist eine gute Idee!«, freute sich Marlene Jacobs und begründete ihre Meinung damit, dass sie Lucki, den kleinen Bayern, lustig fand, der bei der Fernsehsendung immer ganz rechts saß. »Aber den Österreicher in der Mitte, den Wolfang Pauritsch, mag ich natürlich lieber! Der weiß so viel über …«

»Können wir nun zur Sache kommen?«, unterbrach der Belgier und begann sogleich mit der Befragung. Eigentlich hatte er damit gerechnet, dass ihm die 78-Jährige entgegensetzen würde, dass sie schon von der Aachener Kriminalpolizei vernommen worden war. Aber Le Maire bekam nichts dergleichen zu hören – im Gegenteil: Marlene Jacobs beantwortete all seine Fragen so ausführlich und detailliert, dass sich die beiden Kriminalbeamten rasch ein ziemlich genaues Bild des Mannes mit den Schlangenlederstiefeln machen konnten, den sie auf einer Beerdigung gesehen hatte, und zwar am 18. Oktober. Le Maire kam dieses Datum bekannt vor und er wollte möglichst viel über diese Beerdigung erfahren. Da war es schon mal gut, dass der Frau die schlaksigen Bewegungen des Mannes aufgefallen waren.

»Haben Sie sonst etwas bemerkt, das uns interessieren könnte? Egal, was! Jede Kleinigkeit kann von immenser

Wichtigkeit für uns sein – auch wenn sie nichts mit dem Mann zu tun haben sollte«, ermunterte Le Maire die Frau.

Marlene Jacobs dachte nach. So lange, dass Le Maire schon wieder aus der Haut hätte fahren können. Dann sagte sie: »Doch! Da war etwas, das mir aufgefallen ist. Aber das ist sicher nicht wichtig.«

»Überlassen Sie die Beurteilung bitte uns, gute Frau.« Le Maire musste sich zusammenreißen, um nicht aufzubrausen.

»Was denn? Was ist Ihnen aufgefallen?«, mischte sich Herbert lautstark ins Gespräch, weil auch ihm das zögerliche Gehabe der offenkundig profilneurotischen Alten auf den Wecker ging.

»Na, na, na …« Die alte Frau wollte den jungen Spund rügen, ließ dies dann aber doch sein. Stattdessen gab sie vor zu überlegen. Dann sagte sie, dass der Witwer, Louis van Basten, auf der anderen Seite des Grabes etwas gesagt habe, was ihr zu denken gegeben hätte.

Le Maire erschrak. Thijs Leeuwen war auf der Beerdigung von Louis van Bastens Frau gewesen. Was hatte er dort zu suchen gehabt?

»Und was?«, fragte er weiter.

»Die Worte ›aus dem Lukasevangelium 13,5‹.«

»Wie bitte? Wollen Sie uns …«

»Sprechen Sie weiter, gute Frau. Was hat es mit damit auf sich?«, unterbrach Le Maire seinen Assistenten.

Marlene Jacobs schien es zu genießen, im Mittelpunkt zu stehen und ein wenig mit den beiden Beamten zu spielen. Nach einem Schluck Tee drückte sie ihr Kreuz so weit durch, dass sie den beiden Männern kerzengerade gegenübersaß. Den Kopf gehoben und die Mundwinkel nach unten gezogen, schaute sie die Beamten abwechselnd an.

Bevor Le Maire auszurasten drohte, sagte sie, dass der Witwer am Sarg das erwähnte Lukasevangelium wiedergegeben habe.

»Oh Gott, wie lautet das?«, überlegte Le Maire.

»Warten Sie, ich habe es aus der Bibel herausgesucht. Einen Moment bitte!«

Als sich die Frau von den beiden Beamten abwandte, schüttelte Herbert eine Hand vor seinem Gesicht.

»Das habe ich gesehen«, sagte die Frau, ohne sich umzudrehen. Herbert hatte den großen Spiegel nicht bedacht, in dessen Richtung die Frau gegangen war.

»Wie peinlich ist das denn?«, wurde er von seinem Chef gerügt, der sich ein Grinsen allerdings nicht verkneifen konnte.

»So, hier habe ich es.« Marlene Jacobs warf Herbert einen strafenden Blick zu, setzte sich wieder und begann vorzulesen, was sie mit krakeliger Handschrift auf einen Zettel geschrieben hatte: »Jesus sagt, wenn ihr euch nicht bessert, werdet ihr alle umkommen!«

Nun war es für einen Moment mucksmäuschenstill.

»Lukas 13,5«, murmelte Le Maire. »Was wollte er den Trauergästen damit sagen?«

»Vermutlich nichts«, erwiderte Marlene Jacobs. »Ich habe ihn zwar kaum verstanden, dafür seinen Kopf gesehen. Ich glaube, dass er das zu seiner verstorbenen Frau gesagt hat. Jedenfalls war sein Kopf nicht an die Trauergäste gewandt, sondern zum offenen Grab hinuntergebeugt.«

»Sie haben also in sein Gesicht gesehen?«

»Nein, das habe ich nicht gesagt. Ich habe nur seinen gesenkten Kopf gesehen. Wenn er zu den Trauergästen gesprochen hätte, wäre mir das aufgefallen und ich hätte …«

»Schon gut«, bremste Le Maire ihren Redeschwall. Weil ihm im Moment nichts Besseres einfiel, fragte er nur: »Sonst etwas?«

Nun zögerte die Frau nicht und presste ein lautes »Ja!« heraus, dem auch gleich die Antwort folgte: »Mir fiel auf, dass der Mann sichtlich nervös war. Jedenfalls tippte er während der gesamten Beerdigung ständig mit dem Ballen seines linken Fußes auf den Boden.«

»Van Basten?«, wollte Le Maire wissen.

»Ich verstehe das. Und ich weiß, von was ich spreche, denn ich war schon auf vielen Beerdigungen und habe das Verhalten von Hinterbliebenen studiert.«

Le Maire fragte: »Trug er ebenfalls Schlangenlederstiefel?«

»Wo denken Sie hin? Es war doch die Beerdigung seiner Frau!«, empörte sich Marlene Jacobs schon wieder. »Er war ordentlich gekleidet. Nur seine langen Haare hätte er hinten zu einem Zopf zusammenbinden können«, monierte sie.

»Und dies ist Ihnen bei der Vernehmung durch meine Aachener Kollegen nicht eingefallen?«

Marlene Jacobs beugte sich kleinlaut dem forschen Ton des belgischen Beamten. »Ich wurde nicht danach gefragt.«

Na also, geht doch, dachte sich Le Maire, der sich darüber freute. Er hatte gehört, was er hatte hören wollen.

»Vielleicht noch einen Tee?«

Die beiden Polizisten winkten dankend ab.

»Ach, noch etwas.« Obwohl sie schon im Begriff waren, die Wohnung zu verlassen, drehte sich Le Maire um. »Sie hatten den Typen mit den Schlangenlederstiefeln doch noch einmal im Stadtzentrum von Aachen getroffen und …«

»Ja, vor einem Printengeschäft. Aber das habe ich alles schon Ihren Öcher Kollegen gesagt«, blockte die Alte ab, berichtete dann aber doch noch, eine Tätowierung an dessen rechtem Oberarm gesehen zu haben.

Nun wurde Le Maire wieder hellhörig. »Wie hat die ausgesehen?«

»Na ja, wie Tätowierungen bei jungen Leuten eben so aussehen.«

»Bitte erinnern Sie sich, Madame!«, säuselte Le Maire.

Sie konkretisierte ihre Wahrnehmung und beschrieb einen gelben Löwen auf blauem Grund, »... in Wappenform!«

Dies hatten bisher weder seine Aachener Kollegen Peter Dohmen und Matthias Lehnen noch er gehört. Es handelte sich nicht um Thijs Leeuwens Tätowierung. Le Maire war verwundert, hatte Frau Jakobs die Aachener Kollegen doch direkt zu Leeuwens Wohnung geführt.

»Kann es sein, dass Sie etwas verwechseln und diese Tätowierung bei dem anderen Mann vor dem Printengeschäft gesehen haben?«, hakte Le Maire nach, dem die Alte in jeder Hinsicht nicht gerade zuverlässig vorkam. Und die überlegte dann auch ein Weilchen, bevor sie die Achseln zuckte und freimütig bekannte, dass dies gut möglich sei.

»Lass uns gehen!«, sagte Le Maire genervt zu Herbert.

Kaum hatten sich die beiden nochmals verabschiedet, eilten sie nach draußen, wo sie gierig die frische Luft einsogen. Le Maire kam nicht einmal auf den Gedanken, eine Zigarette zu rauchen, während sie zum Auto gingen.

»Wohin jetzt, Chef?«, wollte sein Chauffeur wissen. Aber Herbert erhielt nicht gleich eine Antwort. Stattdessen bekam er zu hören: »Warte ein wenig mit der Abfahrt. Ich brauche etwas frische Luft.« In diesem Moment erinnerte sich Le Maire, was ihm an der Beerdigung seltsam vorgekommen war. Konnte es sein, dass es sich um Anindas Leiche gehandelt hatte, die laut Zeitung auf dem Vaalser Friedhof gestohlen worden war? Le Maire wusste, wohin er jetzt musste. Er wusste nur nicht, welche Geschütze er auffahren sollte.

»Dann müssen wir meinen Besuch beim ›Madonnenwirt‹ eben auf morgen verlegen!«, kam es keine zehn Minuten später hocherfreut aus Le Maires Mund. Dies wunderte seinen Begleiter nicht. Seit sich der Streifenpolizist direkt an der Seite seines Chefs befand, wunderte ihn überhaupt nichts mehr an dessen oftmals merkwürdigem Verhalten. Außerdem hatte er nicht alles vom Inhalt des kurzen Telefonats mitbekommen, das Le Maire vom Beifahrersitz aus geführt hatte. Weil er von Locki einen hochinteressanten Anruf erhalten hatte, fuhren sie nicht zu Louis van Basten, sondern direkt nach Eupen in ihr Kommissariat zurück. Le Maires gute Laune galt allerdings nicht dem Verschieben der geplanten Befragung des Witwers, der ihm bei längerem Nachdenken zunehmend merkwürdiger vorkam. Weil er soeben von der sonderbaren Zeugin vom eigenartigen Verhalten des Mannes bei der Beerdigung gehört hatte und ebenso, dass Thijs Leeuwen offenbar seine Frau gekannt hatte, war das »ungute« Gefühl des Mordermittlers in Bezug auf van Basten nun doch wieder stärker geworden. Insbesondere weil Locki zwischenzeitlich recherchiert und ihm bestätigt hatte, dass es tatsächlich Anindas Leiche gewesen war, die in der Nacht zum 19. Oktober in Vaals gestohlen worden war. Seitdem wurde sie in der ganzen Umgebung polizeilich gesucht. Warum hat mir van Basten das verschwiegen, als er mir vom tragischen Unfalltod seiner Frau erzählt hat? Und was hatte Leeuwen auf ihrer Beerdigung zu suchen?

»Also, Locki, und nun erzähl uns, was du von Detective Chief Superintendent Cavanaugh erfahren hast.«

Weil das Kollegium schon viel vom 44-jährigen Chefermittler aus der englischen Hafenstadt Dover gehört hatte, horchten alle auf. *Er* war es gewesen, der Le Maire und seinem damaligen Lütticher Ermittlerteam nicht nur geholfen hatte, die sogenannte »Frittenmafia« dingfest zu machen, sondern auch einen internationalen Menschenhändlerring auszuheben. Obwohl dies inzwischen auch schon wieder einige Jahre her war, hatte der Name »Käfänau« bei den belgischen und niederländischen Polizisten immer noch einen ganz besonderen Wohlklang. Immerhin wurde der englische Kripochef seinerzeit zusammen mit Le Maire im Brüsseler Rathaus vom belgischen Polizeipräsidenten geehrt – und dies sogar im Beisein des belgischen Königspaares.

Schweigsam warteten sie darauf, was Locki zu berichten hatte.

»Mister Cavanaugh hat mir mitgeteilt, dass die englischen Kollegen die Fahndung nach Thijs Leeuwen sehr ernst genommen haben und tatsächlich fündig geworden sind.«

Als sie dies hörten, staunten Lockis Zuhörer nicht schlecht. Devaux pfiff sogar anerkennend durch ihre Zähne.

»Und? Haben sie ihn festgenommen?« Obwohl Le Maire dies als Erstes interessierte, wartete er nicht auf Lockis Antwort. Stattdessen verkündete er, dass er seinen Kollegen am besten gleich selbst anrufen würde.

KAPITEL 24

Weil Le Maire sich um andere Dinge kümmern musste, durfte Louis van Basten unwissentlich darauf hoffen, keinen ungebetenen Besuch mehr zu bekommen. Also konnte er sich ungestört an die Vollendung seines Werkes machen. Allerdings würde er dies nun ganz allein tun müssen. Denn seine Architektin hatte sich zurückgezogen. Als sie das letzte Mal bei ihm gewesen war, hatte sie ihre Neugierde gezähmt und schlussendlich doch noch darauf verzichtet, den Keller zu betreten. Stattdessen hatte sie sich direkt darauf höflich von ihm verabschiedet. Weil er sie bei ihrem letzten Besuch aber mit sanfter Gewalt daran gehindert hatte, in den Keller zu gehen, hatte sie später doch noch darüber nachgedacht und sich dazu entschlossen, ab jetzt etwas Abstand zu ihrem Auftraggeber zu halten und ihm ihre Endrechnung zu schicken. Die somit gewonnene Zeit wollte sie dazu nutzen, um in ihrem Büro ein paar geschäftliche Dinge zu klären. Bei dieser Gelegenheit konnte sie ja bei der Vermisstenstelle in Aachen anrufen, um sich nach dem Stand der Dinge in Bezug auf Nashwas Verschwinden zu erkundigen. Mit dieser Antwort im Gepäck konnte sie dann wie ursprünglich geplant den Al-Thanis beistehen, sowie diese in Aachen ankommen würden. Die Zeit musste sie sich einfach nehmen, trotz der anderen beruflichen Projekte, die dringend auf sie warteten.

*

Louis van Basten lief die Zeit davon. Obwohl es dies nicht allein war, hatte ihn unter anderem sein Perfektionismus davon abgehalten, das Lokal mit Beginn des Aachener Weihnachtsmarktes zu eröffnen. Er wusste, dass er selbst verschuldet hatte, dass die »Goldene Madonna« für die Öffentlichkeit immer noch nicht zugänglich war. Aber es half nichts, er konnte einfach nicht anders.

Das Auskundschaften und der Diebstahl einiger Madonnenfiguren aus mehreren Orten des Dreiländerecks hatten viel Zeit in Anspruch genommen, von der Fahrt ins knapp 700 Kilometer entfernte Oberstaufen zur dortigen Mariensäule, die seither ohne Maria dastand, ganz zu schweigen. Zudem hatte er die geraubten Statuen entweder um- oder sogar ganz neu bemalen und auf alt trimmen oder gut verstecken müssen, damit diese von niemandem mehr erkannt oder entdeckt werden konnten. Wenn Eleonore die gestohlenen Figuren bei ihrem letzten Besuch in seiner Werkstatt anhand einer nicht fertig veränderten Madonna aufgefallen wären, hätte sich ein Eklat nicht vermeiden lassen.

Und nun hielt ihn das »Aushöhlen« der zweitwichtigsten Madonnenfigur in seinem Laden auf, das er wegen seines Nachbarn nicht mehr in der Nacht bewerkstelligen durfte. Ausgerechnet die »Schwarze Madonna« wurde von seinem Erschaffer aus rotem Porphyr gehauen. Dieses knochenharte Material ließ sich zwar relativ gut schleifen und zersägen, aber kaum mit dem Meißel bearbeiten. Da war es nur gut, dass der gelernte Steinmetz moderne technische Hilfsmittel zur Verfügung hatte und perfekt damit umzugehen wusste. Dennoch war das Risiko, den Stein mit dem Bohrhammer versehentlich zu sprengen, immens groß.

Hätte der Künstler keinen Blaustein aus dem nahen Belgien verwenden können? Oder schwarzen Kalkstein, wie ihn schon die alten Ägypter benutzt haben? Den bräuchte ich wenigstens nicht einzufärben, fluchte van Basten in Gedanken vor sich hin. Da war es nur gut, dass er im Inneren der von ihm bereits vor Tagen vertikal zerteilten Statue nicht allzu genau arbeiten musste. Er brauchte nur darauf zu achten, dass er nicht zu tief ins Innere des Steins eindrang und Gefahr lief, ein solch großes Loch von innen nach außen zu brechen, dass dadurch die Stabilität des äußeren Steinmantels gemindert wurde. Es wäre ein unbeschreibliches Desaster für ihn, wenn von der Figur zu einem späteren Zeitpunkt nur wegen einer Erschütterung – womöglich vor den Augen seiner Gäste – ein Stück wegbrechen würde. Allerdings plante er im untersten Bereich der hinteren Hälfte ein etwa zwei Zentimeter großes, rundes Loch, das er gezielt mit einem speziellen Kernbohrer schlagen und später mit einem aus Abfallmaterial hergestellten Porphyr-Stopfen wieder verschließen konnte. Um diesen Stopfen von Zeit zu Zeit herausziehen zu können, würde er ein Gewinde hineinschneiden müssen, in den er eine Art Zugring würde drehen können. Aber so weit war er noch lange nicht. Zunächst musste er Stück für Stück des inneren Steins entfernen, um damit letztlich dafür zu sorgen, dass die überlebensgroße »Schwarze Madonna« möglichst viel Gewicht verlor. Erst wenn er dies alles hinter sich haben würde, konnte er sich um das kümmern, weswegen er sich die Mühe überhaupt erst machte. Bei den Gedanken daran fiel ihm ein, dass er vor Ladenschluss noch ein paar Lebensmittel einkaufen musste.

KAPITEL 25

»Ich denke, dass wir spätestens morgen wieder zurück sein werden«, gab Le Maire seinem Mitarbeiterstab bekannt, begründete dies knapp und übertrug den beiden Oberkommissaren die Aufgabe, van Basten und dessen Haus rund um die Uhr zu observieren: »Du kannst dich ja mit Devaux ablösen, Pierre. Hauptsache, ihr lasst die ›Goldene Madonna‹ keine Sekunde aus den Augen.«

»Für was soll das denn gut sein?« Während Oberkommissar Vonderbank die Sache locker nahm, ärgerte sich Agnès Devaux darüber, dass ihr Chef einen Streifenpolizisten und nicht sie mit nach Dover nahm. Immerhin war sie eine erfahrene Kriminalbeamtin, die zudem wesentlich besser englisch sprach als ihr uniformierter Kollege. Aber Le Maire ging nicht darauf ein. Stattdessen instruierte er seine Sekretärin, immer erreichbar zu sein und sich ständig über den Stand der Dinge in Bezug auf die Suche nach der ägyptischen Studentin zu erkundigen. »Ruf auch mal Frau Olbrich an, vielleicht weiß die inzwischen ja etwas. Au revoir!«, sprach's und verließ den Raum.

Den drei Beamten blieb nur, sich zu wundern und aus dem Fenster zuzusehen, wie ihr Chef zusammen mit Polizeihauptmeister Herbert Demonty in Le Maires alten Citroën stieg und davonfuhr.

*

»Ist es wirklich wahr, dass sich Thijs Leeuwen nach England abgesetzt haben soll?« Der Streifenpolizist konnte kaum glauben, was ihm sein Chef während der Fahrt nach Dünkirchen erzählt hatte.

Le Maire nickte zufrieden. Sein entspannter Gesichtsausdruck galt allerdings nicht nur dieser Feststellung, sondern vielmehr der Tatsache, dass er nach drei Jahren seinen alten Freund Finley Cavanaugh in Dover wiedersehen würde. Aber er ging nicht näher darauf ein. Stattdessen erklärte er seinem Mitarbeiter, dass sie auf der E 40 bleiben und somit den Moloch Brüssel umfahren würden. »Und kurz vor Ostende geht's dann links nach Frankreich, wo wir in Dünkirchen eine Fähre nach Dover nutzen werden.«

»Oh! Wir fahren nicht durch den Eurotunnel?«, wunderte sich Herbert über die Entscheidung seines Chefs.

»M…!«, wollte Le Maire fluchen, als sie am Fährhafen von Dünkirchen angekommen waren, ließ es dann aber doch sein. Ihn ärgerte, dass die Fähren nach Dover von hier aus nur alle zwei Stunden ablegten. Und eine davon war ihnen soeben vor der Nase weggefahren. Dennoch legte Le Maire ein zufriedenes Lächeln in sein Gesicht.

»Was ist los, Chef?« Herbert wunderte sich über den plötzlichen Stimmungswandel seines Vorgesetzten, der wortlos dorthin zeigte, wo er eine Frittenbude erspäht hatte.

»Ach so …« Herbert klatschte sich mit der flachen Hand an die Stirn. »Alles klar!«

»Dann ist es ja gut. Während ich im Auto bleibe, um den Anschluss nicht zu verpassen, holst du uns je eine große Portion Fritten und mir ein Jupiler dazu.«

»Sie möchten ein Bier? Jetzt?« Herbert sah den Chef mit großen Augen an. »Soll *ich* weiterfahren?«

»Quatsch!«, konterte Le Maire. »Ich brauche jetzt nur im Schritttempo bis auf die Fähre zu rollen, dann sind wir ganze zwei Stunden auf dem Wasser, wo ein anderer das Ruder in der Hand halten muss. Also kann ich wohl ein Bierchen trinken, oder?«

»Schon gut, Chef! Schon gut!«, wehrte der Streifenpolizist in Zivil ab und stieg aus, um zu tun, was Le Maire ihm aufgetragen hatte.

Weitere vier Stunden später legte das Schiff im Fährhafen von Dover an. Die beiden belgischen Polizisten waren fast die ganze Zeit über an der Reling gestanden und hatten sich die frische Brise um die Nasen wehen lassen. Zu seiner eigenen Verwunderung hatte sich Le Maire nur ein einziges Mal in einen windstillen Winkel zurückgezogen, um eine Zigarette zu rauchen. Wenn Angelika dies wüsste, wäre sie stolz auf mich, hatte er sich zufrieden gedacht, als er wieder neben Herbert gestanden hatte, der die Überfahrt bei schönstem Wetter ebenso genossen hatte wie sein Chef.

Dementsprechend fit fühlten sie sich nun auch. Die Polizisten waren voller Tatendrang und heiß darauf, mithilfe ihrer englischen Kolleginnen und Kollegen den Polizistenmörder festzunehmen. Le Maire erhoffte sich durch ein erneutes Verhör Hinweise auf den wahren »Gliedermörder«. Auch wenn Thijs Leeuwen diese Morde nicht begangen hatte, musste er etwas damit zu tun haben. Warum war er an zwei Tatorten gewesen? Warum besaß er ein beinahe professionell sterilisiertes Messer, das zu den Verletzungen der Opfer passte? Die ermordete Chiamaka Katusi dürfte nach Le Maires Einschätzung nicht auf das Konto des »Gliedermörders« gehen. Denn bei der 39-Jährigen handelte es sich um keine Frau mit molukkischem Migrationshintergrund, sondern um eine Nigerianerin, der zudem keine ihrer Gliedmaßen abgetrennt worden war. Also hatte sie ebenso wenig ins Beuteschema des offensichtlich geistesgestörten, in jedem Fall aber grausamen Mörders gepasst. Aber wer außer dem Mörder selbst konnte dies im Moment wissen? Bis zu Thijs Leeuwens neuerlicher Befragung musste Le Maire alles in Betracht ziehen.

Da klingelte sein Handy. Es war Kalle, die ehemalige Kölner Rotlichtgröße, die Le Maire in die Antoniusstraße geschickt hatte, um sich dort für ihn umzuhören. Nachdem er immer wieder ein »Ja!«, ein »Aha!« oder ein »So?« von sich gegeben hatte, war das Gespräch beendet und Le Maire erklärte Herbert, dass sein Informant keine Neuigkeiten zu vermelden gehabt hatte. »Aber er hat meine Meinung bestätigt, dass ein paar Zuhälter stinksauer auf Thijs Leeuwen seien. Dabei geht es um eine 19-jährige Prostituierte namens Asmara, mit der Leeuwen ein solch gutes ›Material‹ in die Antoniusstraße gebracht hat, dass die anderen Frauen weniger Arbeit haben.«

»Und um ihn aus dem Verkehr zu ziehen, möchten sie ihm die ›Gliedermorde‹ in die Schuhe schieben«, orakelte Herbert ins Blaue hinein.

»Möglich«, sagte Le Maire, der mit der Kombinationsgabe seines jungen Kollegen sehr zufrieden war.

»Aber dann müssten ja die Öcher Zuhälter etwas damit zu tun haben … oder sogar die Mörder sein.«

»Auch das wäre möglich: Immerhin handelt es sich bei den Ermordeten allesamt um Prostituierte«, gab Le Maire ihm recht.

Nachdem sie noch ein Weilchen darüber gesprochen hatten, waren Le Maires Gedanken erst einmal auf den Polizeiwagen gerichtet, der am Kai darauf zu warten schien, sie in die Stadt geleiten zu können. Als zwei Männer ausstiegen, von denen einer freudig winkte, war Le Maire glücklich. Obwohl Überschwänglichkeit nicht zu seinem üblichen Verhalten gehörte, winkte er ebenso erfreut zurück und rief sogar so laut »Hello, Finley!«, dass sich die Köpfe der Anlegebesatzung zu ihm wandten.

Nur wenige Augenaufschläge später lagen sich der belgische und der englische Spitzenkriminaler in den Armen und begrüßten sich aufs Herzlichste.

»Man merkt, dass die beiden schon viel miteinander durchgemacht haben«, sagte Le Maires Begleiter während der Begrüßung zu Finley Cavanaughs Stellvertreter in einem solch astreinen Englisch, dass sich Devaux gewundert hätte.

»Warum habt ihr ihn denn nicht gleich festgenommen, Finley?«, mochte Frederic wissen und bekam zur Antwort, dass allein *ihm* diese Ehre gebühren würde. »Aber keine Sorge: Meine Leute lassen ihn keine Sekunde aus den Augen. Selbst wenn er bemerken würde, dass wir ihn beschatten, könnte er uns nicht entkommen. Egal, wo er sich gerade aufhält, die Polizisten haben einen so engen Ring um ihn gezogen, dass keine Kirchenmaus durchhuschen könnte.«

»Trotzdem …«

»Mach dir keine Gedanken! Nicht nur ihr Belgier seid gute Polizisten, auch englische Bobbys wissen, was sie zu tun haben«, lachte Finley, um seinen besorgt wirkenden Freund zu beruhigen. Er schaute auf die Uhr. »Also machen wir uns ran.«

»Was tut ›unser Mann‹ gerade?«, wollte Le Maire von Finley wissen.

»Einen Moment bitte, ich frage nach! … Ah! … Er ist soeben ins Taxi gestiegen und fährt die Folkstone Road in Richtung Pencester Gardens entlang.«

»Vielleicht möchte er ja ins Dover Museum?«, witzelte Cavanaughs Assistent.

»Bleibt um der Queen willen an ihm dran und verliert ihn nicht«, hörte Frederic seinen Freund wie durch einen Schleier ins Handy sprechen.

Keine zehn Minuten später saßen sie in Finleys Dienstwagen und fuhren über etliche Abkürzungen hinter dem Taxi her auf die A 256.

»Er wollte wohl doch nicht ins Museum«, stellte Finleys Detective, der ein Spaßvogel zu sein schien, grinsend fest, brachte damit aber weder Le Maire noch Herbert zum Lachen. Und sein Chef hatte jetzt anderes zu tun, als sich mit dem typisch trockenen britischen Humor auseinanderzusetzen. Denn im Gegensatz zu seinen belgischen Gästen kannte er sich hier gut aus, weswegen er alles im Blick behalten wollte. Außerdem musste er das Fahrzeug lenken. »Sie fahren auf die A 20!«

»Was heißt das?«, erkundigte sich Frederic und bekam zur Antwort, dass das Taxi – so wie es aussah – zum Hafen fuhr. »Wenn er jetzt den Jubilee Way runterfährt, weiß ich, wohin er möchte.«

»Wohin denn? Nun sag schon!«, drängte Frederic, der in großer Sorge war, Thijs Leeuwen aus den Augen zu verlieren.

Finley nahm ihm die Bedenken, indem er nach vorne zeigte und ihn darüber informierte, dass außer ihnen zwei weitere Zivilfahrzeuge der Polizei hinter dem Taxi her waren. »Er möchte zu ›Dover Sieben‹ oder zu ›Dover Acht‹.«

»Was heißt das?«, schoss es erneut aus dem Belgier heraus.

»… dass von dort aus die Fähren nach Calais abgehen.«

»Verdammt! Ich glaube es nicht!«

»Was denn, Chef?«, interessierte sich Herbert.

»Der Typ möchte zurückfahren! Na, das kann er haben!«

»So gefällst du mir wieder, mein Freund«, freute sich Finley, der sichtlich Spaß daran hatte, mit Frederics Gefangenem zu spielen. Aber noch war Thijs Leeuwen auf freiem Fuß und konnte jeden Moment fliehen. Und genau dies versuchte er. Denn der mit allen Wassern gewaschene Schwerverbrecher hatte bemerkt, dass er beim Aussteigen aus dem Taxi beobachtet worden war. Es waren einfach zu viele Polizisten gewesen, die sich an seine Fersen geheftet und um ihn herum postiert hatten. Bei diesem ausgebufften Profi hatte auch der räumliche Abstand nichts genutzt.

Leeuwen schlenderte gemächlich Richtung Fähre. Dann blieb er stehen, um sich eine Zigarette anzuzünden. Um nicht aufzufallen, mussten die Beamten weiter Abstand halten. Allerdings verhielten sie sich dabei zu auffällig.

»Gleich kommt *dein* Moment«, raunte Finley seinem Freund zu.

Plötzlich rannte Leeuwen los und auf die Container zu, die auf dem Hafengelände zuhauf herumstanden und aufeinandergestapelt waren.

Bis die Polizisten verstanden hatten, was sie sich soeben hatten gefallen lassen müssen, war Thijs Leeuwen bereits zwischen den Blechriesen verschwunden.

»Merde!«, schrie Le Maire gleichermaßen entsetzt wie wütend.

*

Eleonore Olbrich war inzwischen in Köln angekommen, um die Al-Thanis nach Aachen zu holen. Um dies Daria zuliebe unaufgeregt handhaben zu können, war sie zum »Hotel im Wasserturm« gefahren. Gleich danach hatte sie an die Zimmertür ihrer ägyptischen Freunde geklopft. Niemand hatte geöffnet. Nachdem sie sich von der freundlichen Rezeptionistin hatte bestätigen lassen, dass der Zimmerschlüssel am Schlüsselbord hing, war ihr klar geworden, dass Daria noch in der Klinik und Abdel bei ihr sein musste. Also machte sie sich ebenfalls auf den Weg dorthin.

»Was habt *ihr* denn vor?«, wollte Eleonore erstaunt wissen, nachdem sie Darias Krankenzimmer betreten hatte.

Während Abdel die Tasche seiner geliebten Frau packte, saß die bereits geschminkt und angezogen auf der Bettkante.

»Allah sei Dank, Eleonore! Schön, dass du da bist!«, kam es ihr von beiden entgegen.

Nach einer innigen Begrüßung erfuhr sie, dass Daria sich auf eigene Verantwortung selbst entlassen hatte, weil sie es nicht ertragen konnte, Abdel allein nach ihrer gemeinsamen Tochter suchen zu lassen.

»Also fahren wir ins Hotel und holen unsere Sachen?«, wollte Eleonore bestätigt wissen.

»Du auch?«, kam es verwundert zurück.

»Ja. Entschuldigung, mein Handy … Wer ist da? … Ja! Ich bin gerade bei den Al-Thanis in Köln.«

»Was ist?«, mochte Daria aufgeregt wissen, weil sie auf eine positive Nachricht hoffte. Aber Eleonore legte einen Zeigefinger auf ihre Lippen und ließ zwischendurch lediglich ein »Ja!« und ein »Aha?« vernehmen. »Gut. Ich sag's ihnen. Vielen Dank, Tschüss!« Damit beendete sie das Gespräch. Nachdem dies für die Al-Thanis unerträglich lang gegangen war, erklärte sie den beiden, die nun gemeinsam auf der Bettkante saßen und ihre Hände hielten, dass es die Sekretärin des ostbelgischen Kriminalkommissars gewesen sei, der die Suche nach Nashwa im Dreiländereck, insbesondere im Osten Belgiens, aufgenommen hatte.

»Sie haben Nashwa also nicht gefunden?« Daria schmiegte sich weinend an ihren Mann, dem ebenfalls Tränen die Wangen herunterliefen.

»Leider nein. Dann hätten wir es sofort mitbekommen«, musste Eleonore bestätigen, wies aber auch gleich darauf hin, dass nun auch in Belgien, in den Niederlanden und in Luxemburg offiziell nach Nashwa gesucht wurde. »Und in Nordrhein-Westfalen beschäftigt sich ja bereits die deutsche Polizei mit ihr«, versuchte sie, den beiden Mut und Zuversicht zuzusprechen. Erfolglos. Es dauerte eine ganze Weile, bis sie das Krankenzimmer und die Klinik verlassen konnten.

Sie waren gerade auf dem Weg zu Eleonores Auto, als Daria wie aus dem Nichts heraus laut Nashwas Namen rief.

»Was ist, mein Schatz?«, wollte Abdel gleichermaßen besorgt wie aufgeregt wissen, während sein Blick Darias Zeigefinger folgte. »Nashwa?«, rief er ebenfalls. Ungläubig dachte er, in einer jungen Frau, die gerade an der Haltestelle beim Neumarkt in die Straßenbahn stieg, seine Tochter zu erkennen. Obwohl Eleonore das Mädchen nur halb seitlich und in einiger Entfernung sah, glaubte sie ebenso, dass es sich um Nashwa handelte. Sie rief auch nach ihr und begann zu rennen wie noch nie in ihrem Leben. Aber vergebens. Die Frau hörte sie nicht. Und die Tram erwischte Eleonore auch nicht mehr, sie fuhr ihr einfach vor der Nase weg. Das Einzige, was sie hatte sehen können, war das Leuchtschild auf der Straßenbahn, das ihr gezeigt hatte, dass es sich um die Linie drei handelte, mit der die Frau davongefahren war. Wenigstens das, dachte sich Eleonore, während sie – ihre Hände auf die Oberschenkel gestützt – heftig nach Luft schnappte.

*

Die Polizisten hatten sich auf dem gesamten Hafengelände verteilt und den Flüchtenden mit gezogenen Waffen zwischen den Containern gesucht. Aber Thijs Leeuwen war nirgends zu finden gewesen.

Letztlich war es dem belgischen Polizeihauptmeister Herbert Demonty gelungen, Leeuwen zu schnappen. Während sich die anderen im Container-Labyrinth immer wieder verirrt hatten, war Herbert einen anderen Weg gegangen. Er hatte einen Klatsch im Wasser gehört. Neugierig geworden, hatte er von einem der Stege aus gesehen, dass sich die Wasseroberfläche vor ihm für einen Moment mehr bewegt hatte, als dies ansonsten der Fall war. Weil niemand weit und breit zu sehen gewesen war, hatte er sich ganz langsam näher dorthin bewegt, von wo das Geräusch gekommen war. Als er sich mit seiner Pistole im Anschlag vorsichtig über den betonierten Kai gebeugt hatte, um ins Wasser zu sehen, hatte er geglaubt, dass ihm seine Sinne einen Streich spielten. Aber was er gesehen hatte, war real: Unter ihm drückte sich van Basten an die

Betonwand. In der Hoffnung, dass ihn niemand etwa vier Meter unter dem Kai im Wasser suchen würde, hatte er sich kurz entschlossen von der Kaikante hinuntergleiten lassen. Das hämische Gelächter der Polizisten würde Leeuwen wohl nie vergessen.

Bevor seine englischen Kollegen den trockengelegten Polizistenmörder in Le Maires Citroën verfrachtet und dort in der Mitte des Rücksitzes mit ausgestreckten Armen an beiden Türgriffen angekettet hatten, war ihm sicherheitshalber eine Fußfessel angelegt worden. Nun konnten die beiden Belgier erfolgreich nach Hause fahren. Wir haben ihn, dachte sich der belgische Chefermittler, als er sich von Finley verabschiedete: »Grüße an Cindy! Sag ihr, dass wir euch nach Abschluss dieses Falls besuchen werden. Vielleicht können wir gemeinsam für ein paar Tage ins Allgäu fahren. Du wolltest doch schon immer mal in die Berge, oder?«

»Jederzeit! Und du grüßt bitte Angelika recht herzlich von uns.« Finley drückte seinen belgischen Freund an sich, bevor er sich von Herbert verabschiedete und ihm bestätigte, »a good cop« zu sein. Als er das aus diesem berufenen Mund hörte, platzte der belgische Schutzpolizist fast vor Stolz.

»Ich habe dir schon immer gesagt, dass du zur Kripo solltest, Herbert«, lobte auch Le Maire, während er dem »Helden des Tages« anerkennend auf die Schulter klopfte.

»Das haben Sie mir noch nie gesagt, Chef.«

»Aha?«

Kurz darauf legte die Fähre ab. Nachdem der Kassenwart an ihrem Auto gewesen war und ihnen die Kosten für die

Überfahrt abgeknöpft hatte, wandte Le Maire sich an den Gefangenen: »Mein Kollege und ich werden uns während der Überfahrt die Beine vertreten. Wenn wir zurückkommen, haben wir Zeit, um uns intensiv zu unterhalten. Seien Sie also klug und lassen sich etwas einfallen, das Ihnen wenigstens ein bisschen aus der Patsche helfen wird. Sie wissen ja, dass es jede Richterin oder jeden Richter gnädig stimmen wird, wenn Sie mit uns kooperieren und uns *jetzt* die Wahrheit über alles erzählen.« So wie sie Thijs Leeuwen im Auto fixiert hatten, gab es nicht die geringste Möglichkeit zur Flucht.

*

Zur selben Zeit erfuhren Eleonore Olbrich und die Al-Thanis von der Kölner Polizei, dass deren Recherchen in Bezug auf Nashwa nichts ergeben hatten. »Wir konnten die betreffende Straßenbahn zwar ermitteln. Aber der diensthabende Tramlenker der Linie drei sagte uns, dass tagtäglich junge Frauen mitfahren würden, die auf Nashwas Beschreibung passten, und es dementsprechend unmöglich sei, sich auch nur eines dieser Gesichter zu merken.« Dies hatte ihnen der Sachbearbeiter der Polizeidienststelle, an die sie sich gewandt hatten, erklärt und ihnen lapidar mitgeteilt, dass die Polizei im Moment nicht mehr tun konnte. »Außerdem läuft die Suche nach Ihrer Tochter sowieso schon landesweit. Tut mir leid.«

Nun brüteten sie in einem Café über einem Fahrplan der Kölner Verkehrsbetriebe und mussten feststellen, dass es in der Richtung, in die das öffentliche Verkehrsmittel vom Neumarkt davongefahren war, eine ganze Menge Haltestellen gab. Genauer gesagt waren es bis zur Endstation

Görlinger-Zentrum 15 Stationen. In die andere Richtung waren es sogar 16.

»Dann klappern wir eben eine nach der anderen in dieser Richtung ab!«, beschwor Daria ihre beiden Begleiter und zeigte nach vorn. Dabei traten ihr erneut Tränen in die Augen.

»Das ist zwar ein Irrsinn, aber wir haben keine andere Chance«, pflichtete ihr Eleonore zu Abdels Verwunderung bei. Sie hatte eine Idee: »Wir gehen jetzt gleich in den nächsten Print-Shop und lassen Flyer, vielleicht auch noch ein paar Plakate mit Nashwas Konterfei und einer Beschreibung von ihr drucken. Dann fahren wir mit genau dieser Tram, teilen uns die einzelnen Stationen und hängen die Plakate überall auf. Ihr beide müsst mir nur versprechen, das jeweilige Gelände der Haltestellen unter keinen Umständen zu verlassen, ohne mir Bescheid zu geben.« Als sie dies sagte, schaute sie Daria streng an.

Obwohl ihr klar war, dass dieses Unterfangen mit sehr viel Arbeit und Zeitaufwand verbunden war und möglicherweise – oder sogar wahrscheinlich – kein positives Ergebnis zeitigen dürfte, ging sie mit Feuereifer an die Arbeit. In erster Linie galt es jetzt auch, Daria vernünftig zu beschäftigen, um damit ihre trüben Gedanken zu vertreiben. Und wer konnte es wissen, vielleicht war es ja tatsächlich Nashwa gewesen, die sie in die Tram hatten steigen sehen. Jedenfalls war es ein Strohhalm, an den sich alle klammern konnten. Bei diesen Gedanken beschäftigte Eleonore nur eine Frage: Wenn es tatsächlich Nashwa gewesen war, weshalb hat sie auf ihrer aller Zurufen nicht reagiert, obwohl sich etliche andere Fahrgäste umgedreht hatten?

*

»Also, was haben Sie uns zu erzählen?«, mochte Le Maire mit Nachdruck von seinem Gefangenen wissen, kaum dass sie die Fähre verlassen und wieder festen Boden unter den Rädern hatten. Offensichtlich schien seine vorherige Ansage Wirkung zu zeigen, denn wider Erwarten war Thijs Leeuwen äußerst kooperationsbereit. Dies nutzte der Mordermittler natürlich sofort aus und richtete Fragen an ihn.

Er fragte ihn, weshalb er überhaupt abgehauen sei. Durch diese Taktik wollte er erreichen, dass der Mann zugab, in die Morde an den Prostituierten verstrickt zu sein, auch wenn er diese nicht selbst begangen hatte. Was sonst hätte der Grund für seine panische Flucht bei der Razzia in der Aachener Antoniusstraße gewesen sein können?

»Es ist doch nicht verboten, ein Bordell zu besuchen. Verdammt, auch wenn sich Ihnen der Polizist in den Weg gestellt hat, hätten Sie ihn nicht gleich auf diese Art und Weise beseitigen müssen. Peter Jehn war erst 24, hatte eine hochschwangere Frau und eine zweijährige Tochter, die zu Hause vergeblich auf ihn gewartet haben.«

Die Polizisten konnten sich nur mühevoll im Zaum halten. Sie schauten sich zwar kurz an, schluckten den Frust dann jedoch hinunter. Im Rückspiegel sah Le Maire, wie sein Gefangener um eine passende Antwort rang. »Und?«, knurrte er.

»Nun spucken Sie's schon aus!«, mischte sich Herbert Demonty ein, dessen Nervenkostüm seit seiner engeren Zusammenarbeit mit Le Maire trotz ihres gemeinsamen Erfolges in Dover dünner geworden war.

»Na ja …« Thijs Leeuwen zuckte mit den Schultern. »Ich dachte, dass Sie mich wegen des Einbruchs gesucht haben.«

»Welcher Einbruch?« Le Maire stutzte, bevor es laut aus ihm herausschoss: »Nein! Das darf nicht wahr sein!« Trotz seiner Anspannung musste der belgische Staatsbeamte lauthals lachen, bevor er wieder sachlich werden konnte: »*Sie* waren das, der beim Juwelier am Büchel in Aachen eingebrochen ist?«

»Woher wissen Sie das, Chef?«, fragte Herbert, bis zu dessen Ohren diese Meldung offensichtlich nicht vorgedrungen war.

»Kollege Dohmen hat es mir beiläufig in der Aachener Gerichtsmedizin erzählt.«

Aber das interessierte Le Maire nach wie vor nur am Rande, er wollte endlich wissen, was Leeuwen ihm zum »Gliedermörder« sagen konnte. Möglicherweise kannte er ihn ja sogar persönlich und deckte ihn nur. Also lenkte der Ermittler seine Befragung in diese Richtung, bekam aber vom Befragten stets nur zu hören, dass er nicht das Geringste damit zu tun habe. Auch zum gewaltsamen Tod der in Lüttich aufgefundenen Nigerianerin ließ sich keinerlei Bezug herstellen.

Also musste Le Maire eine andere Richtung einschlagen: »Aber Sie haben doch Verbindungen zu einer Prostituierten mit Migrationshintergrund in der Antoniusstraße?«

»Sie meinen Asmara?« Ohne eine Bestätigung abzuwarten, verkündete Thijs Leeuwen stolz, dass es sich bei der 19-Jährigen sogar um das mit großem Abstand »beste Ross im Stall« handeln würde, weswegen er viel Ärger mit den Bordellbesitzern, insbesondere aber mit den anderen Zuhältern habe, deren Prostituierte weniger Arbeit hätten, seit Asmara in der Antoniusstraße arbeite. »Alle wollen nur noch Asmara.«

Als Le Maire ihn nach deren Nationalität fragte, wurde Leeuwen sichtlich nervös. »Nun sagen Sie schon.«

Nachdem nichts kam, gab Le Maire selbst die Antwort: »Mein Informant hat mir gesagt, dass Asmara indonesische Wurzeln hat! Weshalb trauen Sie sich nicht, mir das zu sagen?«

»Weil … weil …«

»Weil Sie Angst haben, dadurch mit den vier Morden an molukkischen Frauen in Verbindung gebracht zu werden! Stimmt's?«

Leeuwen nickte zwar, sagte aber nichts mehr dazu. Le Maire konnte anstellen, was er wollte, außer der Bestätigung, dass der Zuhälter viele ernstzunehmende Feinde hatte, waren keinerlei weitere Verbindungen zur Mordserie herzustellen. Dies bestätigte seine bisherige Vermutung, dass einer der Zuhälter oder vielleicht sogar mehrere zusammen Thijs Leeuwen die Morde in die Schuhe schieben wollten, um ihn loszuwerden. Kalle hatte nichts dergleichen gehört. Also würde Le Maire nur noch bleiben, die Bordellbesitzer und die Zuhälter der Antoniusstraße zu befragen.

Le Maire versäumte es natürlich nicht, nach der jungen Ägypterin zu fragen. Allerdings bekam er hierbei ebenfalls nur negative Antworten. Entweder log der Mann perfekt oder es gab wirklich keinerlei Verbindung zu den Morden und zu Nashwas Verschwinden.

»Der lügt doch wie gedruckt!«, ärgerte sich Herbert.

Erst als Le Maire auf die Beerdigung von Aninda van Basten zu sprechen kam, erfuhr er etwas, das interessant sein könnte. Er konfrontierte den Gefangenen direkt mit der Frage, ob es Louis van Basten war, mit dem er sich direkt vor dem Printengeschäft Klein in der Ursulinerstraße wegen Asmara gestritten hatte.

»Ach, *die* alte Schlampe meinen Sie!« Thijs Leeuwen wusste sofort, auf was der Bulle hinauswollte. Und Le Maire genügte diese lockere Aussage, um zu wissen, dass er wenigstens hierbei auf der richtigen Fährte war. Er ging in die Offensive: »Erzählen Sie mir, was Sie mit Louis van Basten zu schaffen haben.«

»Nichts«, kam es zu Le Maires Erstaunen zurück.

»Aber Sie kennen ihn doch, oder etwa nicht?«

Le Maire drehte sich nach hinten und sah, dass Leeuwen schmunzelte. »Lassen Sie mich an Ihrer Freude teilhaben? Was haben Sie mit van Basten zu tun?«

»Mit ihm eigentlich nichts. Ich habe lediglich seine Alte gevögelt.«

»Aninda?«, wunderte sich Le Maire. »Aninda van Basten ist ihrem Mann untreu gewesen? Hatte sie ein festes Verhältnis mit Ihnen?«

Nun musste der große Mann auf dem Rücksitz so herzhaft lachen wie kurz zuvor der belgische Mordermittler. Er klärte die Sache gleich auf: »Aninda war eine Nutte! Für Geld hat die mit jedem gepennt!«

»Drücken Sie sich gefälligst nicht so primitiv aus!«, rügte der total überraschte Mordermittler seinen »Gast«, bevor er ihn weiter zu dieser Thematik befragte und erfuhr, dass Aninda bis zu ihrem Tod dabei gewesen war, mit vier anderen molukkischstämmigen Frauen im Dreiländereck einen Callgirl-Ring aufzuziehen, bei dem Asmara das Aushängeschild hätte werden sollen. »Eine sollte für die Städteregion Aachen, eine für den Osten Belgiens und die Eifel, eine für Limburgs Süden, also für diesen Teil der Niederlande, und eine für Luxemburg und Umgebung zuständig sein. Und bei Aninda sollten die Fäden zusammenlaufen. So jedenfalls hat sie mir das erzählt.«

»Kennen Sie die vier Frauen?«

»Nein! Ich habe sie nie gesehen und weiß auch nicht, wie sie heißen. Ich kannte nur Aninda, weil …«

»Schon gut!«, unterbrach Le Maire. »Wusste ihr Mann davon?«

Thijs Leeuwen zuckte mit den Achseln und grummelte: »Ich glaube schon.«

»Sie ›glauben‹?«

»Verdammte Scheiße, ja! Klar wusste er Bescheid!«

Nun drängte sich Le Maire eine weitere Frage auf, die er dem Mann unumwunden stellte: »Wurde sie ermordet?«

Leeuwen rollte genervt mit den Augen und wiederholte sich: »Woher soll *ich* das wissen, ich kannte sie doch nur ›geschäftlich‹ und hatte ansonsten nichts mit ihr zu tun. Ich jedenfalls habe sie nicht umgebracht!«

»Ist sie ihren ›Geschäften‹ in ihrer Wohnung in der Kerkstraat nachgegangen?«

»Nicht ganz.«

»Was soll das heißen?«, wunderte sich Le Maire.

»Sie hatte ein Zimmer im Stockwerk darüber.«

Leeuwens Nervosität blieb den beiden Ermittlern ebenso wenig verborgen wie die Schweißperlen, die sich auf seiner Stirn gebildet hatten.

»Der hat Dreck am Stecken«, flüsterte Herbert seinem Chef zu, der seine Frage wiederholte: »Kannten Sie die anderen vier Frauen?«

»Wieso ›kannten‹? Ach du Scheiße!«, entfuhr es Leeuwen, der jetzt verstand, was der Polizist meinte. »Nein! Nein! Das habe ich vorhin doch schon klar verneint!«

»Aber da sprachen wir von den Mordopfern!«

»Das stimmt doch nicht! Darauf falle ich nicht herein. Sie haben die vier Frauen um Aninda van Basten gemeint. Aber … aber … Was ist jetzt? Handelt es sich dabei um dieselben Weiber oder nicht?« Weil der Polizistenmörder immer nervöser wurde, bohrte Le Maire weiter und Leeuwen sagte aus, dass Anindas Ehemann ein »ultragläubiger« Fanatiker sei, der ihm, und seiner Meinung nach wahrscheinlich auch allen anderen Kunden seiner Frau, die er gekannt hatte, mit ewiger Verdammnis und anderen religiösen Sprüchen gedroht hatte. »Der ist total durchgeknallt«, bemerkte Leeuwen, bevor er Le Maire deutlich machte, von nun an überhaupt nichts mehr zu sagen, weil ihm das Wort ständig im Mund umgedreht wurde.

»Das macht nichts«, grinste Le Maire. »Ich habe genug gehört. In einer halben Stunde sind wir da.«

»Und wohin bringen wir ihn? Nach Aachen?«, wollte Herbert wissen, der stolz darauf war, an dieser erfolgreichen »Rückholaktion« beteiligt gewesen zu sein.

»Bist du jeck? Der kommt jetzt erst einmal mit zu uns. Ich habe noch ein paar Fragen an ihn. Aber jetzt muss ich erst einmal Locki anrufen.« Während er dies sagte, kramte Le Maire nach seinem Handy. Und tatsächlich, er hatte es sogar dabei. Weil allerdings der Akku leer war, bat er Herbert, ihm seines zu geben. »Nein, Locki, hier ist nicht Herbert! … Ja, Locki, ich bin es, Le Maire! … Ja, Locki, das ist Herberts Handy! … Jetzt reicht es aber! … Sag mal, konntest du etwas über die verschwundene Ägypterin herausbekommen?«

»Entschuldigung, Chef!«, kam es schmal zurück. »Sie meinen Nashwa Al-Thani? Nein, da gibt es nichts Neues. Das Mädchen ist immer noch verschwunden. Zusammen mit den Eltern des Mädchens sucht diese Aachener Architektin in Köln nach ihr.«

Erneut gelang es Le Maire, einen Fluch hinunterzuschlucken.

»Wann kommen Sie denn zurück, Chef?«

»Wir sind gleich da«, knurrte es Fabienne Loquie entgegen.

KAPITEL 26

Als die beiden »Sonderermittler« am späten Abend in den Hof ihres Kommissariats fuhren, waren alle Kolleginnen und Kollegen angetreten, um »die Helden von Dover« gebührend zu begrüßen.

»Ach du große Güte!« Selbst der nicht gerade als feinnervig zu bezeichnende Chef war von dieser Begrüßung gerührt. Als sie ausstiegen und mit ihrem Gefangenen in der Mitte auf das Kollegium zugingen, brandete sogar Beifall auf. Dies war keine der üblichen Gepflogenheiten.

»Sperr ihn in die Arrestzelle und achte gut auf ihn«, trug Le Maire einem jungen Schutzpolizisten auf, nachdem sie das Spalier hinter sich gelassen hatten.

»Hand- und Fußfesseln abnehmen?«

Le Maire überlegte einen Moment, bevor er antwortete: »Füße ja! Hände nein! Das ist schließlich nicht Hannibal Lecter.«

»Sind Sie sich da ganz sicher?«, warf Herbert ein.

»Ich glaube, mein lieber Herbert, wir müssen schnellstens über ein paar Fakten und Besonnenheit reden«, schlug der Chef seinem übereifrigen Mitarbeiter vor und klopfte ihm dabei vertraut auf die Schulter.

Kaum im Gebäude, lenkte ihn seine Sekretärin ins Besprechungszimmer, wo zwei Thermoskannen mit Kaffee und mehrere Tabletts mit Croissants auf das Kollegium warteten.

»Also gut, Locki, dann machen wir eben eine Pause

und wir erzählen euch in Gottes Namen haarklein, was in Dover gelaufen ist.«

Während die strahlende Sekretärin damit begann, Kaffee in die bereitstehenden Becher zu schütten, wurde sie von Le Maire angetippt. »Ja, Chef, ist etwas?«

»Nein, Locki, alles ist gut! Ich wollte dir nur sagen, dass du die Beste bist!«

»Oh! Danke!« So schnell konnte Le Maire gar nicht schauen, wie er einen Becher und einen Teller in den Händen hatte. Derart handlungseingeschränkt überließ er es Herbert, »ganz ruhig« von den Geschehnissen in Dover zu berichten. Und dies tat der Streifenpolizist dann auch in aller Ausführlichkeit. Nachdem er damit fertig war, klatschte sein Chef in die Hände, allerdings nicht, um sich und Herbert zu loben. Vielmehr wollte er damit die außerordentliche Zusammenkunft beenden. Er gebot allen, sich in ihre Büros zurückzubegeben und wieder an die Arbeit zu gehen. Lediglich seinen kleinen Stab der Mordkommission beorderte er in sein Büro. »Du auch, Herbert. Du brauchst dich nicht umzuziehen.«

*

Nachdem das Stühlerücken beendet war und nun alle ihre Blicke konzentriert auf ihren Chef richteten, erklärte er ihnen in feierlichem Ton, dass Herbert mit sofortiger Wirkung seinen Dienst bei der Mordkommission Eupen in Zivilkleidung leisten würde. »Außerdem werde ich der Obrigkeit empfehlen, ihn auf der Polizeiakademie anzumelden. Herbert wird alles dafür tun, um zur Kripo zu wechseln. Ich werde an seiner Stelle einen anderen Streifenpolizisten für uns beantragen.« An Herbert gewandt sagte er: »Du hast ja einen mittleren Bildungsabschluss, oder?«

Herbert war von dem, was er soeben gehört hatte, derart gerührt, dass er stotterte. »F… F… Fachabitur!«

»Gut! Zusammen mit deinen Dienstjahren und einem entsprechenden Arbeitszeugnis von mir müsste es eigentlich möglich sein, dich dort im nächsten Semester unterzubringen.«

Während Herbert Demonty immer noch nicht wusste, wie ihm geschah, begannen die anderen zu klatschen.

Nachdem Le Maire dies losgeworden war, kam der Leiter der Eupener Mordkommission zur Sache und bündelte seine vorherigen Erkenntnisse mit dem, was er von Thijs Leeuwen gehört hatte. Dann zog er ein vorläufiges Resümee: »Ich bin mir nicht sicher, ob er mit den ›Gliedermorden‹ überhaupt etwas zu tun hat. Ich glaube auch nicht, dass er mit dem Verschwinden Nashwa Al-Thanis in Zusammenhang gebracht werden kann.«

»Ach, meinen Sie?«, frotzelte seine Oberkommissarin, erreichte damit aber nur, dass ihr Chef unverdrossen weitersprach: »Hör zu, Devaux, nach allem, was wir nun wissen, können wir nicht ausschließen, dass der ›ultragläubige‹ Fanatiker Louis van Basten die Morde verübt haben könnte. Leider können wir Anindas Leiche nicht obduzieren lassen, weil die immer noch nicht aufgetaucht ist.«

»Sie meinen also, dass van Basten sowohl seine Frau als auch die vier anderen Frauen umgebracht hat«, bemerkte der andere Oberkommissar mehr, als dass er fragte.

»Und was ist mit der fünften Leiche?«, warf die Protokollführerin ein.

»Die spielt hierbei keine Rolle, Locki«, antwortete Le Maire in sachlichem Ton. »Es ist sicher purer Zufall, dass es sich dabei ebenfalls um eine gestrandete Frau mit Migrationshintergrund handelt. Aber wir bleiben auch da dran!«

»Kaffee?«

Ihr Chef winkte dankend ab.

»Aber weshalb sollte er ihnen die Glieder abgetrennt haben?«, meldete sich Herbert zu Wort.

»Vielleicht dienen sie ihm als eine Art Reliquien«, wusste der Chef beizutragen, bevor er sich an Pierre und Devaux wandte: »Wie sieht es denn mit eurer Observierung aus? Etwas Auffälliges?«

Es wurde ganz still im Raum.

»Was ist? Habt ihr einen Knoten im Hals?«

Devaux und Pierre schauten sich gegenseitig an, bis Devaux antwortete: »Es tut mir leid, Chef, aber ich habe die Zielperson aus den Augen verloren, nachdem sie in einem Großmarkt in Würselen eingekauft hat.«

Pierre sprang ihr zur Seite: »Als ich ihn beschattet habe, ist er ebenfalls einmal zur METRO gefahren, um Lebensmittel, Putzmittel, Toilettenpapier und weiß der Geier was sonst einzukaufen. Dabei hätte ich ihn ebenfalls fast verloren.«

»Schon gut, Pierre! Es ehrt dich, dass du deiner Kollegin aus der Patsche helfen möchtest. Aber momentan haben wir andere Sorgen. Devaux, was ist dann passiert?«

Erleichtert darüber, dass ihr Chef ihr Versagen geflissentlich zu übergehen schien, berichtete sie, van Bastens weißen Kombi kurz vor der Grenze zu den Niederlanden verloren zu haben.

»An welcher Grenze? Herzogenrath/Kerkrade?«

Devaux schüttelt den Kopf. »Nein! Aachen/Vaals. Wegen eines Unfalls habe ich ihn kurz vor dem ›Vaalserquartier‹ verloren.«

Er wollte also in seine alte Heimat Vaals, fasste Le Maire im Stillen zusammen, bevor er Devaux ermunterte weiterzuerzählen, was sie allzu gerne tat: »Ich habe bemerkt, dass van Basten extrem viel eingekauft hat.«

»Was denn?«

»Lebensmittel.«

»Lebensmittel?«

»Ja! Ich glaube, nur Lebensmittel!«

»Du glaubst?«

Der Kauf von Lebensmitteln war nicht, was Le Maire störte – immerhin stand van Bastens Lokal kurz vor der Eröffnung. Devaux hatte sich direkt nach ihrem Fauxpas zur »Goldenen Madonna« begeben, um dort auf den Wirt zu warten. Und als der nach etwa zweieinhalb Stunden zurückgekommen war, hatte er bei Weitem nicht alle Lebensmittel dabeigehabt, die er zuvor in Würselen eingekauft hatte.

»Wo mögen die wohl auf der Strecke geblieben sein?«, grübelte Le Maire.

»Er muss sie in seiner Vaalser Wohnung oder sonst wo in Vaals gelassen haben … vielleicht aber auch auf seinem Rückweg nach Aachen, den er kurioserweise über Kelmis und Hergenrath genommen haben muss. Meine zwischenzeitlichen Recherchen haben ergeben, dass er von Holland aus über Kelmis und Hergenrath und von dort aus über die Grenze ›Köpfchen‹ nach Aachen zurückgefahren ist.«

»Woher willst du das wissen, wenn du ihn doch schon vor Vaals verloren hast?«, fragte Le Maire skeptisch.

»Ganz einfach!«, trumpfte Devaux auf und erklärte ihm, dass van Bastens weißer Kombi irgendwie überall aufgefallen sei und sie das Glück gehabt habe, den Streckenverlauf durch positive Befragungen rekonstruieren zu können.

»Na gut, aber warum? Das wird doch einen Grund haben, dass er auf der Strecke Lebensmittel ›verloren‹ hat und mit der Hälfte davon über Belgien nach Deutschland zurückgefahren ist, anstatt den direkten Weg über das Vaalserquartier nach Aachen zu nehmen. Da stellt sich mir die Frage, ob er sie in den Niederlanden oder in Ostbelgien gelassen hat. Für was könnte er Lebensmittel brauchen?« Le Maire überlegte kurz, dann durchfuhr es ihn eiskalt: »Verdammt: Mir schwant Fürchterliches! Hört zu …«

KAPITEL 27

Eleonore und die Al-Thanis waren am Neumarkt gemeinsam in die Straßenbahn eingestiegen und Daria als Erste an der Haltestelle Appellhofplatz wieder ausgestiegen, kurz darauf hatte Eleonore am Friesenplatz die Straßenbahn verlassen und Abdel war am Hans-Böckler-Platz ausgestiegen. Eleonore hatte das so eingeteilt, um zwischen den beiden zu sein, falls ihre Hilfe benötigt würde.

So stiegen sie alle an jeder dritten Station aus bis zum Endbahnhof. Der Erste, der mit dem Görlinger-Zentrum sein Endziel erreicht hatte, war Abdel, der nun – nachdem er alle seine Plakate bis auf eines verteilt und mit etlichen Leuten gesprochen hatte – deprimiert auf einer Wartebank saß.

Es war ein nervenaufreibendes Unterfangen, auf das sie sich eingelassen hatten. Aber die Beschäftigung hatte Daria abgelenkt und ihr offensichtlich gutgetan, sie hatte sich tapfer gehalten und im Umkreis von etwa 100 Metern der von ihr beackerten Haltestellen die kleinen Plakate mit Nashwas Konterfei aufgehängt, Flyer verteilt und nichts unversucht gelassen, um von Passanten etwas über ihre Tochter in Erfahrung zu bringen. Fast schien es so, als wenn sie stärker anstatt schwächer werden würde. Nun war es ihr Mann, den es gepackt hatte, der vor Sorge zitterte und der die Tränen nicht mehr halten konnte. Er mochte sich nicht vorstellen, was seiner geliebten Tochter alles widerfahren könnte, während er hilflos auf einer Bank saß und heulte wie ein kleines Kind.

»Salam alaikum, Bruder! Was ist mit dir?«

Bevor Abdel sich umdrehen konnte, spürte er, wie jemand sanft eine Hand auf seine Schulter legte.

Als der groß gewachsene Ägypter einen bärtigen Mann mit dunklem Teint wahrnahm, wischte er sich die Tränen aus dem Gesicht und grüßte zurück: »Alaikum as-Salam!«

»Offensichtlich ist der Friede nicht mit dir. Kann ich dir irgendwie helfen, Bruder?«

Zuerst schüttelte Abdel resigniert den Kopf, dann hielt er dem Mann das letzte Plakat hin, das er noch aufhängen musste.

»Ich kenne das Mädchen«, klang es in Abdels Ohren. Der verzweifelte Vater meinte, sich verhört zu haben. In diesem Moment wuchs eine innere Kraft in ihm, die er seit Nashwas Verschwinden nicht mehr gekannt hatte. Nein, er würde nicht aufgeben! Niemals! Er würde seiner innig geliebten Tochter bis ans Ende der Welt folgen, wenn er nur eine Spur von ihr hatte. Er kennt Nashwa? Nashwa ist hier, schoss es ihm durch den Kopf. Abdel stand auf und umarmte den äußerst gepflegt und seriös wirkenden Mann, der – wie sich rasch herausstellte – aus Alexandria stammte, also ein Landsmann war.

»Nashwa heißt sie? Das wusste ich nicht. Ich kenne sie zwar nur aus der Straßenbahn, weiß aber, wo sie arbeitet.«

»Wo? Sagen Sie mir, wo ich meine Tochter finde.«

Nachdem Abdel erfahren hatte, wo seine Tochter zu arbeiten schien, rief er aufgeregt Daria und Eleonore an, um sie zu sich an die Haltestelle beim Görlinger-Zentrum zu bestellen.

*

Le Maire hatte natürlich bemerkt, dass Devaux wegen ihres Versagens und zudem auch wegen Herberts »Beförderung« angefressen war. Deswegen wollte er, dass *sie* an van Basten dranblieb, um die Möglichkeit zu bekommen, die Scharte auszuwetzen. Gleichzeitig wollte er sie mit seiner Entscheidung dazu nötigen, ihre Missgunst Herbert gegenüber abzulegen, respektvoll mit ihm umzugehen und eng mit ihm zusammenzuarbeiten. Und der Polizeihauptmeister selbst konnte weitere Erfahrungen als »Kriminalpolizist in Lauerstellung« machen.

So hatte Le Maire die Kriminaloberkommissarin zusammen mit dem jungen Kollegen und zwei anderen Streifenpolizisten dazu abgestellt, die »Goldene Madonna« und deren Besitzer rund um die Uhr zu observieren.

Er selbst wollte morgen ein wenig mit Thijs Leeuwen plaudern. Zuvor aber würde er nach Aachen fahren, um vor seiner Verabredung mit Angelika Matthias Lehnen aufzusuchen. Pierre und zwei weitere junge Streifenpolizisten sollten an diesem späten Nachmittag damit beginnen, sich in Vaals nach etwaigen Räumlichkeiten umzuhören, die van Basten gehörten oder die er angemietet haben könnte. »Wahrscheinlich hat er seine alte Wohnung noch, vielleicht auch noch eine Werkstatt oder andere Räumlichkeiten.«

»Gut, Chef!«

Zuletzt trug er Locki auf, in seinem Namen eine Streife abzustellen, um die Straße zwischen Vaals, Kelmis und dem höher gelegenen Kelmiser Ortsteil Hergenrath bis Aachen nach Versteckmöglichkeiten abzusuchen.

*

Die Nacht hatte neue Erkenntnisse gebracht. Le Maire hatte über Locki von seiner Oberkommissarin erfahren, dass van Basten für die Wohnung in Vaals tatsächlich noch als Mieter eingetragen war. »… laut Einwohnermeldeamt in der Kerkstraat 15–17!«

Der »Madonnenwirt« hatte bis in die Morgenstunden hinein gearbeitet, sein Restaurant jedoch nicht verlassen.

»Wahrscheinlich hat er sich in seiner Kneipe oder in seiner darüber liegenden Wohnung ein paar Stunden hingelegt«, hatte Devaux ihrem Chef berichtet, als der sie noch einmal angerufen hatte. »Van Basten hatte die Vorhänge zugezogen. Und im oberen Stockwerk habe ich nur kurz Licht gesehen«, hatte Devaux ihrem Chef erläutert.

»Einen Durchsuchungsbeschluss für van Bastens alte Wohnung in Vaals habe ich beim dortigen Oberstaatsanwalt beantragt. Allerdings weiß ich nicht, ob ich ihn bewilligt bekomme. Weil wir nicht das Geringste gegen ihn in der Hand haben, reicht es für einen Haftbefehl erst recht nicht aus. Da brauche ich bei den Aachener Behörden gar nicht erst nachzufragen«, hatte er Devaux mitgeteilt. »Der zuständige Oberstaatsanwalt wird ›Gefahr im Verzug‹ nicht gelten lassen. Und mein Bauchgefühl wird dem Theoretiker wohl nicht ausreichen. Also bleibt mir nichts anderes übrig, als darauf zu hoffen, dass die Aachener Kollegen wenigstens einen Durchsuchungsbeschluss für die ›Goldene Madonna‹ bekommen. Solange wir die beiden Beschlüsse nicht haben, sind uns die Hände gebunden.«

»Aber hier ist doch *eindeutig* ›Gefahr im Verzug‹!«, hatte Devaux ihrem Chef beigepflichtet.

Der hatte sich nicht weiter darauf eingelassen und sich mit den Worten, »ich fahre jetzt zu Lehnen und schau mal, was sich machen lässt«, verabschiedet.

*

Le Maire saß seinem Aachener Kollegen gegenüber und informierte ihn über den aktuellen Stand der Dinge.

»Gut«, sagte Lehnen erleichtert. »Sie haben unseren Gefangenen zurückgebracht. Dafür danke ich Ihnen, insbesondere im Namen meines Chefs, und helfe Ihnen gerne, den ›Gliedermörder‹ zu fassen!«

»Ich danke dir! … Äh! … Ihnen!« Aufgrund der Situation kam sich Le Maire nicht gut dabei vor, den interimistischen Leiter der Aachener Mordkommission weiterhin zu duzen. Weil Matthias Lehnen gottfroh war, Thijs Leeuwen zurückzubekommen, war er so gut gelaunt, dass er zu seinem Gegenüber sagte, dass er mit der Duzerei kein Problem hatte, wenn dabei Vornamen verwendet würden.

»Also gut, ich bin Frederic.«

»Und ich Matthias.« Nach dem dazugehörenden Handschlag kam Matthias gleich zum Thema: »Das, was dir Thijs Leeuwen über van Basten erzählt hat, reicht hier in Aachen locker für einen Durchsuchungsbeschluss der ›Goldenen Madonna‹«, triumphierte er zu Le Maires Freude, bevor er zum Telefonhörer griff, um den diensthabenden Aachener Staatsanwalt anzurufen.

»Prima!«, freute sich Le Maire. »Aber das ist nicht alles. Wir brauchen auch einen niederländischen Durchsuchungsbeschluss für van Bastens alte Wohnung. Ich …«

»… mache das!«, fuhr der junge Kriminaler dazwischen und sicherte Le Maire zu, sich auch darum zu kümmern.

»Aber wir brauchen das heute noch«, drängte der Belgier, während er sich eine Zigarette drehte. Ungeduldig wartete er, bis Matthias fertigtelefoniert hatte. »Etwas anderes: Was ist mit unserem Gefangenen? Holt ihr ihn bei uns ab oder sollen wir ihn zu euch bringen?«

»Pah! ›Euer‹ Gefangener! Für Kompetenzspielchen haben wir jetzt wirklich keine Zeit!«, antwortete der interimistische Leiter der Aachener Mordkommission unerwartet selbstbewusst und bat seinen belgischen Kollegen, Thijs Leeuwen einfach hierher nach Aachen zu bringen. »… aber bitte ohne Gedöns. Kein großes Kino, hörst du?«

Wie Frederic sah auch Matthias durchaus ›Gefahr im Verzug‹. Dabei befürchtete er nicht, dass van Basten Lunte riechen und abhauen könnte. Vielmehr war es die Sorge um die verschwundene Frau, mit der er van Basten seit dem Gespräch zwischen Le Maire und Leeuwen in Zusammenhang brachte, seit er von Frederic davon erfahren hatte.

»Merde!«, entfuhr es Frederic, weil er Angelika vergessen hatte. »Ich muss jetzt los! Gib mir bitte sofort Bescheid, wenn die niederländischen Kollegen einen Durchsuchungsbeschluss bekommen haben. Dann durchsuchen wir van Bastens Wohnung gemeinsam.«

»Und was ist mit Leeuwen?«

»Eigentlich wollte ich mich heute Vormittag ein bisschen mit ihm unterhalten, aber wenn du es nicht erwarten kannst, bringen wir dir den Gefangenen gerne jetzt gleich nach Aachen.«

Weil es bereits Mittag war, würde Matthias Lehnen länger im Büro bleiben müssen, als er an diesem Tag geplant hatte. Er hatte sich nachmittags freigenommen, um mit seiner Frau ein paar neue Möbelstücke zu kaufen.

»Nein, nein! Lass nur! Bringt ihn einfach morgen früh zu mir! Das tut es! Passt aber besser auf ihn auf, als wir es getan haben.«

»Also dann …«

*

Beim Mittagessen sinnierte Le Maire über die Mordserie. »Weißt du, was mich schon lange beschäftigt?«

Bevor Angelika nachfragen konnte, gab sich Frederic selbst die Antwort: »Marlene Jacobs, die alte Zeugin aus Aachen, von der ich dir schon erzählt hatte, wusste, dass der Mann, den sie in Aachen von Aninda van Bastens Beerdigung wiedererkannt hatte, auf dem rechten Arm eine Tätowierung trug. Aber Leeuwen hat keinen gelben Löwen auf blauem Grund auf dem Arm, den sie beschrieben hat. Dennoch hat sie uns auf Leeuwens Wohnung hingewiesen. Sie muss da irgendwas durcheinandergebracht haben.«

»Was möchtest du damit sagen?«

Frederic fuhr unbeirrt fort: »Mich würde interessieren, ob van Basten ein Tattoo auf seinem rechten Oberarm hat. Aber ich habe nichts gegen ihn in der Hand, um ihn zu zwingen, die Ärmel seines Hemdes hochzukrempeln.«

»Besuch ihn doch einfach, mein Schatz. Vielleicht ergibt sich ja die Gelegenheit nachzusehen, ob der Typ tätowiert ist. Beim Arbeiten in seiner Baustelle wird er sicher kein langärmeliges Hemd, sondern nur ein T-Shirt anhaben«, schlug Angelika vor.

Das gefiel Frederic. »Wir haben zwar Winter, aber trotzdem eine gute Idee. Was würde ich tun, wenn ich dich nicht hätte, meine ...«, er räusperte sich ungelenk. »Ich werde bei ihm reinschauen und so tun, als wenn nichts wäre. Es wird so aussehen, als wenn ich mich nur für sein Restaurant interessieren würde.«

»Weißt du was? Wir besuchen ihn gleich morgen Vormittag, sozusagen ganz privat, vor der Durchsuchung. Wir bringen ihm ein paar Blümchen für seine Deko mit und wir ...«

»Wir?«, schoss es aus Frederic heraus.

»Na klar, wir! Selbstverständlich komme ich mit! Immerhin war es meine Idee, oder etwa nicht? Außerdem ist es eine gute Tarnung.«

Weil Frederic das gefährliche Funkeln in Angelikas Augen gesehen hatte, sträubte er sich nicht weiter dagegen. Er wusste, dass er in solchen Dingen gegen diese Frau sowieso keine Chance hatte.

»Gut! So schaut es dann wie ein rein privater Besuch aus«, freute sich Angelika.

Frederic hingegen war schon wieder am Sinnieren.

KAPITEL 28

»Guten Tag! Essam Fathallah aus Alexandria. Ich bin Vermessungsingenieur bei der Stadt Köln und lebe seit 20 Jahren hier in Ehrenfeld.« So hatte sich der freundliche Ägypter gestern in astreinem Deutsch Eleonore Olbrich gegenüber vorgestellt. Nachdem sich auch die Innenarchitektin vorgestellt und die Zeit bis zu Darias Eintreffen genutzt hatte, um Herrn Fathallah über Nashwa auszufragen, war Abdel nervös an seinen Lippen gehangen.

»Warten Sie, Herr Fathallah. Dann brauchen Sie Ihr Wissen nicht zweimal preiszugeben, denn ich sehe gerade, dass die Mutter des vermissten Mädchens aus der Tram steigt! … Hier sind wir, Daria! Hierher«, hatte sie ihrer Freundin winkend zugerufen.

»Was hat sie gesagt?«, hatte Eleonore von Abdel wissen wollen, nachdem Daria ein Weilchen gestenreich in ihrer Muttersprache auf Herrn Fathallah eingeredet hatte und der Mann nicht zu Wort gekommen war.

Nashwas Vater hatte Eleonore in ungewohnt harschem Ton geantwortet: »Na, was wohl? Verdammt! Sie möchte natürlich wissen, wo unsere Tochter ist, was sonst?« Selbst entsetzt über seine schroffe Antwort, hatte er sich umgehend bei Eleonore entschuldigt, die Abdels verständliche Reaktion offensichtlich nicht persönlich genommen hatte. »Vergiss es, mein Freund. Unser aller Nerven sind überstrapaziert.«

Dankbar hatte Abdel ihre Hand gedrückt.

Weil Daria ihren Landsmann weiter bedrängt hatte, war Eleonore ein lautes »Stopp!« über die Lippen gerutscht. »Entschuldigung!«, hatte sie den Passanten zugerufen und sich gleich wieder an die drei gewandt: »Ihr wisst, dass ich kein Wort davon verstehe, was ihr da redet! Da ihr alle Deutsch könnt, lasst uns die Sache auch für mich verständlich … und sachlich besprechen.« Sie hatte den zuvorkommenden Ägypter angeschaut: »Herr Fathallah, nun erzählen Sie uns bitte in aller Ruhe, was Sie über Nashwa wissen.«

Dankbar für Eleonores Einschreiten war ihm ein sanftes Lächeln über die Lippen gehuscht. Dann hatte er in eine Richtung gezeigt und erklärt, dass dort in der Nähe des Venloer Walls eine Kindertagesstätte sei, in der immer ein paar Studierende des Studierendenwohnheimes – er hatte in die entgegengesetzte Richtung gedeutet – arbeiten würden.

»Sind Sie sicher, dass es Nashwa ist, die dort wohnt und arbeitet?«, hatte Eleonore wissen wollen, während Abdel seinem Landsmann wieder das Plakat mit dem Konterfei seiner Tochter entgegengehalten hatte.

Der Vermessungsingenieur hatte das Foto dieses Mal ganz genau betrachtet. Dann hatte er genickt und mit festem Ton gesagt, dass es die gesuchte Frau sei. »Da bin ich mir absolut sicher. Die Frisur könnte ein wenig anders sein, aber …«

»Was ›aber‹? Ist sie es oder ist sie es nicht?«

Wieder hatte der Mann genickt. »Hundertprozentig!«

*

Bevor Thijs Leeuwen in die Obhut von vier uniformierten Kollegen gegeben wurde, die ihn am frühen Vormittag nach Aachen bringen sollten, hatte sich Le Maire noch einmal ausgiebig mit ihm unterhalten. Aber bis auf die alte Erkenntnis, dass ihn möglicherweise die eigenen Rotlicht-kumpels hereinlegen wollten, hatte das Gespräch keine einzige Neuigkeit hervorgebracht. Trotzdem hatte Le Maire sich Leeuwens Oberarmtätowierung noch einmal etwas genauer angeschaut, bevor er seine Freigabe zur Überführung nach Aachen gegeben hatte. Zweifelsfrei ein roter Löwe mit schwarzen Konturen und einer gelben Krone. Nicht der gelbe Löwe auf blauem Grund aus Marlene Jacobs' Beschreibung.

Nun musste Locki die ganze Mannschaft zusammentrommeln, damit Le Maire gemeinsam mit ihr die Ist-Situation erörtern konnte.

Devaux begann: »Während Pierre wieder Stellung vor der ›Goldenen Madonna‹ bezogen hatte, bin ich kurz nach Vaals gefahren, um die Wohnung zu suchen. Ich hatte Zeit zur Verfügung und wollte mir einfach ein erstes Bild davon machen.«

»Und?«, drängte Le Maire.

»Das Haus befindet sich von Aachen aus gleich in der ersten Seitenstraße, direkt nach dem ›Naanhof‹-Lebensmittelmarkt links hoch auf der rechten Seite. Wenn man das Sträßchen weiter hochfährt, kommt man auf die Mergellandroute.«

»Ist das wichtig?«, knurrte der Chef, nunmehr leicht säuerlich.

Devaux zog ihren durchtrainierten Körper wieder vom Schreibtisch und lehnte sich zurück. »Das nicht! Aber auf der gleichen Straße kommt man über Gemmenich auch nach Belgien und …«

»… über Kelmis und Hergenrath nach Aachen, was allerdings nicht der schnellste Weg wäre«, konkretisierte Le Maire, der die Sache abkürzen wollte.

Devaux nickte zufrieden.

»Weiter!«, drängte Le Maire erneut.

»Im Erdgeschoss des Hauses befindet sich eine Gaststätte.«

»Welche?«

»Das Café ›De Fockink‹.« Die Oberkommissarin schaute kurz auf ihren Notizblock. Dann klärte sie die anderen auf, dass die Betreiber Nico Scheffers und Regina Wiescholllek heißen würden.

»Die kenne ich gut, wir sind sogar ein bisschen befreundet!«, bekundete Pierre.

»Sind die sauber?«, mochte Le Maire von ihm wissen.

Pierre nickte und lobte das zwar geschäftstüchtige, aber überaus korrekte und nette Paar überschwänglich.

»Ja. Die sind wirklich sauber – keine Einträge!«, bestätigte Devaux sachlich. »Zudem haben mir Passanten gesagt, dass die ihren Laden vorbildlich führen würden und es dort wohl nie zu nennenswerten Zwischenfällen gekommen ist.«

»Keine Schlägereien? Keine Drogen? … Gute Arbeit!«, lobte Le Maire seine Oberkommissarin zu deren Verwunderung nochmals. Er erklärte seinen Leuten, dass er es trotz mangelnder verwendbarer Indizien oder irgendeines Beweises dennoch für richtig halten würde, van Bastens Wohnung unverzüglich zu durchsuchen. »Weil wir aber nicht einmal einen konkreten Anhaltspunkt dafür haben, dass Louis van Basten unser ›Gliedermörder‹ ist, warten wir in Gottes Namen auf den Durchsuchungsbeschluss, der ja jederzeit kommen sollte. Eigentlich wollte Lehnen den schon gestern besorgen.«

»Aber die vermisste Frau …«, monierte Devaux.

»Da liegst du schon richtig, Devaux! Da mag Gefahr im Verzug sein, aber wir haben auch in diesem Fall nichts in der Hand, das eine Wohnungsdurchsuchung rechtfertigen würde. Bis wir diesbezüglich aktiv werden können, müssen wir die Nerven behalten und darauf warten, bis unsere niederländischen Kollegen einen Durchsuchungsbeschluss haben. Solange ich nichts von Kollege Lehnen aus Aachen höre, sind uns die Hände gebunden. Am besten ist es, wenn wir van Bastens Vaalser Wohnung zeitgleich mit seinem Aachener Restaurant durchsuchen. Auch dafür läuft der Durchsuchungsbeschluss bereits. Ich hoffe, dass ich bis Mittag eine positive Aussage bekomme. Dann können wir nach meiner Aktion am Nachmittag zuschlagen. Und sollten die Durchsuchungsbeschlüsse bis dahin nicht da sein, tun wir ohne diese Papierfetzen, was wir tun müssen. Alles klar?« Le Maire schaute auf die Uhr. »Gleich elf, ich muss los!«

Das ist wieder unser Chef, wie er leibt und lebt, dachten sich Herbert und Pierre, während Devaux damit zu tun hatte, sich einen dummen Spruch zu verkneifen.

»Welche ›Aktion‹ meinen Sie, Chef?«, mochte Pierre wissen.

»Ja, was haben Sie vor?«, setzte Herbert nach.

»Ich geh in den Puff«, antwortete Le Maire zur Verwunderung seiner Leute mit einem Augenzwinkern.

»Wohin sonst?«, murmelte die Oberkommissarin abschätzig in sich hinein.

»Das habe ich gehört, Devaux!«

*

Eine Stunde später stand Frederic mit Angelika nicht in der Antoniusstraße, sondern vor der »Goldenen Madonna«. Um Angelika schützen zu können, falls es im Inneren des Hauses zu irgendwelchen Problemen kommen sollte, zog Le Maire alle Register: Er hatte seine Leute so in den Gassen um das Gasthaus und um die ganze Häuserzeile herum postiert, dass sie von dort aus nicht gesehen werden konnten. Zur Unterstützung hatte er drei weitere Polizisten aus Eupen mitgenommen und auf dem Areal des Fischmarktes hinter dem Gebäude verteilt. Um nicht aufzufallen, trugen sie Zivil.

Amüsiert beobachteten die Polizisten, wie ihr Chef unbeholfen einen Blumenstrauß in seinen Händen hielt, den er der Aachener Rechtsmedizinerin Dr. Angelika Laefers zurückgeben wollte, weil er sich damit albern vorkam. »Van Basten ist doch keine Frau und sicher auch nicht schwul«, flüsterte er ihr zu und versuchte es noch einmal – vergeblich.

»Nein! Und jetzt sei endlich still! Ich habe geklingelt!«

Es rührte sich nichts.

»Das bin ich hier gewohnt. Der braucht wohl immer lange, bis er die Tür öffnet«, meinte Frederic leise, während er erneut versuchte, die Blumen loszuwerden.

Und tatsächlich: Wie bei Frederics letztem Besuch dauerte es auch an diesem Vormittag eine gefühlte Ewigkeit, bis Louis van Basten die Tür zu seinem Restaurant öffnete.

»Ach, ihr seid es!« Unsicher schaute van Basten zwischen den beiden Besuchern hin und her, während Le Maire an ihm heruntersah und feststellte, dass van Basten keine Schuhe anhatte.

Als Frederic sich den Niederländer etwas genauer ansah, war er enttäuscht. Van Basten hatte zwar ein T-Shirt an, streifte aber gerade eine Lederjacke darüber. Es machte einen hektischen Eindruck, gerade so, als wenn er das Haus verlassen wollte. Dies würde auch erklären, warum er seine Schuhe wechselte.

»Wir haben heute frei und dachten, dass es dich vielleicht freuen würde, wenn wir dich kurz besuchen.«

»Ach so, ja, hätte ich fast vergessen. Diese Blumen sind für dich.« Der ungebetene Besucher räusperte sich unsicher. »Natürlich nicht von mir! Also … von uns beiden … Ich meine zur Dekoration für die Eröffnung, die ja bald sein müsste … Wann eröffnest du denn?« Frederic war heilfroh, das Gebinde nicht mehr in seinen Händen zu haben.

Nun wurde der bisher eher missmutig dreinschauende »Madonnenwirt« so verlegen, dass er keine Antwort gab und sich stattdessen ebenfalls räusperte. »Na gut, ich habe zwar viel zu tun und wollte gerade weg, aber ihr könnt trotzdem kurz reinkommen.«

»Wow!«, entfuhr es Angelika schon im Flur, als sie die heiligen Apostel sah, die sich zu beiden Seiten der kunstvoll bemalten Wände so aneinanderreihten, als würden sie für die Gäste Spalier stehen.

»Na, dann kommen Sie erst mal in mein ›Allerheiligstes‹!« Van Basten schien sich über Angelikas Lob zu freuen. Man merkte ihm sofort an, dass er stolz auf das war, was er mit seinen eigenen Händen geschaffen hatte.

Als sie mitten in der Gaststube standen, blieb Angelika der Mund offen. Sie war begeistert.

»Ich bin fast mit allem fertig!«

»Aber was ist mit dieser riesigen Figur?«, interessierte Frederic.

»Das? Das ist meine ›Schwarze Madonna‹, die ich vorgestern fertig ausgehöhlt habe, um ihr etwa die Hälfte ihres Gewichtes zu nehmen.« Er erläuterte, dass der jahrhundertealte Holzboden ansonsten nicht so viele Stein- und Gipsstatuen aushalten würde. »Ich muss sie nur aufstellen, die beiden Teile zusammenfügen und ganz am Schluss die Klebereste auf der Ritze rundherum etwas glatt schleifen und schwarz überstreichen. Dann bin ich hier aber wirklich mit allem fertig und kann mein Lokal endlich eröffnen.«

»Wie geht das?«

Bei dieser Frage wurde van Basten nervös. »Was … Was meinst du?«

»Na, die beiden Teile zusammenfügen.«

»Ach so! Zuerst hebe ich sie mit meinem Flaschenzug hoch, den ich dort oben an dem dicken Balken anbringen werde, und bringe sie in Position, dann füge ich beide Teile mit einem speziellen Steinkleber so zusammen, dass sie nicht mehr auseinandergehen. Dabei helfen mir ein paar Schraubzwingen.«

Frederic schaute skeptisch zu dem alten Balken hoch. »Hält der das Gewicht wirklich aus?«

Anstatt zu antworten, lachte der Hausherr amüsiert auf.

»Und die beiden Teile gehen dann wirklich nicht mehr auseinander?«, wunderte sich Frederic.

Louis schüttelte den Kopf. »Nein! Wenn ich versuchen sollte, die beiden Hälften zu trennen, geht vorher die ganze Statue kaputt.«

»Oh!«

»Ist die auch ausgehöhlt?«, interessierte indessen Angelika, die fasziniert vor der wunderschönen »Goldenen Madonna« stand.

»Ja! Aus demselben Grund wie die ›Schwarze Madonna‹.« Sanft, fast schon zärtlich strich er übers Gold. »Schauen

Sie, man sieht hier nicht, wo die beiden Teile zusammengefügt wurden.«

»Woher beziehst du eigentlich deine Produkte?«, fragte Frederic.

Die Antwort wunderte ihn gleichermaßen, wie sie ihn freute. Denn der Wirt erklärte ihm, dass er die meisten seiner Produkte direkt von Herstellern und von Betrieben beziehen würde, die das Gütesiegel »Made in Ostbelgien« trugen. »Somit habe ich nicht weit und erhalte zudem eine geprüfte Topqualität. Das Fleisch kommt von der zertifizierten Metzgerei Kohnen-Hilt aus Eupen, aber auch von der Kelmiser Metzgerei Scharis, die allerdings nicht zertifiziert ist, dennoch eine hervorragende und immer gleichbleibende Qualität anbietet. Die Regenbogenforellen werden mir von Nicolas Marichal und Lionel Nailis geliefert, die ebenfalls in Eupen sitzen – die anderen Fische kommen direkt von der belgischen Küste runter. Das Brot stammt von der Bäckerei Fonk aus St. Vith und von der Bäckerei Marquet aus Amel. Den Käse beziehe ich aus der Göhltaler Käserei … und natürlich aus Herve.«

Bevor Louis weiter ausholte, griff Le Maire das Stichwort »Herver Käse« auf. »Du beziehst deinen Käse nicht aus Holland?«

»Doch, auch«, kam es knapp zur Antwort.

»Du kaufst doch sicher auch im Großhandel ein, in der ›METRO‹ beispielsweise.«

Der »Madonnenwirt« schüttelte den Kopf. »Eigentlich nicht, nur ein paar Kleinigkeiten.«

Weil Frederic bemerkte, dass Louis ein verwundertes Gesicht aufgesetzt hatte, lenkte der listige Kriminalpolizist sofort von diesem Thema weg und bat den Hausherrn, seiner Freundin alles zu zeigen und zu erklären. Ein kurzer Blick zu Angelika und sie wusste, was sie zu tun hatte. »Sagen Sie mal, Herr …«

»Ich bin Louis! Mit Frederic bin ich ja auch per Du!«

»Gut! Ich heiße Angelika.«

Während die äußerst interessiert wirkende Frau den Hausherrn mit Fragen überhäufte und dabei das Loben nicht vergaß, musste ihr Partner zum Schein auf die Toilette.

»Die ist auch fertig! Den Flur raus und dann …«

»Ich weiß«, blockte Frederic ab und eilte anstatt zur Toilette in Richtung der Kellertreppe. Dabei fiel ihm zum ersten Mal die etwas versteckte Tür auf, die ins darüber liegende Stockwerk führte. Was sich dort oben verbarg, interessierte ihn ebenso wie der Keller.

»Wenn's dich interessiert, liebe Angelika, könnt ihr gerne auch meine neue Wohnung begutachten, sie ist allerdings bei Weitem noch nicht fertig eingerichtet«, schlug van Basten aus freien Stücken von selbst vor.

»Sehr gerne.«

Nachdem sie sich verabschiedet hatten und außer Sichtweite waren, aktivierte Le Maire sein Funkgerät und gab die Anordnung, dass sich alle Einsatzkräfte in vier Stunden im Eupener Kommissariat zur Lagebesprechung einfinden sollten. »Punkt 15 Uhr! … *Alle*!«

»Alle?«, wunderte sich Devaux zwar, folgte aber dennoch der Anordnung ihres Chefs.

Nachdem sein Besuch bei van Basten weder im Lokal, noch im Keller oder in der Wohnung irgendwelche brauchbaren Ergebnisse erbracht hatte, war Le Maire wieder unsicher geworden. Deswegen wollte er sich noch vor der Besprechung persönlich in der Antoniusstraße darüber informieren, wie man dort über Thijs Leeuwen dachte.

»Ich habe nur diese beiden Spuren«, sagte er zu Angelika, die mitkommen sollte, um quasi von Frau zu Frau mit den Prostituierten zu sprechen, während er sich um die Männer kümmerte. »Entweder ist der Mörder einer der Bordellbesitzer oder einer der Zuhälter, der Thijs Leeuwen die Morde in die Schuhe schieben möchte … oder es ist van Basten, der mir allerdings immer noch keinerlei Grund dafür gibt, ihn hopszunehmen!«

*

Um 15.30 Uhr, eine halbe Stunde verspätet im Büro zurück, entschuldigte sich der Chef bei seinen bereits auf ihn wartenden Leuten damit, dass er mit Frau Dr. Laefers zunächst in der »Goldenen Madonna« und danach in der Antoniusstraße war, um festzustellen, dass Thijs Leeuwen sowohl bei den Frauen, als auch bei allen dort tätigen Männern bis aufs Blut verhasst war. »Nichts Neues eigentlich. Neu war nur, dass Asmara, von der ich euch ja bereits berichtet habe, verschwunden ist. Kurioserweise wusste niemand, wo sie sein könnte.«

Bevor sich Le Maire etwas über sein Zuspätkommen würde anhören müssen, berichtete er von seiner Aktion in der »Goldenen Madonna«, wo ihm nicht das Geringste aufgefallen war, das van Basten mit den ›Gliedermorden‹ und mit dem Verschwinden von Nashwa Al-Thani in Verbindung bringen konnte. »Frau Dr. Laefers hat ihn derart bezirzt, dass ich mich sogar in seinem Keller umsehen konnte. In seiner Werkstatt war nichts, was mir aufgefallen wäre. Ich konnte sogar einen Blick ins Kühlhaus werfen. Nichts! Leider gelang es mir nicht mehr, in die Kühltruhen reinzuschauen. Dennoch werden wir weiterhin an ihm dranbleiben wie bisher. Nun bin ich gespannt, ob Kollege Lehnen mehr aus Thijs Leeuwen herausgebracht hat als Herbert und ich.«

Devaux hingegen rollte genervt mit den Augen, was Le Maire auffiel. »Merde!«, presste er heraus. In der ganzen Aufregung war ihm jetzt erst aufgefallen, dass die Oberkommissarin hier und nicht mit zwei Schutzpolizisten in Zivil bei van Bastens Restaurant geblieben war. »Sag mal, Devaux; spinnst du jetzt ganz? Habe ich dich nicht zur Observation eingeteilt?«

»Aber …«

»Kein ›Aber‹! Geh sofort nach Aachen zurück!«

Bevor Agnès Devaux ausrasten konnte, wurde sie von Herbert in Schutz genommen. Der Befehl Le Maires war eindeutig. Alle belgischen Kräfte sollten abgezogen werden.

»Schon gut! Entschuldige, Devaux. Es tut mir leid. Ich hätte dir sagen sollen, dass du das Objekt weiter observieren sollst.« Über seine eigene Unkonzentriertheit verärgert, schaute er auf die Uhr und stellte fest, dass die »Goldene Madonna« seit geraumer Zeit unbeobachtet war. Und weil es eine weitere halbe Stunde dauern würde, bis Devaux wieder vor Ort war, wurde der Mordermittler nervös: »Locki, könntest du bitte *sofort* in Aachen anfragen, wie es mit dem Durchsuchungsbeschluss der niederländischen Kollegen für Vaals und für Aachen aussieht?«

»Ja, Chef!«

»Ist Devaux weg?«

»Ja, Chef!«

»Gut.« Obwohl er wusste, dass es ihn nicht wirklich beruhigte, atmete Le Maire tief ein und stieß die Luft mit geblähten Wangen aus.

Aus dem Kaffee wurde nichts mehr. Denn kaum dass Locki die Kanne holen wollte, klingelte das Telefon. »Um Gottes willen, nicht schon wieder! Wo?«

»In Kelmis!«

KAPITEL 29

Auf dem Weg nach Kelmis erfuhr Le Maire, dass der Durchsuchungsbeschluss für van Bastens Wohnung in Vaals vorlag. »Die Holländer gehen wohl lockerer damit um als die Deutschen.« Denn von Matthias Lehnen hatte er immer noch nichts in Bezug auf die »Goldene Madonna« gehört. Weil er das Haus am Aachener Münsterplatz aber schon mal grob inspiziert hatte und von dort aus keine Gefahr ausging, war ihm dies im Moment ziemlich egal.

Der Leiter der Eupener Mordkommission hatte im Moment ein ganz anderes Problem, um das er sich umgehend kümmern musste. Weil er sich selbst davon überzeugt hatte, dass die »Goldene Madonna« von unten bis oben »sauber« war, und er sich sicher war, dass dort keine junge Frau gefangen gehalten wurde, konnte Nashwa eigentlich nur in van Bastens Wohnung in Vaals sein … falls van Basten sie überhaupt in seiner Gewalt hatte.

Also konzentrierte Le Maire sich jetzt erst einmal darauf. Um dies alles ordentlich hinzubekommen, war eine perfekte Organisation zwischen den Niederländern, Aachen und … seiner Sekretärin vonnöten. »Locki!«, rief er.

»Ja, Chef?« Wie immer war die gute Seele des Kommissariats sofort mit Schreibzeug zur Stelle und wartete auf Anweisungen.

»Hast du mitgehört? Gut! Dann ruf bitte sofort Matthias Lehnen an und sag ihm das, damit er dies auch an die holländischen Kollegen weiterleiten kann. Die sollen auf keinen Fall ohne mich da rein! Ich melde mich, sowie ich in Kelmis fertig bin!«

*

Zur selben Zeit saßen Eleonore und Abdel im Restaurant des Kölner »Wasserturmhotels« und unterhielten sich. Die Stimmung war mehr als bedrückt. Denn was sie in der Kindertagesstätte erlebt hatten, in dem laut Essam Fathallah die Tochter der Al-Thanis arbeiten sollte, musste erst einmal verdaut werden.

»Unglaublich!«, schoss es nicht zum ersten Mal aus Eleonore heraus. »Diese Ähnlichkeit ist frappierend.«

Sie waren tatsächlich auf eine junge Frau gestoßen, die Nashwa in jeder Hinsicht aufs i-Pünktchen glich, zum Verwechseln ähnlich sprach und die gleichen Gesten zeigte, wie die Tochter der Al-Thanis. Nur die Frisur war anders. Wenn sie nicht gesagt hätte, dass sie Shirin Khayry heißen und aus Hurghada stammen würde, hätte Daria darauf bestanden, sie mitzunehmen. Das hätte sie sowieso am liebsten getan und hatte es aus reinen Muttergefühlen heraus sogar versucht, war aber von der Tagesstättenleiterin und einer Erzieherin davon abgehalten worden. »Unsere Kollegin geht mit Ihnen nirgendwo hin!«, hatten beide unmissverständlich gesagt. Da war Daria nur geblieben, Shirin Khayry zu deren Erstaunen immer wieder so an sich zu drücken, als wenn sie das Mädchen nie mehr loslassen wollte. Es waren herzzerreißende Szenen gewesen, die alle mitgenommen hatten. Immer wieder hatte Daria das Mädchen liebkost und sie »Tochter« genannt. Kurioserweise hatte Shirin sich dies gefallen lassen, obwohl sie die Frau überhaupt nicht gekannt hatte. Irgendetwas Verzauberndes, fast Mystisches war bei dieser Begegnung geschehen.

Als der ebenfalls ständig weinende Abdel seine Frau sanft von dem Mädchen hatte lösen wollen, hatte auch er keine Berührung mit Shirin vermieden, weil ihm dies auf unerklärliche Weise gutgetan hatte. Aber Daria hatte nicht losgelassen und laut geschrien, dass sie ihre Tochter zurückhaben wolle. Dieses Verhalten hatte Eleonore zwar nachempfinden können, sich dennoch über die Emotionsausbrüche ihrer ägyptischen Freunde gewundert. Was hätte sie tun sollen? Eingreifen? Nein. Ihr war nichts anderes übrig geblieben, als mit glasigen Augen zuzusehen, wie die Tagesstättenleiterin und die Erzieherin ihre junge Kollegin schlussendlich von der hysterischen Mutter gelöst und außer Sicht gebracht hatten. »Das hat ein Nachspiel!«, hatte die resolute Leiterin der Tagesstätte gedroht.

Später hatte sich Eleonore um das verzweifelte Elternpaar gekümmert und einen Arzt gerufen. Der junge Mediziner hatte Daria gleich nach ihrer Rückkehr ins Hotel eine Beruhigungsspritze gegeben, worauf die Frau eingeschlafen war. »Ihr Kreislauf lässt es nicht zu, dass ich ihr ein starkes Sedativum verabreiche. Aber ein paar Stunden wird sie sicher schlafen«, hatte er prognostiziert. »Ich lasse Ihnen diese Beruhigungstabletten hier. Wenn Ihre Frau aufwacht, geben Sie ihr zwei davon, und wenn sie sich wieder aufregt, nochmals zwei.« Bevor er mit einem freundlichen Gruß aus dem Hotelzimmer der Al-Thanis gegangen war, hatte er seine Visitenkarte auf ein Sideboard gelegt.

So hatten sie eine unruhige Nacht verbracht.

Obwohl Abdel immer noch apathisch auf Eleonore wirkte, wollte sie am folgenden Mittag im Hotelrestaurant von ihm wissen, was mit Daria los war. »Möchtest du mir etwas erzählen, Abdel?«, fragte sie ihn, bekam aber zunächst nur einen langen, tiefen und mitleidserregenden Blick zurück.

Eleonore ließ sich nicht davon beirren. Denn sie hatte sich längst ihre eigenen Gedanken zu dem gemacht, was in der Tagesstätte vorgefallen war. »Was ist da los? Es ist doch kein Zufall, dass dieses Mädchen Nashwa gleicht wie ein Ei dem anderen.«

Abdel schien sich ein Weilchen dagegen zu sperren, etwas zu sagen. Er räusperte sich, dann erzählte er Eleonore die traurige Geschichte, dass Daria Zwillinge ausgetragen hatte, wovon einer bei der Geburt gestorben sei. »Deswegen ist Nashwa unser Ein und Alles! Verstehst du das?«

»Natürlich verstehe ich das, Abdel!« Von dieser Neuigkeit war sie tief getroffen. Deswegen formulierte sie ihre nächste Frage ganz behutsam und leise: »Hat Daria das tote Mädchen gesehen?«

Abdel schüttelte den Kopf und ballte eine Faust. »Wenn ich dabei gewesen wäre …«

»Wahrscheinlich dürfen Männer in Ägypten nicht bei der Entbindung dabei sein, oder?«, unterbrach Eleonore Abdels aufkommende Wut.

Der Mann zuckte mit der Schulter. »Ich weiß nicht! Mich haben sie jedenfalls nicht zu meiner Frau und zu meinem Kind gelassen. Und ich Idiot habe mir nichts Böses dabei gedacht. Ich dachte, dass dies normal sei, sie die Kinder waschen und den Schnitt in Darias Unterleib erst wieder zunähen und versorgen würden, bevor ich …«

»Es war ein Kaiserschnitt?«

Abdel nickte betrübt. »Ja. Das wurde uns erst kurz vor der Geburt mitgeteilt. Bis zu diesem Zeitpunkt hat es so ausgesehen, als wenn die Kinder auf natürlichem Weg das Licht der Welt erblicken würden, obwohl es Zwillinge waren.« Um weiterreden zu können, musste Abdel einen Schluck Wasser trinken. »Wir haben uns beide darüber gewundert und waren sogar geschockt. Aber den Argumenten der Gynäkologin und des Chefarztes dieser Klinik war nichts entgegenzusetzen. Verdammt, wir haben ihnen vertraut!«

»Und was ist dann geschehen?«

»Sie haben meiner durch Beruhigungs- und Schmerzmittel leicht betäubten Frau einfach das lebende Mädchen in die Arme gedrückt und immer wieder zu ihr gesagt, dass sie froh sein soll, dass das andere Kind gestorben sei, anstatt uns ein Leben lang zur Last zu fallen, weil es behindert ist. Allah ist mein Zeuge, dass wir auch ein behindertes Kind liebevoll großgezogen hätten. Sie haben die Totgeburt ohne Darias oder mein Einverständnis einfach weggebracht. Erst danach durfte ich zu meinen Lieben. Wir konnten uns nicht einmal von Dari verabschieden!«

»›Dari‹? Das Mädchen hätte Dari heißen sollen?«

Trotz aller Angespanntheit huschte nun ein Lächeln über Abdels Lippen. »Ja, eines der Mädchen sollte wie seine Mutter heißen!«

Eleonore fiel in diesem emotionalen Moment nichts ein, was sie hätte sagen können.

In Abdel hingegen stieg wieder ein unbändiger Zorn hoch. Seine für einen Moment weichen Gesichtszüge hatten sich schlagartig verändert.

»Beruhig dich, Abdel!« Eleonore nahm ihn in den Arm. Sie wartete ein Weilchen, dann stellte sie ihm eine weitere Frage: »Habt ihr da nicht nachgehakt?« Eine böse Vorahnung beschlich sie. »An was ist das Mädchen denn gestorben?«

»Die Nabelschnur soll so um ihren Hals gewickelt gewesen sein, dass Dari erstickt ist! Und natürlich haben wir immer und immer wieder nachgefragt, ob wir unsere Tochter ... oder wenigstens ihr Grab sehen dürfen. Aber in Ägypten liefen die Dinge damals eben anders als in Europa. Da rennt man gegen eine Wand ... nicht nur bei den Behörden! Weil das ägyptische Bestattungsgesetz besagt, dass verstorbene Muslime innerhalb von 24 Stunden nach dem Tod beigesetzt sein müssen, habe ich Druck gemacht. Dabei habe ich immer nur die fadenscheinige Ausrede gehört, dass man die rituelle Waschung vornehmen müsse, bevor man der Verstorbenen das Totenkleid anziehen würde. Aber weißt du was? Solange ein Neugeborenes nicht die Weihen dazu erhalten hat, ist es kein Muslim. Die haben uns nur genarrt.« Um weitersprechen zu können, musste er sich gewaltig zusammenreißen: »Als die 24 Stunden um waren, hat man uns dann klar gesagt, dass es jetzt zu spät sei, weil das Kind ›weg‹ wäre. Ich weiß bis heute nicht, wie und wo Dari bestattet wurde. Um nicht verrückt zu werden, haben wir irgendwann aufgegeben und uns vorgenommen, nur nach vorne zu schauen.« Fast entschuldigend fügte Abdel hinzu, dass er die Gesundheit seiner Frau schützen musste, deren psychische Probleme immer größer geworden waren.

»Also haben wir beschlossen, uns voll und ganz auf Nashwa zu konzentrieren. Wem hätte es denn genützt, wenn wir uns weiterhin tagtäglich damit geplagt hätten? Den kleinen Leichnam hätten wir sowieso niemals gefunden. Wo denn? Wo hätten wir suchen sollen? Alle haben abgeblockt: die Ärzte, das Pflegepersonal und sogar die

Behörden. So konnten wir uns nur umso liebevoller um Nashwa kümmern.« Als er dies sagte, wurde Abdel von einem Weinkrampf geschüttelt. Er durfte nicht daran denken, seine zweite Tochter nun auch zu verlieren. »Ich möchte mich jetzt wieder um meine Frau kümmern, sie braucht mich.«

»Das verstehe ich. Wir sehen uns nachher.«

*

Frederic stand zusammen mit Pierre und Herbert auf dem Kirchplatz im ostbelgischen Grenzort Kelmis und stieß ein kräftiges »Merde« aus, während er sich eine Zigarette drehte. Auf der Kirchentreppe vor ihnen lag eine tote Frau, deren Hände wie schützend ihre Scham bedeckten. »Habt ihr den Kopf schon gefunden?«, fragte er Therese Lambert, bekam von der Chefin der Eupener Spurensicherung aber nur ein Kopfschütteln.

Dann besah er sich die Tote ganz genau, ohne sie zu berühren. Dabei stellte er fest, dass die Frau mit haselnussbrauner Haut auffallend seriös gekleidet war. »Was sagt uns das, Herbert?«

Nachdem auch der künftige Kommissaranwärter genauer hingesehen hatte, kam die Antwort, dass die Frau allein schon wegen des fehlenden Kopfes zwar ins Beuteschema des ›Gliedermörders‹ passen könnte, aber nichts darauf hindeutete, dass sie eine Prostituierte gewesen war.

»Das hast du erkannt, ohne ihr ins Gesicht schauen zu können?«

»Natürlich nicht«, antwortete Herbert aufgeregt. »Ich habe nur eins und eins zusammengezählt, um daraus Vermutungen aufzustellen.«

»Schon gut, Herbert!«, beruhigte Le Maire den eifrigen Polizisten, der einfach nur alles richtig machen wollte. »Ist die Rechtsmedizin verständigt worden?«, wollte er von den Kelmiser Streifenpolizisten wissen, die große Mühe damit hatten, den Kirchplatz vor neugierigen Gaffern abzusperren. Nachdem dies verneint wurde, wollte er Angelika anrufen, hatte aber sein Handy nicht dabei. »Pierre! Würdest du bitte …«

»Geht klar, Chef!«

Eine Stunde später saß das Ermittlerteam im »Café des Artistes«, das direkt gegenüber dem Kirchplatz lag. Weil die beiden kleinen Tische links des Einganges etwas entfernt von den anderen Sitzgelegenheiten waren, hatten sie sich dorthin begeben und beide Tische in Beschlag genommen.

»Bier?«, fragte die Wirtin knapp, nachdem sie kurz darauf zu ihnen gekommen war.

»Nein, wir sind im Dienst. Viermal Kaffee, bitte.«

Le Maire schaute um sich, ob ihnen jemand zuhörte. Nachdem sich die Köpfe aller anderen Gäste schlagartig weggedreht hatten, begann er fast im Flüsterton: »Lasst uns zu unserem neuen Fall kommen. Pierre, du hast mit der Spurensicherung gesprochen?«

Der Oberkommissar nickte und tippte eifrig auf seinem iPad herum. »Noémi Soladi, 26 Jahre alt. Unser fünftes Mordopfer hatte seine kompletten Ausweispapiere bei sich«, tat er kund. »Ursprünglich stammte sie aus den Niederlanden, hat aber wohl in Kelmis gelebt. Ihre Familie ist molukkischstämmig.«

»Ah!« Das genügte Le Maire im Moment. »So, wie es aussieht, ist dies wieder einer unserer ›Gliedermorde‹. Bis auf die Tatsache, dass es taghell ist, wirkt alles so, wie bei den vorhergegangenen vier Morden.«

Während sie sich weiter über den aktuellen Mordfall unterhielten und dabei von der zwischenzeitlich längst herbeigeeilten Rechtsmedizinerin Dr. Angelika Laefers erfuhren, dass es ihrer ersten Einschätzung nach dieselbe Stichwaffe gewesen war wie bei den anderen toten Frauen, stürmte ein örtlicher Schutzpolizist herein und rief wohl eine Spur zu laut, dass der Kopf der Toten auf dem Friedhof gefunden worden sei. Als die durchweg einheimischen Gäste realisierten, was sie soeben gehört hatten, knallte einer nach dem anderen sein Zechgeld auf den Tisch und eilte nach draußen.

»Die Kelmiser sind schon ein besonders eigenartiges und neugieriges Völkchen, oder?«, bemerkte Le Maire.

Weil der beleibte Leiter der Eupener Mordkommission zu wenig Luft hatte, ließ er die anderen in Richtung Friedhof vorausrennen. Dort erwartete ihn bereits eine Menschenmenge, die vor dem oberen der beiden Friedhofseingänge fast ehrfurchtsvoll ein Spalier bildete, um den Herrn Hauptkommissar durchzulassen. Ein Hinweisschild und eine Hecke verhinderten, dass Le Maire schon auf dem Weg zum Fundort einen Blick erhaschte. Etwas seitlich davon konnte man außerhalb des Friedhofes den Hinterkopf des bedauernswerten Mordopfers sehen.

Kaum dass auch der Chefermittler am Fundort – besser gesagt, am Ausstellungsort – des Frauenkopfes angekommen war, schloss sich die Menschentraube hinter ihm.

»Alles absperren! Rasch!«, rief Le Maire den örtlichen Streifenbeamten zu, als er die Bewegungen um sich herum wahrnahm. Das Absperren des oberen Friedhofsareals erwies sich als schwierig, denn die uniformierten Polizisten hatten große Mühe, die vom unteren Friedhofseingang her drückende und wachsende Menge Schaulustiger zurückzudrängen, die sich nach und nach auf dem Platz vor der Seelenkapelle einfanden oder bereits eingefunden hatten. »Könnt ihr nicht lesen?«, schrie einer der Polizisten. »Auf dem Schild dort draußen steht: ›Nur für Friedhofsbesucher‹!«

Die Leute ließen sich nicht beirren. So etwas hatte man in Kelmis schließlich noch nie gesehen. Am oberen Friedhofseingang, direkt neben der Seelenkapelle, standen an der wohl prominentesten Stelle dieses Friedhofes zwei kunstvoll zurechtgestutzte Blutbuchen. Auf einem Grabkreuz steckte der Kopf einer schönen Frau. Das herunterlaufende Blut passte zu den Bäumchen zu beiden Seiten und verlieh der Szenerie etwas grausam Ästhetisches. Direkt darunter – immerhin in etwa drei Metern Höhe – flatterte im Wind ein Blatt Papier, auf dem etwas stand.

»Was ist das? Eine Botschaft?« Le Maire war irritiert.

Obwohl Dr. Laefers ihre Instrumententasche im Auto gelassen hatte, ging sie gleich an die Arbeit und lieferte ihrem Partner die Information, die auf der Hand lag: »Es ist zweifellos der Kopf, der zum Körper vor der Kirchentür gehört.«

»Danke, Angelika! Aber weshalb hat er ihn nicht mitgenommen?«

»Weil er es eilig hatte und es taghell ist?«

»Vielleicht! Es könnte aber auch sein, dass er bereits genügend Trophäen hat. Weshalb dann aber dieser Mord?« Weil Frederic bei seinen Überlegungen gestört wurde, schimpfte er laut: »Verdammt noch mal, sind die Gaffer immer noch hier?« Dann ließ er sich von der bisher vor dem Kirchenportal tätigen Spurensicherung den inzwischen eingetüteten Zettel geben.

Bevor Le Maire das maschinell bedruckte Blatt an seinen Oberkommissar weitergab, las er den Text mehrmals durch: *So tötet nun die Glieder, die auf Erden sind: Unzucht, Unreinheit, schändliche Leidenschaft, böse Begierde und Habsucht!*

»Meine Herren, genug gequatscht. Nun lassen wir Frau Lambert und ihr Team weiter ihre Arbeit machen«, beendete Le Maire die Fundortbesichtigung.

»Das Papier!«, forderte die Chefin der Spurensicherung von Le Maire.

»Ach, noch etwas, Theres!«

»Ja?«

»Die wichtigste Frage hast du mir immer noch nicht beantwortet. Wann …«

»Entschuldige, Frederic. Aber ich dachte, es genügt, wenn ich an deinen Herrn Oberkommissar weiterleite, was mir Angelika gesagt hat«, unterbrach Theres, die wusste, was Frederic hören mochte.

»Dann hat Pierre in diesem Durcheinander vergessen, es gleich an mich weiterzugeben. Ach, da ist ja Angelika! Wo treibst du dich denn herum? Ich habe dich schon gesucht, weil …«

»… du den Todeszeitpunkt jetzt etwas genauer wissen möchtest.«

»Nun sag schon«, kam es in versöhnlichem Ton zurück.

»Der Tod trat vor etwa zwei bis drei Stunden ein. Der Ablagezeitpunkt wird nicht viel später gewesen sein, dem Blut nach zu urteilen …«

Der Mordermittler wartete den Rest der Antwort erst

gar nicht ab und zog Angelika auf die Seite. »Der Mord ist genau in *der* Zeitspanne geschehen, als wir in der Antoniusstraße waren und meine gesamte Mannschaft im Büro auf mich gewartet hat.«

»Das heißt, dass die ›Goldene Madonna‹ während dieser Zeit nicht observiert wurde und van Basten vielleicht … Wahnsinn! *So* abgebrüht ist kein Mensch!« Angelika schüttelte ungläubig den Kopf.

»Doch. Solche durchgeknallten Typen brauchen den Nervenkitzel. Irgendwann treiben sie ihr Tun bewusst auf die Spitze, gerade so, als wenn sie erwischt werden wollen.«

»Also ist diese Enthauptung hier quasi die Krönung seines Tuns?«

»Davon gehe ich aus.«

»Gib mir dein Handy, schnell!«, unterbrach Frederic seine Partnerin. »Ah, Devaux, gibt es was Neues?«

»Nein, Chef! Die Zielperson ist in der ›Goldenen Madonna‹ und werkelt dort wie immer herum.«

»Hör zu: Fordere von den Aachener Kollegen mindestens vier bis sechs Mann Verstärkung an.« Le Maire schwor sie darauf ein, die »Goldene Madonna« und van Basten keine Sekunde aus den Augen zu lassen. »Sowie er das Haus verlässt, folgt ihr ihm unauffällig – keinen Zugriff, hörst du? Vielleicht führt er uns zum Versteck der jungen Ägypterin! Das heißt, dass ihr mobil sein müsst, um ihm notfalls auch mit dem Auto folgen zu können. Aber lasst ihn um Gottes willen ja nicht mehr aus den Augen! *Hast du das verstanden?*«

»Ja, Chef!«

»Gut! Ich melde mich wieder und bin über Frau Dr. Laefers' Handy jederzeit erreichbar. Au revoir.«

Er musste nun schleunigst van Bastens Wohnung durchsuchen.

»Du, Herbert, hältst ständigen Kontakt mit Devaux. Zuvor aber rufst du den Kollegen Lehnen in Aachen an.« Le Maire überlegte kurz. »Gib ihm direkt grünes Licht für die Wohnungsdurchsuchung in Vaals. Er soll sich umgehend mit den niederländischen Kollegen abstimmen und sich dann ins Auto setzen und dort hinfahren. Sobald du das geklärt hast, kommst du nach.« Dann wandte sich Le Maire an Pierre und Angelika: »Und wir drei fahren unverzüglich von hier aus nach Vaals, wo wir uns schon mal ein wenig umsehen können, bis wir mit den Aachener und den Vaalser Kollegen zusammentreffen. Sind die Kirche und der Friedhof abgesperrt und bewacht?«, rief er einer Kelmiser Schutzpolizistin zu und meldete sich bei ihr ab, indem er ihr Angelikas Handynummer gab.

»Bleib gelassen! Theres und ihre Leute sind ja auch noch da«, beruhigte Angelika ihren Partner, bevor sie ins Auto stiegen und Richtung Vaals davonbrausten.

*

»Da bist du ja wieder, mein Schatz!«, freute sich Abdel, als Daria endlich aufwachte, obwohl er wusste, dass es nun kritisch werden konnte, weil seine Frau bezüglich Shirin sicherlich keine Ruhe geben würde. Da er es nicht darauf ankommen lassen wollte, holte er ein Glas Wasser und gab seiner Frau zwei der verordneten Sedierungspillen.

»Was ist das? Ich will das nicht, ich möchte zu meiner Tochter!«, schimpfte Daria und schlug Abdel die Pillen aus der Hand.

»Das sind nur ganz leichte Beruhigungstabletten, meine Liebe. Bitte nimm sie, damit du dich ein wenig entspannter fühlst und wir uns in Ruhe unterhalten können, ohne dass du gleich …«

»Dass ich *was*?« Darias Augen funkelten ihren Mann gefährlich an.

»Schon gut. Aber wir müssen über alles sprechen, bevor wir irgendetwas unternehmen. Das geht allerdings nur, wenn wir uns zusammenreißen, hörst du?« Obwohl Abdel die Sache genauso naheging wie seiner Frau, war er im Kopf klar geblieben. Er lächelte sie an und strich ihr sanft übers Haar.

Weil Daria wusste, dass es Abdel nur gut mit ihr meinte, zog sie ihn zu sich herunter, um ihn zu umarmen. »Entschuldige bitte, war nicht so gemeint!« Dann versprach sie ihm, dass sie ruhig bleiben würde.

Froh darüber, atmete Abdel erleichtert aus. »Kannst du aufstehen?«

»Ja, einen Moment noch. Mir schwirrt der Kopf.«

»Das ist die Beruhigungsspritze, die sicher ein wenig nachwirkt.«

Daria saß auf der Bettkante und sammelte sich. Als es ihr wieder einigermaßen besser ging, huschte sogar ein kurzes Lächeln über ihre Lippen. Sie hatte verstanden, dass etwas unfassbar Schönes geschehen war. »Wo ist Eleonore?«

»Ich denke, in ihrem Zimmer. Soll ich mal nachsehen?«

Daria überlegte kurz, dann nickte sie und machte den Vorschlag, gemeinsam spazieren zu gehen.

»Ein guter Gedanke«, freute sich Abdel über die positive Haltung seiner tapferen Frau. »Frische Luft wird uns allen guttun! Während du dich anziehst, klopfe ich bei Eleonore. Bis gleich.«

Die drei waren in Richtung der südlichen Altstadt von Köln unterwegs und hatten kein Wort miteinander gesprochen. Sie hatten einfach nur die Ruhe auf sich einwirken lassen und sich für das bevorstehende Gespräch gesammelt. Eleonore deutete auf eine Parkbank. »Kommt, wir setzen uns für einen Moment.«

Nach ein paar weiteren Minuten des Schweigens sagte sie, dass sie – während Daria geschlafen hatte – lange mit Frau Pütz telefoniert hatte. »Das ist die Leiterin der Tagesstätte, in der Shirin arbeitet.«

Als Daria dies hörte, liefen ihr erneut Tränen über die Wangen.

»Soll ich …«

»Nein, nein. Sprich weiter. Ich reiße mich zusammen und höre dir zu, ohne dich zu unterbrechen«, versprach Daria und lehnte ihren Kopf an die Schulter ihres Mannes, der seinen Arm um sie legte und zustimmend nickte.

»Also gut. Weil ich ihr die Geschichte mit Nashwas Verschwinden in aller Ruhe erklärt habe, hat sie Verständnis gezeigt und wird von einer Anzeige absehen.« Nun wandte sie sich direkt an Daria. »Wenn du mir versprichst, dich auch vor ihr zusammenzureißen, wird sie sich gerne mit uns unterhalten. Dann sehen wir weiter. Ich weiß, dass für dich und Abdel alles nur schlimmer geworden ist, als es sowieso schon war und …«

»Nein, das ist es nicht!«, unterbrach Daria zu Abdels und Eleonores Verwunderung ihre Freundin. Sie sah ihren Mann an und sagte in einem Ton, als wenn dies das Selbstverständlichste auf der Welt wäre: »Wir haben unsere zweite Tochter wieder.«

Abdel und Eleonore brachten kein Wort heraus.

»Trotz allen Unglücks habe ich vom ersten Moment

an gespürt, dass Shirin unsere tot geglaubte Tochter Dari ist. Und das Mädchen hat es auch gefühlt. Du nicht auch, Abdel?« Wieder bedachte sie ihn mit einem Blick, der Trauer zeigte, gleichzeitig aber auch Glück erkennen ließ.

»Natürlich war mir ebenfalls sofort klar, wen wir da in dieser Tagesstätte vor uns haben. Aber ich konnte es einfach nicht glauben. Das ist doch verrückt, oder?«

Die beiden fielen sich in die Arme, küssten sich immer wieder und wischten sich gegenseitig die Tränen aus dem Gesicht, so lange, bis sich Eleonore einmischte, weil die Zeit drängte: »Nachher werden wir mehr wissen«, versprach sie, denn der zutiefst ergriffenen Frau war ebenfalls längst klar geworden, was die Stunde geschlagen hatte. Dann nahm sie Darias Hand und sagte ganz leise: »Laut Frau Pütz steht in Shirins Personalausweis, dass sie … am 13. Juni 2000 auf die Welt gekommen ist!«

»Zusammen mit unserer Nashwa.« Bei diesem Gedanken konnte ihr niemand verdenken, dass sie schon wieder zu weinen begann.

*

Le Maire war stinksauer. Lehnen hatte Angelika mitgeteilt, dass die niederländischen Kollegen wegen einer kurzfristig anberaumten Großrazzia im Drogenmilieu und im Menschenhandel die Wohnungsdurchsuchung »auf morgen« verschoben hatten.

Nun standen die drei Ermittler mit Frau Dr. Laefers vor dem Haus, in dem sich van Bastens Wohnung befand. Hilflos schauten sie zu den oberen Stockwerken hoch. »Das bringt doch nichts!«, schimpfte Le Maire und machte den Vorschlag, in die Kneipe zu gehen, die sich im selben Haus befand. Und der Gedanke erwies sich als Volltreffer. Sie erfuhren dort, dass es zwischen dem Lokal und dem Hausflur, der zu van Bastens Wohnung hochführte, nicht nur eine Verbindungstür, sondern im hinteren Teil auch eine Tür und ein Fenster gab, durch das man in einen Hof flüchten konnte. »Also müssen wir das mit berücksichtigen«, sagte er zu Herbert und Pierre, während er die zweite Runde Bier bestellte und überlegte, ob er ohne Legitimation jetzt gleich in van Bastens Wohnung eindringen sollte.

»Nicht schlecht, dieses holländische Grimbergen. Aber unser belgisches Jupiler ist mir doch lieber.«

So saßen sie im Café »De Fockink« in der Vaalser Kerkstraat, tranken ein Bier nach dem anderen und unterhielten sich über ihren Fall. Le Maire hatte die Idee, aufgrund der Komplexität der fünf Mordfälle einen Kriminalpsychologen hinzuzuziehen. »Herbert, reich mir mal dein Handy rüber.« Nachdem er auf dem Smartphone ein Weilchen herumgetippt hatte, gab er es seinem Mitarbeiter zurück. »Wähl du mal Locki an!«

»Ja, Locki, ich bin's, Le Maire! … Ja, Locki, wir sind im Einsatz! … Nein, Locki, da spielt keine Musik im Hintergrund! … Verdammt noch mal, hör mir endlich zu!«

Nun war es still in der Leitung.

»Hör zu, ruf bitte Docteur Dubois in Lüttich an und …«

»Den berühmten Kriminalpsychologen, der erst vor Kurzem von Brüssel in die Wallonie abgeworben wurde?«

»Ja, genau den. Frag ihn ganz einfach, ob er morgen früh um acht in unser Kommissariat nach Eupen kommen kann. Es ist dringend. Und schick ihm sämtliche Fotos, die Frau Dr. Laefers und Theres Lambert von den sechs Toten gemacht haben. Leg auch die bisherigen Berichte,

Obduktion und so weiter, dazu! Du weißt schon, das volle Programm eben. Au revoir.«

Nachdem er aufgelegt hatte, erklärte er: »Docteur Dubois ist ein anerkannter und äußerst populärer Fallanalytiker, der uns Einblick in die Psyche des Täters geben kann.«

»Und was soll der herausbringen?«, wollte Herbert etwas naiv wissen.

»Ob das Täterprofil auf van Basten passt. Ob es möglich ist, dass er auch Nashwa Al-Thani entführt hat, was ihn antreibt, irgendwas, was uns hilft.«

»Ohne sich mit van Basten unterhalten zu haben?«

»Hast du eine bessere Idee, Pierre?«

KAPITEL 30

Wegen der strengen Wesensart dieser resoluten Frau wurden die Al-Thanis sehr nervös. »Nehmen Sie Platz.«

Eleonore Olbrich nahm die Sache etwas gelassener. Um keine unnötigen Ressentiments aufkommen zu lassen, wollte sie als Erste das Wort ergreifen. Also nahm sie allen Mut zusammen und bedankte sich mit schmeichelnden Worten bei der verknöchert aussehenden und verbittert wirkenden Tagesstättenleiterin, die nur knapp fragte, was sie für die Al-Thanis tun könne. Dabei warf sie dem ägyptischen Ehepaar einen mitleidigen Blick zu, der Daria störte.

Während Abdel beruhigend einen Arm um seine Frau legte, erklärte Eleonore der aufmerksam zuhörenden Frau Pütz noch einmal die Sache mit Nashwas Verschwinden. »Und jetzt lassen Sie uns auf Shirin zu sprechen kommen.«

»Von mir aus«, knurrte Frau Pütz, »aber bedenken Sie, dass wir dem Datenschutz unserer Mitarbeiter unterliegen.«

Dieses Gespräch fängt ja gut an, dachte sich Eleonore, der schnell klar geworden war, dass sie raffiniert vorgehen musste, wenn sie überhaupt etwas über das Mädchen erfahren wollte. Es gelang ihr schließlich, einen sachlichen Dialog zwischen den Al-Thanis und der Tagesstättenleiterin einzufädeln, bei dem Frau Pütz immer lockerer und somit redseliger wurde: »Na gut! Ausnahmsweise, weil ich Ihre Situation verstehe: Shirin ist in Hurghada bei einem angesehenen Ärzteehepaar aufgewachsen.«

»Entschuldigung, hat dieser Arzt zufällig in Scharm asch-Schaich gearbeitet?«

»Ja, woher wissen Sie das? Doktor Khayry war Chefarzt in einer dortigen Privatklinik, während seine Frau die gynäkologische Abteilung in diesem Haus geleitet hat.«

Daria schluchzte auf.

»In dieser Klinik sind unsere Töchter zur Welt gekommen«, begründete Abdel die Reaktion seiner Frau.

»Da haben wir es doch schon!«, entfuhr es Eleonore Olbrich. Weil sich Frau Pütz im Laufe des Gespräches mehr und mehr auf die Seite der Al-Thanis geschlagen hatte, war nichts mehr durcheinanderzubringen. Also konnte sie getrost die nächste Frage stellen: »Weshalb sprechen Sie in Bezug auf die beiden Mediziner in der Vergangenheit, Frau Pütz? Befinden die sich im Ruhestand?«

»Nein, sie sind bei einem Autounfall ums Leben gekommen, als Shirin neun Jahre alt war.«

Als sie dies hörten, schauten sich Abdel und Daria hoffnungsvoll an. »Bei wem lebt mein Kind seither?«, traute sich Daria zu fragen.

Und weil die Tagesstättenleiterin inzwischen ebenfalls sicher war, dass Shirin die Zwillingsschwester der jungen Frau war, die sie auf dem Foto gesehen hatte, lehnte sie sich weit aus dem Fenster, als sie den beiden erklärte, dass Shirin in ein exklusives Kinderinternat in Kairo gekommen war. »Das ist vom Syndikus der Khayrys organisiert worden. Geld genug schien da gewesen zu sein. Offensichtlich haben Shirins Eltern dem Mädchen …«, sie räusperte und korrigierte sich, »*Zieheltern*, genug davon hinterlassen.«

»Das heißt …« Daria traute sich nicht weiterzusprechen.

Ihre Freundin hingegen nahm kein Blatt vor den Mund

und fragte Frau Pütz unumwunden, ob eine Adoption denkbar sei.

»Lassen Sie doch erst einmal einen Gentest machen«, empfahl die erfahrene Pädagogin, bevor sie sich entschuldigte.

»Eine Frage noch!«

»Ja, was denn?«

»Können Sie uns helfen, mit Shirin Kontakt aufzunehmen?«

Die Tagesstättenleiterin überlegte kurz, dann sagte sie, dass sie dies – vorausgesetzt, Shirin sei damit einverstanden – gerne tun würde, wenn die Al-Thanis einen Gentest beantragen würden. »Weil ich der Sache traue und ebenfalls an ein gutes Ende für Sie glaube, werde ich gleich mit ihr sprechen und sie um eine Haarprobe bitten.« Frau Pütz schaute auf die Uhr. »So, nun wird es aber höchste Zeit für mich.« Mit einer Handbewegung verabschiedete sie die Besucher. Darias dankbarer Blick zeigte Frau Pütz, dass sie das Richtige tat. »Die Haare können Sie in zwei Stunden an der Pforte abholen. Bezüglich eines Treffens hören Sie von uns, Ihre Telefonnummern habe ich jetzt ja. Auf Wiedersehen und alles Gute.«

*

Le Maire hatte eine schlaflose Nacht hinter sich gebracht. Nur mit Mühe hatte er sich davon abhalten können, ohne rechtliche Grundlage in van Bastens Vaalser Wohnung einzudringen. Wäre er nicht fündig geworden, hätte er sich nicht nur vor den niederländischen und vor den deutschen Leitern der Kriminalbehörden, sondern auch vor dem Lütticher Oberstaatsanwalt verantworten müssen.

Was, wenn van Basten in den unbewachten Stunden, die er durch seinen Befehl ermöglicht hatte, tatsächlich den Mord begangen hatte? Was es für Auswirkungen haben konnte, Fehler im Amt zu begehen, sah er ja bei seinem deutschen Kollegen Peter Dohmen, der vom Aachener Oberstaatsanwalt Dr. Knopp kurzerhand vom Dienst suspendiert worden war.

Nun aber konnte Le Maire nicht mehr warten und musste van Bastens Refugien durchsuchen. Deswegen war er an diesem Morgen früher als sonst in seinem Büro gewesen.

Punkt 8.00 Uhr durchzog ein grollendes Röhren die Luft, das sämtliche Beamte und sonstige Beschäftigte des Eupener Kommissariats zu den Fenstern im vorderen Bereich des Gebäudes lockte und für offene Münder sorgte. Dort fuhr gerade ein knallgelber Bugatti Galibier in den Hof, ein vor Luxus strotzender Viertürer mit 16 Zylindern und 8 Litern Hubraum. Aber nicht nur das Auto per se weckte das Interesse der Angestellten. Insgesamt war es wohl die Kombination aus dem auf den ersten Blick schlampig wirkenden Fahrzeuglenker und dem sündhaft teuren Auto, von der die Zuschauer gefesselt wurden. Denn zu dem wollte das Gefährt so ganz und gar nicht passen. »Sicher ein Zuhälter aus Lüttich, der hier einbestellt wurde«, mutmaßte einer der Polizisten mit klarem Kennerblick.

»Docteur Dubois! Hugo Dubois!«, warf der 32-jährige Mann bei Fabienne Loquie so cool in den Raum, als wenn 007 höchstpersönlich vor ihr stehen würde. Le Maires Sekretärin kam sich in diesem Moment vor wie Miss Moneypenny. Aber Schmeicheleien à la James Bond schien es in Le Maires Vorzimmer wohl nicht zu geben – zumindest nicht an diesem verregneten Morgen.

Vor Loquie stand ein unrasierter, irgendwie schmuddelig wirkender Mann in zerrissenen Jeans. Sein auffälliger Ohrring und seine tätowierten Arme, ein Totenkopf-T-Shirt und Armbänder an beiden Handgelenken, die allesamt mit dem Symbol des Todes designt waren, komplettierten sein außergewöhnliches Erscheinungsbild. Meine Güte, dachte Locki, was ist das denn für ein verrückter Vogel? Die im Moment ungelenk dastehende Sekretärin wusste nicht, ob sie sich vor dem schrillen Typen fürchten sollte oder ob sie stolz darauf sein konnte, dass eine solche Koryphäe der forensischen Psychologie in Le Maires Vorzimmer stand. Mit einem Auge nahm die ansonsten nicht auf den Mund gefallene Frau die Blicke etlicher Kolleginnen wahr, die sich stark für den Mann zu interessieren schienen.

Erst als er sagte, dass er einen Termin mit Hauptkommissar Le Maire in Bezug auf sogenannte »Gliedermorde« habe, und betonte, dass er von ihm aus Lüttich angefordert worden sei, löste sich Locki aus ihrer Starre.

»Loquie … Fabienne Loquie! Ich bin Monsieur Le Maires Sekretärin.«

»Angenehm.«

Die Chefsekretärin zeigte sich nun wieder ganz von ihrer professionellen Seite und bot dem Mann sowohl einen Platz als auch Kaffee an. »Setzen Sie sich bitte. Der Chef müsste jeden Moment kommen. Zucker? Milch?«

»Hugo, schön, dich wiederzusehen. Ich dachte mir schon, dass die fahrbare Zitrone dort draußen nur dir gehören kann!«, rief Le Maire dem Mann entgegen, bevor er sein

Vorzimmer richtig betreten hatte. Als wenn die »Zitrone« ihn motiviert hätte, schnappte er sich einen Apfel aus der Schale, die Locki auf den Besprechungstisch gestellt hatte, und ließ ihn in seiner Jackentasche verschwinden. »Für später!«, rechtfertigte er sein merkwürdiges Tun seiner verwundert dreinschauenden Sekretärin gegenüber.

»Frederic, wie geht's dir, altes Haus? Hast du deine ›Göttin‹ noch?« Damit hatte Hugo nicht Angelika, sondern Le Maires alten Citroën gemeint, der längst den Nimbus eines Oldtimers hatte.

Frederic nickte. »Und du? Hat dir dein schwerreicher Vater die Kiste da draußen geschenkt?«

Kaum dass sich die alten Freunde nach Jahren wiedersahen, mussten sie lachen.

Nach ein paar Tassen Kaffee und etlichen Croissants, die Locki doch noch auf die Schnelle besorgt hatte, sagte ihr Chef zu seinem Gegenüber, dass es nun höchste Zeit sei, das private Plauderstündchen zu beenden und zur Sache zu kommen. »Locki, wir gehen ins Besprechungszimmer. Trommelst du bitte unsere Mannschaft zusammen?«

Nach einer kurzen Vorstellungsrunde waren sie mitten im Fall. Le Maire erzählte all das, was der Fallanalytiker schon in den Unterlagen und aus den Fotos kannte, die Locki ihm geschickt hatte. Nach einem kleinen Wortaustausch kam der international bekannte Profiler aus Lüttich zu Wort. Und der redete nicht lange um den heißen Brei herum: »Unser Mörder gehört zweifellos nicht in die Kategorie ›Fanatische Psychopathen‹. Vielmehr ist er ein psychopathischer Fanatiker. Und was die Haltung der Hände beziehungsweise einer Hand bei den ermordeten Frauen betrifft, ist er zweifelsfrei ein religiöser Fanatiker, der in dem Wahn lebt, die Welt vor Prostituierten – in diesem Fall augenscheinlich molukkischer Abstammung – säubern zu müssen.« Nachdem der Redner in die Runde geschaut hatte, wagte er aufgrund dessen, was er über Louis van Basten wusste, eine – wie er es ausdrückte, möglicherweise weit hergeholte – erste Prognose: »Das könnte auf diesen ›Madonnenwirt‹ hinweisen, denn der hätte ein starkes Motiv: Weil seine Frau … Wie hieß die noch einmal?«

»Aninda«, entgegnete Le Maire.

»Weil also seine Frau Aninda laut deiner telefonischen Auskunft mir gegenüber äußerst promiskuitiv gewesen sei, es – vorsichtig ausgedrückt – mit der Sittsamkeit nicht besonders genau genommen und ihr Mann dies vielleicht sogar über Jahre hinweg hinuntergeschluckt hatte, ohne etwas dagegen unternommen zu haben, könnte sich in ihm ein solcher Hass gegen Prostituierte, die ihn an seine Frau erinnern, aufgestaut haben, dass der zuvor vielleicht brave Mann im Laufe der Zeit zu allem fähig geworden ist.«

Alle Anwesenden hingen ihm an den Lippen, als er weitersprach: »Unser ›Gliedermörder‹ wurde Schritt für Schritt zu einem charakteristischen kriminellen Vertreter der expansiv-aggressiven Kampfnatur. Menschen dieser Art – zumeist Männer – werden in quasi fließendem Übergang aus irregeleiteter Überzeugung zu Verbrechern und schließlich zu pervers erscheinenden Mördern. Fassen wir sein Tun also zusammen: Er hasst Prostituierte, offensichtlich ganz besonders die mit molukkischem Migrationshintergrund, zu denen er eine enge Bindung hat, die er einerseits zerstören, andererseits behalten, quasi ›konservieren‹ möchte. Ersteres bewerkstelligt er dadurch, dass er eine nach der anderen für ihr unsittliches Tun bestraft, also ermordet. Er möchte, dass sie mit ihrer aus seiner Sicht widerwärtigen Arbeit aufhören und sich geläutert den allgemeinen religiösen Regeln des Christentums unterwerfen und im Jenseits ein gottgefälliges Leben in absoluter Reinheit leben.«

Bevor er weitersprach, nahm Hugo Dubois einen Schluck Kaffee. »Köstlich, Mademoiselle Loquie!«

Locki lächelte. Das ist *doch* ein netter Kerl, dachte sie sich und hielt ihm den Croissant-Teller unter die Nase.

Der ›nette Kerl‹ winkte dankend ab und erzählte weiter: »Um das, was die Frauen berufsbedingt getan haben, wiedergutzumachen, möchte er eine neue, eine perfekte Frau erschaffen, die genau das nicht tun kann. Dabei fühlt er sich nicht wie Gott der Schöpfer, sondern sieht sich eher als dessen Handlanger …«

»… oder als Jünger!«, entfuhr es Herbert, der besonders aufmerksam zugehört hatte.

»Oder als Jünger des Herrn«, gab ihm der Analytiker recht, bevor er mit seiner Einschätzung fortfuhr, indem er sagte, dass der strukturierte Mörder von Anfang an ein klares Ziel vor Augen gehabt hatte. »Um das zu erreichen, benötigt er die ›schmutzigen‹ Hände seiner Opfer, die ebenso viel Böses getan haben wie die Beine der Frauen, die sie für ihre Freier geöffnet haben. Die Frage ist nur, weshalb er zunächst ›nur‹ vier Gliedmaßen benötigte, um dann einer Frau noch den Kopf abzuschlagen … den er dann nicht mitnimmt, sondern ganz in der Nähe des Ablageortes so markant öffentlich zur Schau stellt, dass es auffälliger nicht sein kann. Vielleicht, weil auch der Kopf Böses getan hat?« Nach einer kurzen Gedankenpause kam Hugo Dubois auf den Punkt: »Ich glaube, dass er aus irgendeinem ganz bestimmten Grund *genau fünf Frauen* bestrafen möchte.«

»Wie kommst du denn da drauf, mein Freund?«

Der Psychologe wedelte mit einer Kopie des Blattes Papier herum, das auf dem Kelmiser Friedhof unter dem abgetrennten Kopf am Kreuz gehangen hatte. Obwohl alle den Text kannten, brachte er ihn nochmals ins kollektive Gedächtnis: »So tötet nun die Glieder, die auf Erden sind: Erstens: ›Unzucht‹! Zweitens: ›Unreinheit‹! Drittens: ›Schändliche Leidenschaft‹! Und Viertens: ›Böse Begierde‹! Dazu auch die ›Habsucht‹, die ich dem abgeschlagenen Kopf, dem Denk-, Lenk- und Rechenzentrum des Menschen, zuschreibe.« Er schaute seiner erstaunten Zuhörerschaft in die Augen, dann fuhr er mit lauter Stimme fort: »Fünf Vorwürfe, die der Mörder seinen Opfern macht, weswegen jede von ihnen mit einer ihrer Extremitäten … und mit ihrem Leben büßen musste. Und für die ›Habsucht‹ steht – wie bereits gesagt – der abgetrennte Kopf, den er wie im Mittelalter an den Pranger gestellt hat, indem er ihn für alle sichtbar auf den Längsbalken eines Kreuzes gesteckt hat. Für ihn repräsentiert das Kreuz so etwas wie den Ankläger, es steht stellvertretend für ihn selbst. Der Mörder ist hundertprozentig ein religiöser Fanatiker, der sich aus einzelnen Gliedmaßen gefallener Frauen seine Idealfrau zusammenbasteln möchte. Dies kann er, indem er dies im wahrsten Sinne des Wortes tut, wie dereinst Mary Shelleys Frankenstein. Weil er jede einzelne der vier Gliedmaßen als Reliquie betrachtet, kann er sie auch auf andere Weise um sich herum drapieren. Dabei sind seiner schrägen Fantasie keine Grenzen gesetzt.«

»Aber bisher sind es doch schon *sechs* Tote!«, warf Le Maires Oberkommissarin ein, während von Locki ein »Entschuldigung« kam, weil im Vorzimmer das Telefon klingelte.

»Das stimmt, Madame … Devaux. Aber die Nigerianerin gehört sicher nicht ins Bild, das er sich mit Blut gemalt hat. Er mag vielleicht auch sie umgebracht haben. Falls ja, wäre dies aus seiner Sicht allenfalls als Kollateralschaden zu werten, der wegen seines hohen Adrenalinpegels entstanden ist … oder als ein Versehen, weil er die Frau verwechselt, möglicherweise geglaubt hat, dass auch sie molukkische Wurzeln habe. Um sein Ziel zu erreichen, hat er es ausschließlich auf solche Frauen abgesehen. Na ja, wahrscheinlich ist das auf dem Friedhof lediglich der Abschluss seiner ›Mission‹ gewesen – sozusagen das ›Dessert‹, das seine Frau repräsentiert. Übrigens: Dass er sie ebenfalls umgebracht hat, steht für mich außer Frage. Ich bin sicher, dass er seine Mission nun erfüllt hat und es keine weitere Tote mehr geben wird … zumindest vorläufig.«

»Wenn dem so ist, dann brauche ich mir ja keine Sorgen darum zu machen, dass er ein ägyptisches Mädchen entführt hat«, sinnierte Frederic laut.

»Es sei denn …«, hakte der Psychologe gleich wieder ein, »die passt ihm aus anderen Gründen ins Konzept.« Mit dieser Aussage bremste Hugo seinen Freund aus und schloss sein vorläufiges Fazit ab. »Ohne mir diesen van Basten angeschaut zu haben, weiß ich, dass er es ist, den ihr sucht. Das Material, das ich zur Verfügung gehabt habe, genügt mir, um zu diesem Ergebnis zu kommen. Des Pudels Kern ist in seiner Frau Aninda zu suchen.«

»Von der wir nicht wissen, wo sie ist und ob sie möglicherweise nicht doch eines natürlichen Todes gestorben ist. Ist sie überhaupt gestorben? Und ist sie überhaupt bestattet worden?«, grummelte Frederic und bekam prompt eine Antwort: »Hast du mir nicht zugehört? Diese Frau ist tot und war sein erstes Opfer. Such sie und du wirst sie finden. Diese Frau ist mit an Sicherheit grenzender Wahrscheinlichkeit in seiner unmittelbaren Nähe und in der Nähe der einzelnen Glieder zu finden, die der Mörder seinen anderen Opfern abgetrennt hat.«

Le Maire drehte sich zur Entspannung eine Zigarette, die er sich hinters Ohr steckte, bevor er ein vorläufiges Resümee zog, das ihm ganz und gar nicht gefallen mochte: »Dennoch sind wir im Grunde genommen keinen Schritt weiter und können immer noch nichts tun.« Zu seinem Freund Hugo gewandt, sagte er: »Wir haben nur deine fachliche und meine aus dem Bauch heraus kommende Einschätzung, im Grunde genommen aber nicht den geringsten Beweis dafür, dass Louis van Basten etwas mit der Sache zu tun haben könnte. Das reicht keinesfalls für einen Haftbefehl.«

»Die Niederländer sind bereit für die Durchsuchung seiner Wohnung«, mischte sich nun Locki ein, die in den Besprechungsraum zurückgekommen war. »Vielleicht findet ihr dort ja Antworten auf eure Fragen.«

Weil alle ein wenig erstaunt dreinschauten, berichtete Locki, dass ein gewisser Hoofdinspecteur Luc Verhoeven aus Kerkrade angerufen hatte. Er würde mit seiner Mannschaft ›Gewehr bei Fuß stehen‹.«

»Ist er am Apparat?«

Locki schüttelte den Kopf. »Soll ich zurückrufen?«

»Ja, tu das umgehend«, gebot ihr Chef. »Sag ihm, dass wir die Durchsuchung von van Bastens Wohnung nunmehr schnellstens angehen müssen – am besten sofort! Mach etwas mit ihm aus und lass es dir bestätigen … Wo und wann wir uns treffen und so weiter. Du weißt schon.«

»Ja, Chef!«

»Gut! Entschuldige, Locki, noch was: Ruf direkt bei Lehnen an, informiere ihn über alles und frag ihn, ob er endlich den Durchsuchungsbeschluss für van Bastens Restaurant besorgt hat. Falls nicht …«

»… soll er dies sofort tun!« Kaum hatte sie dies ausgesprochen, wollte Fabienne Loquie aus dem Raum eilen, wurde aber noch zurückgehalten: »Ja, Locki! … Äh! … Nein, nicht nur! Falls nicht, durchsuchen wir die ›Goldene Madonna‹ ohne Durchsuchungsbeschluss – jetzt reicht es!«

KAPITEL 31

In Köln war die Zeit nicht stehen geblieben. Eleonore saß mit den Al-Thanis im Café »Extrablatt« am Alten Markt, um mit ihnen zu beraten, wie es weitergehen würde. Der Gentest war noch gestern in Auftrag gegeben worden.

»Was ist, wenn Shirin uns nicht sehen möchte?« Daria war todunglücklich; nicht nur, dass eine ihrer Zwillingstöchter vermisst wurde, könnte sie die andere so schnell wieder verlieren, wie sie sich unverhofft kennengelernt hatten.

»Bleib ruhig, mein Schatz«, wurde sie von ihrem Mann gebeten, der innerlich zwar ähnlich ausgebrannt war, sich aber besser zusammenreißen konnte als seine Frau.

»Abdel hat recht!«, pflichtete ihm Eleonore bei und schlug vor, dass sie zuerst einmal alles zusammenfassen sollten, was sie über beide Frauen wussten. Dabei wurde rasch wieder offenkundig, dass es immer noch vordergründig war, Nashwa zu suchen. Über Shirin konnten sie im Anschluss sprechen. Weil die Suche nach ihrer Tochter in Köln nichts gebracht hatte, schlug Eleonore vor, wieder nach Aachen zurückzufahren.

»Was heißt hier ›nichts gebracht‹«, protestierte Daria. »Ist das nichts, dass wir Dari gefunden haben? Damit hätten wir im Leben nicht rechnen können.«

»Schon gut, mein Schatz. Ich weiß, dass du es nicht erwarten kannst, sie wiederzusehen. Aber nenn sie bitte nicht bei dem Namen, den *wir* ihr gegeben hätten.«

»Was heißt ›hätten‹? Wir *haben* ihr diesen Namen gegeben!«

»Beruhig dich, Daria. Das bringt doch jetzt nichts.«

»Ja, da muss ich Abdel beipflichten: Wenn es Frau Pütz tatsächlich hinbekommt, dass euch Shirin sehen und sprechen möchte, musst du sie mit ihrem richtigen Namen ansprechen. Schaffst du das, Daria?«

Daria kam nicht einmal zu einer verständnisvollen Geste, weil Eleonores iPhone klingelte. »Ah! … Guten Tag, Frau Pütz! … Das ist ja super! … Wann? … Jetzt gleich? … Oh!« Als Eleonore diese Frage erstaunt an die Tagesstättenleiterin stellte, schaute sie Daria an, um ihr an den Augen abzulesen, ob sie tatsächlich bereit war, Shirin zu treffen, ohne dabei durch unbedachtes oder unangepasstes Verhalten etwas für immer kaputtzumachen. Ihre Sorge schien unbegründet. Daria lächelte sie glücklich an, während sie leicht mit dem Kopf nickte. Dabei nahm sie Abdels Hand, die ihr Sicherheit und Kraft geben würde, dieses Treffen unbeschadet zu überstehen.

»Also dann in einer Stunde im Wohnheim!«

Die beiden Al-Thanis umarmten sich und weinten seit Langem wieder einmal aus Freude, nicht aus Verzweiflung.

*

Vor der alten Häuserfront an der Vaalser Kerkstraat 15–17 wimmelte es am späten Vormittag wie aus dem Nichts heraus vor Polizisten in Zivil. Sie trieben die Kunden eines deutschen Supermarktes auf dem gegenüberliegenden Parkplatz wieder ins Gebäude zurück, die Gäste des im Erdgeschoss befindlichen Cafés »De Fockink« verscheuchten sie sogar ganz.

Während sich die Truppe, die van Bastens Wohnung in wenigen Minuten stürmen würde, mit kugelsicheren Westen ausstattete, brachten sich auf den umliegenden Gebäuden Scharfschützen in Position. Sicherlich keine der üblichen Vorgehensweisen. »Aber bei einem mutmaßlich psychopathischen Mehrfachmörder weiß man ja nie, was einen erwartet«, hatte der Einsatzleiter diesen völlig überdrehten Aktionismus begründet und darauf bestanden. Dies war allerdings nicht der derzeitige Leiter der Aachener oder der Chef der ostbelgischen Mordkommission gewesen, sondern der niederländische Hoofdinspecteur Luc Verhoeven, der Gebrauch von seinem »Hausrecht« gemacht hatte, um den Einsatz höchstpersönlich zu koordinieren. Damit gewährleistet war, dass nichts schiefgehen konnte, hatte er eine halbe Hundertschaft aufmarschieren lassen.

»Man kann auch mit Kanonen auf Spatzen schießen«, kommentierte der belgische Mordermittler seinen Leuten gegenüber das unfassbare Geschehen um sie herum.

Ob das Brimborium damit zusammenhing, dass diejenigen Polizisten, die beim Zerschlagen der »Frittenmafia« vor ein paar Jahren höchst offizielle Belobigungen ihrer Polizeipräsidenten erhalten hatten und mit Ehren überschüttet worden waren, konnte Le Maire beim Verhalten des niederländischen Polizisten nur vermuten. Wie dem auch sein mochte: »Die spinnen, die Holländer!«, raunte er Pierre und Herbert zu, weil er all dies für maßlos übertrieben hielt – insbesondere, weil Devaux das Restaurant »Zur Goldenen Madonna« immer noch observierte und ihm kurz zuvor telefonisch mitgeteilt hatte, dass van Basten nach wie vor in seinem Lokal sei und an einer großen Madonnenfigur herumwerkelte. Demnach konnte er sich nicht in seiner alten Wohnung aufhalten.

»Was soll's, Hauptsache, wir finden einen Hinweis, mit dessen Hilfe wir die junge Ägypterin ausfindig machen und befreien können«, bemerkte er Matthias Lehnen gegenüber, der ebenso dachte wie sein belgischer Kollege.

»… falls sie wirklich von diesem Niederländer entführt wurde und der so dumm ist, sie in seiner Wohnung zu verstecken, was ich nicht glaube.«

»Ich auch nicht«, pflichtete Frederic ihm bei.

Dann ging alles Schlag auf Schlag und das übliche Prozedere nach amerikanischem Vorbild nahm seinen unnötigen Lauf. Eine Wohnungstür knallte krachend auf, Polizisten schrien wild durcheinander, um die Menschen, die sich möglicherweise darin befanden, so zu erschrecken, dass sie sich nicht mehr wehrten und festgenommen werden konnten.

Die Aachener und die belgischen Beamten waren froh, sich nicht an dieser fernsehreifen Aktion beteiligen zu müssen, die sie allein ihren niederländischen Kolleginnen und Kollegen überließen. Sie warteten nur darauf, die Wohnung endlich durchsuchen zu dürfen.

Weitere Türen knallten und zusätzliche Schreie hallten aus van Bastens Wohnung durch den Hausflur. Als Le Maire von der Treppe aus mehrmals den Ruf »Schoon!« hörte, signalisierte ihm dies, dass die Wohnung »sauber« sei, was hieß, dass sich darin niemand aufhielt … leider auch die vermisste Frau nicht. Ernüchterung machte sich breit.

Nachdem dies offenkundig geworden war, musste die niederländische »Sturmtruppe« die Wohnung verlassen, um für die Spurensicherung sowie für je zwei Aachener und zwei belgische Kriminalbeamte Platz zu machen.

»Eine schicke Wohnung!«, bemerkte der Eupener Chefermittler anerkennend, obwohl augenscheinlich schon viel ausgeräumt worden war und überall Umzugskartons herumstanden. Le Maire begann zusammen mit seinen Kollegen, nach irgendwelchen Hinweisen zu suchen, die bestätigen konnten, dass van Basten die Studentin entführt und in seiner Gewalt hatte. Außerdem suchten sie fieberhaft nach Hinweisen, die auf Tathandlungen, Tatmotive, Tatobjekte oder andere beweiserhebliche Anzeichen hindeuten würden, von denen sich mit großer Wahrscheinlichkeit darauf schließen ließ, dass der Verdächtige tatsächlich auch der »Gliedermörder« war.

»Nehmt alles auseinander!«, ordnete Le Maire an. Er wusste, dass er wieder ganz am Anfang stehen und sich zudem vor seinen Aachener und niederländischen Kollegen bis auf die Knochen blamieren würde, wenn diese Aktion nicht den erwünschten Erfolg zeitigen würde – ganz zu schweigen von seinen eigenen Leuten. Hoffentlich hat die Presse hiervon keinen Wind bekommen, wünschte er sich im Stillen. Kein Wunder also, dass er nervös war.

*

Zur selben Zeit saßen Eleonore Olbrich und die Al-Thanis nervös im Speisesaal des Studierendenwohnheimes im Kölner Stadtteil Ehrenfeld und warteten auf Darias und Abdels vermeintliche Tochter. Dementsprechend lag eine schier unerträgliche Spannung in der Luft, die Daria immer wieder schwer atmen und seufzen ließ. »Und was ist, wenn sie nichts mit uns zu tun haben möchte?«

Weil Abdel diese Frage bei aller Liebe nicht mehr hören

konnte, antwortete er auch nicht mehr darauf. Dies ließ seine Frau aber nur umso unruhiger werden.

»Verdammt! Es reicht jetzt, Daria! Wir müssen warten, bis Frau Pütz zurückkommt«, schoss es versehentlich aus ihm heraus, als sie ihm erneut diese Frage stellte. Das Ergebnis war, dass Daria haltlos zu weinen begann.

»Entschuldige.« Weil Abdel nicht mehr wusste, wie er das schmerzhafte Warten aushalten konnte, und deswegen mit sich selbst rang, nahm Eleonore ihre Freundin in den Arm und versuchte, sie zu beruhigen. »Frau Pütz hat mit Shirin geredet …«

»Sie hat mit *Dari* geredet«, fauchte ihre Freundin zurück.

Um die Lage nicht eskalieren zu lassen, gab ihr Eleonore recht und sagte, dass »Dari« ihr Einverständnis dazu gegeben hatte, mit ihnen zu reden. »Beruhig dich, Daria.«

Eine endlos lange Viertelstunde später kam Frau Pütz, einen Arm um Shirins Schulter gelegt, in den spartanisch eingerichteten und deswegen kühl wirkenden Raum.

Apathisch verfolgte Daria, wie die Frauen näher kamen. Endlich, dachte sie gleichermaßen erfreut wie ängstlich, als sich die beiden zu ihnen an den Tisch setzten.

»Shirin möchte Ihnen etwas sagen«, versuchte Frau Pütz, die Stimmung aufzulockern. Dann nickte sie der jungen Frau freundlich zu und ermunterte sie zu sprechen.

Obwohl alle Blicke auf die 21 Jahre junge Frau gerichtet waren, erweckte sie nicht den Eindruck, nervös zu sein – im Gegenteil: Shirins klare Augen musterten neugierig die Gesichter des ägyptischen Ehepaars. Dann begann sie ganz ruhig zu erzählen, dass ihr ein Anwalt aus Kairo erst vor einem halben Jahr, am 13. Juni …

»… an eurem Geburtstag!«, sagte Daria.

Shirin lächelte sanft und nickte. »Ja, an meinem Geburtstag«, bestätigte sie in Flüsterlautstärke. Dann fuhr sie mit zwar vibrierender, aber starker Stimme fort und berichtete, dass ihre Eltern schon bald nach ihrer Geburt schriftlich niedergelegt hatten, dass sie – sollte ihnen etwas Unvorhergesehenes widerfahren – ihr das ganze Vermögen übertragen würden und sie in ein Eliteinternat in Kairo käme, in dem sie nicht nur die beste schulische Ausbildung bekommen würde, sondern auch komfortabel wohnen konnte. Bevor Shirin weitersprechen und auf den Punkt kommen konnte, musste sie schlucken. Dann erzählte sie den Rest der Geschichte: »Weil ich an meinem 21. Geburtstag hier und nicht in Ägypten war, ist der Anwalt anlässlich meiner Volljährigkeit hierhergeflogen und hat mir einen versiegelten Briefumschlag ausgehändigt.«

»Und?«, drängte Daria, die bisher bewundernswert still zugehört hatte. Sie konnte es nicht erwarten, zu erfahren, was in dem Umschlag gewesen war.

Frau Pütz wusste, was Shirin zu sagen hatte. Deswegen legte sie ihren Arm wieder um die Schulter der jungen Frau. Aber Shirin konnte im Moment nicht weitersprechen. Tränen traten in ihre Augen.

Daria wollte das Mädchen in den Arm nehmen, wurde aber von Abdel und Eleonore davon abgehalten. So verkroch sie sich unter Abdels Schulter und wartete.

»Und weil meine *Zieheltern* …«, zum ersten Mal schloss sie das »Zieh« mit ein und betonte es, bevor sie weitersprach, »… keine eigenen Kinder bekommen konnten, haben sie mich dir …«, Shirin sprach Daria nun direkt an, »… gleich nach der Geburt einfach weggenommen und euch gegenüber behauptet, dass ich eine Totgeburt war. Weil mein Ziehvater Chefarzt war und meine Mutter deine Gynäkologin, war das wohl problemlos machbar. Und den Rest erledigten laut ihres schriftlichen Bekenntnisses Schweige- und Bestechungsgelder. Geld genug hatten sie ja.«

Im Raum herrschte nun absolute Stille. Selbst Daria hatte zu schluchzen aufgehört und presste ihre Hände vor den Mund, um nicht laut aufzuschreien.

Shirin wippte ein paarmal mit dem Kopf. Ihre fest aneinandergepressten Lippen lösten sich und formten sich zu einem zaghaften Lächeln. Dann sprach sie das aus, was Daria und Abdel in ihren kühnsten Träumen nicht zu hoffen gewagt hatten: »Als wir vorgestern aufeinandergetroffen sind, habe ich sofort gespürt, dass ihr meine leiblichen Eltern seid!«

Frau Pütz zwinkerte Eleonore zu und bedeutete ihr mit einer Geste, die Familie allein zu lassen. Was dann kam, hätte herzzerreißender nicht sein können. Keiner der drei wusste, wie er anfangen sollte. Obwohl Shirin alles über ihre Eltern und über ihre Zwillingsschwester erfahren mochte, musste sie ihren Eltern den Vortritt lassen. Denn Daria gab keine Ruhe, um in der zur Verfügung stehenden Zeit möglichst viel von ihrer Tochter zu erfahren. Dieser Moment galt einzig und allein »Dari«.

Nach zwei Stunden des rührenden Wiedersehens kamen die beiden Frauen zurück, um nun in aller Sachlichkeit über alles zu sprechen. Dies gestaltete sich allerdings nicht so einfach; denn nun wurden auch sie schier endlos herzlich und innig umarmt. Die drei Al-Thanis wussten, wem sie die Familienzusammenführung zu verdanken hatten.

Wie schon zuvor, kamen sie während dieses Gesprächsverlaufes immer und immer wieder auf Nashwa zu sprechen.

Eleonore beendete schließlich das Wiedersehen vorerst. »Es ist schon spät. Ich schlage vor, dass wir uns jetzt in unser Hotel zurückziehen und uns dort morgen um acht zum Frühstück treffen. Ich regle das mit der Hotelleitung. Dann haben wir über alles geschlafen und können über unser weiteres Vorgehen sprechen. Danach fahre zumindest ich nach Aachen zurück, um mich bei der dortigen Polizei persönlich über Nashwa zu erkundigen. Vielleicht sind sie ja auf ihrer Spur. Was Köln anbelangt, habe ich – offen gesagt – überhaupt keine Idee mehr, wo wir suchen sollen. Wenn ihr so weit seid, können wir gehen.«

Es dauerte nochmals eine geschlagene Stunde, bis Eleonore die beiden überglücklichen Eltern dazu bewogen hatte, mit ihr ins Hotel zurückzufahren. »Nun kommt schon. Ich kann nicht schon wieder ein Taxi abbestellen.«

*

Die Durchsuchung von Louis van Bastens bisheriger Bleibe war für den leitenden Mordermittler aus Eupen trotz des umzugsbedingten Durcheinanders eine Lehrstunde in Bezug auf »Schöner Wohnen« gewesen. Obwohl eigenwillig und extravagant, ist sie geschmackvoll eingerichtet, das muss man van Basten lassen, hatte er sich gedacht, als er sich in der Wohnung umgesehen hatte.

Seine Leute waren fündig geworden. Herbert hatte zwar keinerlei Hinweis auf Nashwas Verschwinden gefunden, dafür aber etwas, das auf den »Gliedermörder« hindeutete. Kaum dass La Maire die Wohnung betreten und sich ein erstes Bild gemacht hatte, war der kurz zuvor an ihm vorbeigehuschte Streifenpolizist mit einem Paar Stiefel aus Schlangenleder zurückgekommen, die Le Maire ungläubig angestarrt hatte.

»Größe 45?«

Herbert drehte das Schuhwerk um und nickte.

KAPITEL 32

»Docteur Dubois wird uns nur kurz die Ehre seiner Anwesenheit geben, weil er zu einem Mord nach Brüssel gerufen wurde und gleich nach unserer Besprechung fahren muss«, verkündete Le Maire bei der anschließenden Zusammenkunft mit einem leichten Bedauern in der Stimme. Er bedankte sich zwar bei ihm, hielt sich aber nicht damit auf und kam ohne Umschweife zur Sache: »Die Spurensicherung hat in van Bastens Vaalser Wohnung leider nichts gefunden, was auf eine Entführung der ägyptischen Studentin hinweisen könnte«, erklärte der Chef in Richtung seiner Oberkommissarin, die zum Zeitpunkt der Wohnungsdurchsuchung mit einem Kollegen der Streife die »Goldene Madonna« observiert hatte und deswegen nicht dabei gewesen war. Weil er nun aber ziemlich sicher sein konnte, dass Louis van Basten der »Gliedermörder« war, galt es zu handeln. Niemand wusste, ob es sich überhaupt um eine Entführung handelte oder ob die junge Frau auf irgendeine andere Weise verschwunden war. Fest stand nur, dass die 21-Jährige von Angelikas Freundin Eleonore Olbrich als vermisst gemeldet wurde. Ob sich ihre Spur in Aachen, in Köln oder ganz woanders verloren hatte, konnte niemand sagen. Nashwa war einfach von jetzt auf gleich verschwunden.

»Vielleicht ist sie ja nur mit einem Kerl durchgebrannt und taucht zum nächsten Semesterbeginn wieder auf«, hatte Le Maire im Verlauf der Suche schon mehrmals in den Raum geworfen. Dennoch machte er sich mehr Sorgen um die junge Frau, als er sich selbst eingestehen wollte. Deswegen würde er Theres Lambert bitten, sich mit ihrem Team noch einmal ganz genau in van Bastens Wohnung umzusehen. Denn er kannte die Binsenweisheit, dass es keine Berührung von zwei Menschen geben konnte, die keine Spuren hinterließ. »Stimmt doch, Hugo, oder etwa nicht?«, mochte er sich sein Wissen vom Kriminalpsychologen bestätigen lassen. Also hatte Le Maire ihn zu dieser kurzfristig anberaumten Besprechung hinzugezogen. »Schön, dass du dir vor deiner Rückfahrt schnell die Zeit genommen hast, um hier dabei sein zu können«, bedankte sich Frederic nochmals bei ihm.

Le Maire musste sich jetzt dringend um die »Gliedermorde« kümmern. Die Sache schien sich nun final zuzuspitzen.

Weil Locki eine aufmerksame Sekretärin war, hatte sie mitbekommen, dass ihr Chef van Bastens Wohnung noch einmal auf den Kopf stellen lassen wollte. Und da sie ihn kannte und wusste, dass ihm jetzt andere Dinge durch den Kopf schwirrten, hatte sie eigenständig die Initiative ergriffen und die Chefin der Spurensicherung angerufen. »Kein Problem«, hatte Theres Lambert gesagt und ihr versichert, dass sie dies noch an diesem Spätnachmittag erledigen würde.

Nachdem Le Maire den heutigen Einsatz hatte Revue passieren lassen, meldete sich Devaux kritisch zu Wort: »Warum habt ihr ihn nicht gleich festgenommen?«

»Weil bezüglich der vermissten Ägypterin aus den zuvor genannten Gründen keine Gefahr mehr im Verzug war und wir hierbei sowieso nichts machen konnten«, knurrte er zurück. »Außerdem eröffnet er in Kürze sein Restaurant, weswegen sicher keine Fluchtgefahr bestand und das Haus ohnehin von *zuverlässigen* Kollegen observiert wird. Er ahnt immer noch nicht, dass wir ihm auf der Spur sind. Das Paar Schlangenlederstiefel könnte belegen, dass van Basten unser Mann ist, aber erst, wenn das Untersuchungsergebnis, vor allem die Schuppenanalyse, die wir erst abwarten müssen, vorliegt. Erst wenn klar ist, dass es sich um dieselben Schuhe handelt wie an dem Tatort in Clermont, haben wir einen klaren Beweis und bekommen einen deutschen Haftbefehl.«

»Was haben Sie jetzt vor?«, interessierte Pierre.

»Ganz einfach: Wir lassen die ›Goldene Madonna‹ weiterhin nicht aus den Augen und warten darauf, dass die Aachener Kollegen grünes Licht für die Durchsuchung geben. Dann schlagen wir gemeinsam mit ihnen zu. Solange die sich nicht melden, sind uns die Hände gebunden.«

Irgendetwas ist da im Busch, wunderte sich Devaux über die ungewohnt korrekte Haltung ihres Chefs, der sich offensichtlich nichts zu Schulden kommen lassen mochte.

Ideale Voraussetzungen für eine nochmalige Wohnungsdurchsuchung in Vaals, dachte sich Le Maire, als ihm das zweite Observationsteam auf Anfrage bestätigt hatte, dass van Basten nach wie vor in der »Goldenen Madonna« sei.

*

Trotz der gebotenen Eile musste Le Maire sich die Kelmiser Leiche noch einmal ansehen. Und dafür musste er zur Pathologie nach Lüttich. Denn dieses Mal war es ihm nicht gelungen, Dr. Laefers als Leichenbeschauerin einzusetzen.

Docteur René Dutileux, der 33-jährige neue Rechtsmediziner aus Lüttich, war von seinem mehrwöchigen Fortbildungsseminar zurück und begierig darauf, sich beweisen zu können. Und weil er von Pat Miller, dem Chef der Lütticher Mordkommission, mitbekommen hatte, dass in Kelmis – also in *seinem* Befugnisbereich – ein Mordopfer aufgefunden worden war, hatte der ehrgeizige Pathologe darauf bestanden, die Tote nach Lüttich überführen zu lassen, um sie zu untersuchen. Selbst von Miller hatte er sich nicht davon abhalten lassen, seine Aachener Kollegin vor den Kopf zu stoßen und ihr den Leichnam sozusagen aus dem Kühlfach heraus wegzunehmen. Obwohl alle bisherigen Opfer des »Gliedermörders« auf *ihrem* Tisch gelandet waren, hatten weder sie noch Frederic etwas dagegen machen können. Und die beiden Oberstaatsanwälte aus Aachen und Lüttich hatten sich mehr oder weniger herausgehalten, weil beiden bewusst gewesen war, dass ihre Einmischung das bisher gute grenzüberschreitende Verhältnis gefährden konnte. Und dies hatten sie unter keinen Umständen riskieren wollen.

»Nun komm schon, Angelika, spiel hier nicht die Beleidigte und gib mir die Akte!«

»Ich komme mit nach Lüttich. Dem Bürschchen werde ich den Marsch blasen, von wegen kollegialer …«

Bevor die erfahrene Rechtsmedizinerin so richtig lospoltern konnte, drückte Frederic sie an sich und beschwichtigte sie – erfolgreich.

Weil Frederic an diesem Tag mehr vorhatte, waren sie sofort ins Auto gestiegen und hinter dem Leichenwagen her nach Lüttich gefahren, wo Noémi Soladis Körper und Kopf erneut untersucht werden sollten.

»Ich lass dich mal …«, sagte Le Maire nach einer eher frostigen Begrüßung in der Lütticher Pathologie. »Du kannst mir ja auf dem Nachhauseweg alles erzählen.« Er selbst wollte die Zeit nutzen, um in seiner alten Dienststelle reinzuschauen. Er freute sich sogar richtig darauf, seinen ehemaligen Stellvertreter Pat Miller und die ihm damals eng verbundenen Kommissare Lassarde und Soquett wiederzusehen. Am meisten aber freute er sich auf ein Schwätzchen mit seinem alten Freund Bribanté. Ob die drei schon befördert wurden?, fragte er sich, während er sich zufrieden ein Zigarettchen drehte und den Weg zur Lütticher Mordkommission einschlug.

»Wie? Du lässt mich jetzt einfach allein?«, wunderte sich Angelika und bekam zur Antwort, dass er sich die Leiche im Grunde genommen kein zweites Mal anzusehen bräuchte, zumal sie bei dieser zweiten Sektion ja dabei sein würde und ihm danach alles erzählen konnte … falls Docteur Dutileux neue Erkenntnisse zu vermelden haben würde, an die der erfahrene Mordermittler allerdings nicht glaubte.

»Ja, aber …«

»Wir können uns dann ja bei ›Fritten-Ralf‹ in der ›Friterie du Perron‹ treffen«, schlug er eilfertig vor. »Au revoir, ma chérie!« Und weg war er.

*

Weil es inzwischen schon spätabends war, hatte Angelika es eilig, die Pathologie zu verlassen. Zum einen hatte sie das siebengescheite und schulmeisternde Geschwätz ihres ehrgeizigen jungen Kollegen genervt und zum anderen hatte es nicht die geringste Neuigkeit gegeben. Deswegen hatte sie sich eine dementsprechende Bemerkung Docteur Dutileux gegenüber nicht verkneifen können, bevor sie den beleidigt dreinschauenden Nachwuchspathologen wie einen Schuljungen hatte stehen lassen, um Frederic anzurufen.

»Nicht schon wieder!«, hatte sie geschimpft, weil Frederic den Akku seines Handys wieder einmal nicht aufgeladen hatte. Also war ihr nichts anderes übrig geblieben, als den Weg zur Ecke Rue de Bex/Rue de la Violette gegenüber des Place St. Lambert und des Place du Marché einzuschlagen, um Frederic in der »Friterie du Perron« zu treffen. »Klar, dass du schon hier bist«, hatte sie bemerkt und ihn dazu genötigt, mit ihr ... »schick« essen zu gehen, anstatt nur Fritten in sich hineinzustopfen.

Aber Frederic hatte Glück gehabt. Gerade als er notgedrungen hatte zusagen wollen, war der Brummton von Angelikas Handy in ihrer Umhängetasche zu hören gewesen. Weil die Chefin der Eupener Spurensicherung den Chef der Eupener Mordkommission ebenfalls nicht hatte erreichen können, war ihr Angelika in den Sinn gekommen. Also hatte sie es dort versucht. Und weil es geklappt hatte, musste sich Angelika nun doch mit Fritten zufriedenzugeben. Denn Theres Lambert hatte gleich mehrere Neuigkeiten parat gehabt: »Die Schuppen der in Vaals gefundenen Schlangenlederstiefel sind mit denjenigen identisch, die wir bei unserem ersten Mordopfer in Clermont gefunden haben.«

»Dann ist einwandfrei bewiesen, dass van Basten unser ›Gliedermörder‹ ist!«, hatte Frederic triumphiert, nachdem ihm Angelika dies mitgeteilt hatte. Aus lauter Freude hatte er sich gleich mehrere Fritten auf einmal in den Mund geschoben. »Und was gibt es sonst Neues?«, hatte er Angelika mit vollem Mund gefragt, weswegen sie ihn arg gerügt hatte. »Was jetzt?«, hatte er wissen wollen, nachdem er sich die Mayonnaise und das Ketchup vom Mund gewischt hatte.

»Das möchte dir Theres selber zeigen. Sie erwartet dich im ›De Fockink‹, wo sie so lange Kaffee trinken wird, bis du kommst. Auf deine Rechnung, hat sie gesagt.«

*

»Dann lass mal sehen, Theres! Hoffentlich hast du wenigstens etwas Interessantes für mich, wenn ich dir schon den Kaffee bezahlen muss«, rief ihr Frederic erwartungsvoll zu, als er das »De Fockink« in Vaals betrat. »Servus, zusammen!«, rief er den Wirtsleuten zu, weil er wusste, dass die beiden schon seit Jahren gerne nach Tirol in Urlaub fuhren.

Kaum dass er in dem beliebten Café neben der Spurensucherin an der Theke saß, offerierte er Theres, dass er wenig Zeit habe und auf schnellstem Weg zu Matthias Lehnen müsse, um mit ihm den finalen Zugriff in die Wege zu leiten.

»Da würde ich mich in der Tat beeilen«, sagte die im Gegensatz zu sonst etwas aufgekratzt wirkende Frau und kramte etwas aus dem Plastikkörbchen, das sie neben sich auf einem Barhocker stehen hatte. »Entschuldige bitte, dass wir dies bei der ersten Wohnungsdurchsuchung übersehen hatten.« Bevor sie sich weiter entschuldigte, drückte sie ihm einen eingetüteten Kassenbon in die Hände. »Er lag zusammengefaltet in einem Flyer eines Aachener Army-Shops, der wiederum inmitten eines Stapels Prospekte und Zeitschriften in einem Katalog für Jäger und Angler steckte. Deswegen war uns der Kassenbon nicht aufgefallen. Einer meiner Leute hatte zwar kurz auf den Katalog geschaut, ihn aber nicht aufgeschlagen. Er dachte nicht, dass ein …«

»Schon gut«, bremste Frederic. »Du brauchst dich nicht zu entschuldigen. Ich könnte dich knutschen, Theres. Also dann, nichts wie auf zu Kollege Lehnen! Ich hoffe, dass er noch im Büro ist. Darf ich kurz dein Handy benutzen?«

»Na, klar! Und nimm das hier mit! Ich habe alles da reingelegt, was ich sonst an kleinem Schriftkram gefunden habe. Vielleicht ist da ja noch etwas für dich dabei. Das Körbchen kannst du mir ja bei Gelegenheit zurückgeben.«

»Jetzt nimmst du es wohl ganz genau, Theres«, freute sich Frederic, der ja gleich im Anschluss an das Gespräch mit Theres nach Aachen hatte fahren wollen, um mit seinem dortigen Kollegen über den Haftbefehl zu sprechen. Und den würde er nun umso dringender benötigen, wenn er van Basten festnageln wollte. Aber manche Dinge entwickelten sich einfach anders, als man dachte oder wollte. Weil er kurz ins Büro musste, um das Körbchen seinen Leuten zu geben, damit sie den Inhalt genau überprüfen konnten, erreichte er Aachen erst mit Verspätung. Zu seinem Glück schien Matthias Lehnen noch da zu sein.

Der junge Kriminaler verzögerte die Angelegenheit jedoch weiter. Denn zu Frederic Le Maires Bedauern wollte er zuerst alles über den jüngsten Mordfall in Kelmis wissen.

Er nahm das eingetütete Beweisstück aus seiner Jackentasche, das er von Theres bekommen hatte, und knallte es auf Lehnens Schreibtisch. »Reicht das für einen Durchsuchungsbeschluss und für einen Haftbefehl?« Der belgische Ermittler war stinksauer.

»Was ist das?«

»Nach was sieht's denn aus? Hier.« Er tippte auf den Zettel. »Dies ist eine Rechnung, die wir in van Bastens Wohnung gefunden haben! Und zwar von einem Army-Shop in der Kleinmarschierstraße in Aachen!«

»Ich weiß, dass die Kleinmarschierstraße in Aachen ist«, blaffte Matthias zurück. »Und was soll ich damit?«

Frederic könnte verrückt werden. »Darin geht es um zwei Survival-Jagdmesser der Marke NedFoss.«

»Was ist das denn für ein Schwachsinn?« Matthias Lehnen schien immer noch nicht zu wissen, was sein belgischer Kollege von ihm wollte, also bekam er weitere Informationen zu dem Messer: »Diese Rechnung stammt vom 18. Oktober 2021, dem Tag, an dem Aninda van Basten beerdigt wurde.« Frederic tippte wieder hektisch auf dem Zettel herum. »Es handelt sich um eine Waffe, die auf einer Seite eine normale Klinge hat und auf der anderen Seite über Sägezähne verfügt. Laut Internetauskunft des Herstellers und Dr. Laefers' eindeutiger Aussage stimmen sowohl die Länge als auch die Tiefe und die Breite der Klinge mit denen der Tatwaffe überein. Na, klickt es jetzt?«

»Du möchtest Louis van Basten heute noch festnehmen? Ohne Durchsuchungsbeschluss und ohne Haftbefehl?«

»Ja, was denn sonst?«, schimpfte Frederic. »Wir haben ohnehin schon zu lange gezögert und ich möchte nicht noch eine Nacht darüber schlafen müssen.«

Weil der interimistische Leiter der Aachener Mordkommission befürchtete, das gleiche Schicksal zu erleiden wie sein Chef, atmete er tief durch.

»Und?« Frederic machte weiter Druck.

»Von mir aus!«

»Respekt, mein junger Herr Kollege!« Frederic war zufrieden.

KAPITEL 33

»Zugriff!« Dieses eine Wort im Dunkel der Nacht in ein rauschendes Funkgerät gesprochen, das der belgische Mordermittler Frederic Le Maire seinem Aachener Kollegen Matthias Lehnen hatte überlassen müssen, klang in seinen Ohren wie Musik.

Vor ihm hatten sich acht Mann eines Sondereinsatzkommandos aufgebaut, zwei davon sogar in voller Montur mitsamt ihren Schutzschilden. Le Maire und Lehnen hatten zusammen mit ihren Leuten in der zweiten Reihe auf das heiß ersehnte Zauberwort gewartet, während etwa 20 uniformierte Polizisten die altehrwürdige Häuserzeile zwischen Aachens Münsterplatz und dem Fischmarkt umstellt hatten, in der die »Goldene Madonna« ihre annähernd 400 Jahre alte Einlasspforte für Gäste öffnen sollte. Dass sich die schwere hölzerne Tür schon vor der offiziellen Lokaleinweihung durch ungeladene Gäste öffnen würde, hatte Louis van Basten nicht gedacht. Er bekam von alledem nichts mit. Er hörte nicht einmal die Einmannramme in den Händen eines SEK-Mannes, die so hart gegen die Eingangstür krachte, dass sie aus dem Schloss sprang.

Dann ging alles ganz schnell: Die Spezialeinheit der Polizei verteilte sich gezielt auf die Räume im Erdgeschoss, um van Basten festzunehmen. Gleichzeitig tasteten sich zwei Mann vorsichtig die Treppe hoch zu dessen Wohnung vor. Und weil Le Maire bei der Lagebesprechung die Räume ziemlich genau hatte beschreiben können, wusste der Aachener Einsatzleiter auch von der etwas versteckt liegenden Kellertreppe, wohin er ebenfalls zwei Männer schickte.

Der Einsatz ging so rasch und – bis auf das Krachen der Eingangstür – leise vonstatten, dass van Basten im gut gedämmten Kühlhaus immer noch nichts mitbekommen hatte. So hatte er keine Chance, sich dem Zugriff zu entziehen. Der Keller war von oben gesichert und vor ihm sah er einen schwer bewaffneten Polizisten nach dem anderen auf sich zukommen. Die wild um sich schreienden SEK-Männer hatten ihre Sturmgewehre und die Kriminalbeamten ihre Pistolen auf ihn gerichtet. Was sollte er tun? Es war alles zu spät.

Als einer der Männer »Hände hoch!« rief, bot sich ihnen ein schauerliches Bild. Denn anstatt zwei, reckten sich gleich drei Arme hoch. Bei diesem schrecklichen Anblick war Le Maire sofort klar, dass sie den Richtigen erwischt hatten – zumindest, was die »Gliedermorde« betraf. Dies bestätigte sich nach der Festnahme. Denn es stellte sich rasch heraus, dass es sich um den linken Arm der 21-jährigen Nursanti Ohaman, van Bastens zweitem Opfer aus dem ostbelgischen Burg-Reuland, gehandelt hatte. Die Kühltruhentür war geöffnet.

Bei der Durchsuchung der Kellerräume sollten sie in dieser Kühltruhe zwischen verschiedenen portionierten Fleischsorten zwei menschliche Beine finden, die allerdings nicht zusammenpassten. Das tierische Fleisch war eingeschweißt, das menschliche nicht einmal verpackt. Le Maire wusste sofort Bescheid, zu wem die steif gefrorenen Beine gehörten.

»Dann würde nur noch ein rechter Arm fehlen«, vermutete der Einsatzleiter und bekam von Le Maire zur Antwort, dass der offenbar bereits eingemauert worden sei. Obwohl Matthias Lehnen und seine Leute bei der Lagebesprechung von Le Maire gebrieft worden waren, liefen ihnen bei diesem Gedanken kalte Schauer über den Rücken. Von so etwas zu reden, war eine Sache, es mit eigenen Augen zu sehen, eine andere.

Aber das sollte nicht alles sein, was die ansonsten abgebrühten Polizisten schockieren würde. Nachdem sie im Keller noch nicht ordentlich weggewischte Blutflecken entdeckt und in der nur notdürftig eingerichteten Wohnung das Survival-Jagdmesser der Marke NedFoss sichergestellt hatten, nahmen sie sich das Restaurant vor.

Bis auf die in zwei Teilen am Flaschenzug hängende »Schwarze Madonna« fiel den Beamten dort nichts Ungewöhnliches auf. Nur Le Maire ahnte, dass er gleich einen schauerlichen Beweis für van Bastens krankes zweites Ich finden würde. Zuvor aber wollte er von ihm wissen, welche der Madonnenfiguren aus Oberstaufen stammte.

»Ich weiß nicht, was du meinst!«

»Tu nicht so! Ich werde sie auch ohne dein Zutun finden«, versprach Le Maire, wurde aber gleich wieder abgelenkt.

»Was ist das denn für eine monströse Statue? Die ist ja völlig ausgehöhlt!«, bemerkte der SEK-Chef, während er die große zweiteilige Madonnenfigur zusammen mit ein paar seiner Männer betrachtete und sich dabei wunderte. »Und was soll die Wanne, die darunter auf einer Plastikplane liegt?«

»Das kann ich dir gleich sagen«, bemerkte Le Maire. Dann entschuldigte er sich für einen Moment, eilte in den Keller und kam mit dem Vorschlaghammer zurück, den er dort unten gesehen hatte.

»Um Gottes willen, was tun Sie denn da?« Matthias Lehnen wollte eingreifen, als sich Le Maire vor der größeren, der goldenen Madonnenfigur aufbaute und die anderen bat, einen Schritt zurückzutreten.

Nachdem Le Maire mehrmals – zunächst etwas zaghaft, dann mit aller Wucht – auf den Kopf der Statue geschlagen und somit den innen hohlen Stein zum Bröckeln gebracht hatte, kam darunter ein menschlicher Kopf zum Vorschein.

»Darf ich vorstellen? Aninda van Basten. Louis van Bastens Ehefrau in voller Lebensgröße.«

*

Die Aachener Spurensicherung hatte den Rest der Nacht durchgearbeitet und auch den fehlenden Arm gefunden, der in der gut versteckten, noch nicht fertig verarbeiteten Marienstatue aus Oberstaufen eingemauert war.

Es war noch dunkel, als der »Gliedermörder« mit großen Sicherheitsvorkehrungen zum Aachener Kommissariat gebracht wurde. Nur gut, dass um diese Zeit kaum Menschen unterwegs waren. Vorneweg fuhren zwei Motorradstreifen, gefolgt von einem Streifenwagen und dem Zivilwagen der Einsatzleitung. Der an Händen und Füßen gefesselte Gefangene wurde dahinter in einem kugelsicheren Kombi transportiert. Dem folgte wieder ein Streifenwagen. Den Abschluss des Konvois bildeten ebenfalls zwei Motorradstreifen. Alle Fahrzeuge fuhren mit Blaulicht.

Gleich bei der Ankunft im Kommissariat wurde van Basten fotografiert und gefilzt. Dabei stellte sich heraus, dass er tatsächlich einen gelben Löwen auf blauem

Grund auf den Oberarm tätowiert hatte. Er war in Leeuwens Wohnung eingedrungen und hatte falsche Fährten gelegt. Frau Jacobs hatte die beiden offenbar verwechselt und van Basten hatte sie zu Leeuwens Wohnung geführt. Sie sehen sich tatsächlich ähnlich, dachte Le Maire. Nach ein paar Bechern Kaffee hatten es die beiden Kripochefs nicht erwarten können, den »Gliedermörder« zu befragen. Aber sie konnten es anstellen, wie sie es wollten, die Unterhaltung blieb einseitig. Van Basten zeigte nicht die geringste Regung und sagte kein Wort – weder bestätigte er, Linkshänder zu sein noch die Schlangenlederstiefel bei seinen Taten getragen zu haben. Dann warf Le Maire van Basten wie aus dem Nichts heraus den Apfel zu, den er in der Jackentasche gehabt hatte. Obwohl der Gefangene wegen seiner Handschellen reflexartig *beide* Arme hochriss, um den Apfel nicht ins Gesicht zu bekommen, war Le Maires kleines, aber effizientes Experiment aufschlussreich. Denn er hatte deutlich gesehen, dass der Mann den Apfel mit der linken Hand gefangen hatte. »Verdammt noch mal, sprich mit mir!« Obwohl sich der Verhörspezialist ärgerte, blieb er bewundernswert ruhig.

Als Le Maire auf van Bastens eingemauerte Frau und auf die anderen mutmaßlich von ihm getöteten Prostituierten zu sprechen kam, regte sich zum ersten Mal etwas im bislang schweigenden Gefangenen, der seine gefesselten Hände wie zum Gebet faltete und laut schrie: *»So tötet nun die Glieder, die auf Erden sind: Unzucht, Unreinheit, schändliche Leidenschaft, böse Begierde und Habsucht*!«

»Mit diesem Bibelvers meinst du sicher die vier Gliedmaßen, die du den vier bedauernswerten Opfern abgetrennt hast, weil du sie in direktem Zusammenhang mit den sexuellen Aktivitäten der Prostituierten bringst, stimmt's?« Weil Le Maire keine Antwort bekam, bastelte er gleich weiter an van Bastens Psychogramm: »Und für die ›Habsucht‹ steht der ebenfalls abgetrennte Kopf eines deiner Opfer. Damit meinst du gezielt deine Frau Aninda, die ebenfalls von dir ermordet wurde, weil sie dem Laster der Prostitution so lange verfallen war, bis es dir zu viel geworden ist und du es nicht mehr hast ertragen können, richtig? Damit die Frauen nach ihrem Leben Reue zeigen und Buße tun konnten, hast du sie immer vor Kirchen oder auf Friedhöfen abgelegt und ihnen ihre Hände vor dem Schritt positioniert.« Bei diesem Gedanken musste Le Maire kurz innehalten, bevor er fortfuhr: »Und das eine Opfer aus Kelmis, dem du die Hände ebenfalls auf die Scham gelegt hast, musste nur sterben, weil du mit deinem Restaurant in zeitlichen Eröffnungsdruck gekommen bist und auf die Schnelle keine weitere Prostituierte mit molukkischer Migrationsgeschichte aufgetrieben hast. Das ist dir nicht mehr gelungen. Aber Hauptsache, es war überhaupt eine Frau, die wie Aninda eine Verbindung zu der ehemaligen Kolonie hat. Ist doch so?«

Es kam zwar trotz der mehrfachen Aufforderungen keine Antwort, dafür machte sich bei van Basten trotz seiner misslicher Lage ein unübersehbar zufrieden wirkendes Grinsen breit, das Le Maire weiter zusammenfassen ließ: »Und zur Mahnung an alle Prostituierten dieser Welt hast du dein letztes Opfer in Kelmis gut sichtbar auf einem Grabkreuz drapiert. Das alles, wo du doch scheinbar so erzkatholisch bist, wie du dich mit deinen gescheiten Bibelsprüchen und deinem ständigen Kirchengerenne darstellst.«

Van Basten schwieg.

»Das ist im Moment auch egal«, knurrte Le Maire. »Da können wir später wieder einsteigen. Du kannst uns ja nicht entwischen. Viel wichtiger ist jetzt, dass du uns sagst, wo du die entführte Frau gefangen hältst. Ich weiß, weshalb du sie entführt hast.«

Van Bastens Mienenspiel zeigte Le Maire, dass er auch in diesem Punkt einen Volltreffer gelandet hatte. Bei diesem Thema wurde van Basten zum ersten Mal seit Beginn des Verhörs auffallend unruhig, es schien ihn zu berühren, ja, sogar zu faszinieren.

»Zum letzten Mal: Wo ist Nashwa Al-Thani?«, blaffte Matthias Lehnen den Gefangenen an und bekam zu seiner Verwunderung sogar eine Antwort: »Meine ›Schwarze Madonna‹ ist für die Ewigkeit vorbereitet.«

Nun reichte es Le Maire. »Wir wissen, dass du sie ebenso in die schwarze Staue einmauern wolltest, wie du es mit deiner Frau in der goldenen Statue getan hast und wie du es mit den Gliedmaßen der anderen vier Frauen in den kleineren Madonnenfiguren vorhattest! Nun rück schon mit der Sprache heraus: Wo ist Nashwa Al-Thani?«

Van Basten hob seinen Kopf und schaute den beiden Beamten abwechselnd in die Augen, bevor er ihnen sagte, dass seine »Schwarze Madonna« das Gute auf dieser Erde sei und im krassen Gegensatz zu denjenigen, die nun in der Hölle schmoren und Buße tun würden, die pure Reinheit verkörpere.

»Was hast du ihr angetan? Hast du sie …?«

Le Maire, Lehnen und die anderen Kriminalpolizisten, die dieses perfide Spiel von außen durch das obligatorische Glasfenster verfolgten, warteten angespannt, ob sie wenigstens darauf eine Antwort erhalten würden.

»Baue Jehova, deinem Gott, einen Altar auf dem Gipfel dieser Feste mit der Zurüstung; und nimm den zweiten Farren …«

»Was soll das mit der ›Feste‹?«, unterbrach Lehnen unüberlegt, weswegen er von seinem belgischen Kollegen gerügt wurde: »Verdammt, Matthias! Vielleicht hätte der Rest dieses Satzes die Antwort gegeben!« Sämtliche Versuche Le Maires, van Basten dazu zu bewegen, auch noch den Rest auszuspucken, liefen ins Leere. Genervt schaute er zum Spiegel. »Kennt jemand diesen Spruch?«, formte er mit seinen Lippen.

Tatsächlich betrat gleich darauf ein Aachener Kommissaranwärter den Verhörraum und bekundete Le Maire und Lehnen gegenüber, Messdiener gewesen zu sein und deswegen zu wissen, dass es sich um einen weiteren Bibeltext handelte. »… und zwar … ich glaube … Buch der Richter 6,26.«

»Ja, und? Weiter! Nun lass dich doch nicht bitten!« Weil Le Maire klar war, dass die junge Frau in allerhöchster Lebensgefahr schwebte und dementsprechend die Zeit drängte, konnte er es nicht erwarten, auch den Rest dieses Zitates zu hören.

»… und opfere ein Brandopfer mit dem Holze der Aschera, die du umhauen wirst«, gab der Kommissaranwärter wieder, nachdem er es gehört hatte.

»Er möchte sie in irgendeiner Burg auf einem Altar opfern …«, schoss es aus Le Maire, der von Lehnen unterbrochen wurde: »Und dazu hat er Holz geschlagen, mit dessen Hilfe er die junge Frau … verbrennen … möchte?«

»Gut, sehr gut, Matthias!«, lobte Frederic seinen jungen Aachener Kollegen. »Aber auf welcher Burg? Wie viele Burgen gibt es in der Städteregion Aachen?«

Da ging die Tür auf und ein anderer Aachener Kollege trat ein. »Ich bin Mitglied der ›Gesellschaft für internationale Burgenkunde‹, die ihren Sitz hier in Aachen hat«, verkündete er, bevor er mit sorgenvoller Miene sage und schreibe acht Burgen aufzählte.

»Merde!«, schoss es aus dem belgischen Ermittler heraus. »Wir brauchen dringend mehr Leute! Geht das, Mathias?«

»Selbstverständlich!«

»Gut!«, sagte Frederic. »Ich schlage vor, dass *jetzt sofort* je vier Leute zu den soeben genannten Burgen Baesweiler, Frankenberg und Seffent in Aachen, zu den Burgen Rode in Herzogenrath, sowie zur Burg Wilhelmstein in Würselen fahren, um sich dort umzusehen. Obwohl die Burg Alsdorf recht weit entfernt von Aachen liegt, würde ich auch dort nachsehen! Und auch wenn von einer ›Burg‹ gesprochen wurde, würde ich die beiden Aachener Schlösser Rahe und Schönau ebenfalls miteinbeziehen. Noch etwas: Weil van Basten aus Vaals stammt und die ganze Geschichte dort begonnen hat, dürfen wir natürlich auch die niederländischen Burgen im Umkreis von … sagen wir mal … zehn Kilometern nicht vergessen.«

Er wandte sich erneut an van Basten: »Und nun wieder zu uns! Gnade dir Gott, wenn wir das Mädchen nicht finden oder wenn ihm schon etwas passiert ist!«

»Gottes Wege sind unergründlich und der Arm des Herrn reicht weit«, kommentierte van Basten die Drohung.

Verdammter Mist, was soll das denn schon wieder heißen? Es wird sich doch um keine weiter entfernte Burg handeln, schoss es Le Maire besorgt durch den Kopf. »Erweitert die Suche in den Niederlanden bis zum Kasteel Hoensbroek!«

»Das kann dauern«, warf der junge Hobby-Burgenkundler ein, weil er sich natürlich auch mit den niederländischen Herrschaftssitzen auskannte und wusste, dass es dort eine ganze Menge Burgen gab.

Aber Le Maire ging nicht darauf ein, er hatte jetzt keine Zeit für lange Diskussionen.

Seine Sorge um Nashwas Leben war durchaus berechtigt; er war sich jetzt zwar absolut sicher, dass die junge Frau tatsächlich von einem sadistisch veranlagten, bis aufs Blut verblendeten Fanatiker gefangen gehalten wurde, aber er wusste nicht, ob sie sich tatsächlich in einer Burg befand oder wo er sonst mit der Suche ansetzen konnte. Er wusste nur eines: Die Zeit lief gegen ihn.

*

Der Abschied von Shirin war für die Al-Thanis so schmerzhaft gewesen wie die Erkenntnis, dass sie Nashwa in Köln wohl nicht finden würden und die weitere Suche einzig und allein der Polizei überlassen mussten. Daria hatte ihre über 21 Jahre hinweg tot geglaubte Tochter »Dari« nicht mehr loslassen wollen. Sie hatte eine panische Angst davor gehabt, das Mädchen ein zweites Mal zu verlieren. Letztlich waren es nicht Abdels und Eleonores Beschwichtigungen, die Daria doch zur Vernunft gebracht hatten. Es waren allein Shirins glaubwürdiges Versprechen, ihre leiblichen Eltern baldmöglichst zu besuchen, und ihr Zuspruch, dass ihre Eltern unbedingt nach Aachen fahren sollten, um dort nach ihrer Zwillingsschwester weiterzusuchen. »Ich werde alle Freunde und Bekannten darauf ansetzen, hier in Köln Ausschau nach meiner Schwester zu halten, und das hier kopieren, damit ich es überall verteilen kann«, hatte sie versprochen und das letzte Plakat mit Nashwas Konterfei liebevoll an sich gedrückt. Dabei war ihr klar geworden, dass sich die Suche allein schon aus dem Grund überaus aufwendig gestalten würde, weil die Kölner – falls jemand von ihnen überhaupt eine der beiden Frauen kennen sollte – nicht wissen würden, welche der beiden Schwestern sie gesehen hatten. Dennoch wollte Shirin nichts unversucht lassen.

Beim Abschied ihrer Eltern hatten sich herzzerreißende Szenen abgespielt. Irgendwann war es Abdel gelungen, die klammernden Hände seiner Frau von denen ihrer Tochter zu lösen.

Nun waren sie in Aachen und sortierten im Hotelzimmer ihre unglaublichen Erlebnisse. Eleonore hatte sie bewusst nicht im pulsierenden Zentrum der Kaiserstadt untergebracht, sondern im ruhigeren Stadtteil Burtscheid. Von hier aus konnten sie den Bus nehmen und waren in wenigen Minuten an der Haltestelle Elisenbrunnen, also mitten in Aachens Zentrum. Weil Eleonore wusste, dass die beiden trotz der drängenden Zeit etwas Ruhe benötigten, um für die weitere Suche wenigstens einigermaßen fit zu sein, hatte sie das »Art Hotel« ausgewählt, das in diesem grünen Stadtteil lag. So waren die Al-Thanis vor Trubel zumindest im Hotel geschützt.

Auch das Lokal, in dem sie zu Abend essen würden, hatte Eleonore mit Bedacht ausgewählt. Nachdem sich die beiden Ägypter ausgeruht und frischgemacht hatten, ging sie mit ihnen in die »Burtscheider Quelle«, einem urgemütlichen Speiserestaurant mit familiärer Atmosphäre, das zu einer echten Hausmannskost auch internationale

Spezialitäten anbot. Um das Wohlbefinden ihrer Freunde wenigstens etwas zu steigern, erzählte sie ihnen auf dem Weg dorthin, dass die Inhaberin eine gute Freundin von ihr sei. »Shila kann euch sicher etwas anbieten, das euch schmecken wird. Und danach schlaft ihr euch so richtig aus. Und morgen sehen wir weiter, ja?«

*

»Chef«, rief Locki, »haben Sie ...«

Le Maire ließ seine Sekretärin nicht aussprechen. Stattdessen knurrte der sowieso schon angespannte Morgenmuffel: »Was ist denn jetzt?« Ganz gegen seine sonstigen Gewohnheiten hatte er nach dieser schlaflosen Nacht im Büro partout keine Lust auf Kaffee und Croissants.

Aber Locki ließ sich nicht abwimmeln: »Ich habe van Bastens ganzen Schreibkram durchforstet.«

Nun hatte sie die Aufmerksamkeit ihres Chefs. »Ja, und?«

»Dabei ist mir nichts Besonderes aufgefallen.«

»Na, dann ...«

»... habe ich mir die ganze Zettelwirtschaft vorgenommen und dabei eine interessante Notiz gefunden«, kam sie ihm kratzbürstig zuvor und knallte fast beleidigt ein eingetütetes Blatt Papier auf seinen Bürotisch, auf dem von Hand geschrieben tatsächlich etwas Interessantes zu lesen war.

»Burgkapelle?« und »Prinzenmiete klären!!!«, las Le Maire laut vor. »Was hat *das* denn zu bedeuten?« Kaum hatte er diese beiden Wörter einmal vorgelesen, klatschte er sich mit einer Handfläche an die Stirn. »Natürlich! Das ist es! Locki, ruf bitte die anderen zusammen! Schnell!«

Wenige Minuten später saß Le Maire mit seinen Leuten im Besprechungsraum, wo er sich doch ein paar Croissants gönnte, die er mit köstlich duftendem Kaffee hinunterspülte. Er hatte den Code auf van Bastens Schmierzettel zwar nicht ganz geknackt, war der Sache aber in der Stunde der Not unverhofft näher gekommen. Er präsentierte seinen Mitarbeitern die beiden Worte.

Es war eine Weile still, niemand sagte etwas. Man konnte nur Geräusche hören, die aus den anderen Büros oder vom Flur herdrangen.

Er wiederholte die Wörter, um sie gleich darauf zu bestimmen: »›*Burgkapelle*‹*!* Das könnte unsere bisherige These stärken, dass die Frau in einer Burg festgehalten wird. In der ›Kapelle‹ einer Burg.«

Weil sich immer noch niemand rührte, sprach er weiter: »Und was findet man für gewöhnlich in einer Kapelle?«, mochte er von Devaux wissen, die antwortete, dass sie Atheistin sei und sich mit religiösen Dingen nicht gut auskenne.

»Pierre?«

Etwas verunsichert, fragte der Oberkommissar gepresst: »Einen Altar?«

»Richtig! Wir wissen also, dass wir jetzt den Kreis einschränken können und nur in alten Herrschaftssitzen suchen müssen, die über eine eigene Hauskapelle verfügen«, freute sich Le Maire, der Locki auftrug, die Kolleginnen und Kollegen, die sich bereits mit der Sache befassten, über diese neue Erkenntnis zu informieren.

»Ja, Chef!«

»›*Prinzenmiete klären!!!*‹, mit drei Ausrufezeichen. Was könnte damit gemeint sein, Herbert?«

So angesprochen, zuckte der junge Polizist zusammen.

Dann orakelte er: »Dass für irgendeine Burg an irgendeinen Prinzen irgendeine Miete bezahlt werden muss? Das ist doch Schwachsinn.«

»Trotzdem gut, Herbert! Wir suchen also eine Burg, auf der möglicherweise ein Prinz oder ein Fürst das Sagen hat. Eine Burg, die vielleicht sogar von ihm bewohnt und bewirtschaftet wird. Und Burgen, die heute vom Hochadel bewohnt werden, gibt es sicher nicht so viele in Nordrhein-Westfalen, oder? Also, auf was wartet ihr? Die Zeit drängt!«

Während sich etwa zwei Dutzend Aachener Polizeibeamte mit belgischer Unterstützung weiter die infrage kommenden Burgen vornahmen, war Le Maire wieder nach Aachen gefahren, um mit Lehnen zusammen aus van Basten herauszubringen, wo er Nashwa Al-Thani gefangen hielt. Nachdem Matthias Lehnen dem Gefangenen gebetsmühlenartig erklärt hatte, dass es sich positiv auf sein Strafmaß auswirken könne, wenn er sich kooperationsbereit zeigen würde, war den beiden endgültig klar geworden, dass der verblendete Mann wusste, nichts gewinnen zu können, weil ihm so oder so lebenslänglich mit anschließender Sicherheitsverwahrung bevorstehen würde. Weshalb sollte er nicht wenigstens einen Teil seines perfiden Spiels einigermaßen wie geplant zu Ende bringen? Schließlich hatte er diese junge Frau als seine »Schwarze Madonna« auserwählt. Und dies besagte, dass sie – wenn er sie schon nicht für alle Ewigkeiten einmauern und konservieren konnte – wenigstens sterben musste, um bei Aninda zu sein. Denn die galt es im Jenseits zu bekehren.

»Hat sie genügend zu trinken?«, mochte Le Maire nicht

nur zu seiner Beruhigung wissen, sondern auch um aus der Antwort vielleicht etwas über Nashwas Aufenthaltsort herausfiltern zu können, und wenn es nur das Fragment einer verwertbaren Aussage sein sollte. Van Bastens Mimik zeigte ihm allerdings deutlich, dass nichts zu holen war. Das veranlasste Le Maire dazu, seinen Aachener Kollegen zu bitten, kurz mit ihm nach draußen zu gehen, um mit ihm bei einer Zigarette die neue Strategie zu besprechen, die er nun gerne verfolgen würde.

Sie waren bereits aufgestanden und auf dem Weg zur Tür, als sie hinter sich van Bastens Stimme hörten. »In einem Land zwischen zwei Ländern wandelte Gott und verkündete das Heil, das er über die Menschheit bringen wird!«

Darüber erfreut, dass der verstockte Gefangene überhaupt etwas von sich gegeben hatte, drehten sie auf der Hacke um und setzten sich wieder, um mit ihm über das, was er soeben gesagt hatte, zu sprechen. Van Basten zog es jedoch vor zu schweigen. Da halfen auch die neuerlichen Bemühungen der beiden nichts.

»So hat das keinen Sinn! Lass uns nach draußen gehen«, schlug Le Maire seinem Aachener Kollegen vor, während er damit begann, sich eine Zigarette zu drehen.

»Besuch für Sie, Herr Oberkommissar!«

Lehnen schaute von seinem Schreibtisch hoch. »Für mich?«

Kaum hatte die Sekretärin den Besuch angekündigt, kam Eleonore Olbrich mit den Al-Thanis in Lehnens Büro. »Guten Morgen, die Herren«, begrüßte sie die Polizisten. »Ich wollte eigentlich zu Ihnen, Herr Lehnen. Dass du auch da bist, Frederic, kommt mir sehr gelegen, so kannst du mir gleich sagen, was die Suche nach Nashwa in Belgien ergeben hat. Ach, Entschuldigung.« Sie zeigte auf die Al-Thanis. »Das sind Nashwas Eltern, die aus Ägypten angereist sind, um sich an der Suche nach ihrer Tochter zu beteiligen.«

»Ah! Bitte, setzen Sie sich!« Im Gegensatz zu Le Maires Büro verfügte Lehnens Arbeitszimmer über eine geräumige Besprechungsecke mit einem großen Tisch, an dem nun alle Platz nahmen, um über den Stand der Dinge zu reden und ihre bisherigen Wissensstände auszutauschen. Dass die verschwundene Frau eine Zwillingsschwester hatte, die während der Suche nach Nashwa rein zufällig in Köln-Ehrenfeld gefunden worden war, freute die anwesenden Polizisten zwar, tat aber nichts zur Sache. Da kam Le Maire eine Idee. Bevor er seine Gedanken laut werden ließ, wollte er sich alles anhören, was Eleonore und die Al-Thanis zu berichten wussten. Zunächst aber hatte der Hausherr das Wort. Um vorwärtszukommen, lehnte sich Lehnen weit aus dem Fenster und erzählte den Besuchern, dass Nashwa tatsächlich entführt worden war und dass der Entführer gefasst werden konnte. Als sie dies hörte, konnte Daria von Abdel und Eleonore kaum beruhigt werden. Der Innenarchitektin blieb nichts anderes übrig, als den Ägypter mit seiner Frau nach draußen zu schicken, wo sie in die Obhut einer uniformierten Polizistin kamen, die für solche Dinge geschult worden war.

»Nun können wir uns in Ruhe unterhalten. Was hat die Suche bisher ergeben?«

»Weil wir mitten in den Ermittlungen stecken, können wir nicht mehr dazu sagen«, wollte Lehnen abblocken, weil er gemerkt hatte, dass er bereits zu mitteilsam gewesen war. Dafür zeigte sich Frederic offener und berichtete Eleonore in groben Zügen, was vorgefallen war.

Die Innenarchitektin war geschockt. »Um Gottes willen, das dürfen die Al-Thanis nicht erfahren.«

Frederic nickte zustimmend und erläuterte die restlichen Fakten, bevor Eleonore ihm auf Nachfrage alles über Shirin erzählte.

»Und sie sieht Nashwa wirklich zum Verwechseln ähnlich?«

Eleonore nickte. »Sie sind eineiige Zwillinge!«

»Ich habe eine Idee! Kommst du bitte mal mit nach draußen, Eleonore?«

»Um was geht es denn?«, mochte die Frau wissen, als sie Frederic zum Balkon folgte, wo er eine Zigarette rauchte. Und weil die Zeit drängte, kam er gleich zum Thema: »Wie wäre es, wenn wir diese … diese …«

»Shirin?«

»Ja! Wäre es möglich, Shirin dem mutmaßlichen Entführer ihrer Schwester gegenüberzustellen?«

»Unmöglich!«, wehrte Eleonore ab und begründete ihre negative Haltung damit, dass die Al-Thanis das niemals zulassen würden.

»Aber es geht darum, ihre andere Tochter zu finden. Vielleicht verplappert sich der Entführer ja, wenn er Shirin sieht und glaubt, dass es Nashwa ist.«

Eleonore schüttelte den Kopf.

Da packte Frederic sie beschwörend an beiden Oberarmen. »Mit 21 ist sie nach deutschem Gesetz schon drei Jahre volljährig und muss ihre Eltern überhaupt nicht fragen, ob sie das darf oder nicht! Mensch, Eleonore, das ist unsere einzige Chance! Du willst doch auch, dass wir Nashwa finden, oder?«

Eleonore überlegte kurz, dann sagte sie, dass Shirin von amtlicher Seite nicht Abdel und Daria Al-Thanis Tochter sei.

»Na, also! Es geht doch!« Frederic war erleichtert.

»Gut, ich bin dabei«, bestätigte Eleonore. »Aber wehe, wenn die etwas mitbekommen, dann …«

»Die werden nichts mitbekommen! Also los! Wir haben keine Zeit zu verlieren! Während du dich ans Telefon hängst, um Shirin zur Mitarbeit zu bewegen, informiere ich die Kölner Kollegen, damit die sie abholen und schleunigst herbringen. Kollege Lehnen werde ich bitten, die Al-Thanis abzulenken, damit wir sie aus den Füßen haben.«

*

Für Eleonore Olbrich war es kein Problem gewesen, Shirin davon zu überzeugen, sich für eine Gegenüberstellung in Aachen zur Verfügung zu stellen – im Gegenteil: Für die kluge und verständnisvolle, aber auch mutige Frau war es Ehre und Verpflichtung zugleich gewesen, nach besten Kräften zu helfen, ihre Schwester aus den Fängen eines Psychopathen zu befreien. Und weil die Kölner Polizei ebenso musterhaft und unbürokratisch mitgespielt hatte, war Shirin schon eine halbe Stunde später in einen Streifenwagen verfrachtet worden, der mit Blaulicht und Martinshorn nach Aachen gefahren war.

Matthias Lehnen hatte die Al-Thanis nach Burtscheid in ihr Hotel bringen lassen, wo sie in erholsamer Atmosphäre auf Eleonore warten konnten.

»Ich habe dich beschworen, ruhig zu bleiben!«, hatte Abdel seine Frau gerügt, weil sie ausgeschlossen worden waren und nun überhaupt nichts mehr mitbekamen. Die beiden hatten keine Ahnung, was die Polizei in Bezug auf Nashwas Suche unternahm. Und dies hatte den bisher besonnenen Abdel zur Verzweiflung gebracht, weswegen er seine Frau erneut angefleht hatte: »Wenn Eleonore zu uns kommt, um uns über alles Weitere zu informieren, musst du dich zusammenreißen. Versprich mir das, meine Liebe! Alles wird gut!«

*

»Danke, Kollegen. Wir übernehmen«, sagte der Leiter der Aachener Mordkommission, als er Shirin Khayry betont freundlich in Empfang nahm und ins Besprechungszimmer geleitete, wo Frederic Le Maire bereits auf sie wartete. Und der verblüffte, aber nach wie vor nicht gerade zart besaitete Belgier kam nach einer kurzen Vorstellung gleich zur Sache: »Mademoiselle Khayry, wir haben leider keine Zeit für Small Talk. Ich werde Ihnen ohne Umschweife erzählen, was Sache ist. Dann können Sie selbst entscheiden, ob Sie mental dazu in der Lage sein werden, sich dieser heiklen Situation zu stellen. Wäre das in Ihrem Sinne? Ach, noch etwas: Ihre Eltern wissen nicht, dass Sie hier in Aachen sind.«

Shirin hatte den leicht französisch angehauchten Zungenschlag bemerkt. Als sie auf Französisch antwortete, dass er loslegen könne, quittierte Le Maire dies mit einem einfachen, aber dankbaren »Merci!«.

»Gut!«, kommentierte der ebenfalls erleichterte Aachener Dienststellenleiter das Gehörte. »Dann kann ich van Basten ja wieder in den Verhörraum bringen lassen.«

*

Nach einer guten halben Stunde war alles vorbei gewesen und Le Maires Stimmung hatte sich dem drohenden Unwetter angepasst, das schon länger über der Region hing. Shirin hatte sich dem vermeintlichen Entführer ihrer Schwester zwar tapfer entgegengestellt und sich absolut glaubwürdig so verhalten, als wenn sie seine entflohene Gefangene gewesen wäre. Aber leider hatte auch das Hairstyling nach Eleonore Olbrichs Vorgaben nichts genützt. Van Basten war nicht großartig beeindruckt gewesen. Als ihm die beiden Kriminalpolizisten beim »Vorgespräch« gesagt hatten, dass sie sein Opfer gefunden hatten und die Frau hier sein würde, hatten sie ihn ebenso wenig aus der Reserve locken können wie später die Frau, die leibhaftig vor ihn getreten war. Van Basten hatte zwar kurz gestutzt, sich ansonsten aber nichts anmerken lassen. Ihm war sofort klar gewesen, dass es sich nicht um Nashwa hatte handeln können.

*

Um sicherzustellen, dass Shirin keinen Kontakt zu ihren Eltern aufnehmen und ihnen die Sache erzählen konnte, hatte Lehnen sie gleich nach der Gegenüberstellung zusammen mit einer Polizeipsychologin in einen Streifenwagen setzen und Richtung Köln zurückbringen lassen. »Rufen Sie Ihre Eltern bitte bis auf Weiteres nicht an, Ihre Mutter würde das nicht verkraften«, hatte er sie gebeten. »Wir melden uns.«

*

Völlig enttäuscht saßen die Ermittler und Eleonore nun in Lehnens Büro, wo Le Maire die grausame, nun aber plausible These aufstellte, dass Nashwa entweder tot war oder van Basten sie so zugerichtet hatte, dass sie ganz anders aussah. »Anders kann ich mir das nicht vorstellen. Er muss den Braten gerochen haben.« Dabei krochen die schlimmsten Gedanken in ihm hoch. Er durfte gar nicht daran denken, dass …

»Um Gottes willen! Nur gut, dass die Al-Thanis nicht hier sind. Es würde auch sie umbringen.« Eleonore war mit den Nerven am Ende.

Und die beiden Kriminaler wussten nicht weiter.

»Matthias, lass uns bitte daran anknüpfen, wo wir waren, bevor Frau Olbrich mit den Al-Thanis aufgetaucht ist. Ich rekapituliere …«

»Warte mal!«, meldete sich Eleonore zu Wort, nachdem sie alles gehört hatte. »Habe ich das richtig verstanden? Du sagst, dass Nashwa in einer Burg festgehalten wird, in der es eine Kapelle gibt?«

Frederic nickte wortlos.

»Was ist mit der ›Emmaburg‹ in Hergenrath? Schaut ihr auch dort nach? Die ist nicht viel weiter von Aachen entfernt als die Burgen Stolberg und Würselen!«

»In welcher Burg?«, wollte Lehnen wissen, der von der »Emmaburg« noch nie gehört hatte – zumindest nicht mit dieser Bezeichnung.

Weil Frederic die Burg kannte, klärte er seinen Aachener Kollegen darüber auf, dass es sich um die »Eyneburg« im ostbelgischen Örtchen Hergenrath handele, das zum Grenzort Kelmis gehörte. »Diese Bezeichnung ›Emmaburg‹ geht auf eine gewisse ›Emma-Sage‹ zurück, die etwas mit Kaiser Karl dem Großen und seiner Tochter Emma zu tun hatte. Verdammt! Warum bin ich da nicht selbst drauf gekommen?«

Bevor Frederic aktiv werden und die Kelmiser Polizei einschalten konnte, warf Eleonore eine weitere Frage in den Raum: »Du hattest etwas von einer ›Prinzenmiete‹ gesagt. Bedeutet das, dass der Entführer Miete an einen Prinzen bezahlen muss oder musste?«

Frederic zuckte ratlos mit den Schultern.

»In Belgien gibt es zwar eine Königsfamilie, aber ich kann mir nicht vorstellen, dass ein niederländischer Gewaltverbrecher Miete an die bezahlen muss«, sagte sie mit einem ungläubigen Lächeln im Gesicht, bevor eine weitere Frage aus ihr herausschoss: »Könnte es nicht sein, dass damit ein Prinz gemeint ist, an den die Miete bezahlt werden muss?«

Nun brauchte Frederic keine Sekunde mehr überlegen, um zu wissen, wo er Nashwa finden konnte. »Ich hatte es direkt vor meinen Augen und bin nicht drauf gekommen!«

Weil Matthias Lehnen nun überhaupt nichts mehr verstand, ließ er seinen belgischen Kollegen ungebremst weiterreden: »Jetzt wird ein Schuh daraus!«, rief Frederic so laut, dass es wohl das ganze Kommissariat hören konnte. »Der Burgverwalter heißt mit Nachnamen Prinz!« Le Maire klatschte eine Handfläche auf seine Stirn. »Jetzt macht auch van Bastens letzter Spruch Sinn: *›In einem Land zwischen zwei Ländern‹*! Ostbelgien liegt zwischen Deutschland und den Niederlanden! Herr Kollege, wir müssen sofort sämtliche Einheiten in Hergenrath zusammenziehen. Wir werden uns jetzt ausschließlich auf die ›Eyneburg‹ konzentrieren! Lass alle Kräfte zur Lagebesprechung hierherkommen! Und ich trommle meine ostbelgischen Leute zusammen! Auf geht's!«

KAPITEL 34

Im großen Besprechungssaal der Aachener Staatsanwaltschaft brodelte es wie nie: Die beiden Mordermittler Matthias Lehnen und Frederic Le Maire, der Aachener Oberstaatsanwalt Dr. Knopp mit zwei weiteren Staatsanwälten, der Lütticher Oberstaatsanwalt Dr. Soivaire, die Leiter zweier Mobiler Einsatzkommandos und fünf weitere Leiter verschiedener Ressorts der Aachener und der Eupener Kripo saßen an einem langen Tisch. Sogar Pat Miller, der Chef der Lütticher Mordkommission, war mit seinen drei besten Leuten Bribanté, Lassarde und Soquett gekommen, um seinen ehemaligen Chef direkt vor Ort zu unterstützen. Denn die »Gliedermorde« hatten längst nicht nur Aachen und ganz Nordrhein-Westfalen sowie Teile der Niederlande und das Gebiet der »Deutschsprachigen Gemeinschaft Belgiens«, sondern auch die gesamte Wallonie in helle Aufregung versetzt. Deswegen wollten diesen Einsatz alle unterstützen.

Als Le Maire sah, was sich vor ihm abspielte, fiel ihm der übertriebene Einsatz in Vaals ein. Was soll's, dachte er sich, was die Holländer können, bringen wir Belgier schon lange fertig. Direkt vor ihm warteten 19 MEKler, zwei Scharfschützen, 23 Kriminalpolizisten und 40 Streifenpolizisten aus dem gesamten Dreiländereck in voller Montur auf ihre Einsatzbefehle. Bevor sie diese erhalten konnten, musste allerdings erst noch eine Strategie entwickelt werden. Dies ging natürlich ausschließlich mit der nötigen Ortskenntnis, die nur die Kelmiser Kolleginnen und Kollegen hatten.

»Wir wissen nicht, was uns dort oben erwartet. Damit uns niemand kommen sieht, werden wir die Straße von Hergenrath zur Burg hoch nur bis zum Göhlbach direkt unterhalb der Rückseite des Gebäudes benutzen. Unsere Einsatzfahrzeuge werden dort abgestellt, kein Blaulicht, kein Martinshorn. Ist das klar?« Nachdem Le Maire ein einmütiges Kopfnicken ausgemacht hatte, fuhr er mit seinen Erläuterungen fort: »Der Notarztwagen und die Fahrzeuge der Feuerwehr von Kelmis-Hergenrath warten auf dem kleinen Parkplatz auf ihren Einsatz, den die Gemeinde für Wanderer angelegt hat. Der Rest von uns nähert sich von dort aus möglichst geräuschlos durch den Wald und den steilen Hang hoch«, fasste Le Maire zusammen. »Von dort aus können wir über die rechte Flanke auf einer großen Wiese über den zweigeteilten äußeren Burghof in den inneren gelangen.«

Als Le Maire dies sagte, streckte ein Kelmiser Streifenbeamter einen Bolzenschneider in die Höhe und rief: »Damit knacke ich jedes Kettenschloss!«

Le Maire erklärte, dass sie das Werkzeug für das vergitterte Außentor erst benötigen würden, wenn der Notarzt in den inneren und die Feuerwehr mit ihrer Drehleiter in den äußeren Burghof hinein müssten, weil sie selbst dann ja schon im Innenbereich der Anlage seien. »Und genau da wird es heikel. Denn von links kommen wir durch ein kleines offenes Tor *direkt* in die Burgkapelle hinein.« Le Maire deutete auf einen Lageplan und eine Karte der Burg, die er von dem Aachener Kollegen bekommen hatte, der Mitglied der »Gesellschaft für internationale Burgenkunde« war. Ein Kollege aus der Technik hatte beides für alle sichtbar an die Wand projiziert.

Da streckte der Notarzt eine Hand nach oben.

»Ja, Dr. Nießen?«

»Wäre es nicht besser, wenn ich mit meinem Notfallkoffer zu Fuß mitkomme?«

Der Einsatzleiter brauchte nicht lange zu überlegen, um ihm zu antworten, dass er dies nicht für gut hielt, weil ja – wie bereits gesagt – niemand wisse, was dort oben auf die Polizisten wartete. »Außerdem müssen wir so leise wie möglich vorgehen.«

Nachdem die Vorgehensweise haarklein bis in jedes Detail besprochen und die Trupps eingeteilt worden waren, ging Le Maire noch einmal darauf ein, dass niemand wissen könne, ob die junge Frau überhaupt in der Burgkapelle gefangen gehalten oder ob sie von einem oder mehreren Komplizen bewacht würde. Dennoch appellierte er angesichts der Polizeiarmada, die Sache ruhig und besonnen anzugehen. »Denkt bitte daran, dass wir nur *eine* Gefangene befreien möchten. Also gehen wir es an. Viel Glück, Leute!«

*

Bisher war alles gut gegangen und genau so verlaufen, wie sie es besprochen hatten. Die Männer und Frauen hatten ihre Positionen eingenommen. Obwohl an die 50 Polizisten wie Eidechsen an den Mauern rund um die Burg herum klebten und sich etwa 20 weitere auf dem gesamten Burggelände verteilt hatten, war es so still, dass man nur das gelegentliche Pfeifen eines Vogels und das von Aachen näher kommende Grollen hörte, das ein Wintergewitter ankündigte.

»Perfekt«, flüsterte Le Maire seinen Kollegen Lehnen und Miller zu, während sie schon auf der dem inneren Burghof zugewandten Seite der Burgkapelle auf das Funksignal warteten, das sie von den Leuten des Mobilen Einsatzkommandos und den beiden mitgeführten Scharfschützen bekommen sollten. Die waren gerade damit beschäftigt, sich durch die einzige kleine Tür von einer kleinen Außenterrasse ins Innere zu schleichen, um über das Treppenhaus ins obere Stockwerk vorzurücken, von wo aus sie über mehrere Räume an die Stelle gelangen konnten, von wo die einstigen Burgherren den Gottesdienst hatten mitverfolgen können, ohne sich unters gemeine Volk mischen zu müssen. Von dieser Loge aus würden die Polizisten unbemerkt beobachten können, was sich in der Kapelle unten tat. Bei Notwendigkeit hatten die beiden Scharfschützen freies Schussfeld. Nach dem sehnlichst erwarteten Funksignal würden Le Maire und seine Leute wissen, ob sich die Großaktion gelohnt hatte und die vermisste Studentin tatsächlich in der Burgkapelle sein würde. Der Einsatzleiter durfte gar nicht daran denken, dass Nashwa in einer der Aachener Burgkapellen oder im niederländischen Grenzland festgehalten werden könnte. Denn *er* war es gewesen, der veranlasst hatte, sämtliche Kräfte von dort zurückzuziehen und hierherzubeordern. Bei dieser Menge Polizisten hätte er niemanden abziehen müssen – zumindest nicht alle Kräfte. Das hatte er nicht ahnen können. Und jetzt war es sowieso zu spät. Nun konnte er nur hoffen, dass Nashwa hier … und am Leben war. »Wann kommt dieser Scheißfunkspruch endlich?«, grummelte er, obwohl er wusste, dass er weder von Lehnen noch von Miller eine Antwort bekommen würde.

*

Shirin und die Al-Thanis schienen indessen zu spüren, dass etwas geschah, das den weiteren Verlauf ihres Lebens völlig verändern würde. Die Frage war nur, in welcher Form: Würde die liebenswerte ägyptische Familie künftig zwei Töchter haben oder nur eine Tochter gegen die andere austauschen dürfen?

Während Shirin in Köln-Ehrenfeld ständig auf ihr Handy schaute und überlegte, die Nummer anzuwählen, die sie von ihrer Mutter bekommen hatte, ging sie in ihrem Zimmer unruhig auf und ab. Mehr als einmal hatte sie – wie jetzt auch – den Daumen ihrer rechten Hand auf der Wähltaste gehabt. Aber sie hatte Kommissar Lehnen gegenüber versprochen, ihre Eltern nicht zu kontaktieren, um nur ja nichts durcheinanderzubringen. Obwohl sie die Ungewissheit kaum ertragen konnte, hatte sie sich bisher daran gehalten. Wie lange noch konnte sie die Last allein auf ihren jungen Schultern tragen? Sie merkte, dass sie fortan eine Verantwortung übernehmen musste, mit der sie im Leben nicht gerechnet hatte. Aber so, wie es aussah, hatte sie nun wieder Eltern und – wenn Allah ihrer Familie wohlgesonnen sein sollte – auch eine Schwester. Die Gedanken daran ließen sie wieder stark werden.

Weil sich die junge Frau irgendwie ablenken musste und sich irgendjemandem mitteilen wollte, machte sie sich auf den Weg zum Büro ihrer Chefin. Die Belastung, als Einzige zu wissen, was in Bezug auf ihre Schwester »Sache« war, und zudem ihrem Entführer in die Augen geschaut zu haben, ließ sie schier verrückt werden. Sie *musste* mit jemandem sprechen – jetzt gleich! Und weil ihr die Chefin stets eine gute Ratgeberin gewesen war, wollte sie sich ihr anvertrauen.

Ihren Eltern erging es ähnlich. Aber im Gegensatz zu Shirin hatten sie überhaupt niemanden, mit dem sie reden konnten. Diese Hilflosigkeit, die sie schon seit Tagen, im Grunde genommen sogar schon seit 21 Jahren fühlten, drückte jetzt derart auf ihre Gemüter, dass sie sich in ihrem Burtscheider Hotelzimmer sogar gegenseitig angeschrien hatten. Und dies hatte es in ihrer ganzen Ehe nie gegeben, zumindest nicht in der Form wie vor wenigen Minuten. Nun lag Daria weinend auf ihrem Bett. »Es tut mir leid, Abdel.«

»Nein, mein Schatz, mir tut es leid.« Für einen Moment glücklich, dass wenigstens zwischen ihnen wieder alles in Ordnung war, legte er sich neben sie. Eine gefühlte Ewigkeit lang lagen sie so zusammen, ohne ein Wort zu sprechen. Dann bat Daria ihren Mann, »Dari« anzurufen. »Wir können hier doch nicht ewig tatenlos herumliegen, während die Polizei Nashwa sucht. Vielleicht weiß sie ja inzwischen etwas.«

*

Während es draußen blitzte und donnerte, wurde die vorhergegangene Ruhe durch das Rauschen eines Funkgerätes nun auch im Inneren der Burg gestört.

»Na endlich!«, grummelte Le Maire.

»Einsatzleitung SEK, kommen! Einsatzleitung SEK, kommen!«

»Was gibt es?«

Als wenn der Himmel eine Hiobsbotschaft ankündigen wollte, verdunkelte er sich. Als Le Maire für einen Moment nach oben schaute, trafen die ersten Regentropfen sein Gesicht. Ein schlechtes Omen? Er hatte jetzt keine

Zeit, um sich trübsinnigen Gedanken hinzugeben. Und dies war auch nicht nötig. Denn trotz des prasselnden Regens hörte er die ersehnten Worte: »Das Zielperson ist in der Kapelle, sie ist allein! Ihr könnt rein! Beeilt euch!«

Nachdem der SEK-Mann die Worte seines Kollegen gehört hatte, drückte er sich hinter Le Maire, Lehnen und Miller zusammen mit einem weiteren SEK-Mitglied an dem Trio vorbei, um zu prüfen, ob die Kapellentür verschlossen war. Dann rammte er sein Spezialgerät dreimal fest gegen die schwere Tür, sodass sie krachend aufschlug.

»Schnell! Ruft den Notarzt!«, schrie Le Maire, nachdem er den sakralen Raum betreten hatte. Obwohl augenscheinlich tatsächlich keine Gefahr für die Polizisten drohte, durchsuchten vier SEK-Beamte den gesamten Raum und die linker Hand direkt unter der Empore liegende ehemalige Sakristei. Mehr Leute wollte Le Maire allerdings nicht hereinlassen. Denn das, was er und seine beiden Kollegen aus Aachen und Lüttich zu sehen bekamen, war derart verstörend, dass sie es erst einordnen mussten. Außerdem wollte er den Tatort nicht verunreinigen.

»Hat jemand den Notarzt angefordert?«, schrie der Einsatzleiter nochmals. »Er soll sich beeilen!«

»Ich versuche es, komme aber nicht zu ihm durch! Wahrscheinlich ist in diesem Wald ein Funkloch!«, kam es von draußen zurück.

»Dann renn runter zu ihm! Jetzt sofort! Aber beeil dich! Es geht um Leben und Tod!«

*

»Was sagst du, Shirin? Mit *wem* hast du gesprochen?« Abdel Al-Thani konnte nicht glauben, was er soeben gehört hatte, er war entsetzt. Und weil seine Frau das bemerkte, riss sie ihm den Hörer aus der Hand. »Dari …?«

Nachdem Daria von ihrer Tochter gehört hatte, was sie getan hatte, drohte sie erneut zusammenzubrechen. Aber sie riss sich zusammen. Denn sie wollte genau wissen, wie Shirins Begegnung mit Nashwas vermeintlichem Entführer abgelaufen war und was für ein Mensch ihre Tochter entführt hatte.

»Schalte bitte auf laut!«, wurde Daria von ihrem sanftmütigen Mann gebeten, der ihr den Hörer nicht aus der Hand nehmen wollte, obwohl er es nicht gut fand, dass seine Frau schon wieder mit Dingen konfrontiert wurde, die sie in ihrem derzeitigen Zustand nicht verarbeiten konnte. Mit Mühe gelang es ihm, sie zum Sitzen zu bewegen, dass er sich neben sie setzen und einen Arm um sie legen konnte. Nach dem Telefonat fuhr Shirin mit dem Taxi Richtung Aachen.

*

Die drei Kripobeamten hielten sich Taschentücher vor ihre Gesichter. Denn in der Burgkapelle stank es gewaltig nach einem Gemisch aus Moder, kaltem Kerzenwachs und menschlichen Ausscheidungen. Dies und wohl an die hundert Kerzenstummel, die überall im Raum verteilt waren, zeigten ihnen, dass van Basten das Mädchen nicht erst seit seiner gestrigen Verhaftung, sondern schon länger allein gelassen hatte. Die Augen der Ermittler mussten sich erst noch an die schlechten Lichtverhältnisse gewöhnen. Die drei gingen ängstlich auf den Tisch zu, der direkt vor dem Altar stand. Es sah so aus, als wenn auf dem blütenweißen Laken eine golden lackierte Schaufensterpuppe liegen würde. Zu ihrem Entsetzen war dies nicht der Fall.

Vielmehr lag auf dem mit zwei großen Kerzenleuchtern und weißen Blumen dekorierten Tisch die gesuchte Frau, der offensichtlich sämtliche Körperhaare abrasiert worden waren, bevor van Basten sie mit Blattgold überzogen hatte. »Sie also sollte die eigentliche ›Goldene Madonna‹ werden und in der schwarzen Madonnenfigur eingemauert werden, während van Bastens Ehefrau in der goldenen Madonnenfigur die ›Schwarze Madonna‹ darstellen sollte. So könnten Gut und Böse immer in seiner Nähe sein. Pervers«, sinnierte Le Maire laut.

»Ich kann keinen Puls fühlen!«, rief Matthias Lehnen, der sich als Erster ganz zum Tisch getraut hatte. Zusammen mit Miller löste er eilfertig die Hand- und Fußfesseln, während Le Maire Nashwa vom ebenfalls goldenen Tape befreite, das über ihren Mund geklebt war. Dann versuchten sie mit vereinten Kräften, das Gold auf dem schlaffen Körper wenigstens etwas zu entfernen. Nachdem dies nicht viel genützt hatte, schlugen sie die Tischdecke vorsichtig um den nackten und unterkühlten Körper, nahmen die Frau behutsam vom Tisch und legten sie mitsamt der Tischdecke auf das Jackett, das Miller abgestreift und auf den Boden gelegt hatte.

Obwohl Le Maire ohne zu zögern mit der Reanimation begann, erkannte er aus dem Augenwinkel heraus den nunmehr unbedeckten Tisch, auf dem Nashwa gelegen hatte; es war einer jener Tische, wie er sie aus van Bastens Restaurant kannte. Davon unbeirrt führte er den rhythmischen Wechsel von Herzmassage und Beatmung so lange fort, bis professionelle Hilfe im Anmarsch war

Sorgenvoll schaute er dem Notarztteam zu, das sich nach Kräften um Nashwa kümmerte. »Wie schlimm kann sich der goldene Überzug auswirken?«, interessierte ihn.

»Weil über die Haut nur in ganz geringen Mengen Sauerstoff aufgenommen und Kohlendioxid abgegeben wird, führt das nicht unmittelbar zum Tod!«

»Nein?« Le Maire war erleichtert. »Aber …«

Weil der Notarzt nun wirklich keine Zeit für längere Ausführungen hatte, unterbrach er den Einsatzleiter: »Nein! Die Hautatmung macht weniger als ein Prozent der gesamten Atmung aus. Und nun lassen Sie mich weiter meine Arbeit tun!«

»Eine Frage: Kommt sie durch?«

UND WIE GING ES WEITER?

Limburger nieuws vom 10. Dezember 2021 – Polizeibericht:

Vaals. Der südlimburgischen Polizei ist es mit Unterstützung der belgischen und der deutschen Behörden gelungen, einen international gesuchten Mehrfachmörder festzunehmen. In welcher JVA der aus Vaals stammende Mann die weitere Untersuchungshaft bis zum Prozess verbringen wird, ist im Moment ebenso unsicher wie der Ort der Verhandlung …

*

Der Notarzt war gerade mit der erfolgreichen Wiederbelebung fertig gewesen und hatte seine Patientin an einen kräftigenden Infusionstropf gehängt, als die Al-Thanis in die Burgkapelle gestürmt waren. Von der Polizei in Aachen waren sie nach dem glimpflichen Ablauf der Aktion über den Verbleib ihrer Tochter informiert worden. Darias Geschrei hatten diejenigen, die sich zu diesem Zeitpunkt im Inneren der Kapelle aufgehalten hatten, schon vom äußeren Burgtor gehört, als die Sicherungsbeamten sie nicht hatten einlassen wollen.

Als Daria im Kapelleninneren gewesen war und sich ihre Augen an das Halbdunkel gewöhnt hatten, waren ihre Gefühle mit ihr durchgegangen. Einerseits hatte sie vor sich jemanden liegen sehen, der ihr entrissen worden war und den sie nun wiedergefunden hatte. Andererseits hatte sie nicht gewusst, was mit ihrer Tochter los war, die dort regungslos vor ihr gelegen hatte.

Daria hatte am ganzen Körper gezittert. Um nicht laut aufzuschreien, hatte sie beide Hände auf ihren Mund gepresst. Dann war sie auf die Liege zugerannt, auf die der Notarzt und seine beiden Helfer ihre Tochter gelegt hatten. Um ihren arg malträtierten Körper vor weiterer Unterkühlung zu schützen, hatten die Sanitäter ihn mit einer Wärmefolie bedeckt, auf die einer der Sanitäter eine Wolldecke gelegt hatte, damit die Mutter ihrer Patientin wenigstens nicht hatte sehen müssen, was ihr Peiniger mit Nashwas Körper gemacht hatte. Und weil der andere Sanitäter Nashwa eine Vollgesichts-Beatmungsmaske übergestreift hatte, war für Daria nicht gleich zu erkennen gewesen, dass ihre Tochter ein vergoldetes Gesicht und keine Haare mehr gehabt hatte.

»Sie lebt und wird durchkommen!« Diese Worte des Notarztes hatten beide Al-Thanis nur wie durch einen Schleier vernommen. Von sämtlichen Gefühlen übermannt, hatten sie den Transport ihrer Tochter von der Burgkapelle bis zum Notarztwagen eskortiert. Als sie ebenfalls einsteigen wollten, um Nashwa ins Krankenhaus zu begleiten, war Shirin auf sie zugerannt. Ihr Glück war vollkommen gewesen.

*

Nashwa hatte zwar lange gebraucht, um die körperlichen und seelischen Strapazen ihrer Entführung wegzustecken. Die liebevolle Hilfe ihrer Eltern und eine zweimonatige

Kur in einer Hautklinik mit begleitender psychologischer Behandlung hatten ihr aber geholfen, letztlich ganz gesund zu werden. Dabei hatte ihr auch das unverhoffte Zusammentreffen mit ihrer Zwillingsschwester Kraft gegebenen, die beiden waren sehr schnell zu besten Freundinnen geworden. Der Gentest hatte belegen können, dass die beiden – wen hatte es gewundert? – tatsächlich leibliche Schwestern waren.

Die Eltern Abdel und Daria Al-Thani hatten Shirin bald darauf adoptiert. Sie dankten Allah, dem Allmächtigen, aber auch der Innenarchitektin Eleonore Olbrich, dem ostbelgischen Kriminalhauptkommissar Frederic Le Maire, dem Aachener Kriminaloberkommissar Matthias Lehnen und der gesamten Polizei des Dreiländerecks der Benelux sowie dem aus Alexandria stammenden Vermessungsingenieur Essam Fathallah und der Kindertagesstättenleiterin Rosi Pütz aus Köln-Ehrenfeld, die sie zwischendurch immer wieder mal besuchten. Um die schöne Kaiserstadt Aachen herum machten sie allerdings einen ebenso großen Bogen wie um das bezaubernde Ostbelgien. Denn dort würden nur schlimme Erinnerungen hochkommen. Im Gegensatz zu ihren Töchtern würden Daria und Abdel Al-Thani diese beiden Landstriche ihr Leben lang nicht mehr betreten.

Eineinhalb Jahre später hatte Nashwa ihr Tourismusstudium in Köln mit Auszeichnung abgeschlossen und war direkt im Anschluss daran in ihre ägyptische Heimat Scharm asch-Schaich gereist, wo ihre Eltern und ihre Schwester seither gelebt hatten. Nashwa sollte im Laufe der Jahre zu Ägyptens Tourismusdirektorin avancieren, während Shirin es bis zur ägyptischen Ministerin für Soziales schaffen würde.

Und Abdel war froh darüber, dass sich die zuvor ständig kränkelnde Daria sowohl physisch als auch psychisch bestens erholt hatte. Seither wurden sie mindestens einmal im Jahr von Eleonore Olbrich und ihrem Mann Bert besucht, die im Sinai die herzliche Dankbarkeit der ägyptischen Art erleben durften. Aber auch zu Herrn Essam Fathallah pflegten die Al-Thanis seither freundschaftliche Kontakte. Immerhin war er es gewesen, der Eleonore und seine beiden Landsleute in Köln-Ehrenfeld auf Shirins Spur gebracht hatte.

Übrigens: Ihrer Mutter zuliebe hatte Shirin den Namen Dari angenommen. Weil sie ja sowieso umgezogen war, hatte sie keinerlei Probleme damit gehabt, ihrer leiblichen Mutter diesen Gefallen zu tun und auch ihren Nachnamen zu wechseln. Dari Al-Thani, dachte die junge Frau, daran kann ich mich gewöhnen.

*

Frederic Le Maire hatte das glückliche Ende dieses ganz besonders heiklen Falls gefreut. Ihm war ebenso wichtig gewesen, dass sein Aachener Freund und Kollege Peter Dohmen schnellstens rehabilitiert und wieder auf seinem alten Posten eingesetzt worden war. Dafür hatte er sich bei der Aachener Polizeiobrigkeit starkgemacht. Seither waren die beiden grundverschiedenen Mordermittler bessere Freunde geworden, als sie dies seit der Aufklärung der »Glühweinmorde« schon gewesen waren.

Alles wäre gut gewesen, wenn er Angelika nur nicht leichtfertig versprochen hätte, mit ihr nach Katalonien, in den Nordosten Spaniens, zu fahren, um an der dortigen

Costa Daurada Urlaub zu machen. Dort würde es wohl keine belgischen Fritten und auch kein belgisches Bier geben. Zu allem hin würden sie diesen Urlaub mit Angelikas Freundin Eleonore und ihrem nervigen Mann Bert verbringen müssen. »Merde!«

Außerdem konnte er sich nicht vorstellen, in Badeshorts herumzuflanieren. Sicherheitshalber hatte er die peinliche Sonnenbrille mit den – wie Angelika immer gesagt hatte, hippen – Leopardendesignbügeln und das beige-weiße Hawaiihemd, das sie ihm vor zwei Jahren geschenkt hatte, verschwinden lassen.

Aber da war etwas, das ihm keine Ruhe lassen mochte; ein hochinteressantes Angebot aus Kempten im Allgäu, wo er der Leiter der dortigen Mordkommission werden könnte. Er bräuchte nur zusagen. Aber dann müsste er seine bisherige Stelle kündigen. Wenn er in seiner ostbelgischen Heimat bleiben mochte, würde ihm seine geliebte Angelika keine wirkliche Hilfe sein. Denn sie hatte bei ihrem letzten Besuch in Oberstaufen Blut geleckt und konnte sich gut vorstellen, dort zu leben. Sie hatte sich sogar schon erkundigt, ob es im Allgäu oder am von dort aus nahen Bodensee auch eine Stelle als Rechtsmedizinerin geben würde. Und die hatte es tatsächlich gegeben. Allerdings würde es auch dort keine belgischen Fritten geben. Vielleicht konnte sich Frederic Le Maire ja auch an Spätzle gewöhnen? Um dies herauszufinden, würde er die in Oberstaufen gestohlene Marienstatue höchstpersönlich zurückbringen – natürlich nicht, ohne seine geliebte Angelika und die Dohmens.

*

Der Polizistenmörder Thijs Leeuwen war zur allgemeinen Verärgerung aller Polizisten dieser Region lediglich wegen Totschlags, nicht aber wegen Mordes verurteilt worden. Dass er auch eine Polizistin niedergeschossen und verletzt hatte, war in das Urteil zwar miteinbezogen, aber aus Sicht der meisten Prozessbeobachter nicht richtig bemessen worden. Die ungeheuerliche Begründung des Gerichts, dass beide Schüsse während einer Verfolgungsjagd gefallen, also eine Art Notwehr gewesen waren, hatte die Gemüter so erhitzt wie das psychologische Gutachten, das bei Docteur Dubois anders ausgefallen wäre. Für seinen Einbruch bei einem Aachener Juwelier hatte Thijs Leeuwen sich in einem anderen Strafverfahren verantworten müssen – aber was zählte dies angesichts seiner anderen beiden Taten schon?

*

Bei Louis van Basten hatten die Dinge anders ausgesehen: Das Strafgericht Maastricht hatte den »Gliedermörder« in einem aufsehenerregenden Prozess zur lebenslangen Sicherheitsverwahrung in einer geschlossenen Anstalt für psychisch kranke Schwerverbrecher verurteilt. Daria und Abdel Al-Thani waren der Gerichtsverhandlung ferngeblieben. Nur Nashwa und Dari hatten mittels einer livegeschalteten Videokonferenz als Zeuginnen daran teilgenommen. Alle vier waren mit dem Urteil zufrieden gewesen.

*

Pat Miller war es gelungen, den Mord an Chiamaka Katusi aufzuklären. Der Mörder war ein wohlbetuchter Freier gewesen, der die Prostituierte im Streit ermordet hatte. Auch er hatte von einem belgischen Gericht eine lebenslange Freiheitsstrafe erhalten.

*

Was die eingangs gezeigte, nicht ganz aktuelle Pressemitteilung über van Bastens Verhaftung betroffen hatte, war diese schon tags darauf vom »Aachener Boten«, dem »Aachener Tagblatt« und den ostbelgischen Printmedien, sowie später auch von vielen landesweiten Zeitungen und Rundfunkanstalten in Belgien und in Deutschland der Wahrheit entsprechend zurechtgerückt worden. Selbstverständlich hatte dann auch die niederländische Presse korrekt darüber berichtet … wenn auch ein bisschen oranjelastig.

NAMEN UND BIOGRAFIEN DER HAUPTFIGUREN

Mit ausdrücklicher Genehmigung können ein paar Personen mit ihren richtigen Namen genannt werden. Ansonsten sind die Namen und Biografien sämtlicher Protagonisten sowie deren Verhalten und Tun – wie auch die Handlungsstränge selbst – völlig frei erfunden. Ähnlichkeiten, gleich welcher Art, mit bereits verstorbenen oder lebenden Personen wurden dem Autor entweder ausdrücklich gestattet oder sind rein zufällig.

Die Ermittler aus Eupen und aus Lüttich

Frederic Le Maire, ausgesprochen: »Le Mär« (49). Commissaire de la criminelle (auch »inspecteur principal«). Meistens wird er in Kurzform als »Monsieur Commissaire« (auf Deutsch: »Herr Kommissar«) angesprochen.

Der in Deutschland mit dem Rang eines Kriminalhauptkommissars zu vergleichende Polizeibeamte ist die Hauptperson. Seine Dienststelle ist Eupen, der Verwaltungssitz der sogenannten »Deutschsprachigen Gemeinschaft Belgiens«, wohin er sich wegen seiner Aachener Lebensgefährtin von seiner alten Dienststelle in Lüttich hat versetzen lassen. Allerdings fühlt er sich dort nicht besonders wohl, weswegen er eine Rückkehr nach Lüttich nicht ausschließen möchte. Aber auch ein Umzug ins Allgäu oder in die Gegend rund um den Bodensee könnten ihm und Angelika gefallen. Aufgrund eines »Vierländerabkommens« der Belgier mit den deutschen, niederländischen und luxemburgischen Behörden kann er im Bedarfsfall grenzüberschreitend tätig sein. Der beruflich zwar absolut abgebrühte und zwischendurch sarkastische, privat aber sehr sympathische Mordermittler bedient sich meist eigenwilliger Methoden, die oftmals nicht nur unorthodox, sondern aus gesetzlicher Sicht auch grenzwertig sind. Der nur 1,65 Meter große Mann hat durch seine Leidenschaften – original belgische Fritten und belgisches Bier – eine gewisse Körperfülle, die seine Lebensgefährtin Dr. Angelika Laefers ebenso stört wie seine schlampige Kleidung, die ihm – im Gegensatz zu ihr – völlig egal ist. Das größte Laster des verschrobenen, zuweilen fast schon skurrilen Polizisten ist aber die Vorliebe für seine »Selbstgedrehten«, was ihm Angelika abgewöhnen möchte. Im Gegensatz zu seiner Lebensgefährtin, der Aachener Rechtsmedizinerin Dr. Angelika Laefers, hat er mit Karneval nicht viel am Hut, was bedeutet, dass er die Leidenschaft des »Öcher Mädsche« toleriert, solange *er* sich nicht verkleiden muss. Apropos Angelika: Zwischen seinem Beruf und seinen anderen Leidenschaften ist sie es, die den meisten Platz in seinem Leben einnimmt. Und dies, obwohl sie ihn immer »Lemmi« nennt, was zwar ein liebevoll gemeintes Kürzel für »Le Maire« ist, Frederic aber gerade in der Öffentlichkeit ebenso nervt wie die Tatsache, dass sie ihm ständig Manieren beibringen will und mit ihm »schön« essen oder shoppen gehen möchte.

Agnès Devaux, ausgesprochen: »Devoo« (33). Die in Eupen dienstälteste Kriminaloberkommissarin hatte gehofft, im Eupener Kommissariat die Dienststellenleitung übertragen zu bekommen. Die etwas spröde Ermittlerin kann sich nur sehr schwer daran gewöhnen, dass nun ein Lütticher den Ermittlungsdienst der lokalen Polizei der Zone Weser/Göhl leitet. Aber wer weiß, vielleicht kommt ihre große Stunde ja schneller, als sie zu hoffen wagt?

Pierre Vonderbank (30). Kriminaloberkommissar. Der stets gut gelaunte Belgier mit niederländischen Wurzeln ist aus ähnlichem Holz geschnitzt wie sein neuer Chef Frederic Le Maire. Deswegen verstehen sich die beiden auf Anhieb.

Herbert Demonty (45). Polizeihauptmeister. Der einzige Uniformierte im Eupener Kommissariat wird von seinem Chef gefördert. Denn der Schutzpolizist hat das Zeug zum Kriminalpolizisten.

Theres Lambert (39). Chefin der Eupener Spurensicherung. Sie hat in der Vergangenheit ein Auge auf Le Maire geworfen.

Fabienne Loquie, Spitzname »Locki« (29). Die treue Seele war schon Le Maires Sekretärin in dessen alter Dienststelle. Weil sie anlässlich einer Gala in Brüssel den Aachener Busfahrer Hennes kennen- und lieben gelernt hat und zudem für das Eupener Kommissariat der Posten einer Sekretärin ausgeschrieben war, ist sie ihrem Chef kurzerhand gefolgt.

Wohl als eine Adaption seines eigenen Spitznamens, den er von seiner Angelika erhielt, nennt Le Maire seine alte und neue Mitarbeiterin wegen ihrer roten Kurzhaarlocken stets »Locki«, was sich die Kollegen in Eupen rasch aneigneten. Wie schon im alten Kommissariat in Lüttich ist sie auch im Eupener Kommissariat unersetzlich und für alles zu gebrauchen.

Docteur Hugo Dubois (32). Der Kriminalpsychologe und Fallanalytiker ist trotz seiner jungen Jahre eine Kapazität auf seinem Gebiet. Als Sohn schwerreicher Eltern könnte er sich ein Leben in Luxus leisten, was er nur insofern tut, indem er ein sündhaft teures Auto fährt.

*

Die Ermittler aus der deutschen Kaiserstadt Aachen

Dr. med. Angelika Laefers, ausgesprochen: »Läfers« (41). Rechtsmedizinerin. Aufgrund eines »Vierländerabkommens« zwischen den deutschen, belgischen, niederländischen und luxemburgischen Behörden kann die toughe Todesermittlerin im Bedarfsfall auch grenzüberschreitend tätig werden.

Die aparte und gut aussehende Ärztin ist die Frau an Le Maires Seite. Allgemein werden die beiden als »nicht zusammenpassend« wahrgenommen. Dennoch liebt sie ihren »Lemmi« über alles.

Peter Dohmen (42). Leitender Kriminalhauptkommissar der Mordkommission.

Der deutsche Kriminalbeamte mochte den belgischen Le Maire ursprünglich nicht besonders. Kein Wunder also, dass die beiden des Öfteren beruflich aneinandergeraten sind. Seit einem einschneidenden Erlebnis im englischen Dover, wo sie gemeinsam einen Menschenhändlerring auffliegen ließen, verstehen sich die beiden prächtig und arbeiten seither – nicht ganz frei von Befindlichkeiten und Platzhirschgehabe – auch über die deutsch-belgische Grenze hinweg zusammen.

Matthias Lehnen (26). Kriminaloberkommissar. Zu Peter Dohmens Leidwesen ist seine rechte Hand ein ruhiger Zeitgenosse, der sich stets im Hintergrund hält, weil er nichts falsch machen möchte.

Jussuf Abdalleyah (53). Assistenzarzt der Rechtsmedizin. Der klein gewachsene Jemenit bezeichnet sich selbst gerne als »persönlichen Assistenten« der Aachener Rechtsmedizinerin Dr. Angelika Laefers. Der Zaidit studierte an der jemenitischen Universität Sanaa Medizin, hat aber nicht promoviert, dafür aber zusätzlich ein Chemiestudium absolviert.

Dr. Rudi Knopp (44). Oberstaatsanwalt.

*

Der Chefermittler aus dem englischen Dover

Finley Cavanaugh (41), ausgesprochen: »Kävänau«. Der Detective Chief Superintendent ist den Leserinnen und Lesern aus »Frittenmafia« (Gmeiner-Verlag, 2018) bekannt. Damals hat er dem belgischen Chefermittler Frederic Le Maire erfolgreich Amtshilfe geleistet. Seither sind die beiden befreundet.

*

Die Mordopfer

Das erste Mordopfer aus der belgischen Wallonie, Clermont, Sushila Perumal (24). Die Prostituierte aus Maastricht stammt aus einer Familie molukkischer Einwanderer. Ihr wurde der rechte Arm abgetrennt.

Das zweite Mordopfer aus dem ostbelgischen Burg-Reuland, Nursanti Ohaman (21). Niemand kennt die »freischaffende« Prostituierte. Ihr wurde der linke Arm abgetrennt.

Das dritte Mordopfer aus der belgischen Wallonie, St. Vith, Devi Tenga (19). Die Schulabbrecherin, Ausreißerin, Drogenabhängige und Bettlerin ist in einem Heim aufgewachsen. Ihr wurde das linke Bein abgetrennt.

Das vierte Mordopfer aus dem belgischen Charleroi, Siti Utarati (38). Die professionelle Prostituierte stammt aus dem niederländischen Amsterdam. Ihr wurde das rechte Bein abgetrennt.

Das fünfte Mordopfer aus dem niederländischen Lüttich, Chiamaka Katusi (39). Die Nigerianerin arbeitete abwechselnd in Aachen und in Lüttich als Prostituierte.

Das sechste Mordopfer aus dem ostbelgischen Grenzort Kelmis: Noémi Soladi (26). Die aus den Niederlanden stammende Frau wohnte zurückgezogen in Kelmis. Ihr wurde der Kopf abgetrennt.

Peter Jehn (24). Der allseits beliebte Polizeioberkommissar und Familienvater hinterlässt eine hochschwangere Frau und eine zweijährige Tochter.

*

Böse Buben

Thijs Leeuwen (40). Der Schlangenlederstiefel tragende Rocker aus Vaals war auf der Beerdigung des ersten Mordopfers in Vaals.

und …

Weitere wichtige Figuren

Die Tote von Vaals, Aninda, geborene Megawati, verheiratete van Basten (36). Die Frau mit molukkischer Migrationsgeschichte führte ein Doppelleben als Prostituierte.

Louis van Basten (37), ausgesprochen: »Lui«. Der groß gewachsene, kräftige Niederländer mit den blonden langen Haaren ist der Witwer von Aninda, die in Vaals beerdigt wird, bevor ihr Leichnam auf mysteriöse Art verschwindet. Der ehemalige Restaurator und Steinmetz lebt im niederländischen Grenzort Vaals, baut aber das von ihm gekaufte Kaufmannshaus im Herzen von Aachen um, in dem sich die traditionsreiche »Albrecht-Dürer-Stube« befand. Der neue Hausbesitzer möchte im oberen Stock einziehen und im Erdgeschoss das Speiselokal »Zur Goldenen Madonna« eröffnen.

Eleonore Olbrich (42). Die preisgekrönte Aachener Innenarchitektin ist die beste Freundin der Gerichtsmedizinerin Dr. Angelika Laefers. Sie bekommt von Louis van Basten den Auftrag, das neue Lokal »Zur Goldenen Madonna« umzubauen und mithilfe vieler sakraler Gegenstände und Heiligenfiguren zu gestalten.

Nashwa Al-Thani (21). Die bildhübsche und liebenswerte Frau stammt aus dem ägyptischen Badeort Scharm asch-Schaich und hat große Pläne. Nashwa studiert in Köln Tourismusmanagement. Die sympathische Ägypterin kam vor etlichen Jahren als Au-pair-Mädchen zu den Olbrichs nach Aachen, wollte eigentlich wieder in ihre Heimat zurück, ist dann wegen der politisch unsicheren Lage in Nordrhein-Westfalen geblieben.

Daria Al-Thani (39). Betreibt im Hotel »Ghazala« in Scharm asch-Schaich einen Geschenkbasar. Die hübsche, aber stets kränkelnde Frau hat schon viel mitgemacht. Sie ist Nashwas Mutter.

Abdel Al-Thani (45). Manager des Hotels »Ghazala« in Scharm asch-Schaich. Er ist Nashwas Vater.

Shirin (Dari) Khayry (21). Eine scheinbar aus Hurghada am roten Meer stammende Frau, die ein Erzieherinnen-Praktikum in Köln-Ehrenfeld absolviert und dort in einem Studierendenwohnheim untergebracht ist.

Essam Fathallah (42). Vermessungsingenieur aus Alexandria, lebt seit 20 Jahren in Köln-Ehrenfeld.

Rosi Pütz (56). Leiterin der Kindertagesstätte in Köln-Ehrenfeld und Betreuerin für studierende Frauen aus dem In- und Ausland.

*

Biografien der Nebenfiguren

Bert Olbrich (47). Eleonores Mann ist Professor für Psychologie an der RWTH Aachen. Der »Alleswisser« nervt Frederic Le Maire *immer*, wenn die beiden Paare zusammentreffen.

Marlene Jacobs (78). Die geschwätzige Aachenerin ergaunert sich schon seit Beginn ihrer Rente auf Beerdigungen im gesamten Umkreis der Kaiserstadt auf hinterlistigste Art und Weise Einladungen zu Leichenschmäusen. Von Aachen bis Düren und vom belgischen Kelmis bis zum niederländischen Vaals kennt sie wohl jeden Friedhof und jede Kirche von innen. Dadurch wird sie zu einer wichtigen Zeugin.

ÖFTER VORKOMMENDE ODER WICHTIGE ORTE UND PLÄTZE

Aachen. Hier wird das sogenannte »Öcher Platt« gesprochen. Die kreisfreie Kaiserstadt gehört zum nordrhein-westfälischen Regierungsbezirk Köln und zählt knapp 250.000 Einwohner. Die unter anderem vom Tourismus geprägte Universitätsstadt (RWTH – Rheinisch-Westfälische Technische Hochschule) war Residenz Karls des Großen und diente vom Mittelalter bis zur Reformation als Krönungsort der römisch-deutschen Kaiser und Könige. In diesem Zusammenhang kann Aachen nicht nur mit dem Kaiserdom und dem Rathaus, sondern mit unzähligen weiteren historischen Gebäuden, archäologischen Ausgrabungen und Museen punkten. Die Stadt ist unter anderem auch bekannt für den Karneval. Zur Städteregion Aachen gehören die Kleinstädte Eschweiler, Herzogenrath, Roetgen, Stolberg und Würselen.

Burg-Reuland, benannt nach der Burg Reuland. Der Ort ist die südlichste Gemeinde der sogenannten »Deutschsprachigen Gemeinschaft Belgiens« (DG). Sie liegt im äußersten Südosten der Provinz Lüttich südlich von St. Vith im Tal der Our.

Clermont, eigentlich »Clermont-sur-Berwinne«. Das Nest bildet seit der Gemeindezusammenlegung im Jahr

1977 einen Ortsteil der belgischen Gemeinde Thimister-Clermont in der wallonischen Provinz Lüttich. Das Dorf wurde in die Liste der schönsten Dörfer in der Wallonie aufgenommen. Der Ort liegt an der Berwinne, einem kleinen Nebenfluss der Maas.

Eupen. Kleinstadt in Ostbelgien mit etwa 19.000 Einwohnern, von denen die meisten deutsch und französisch sprechen. Die alte Tuchstadt ist Verwaltungssitz der »Deutschsprachigen Gemeinschaft Belgiens« und der »Euregio Maas-Rhein«. Etwa 16 Kilometer südlich von Aachen, 45 Kilometer von Lüttich und dem niederländischen Maastricht entfernt. Die Innenstadt ist von zahlreichen Patrizierhäusern aus dem 18. Jahrhundert geprägt. Besonders erwähnenswert sind das Kulturzentrum »Alter Schlachthof« und das zum Seminar- und Eventzentrum umgebaute »Kloster Heidberg« aus dem 18. Jahrhundert. Dort ist auch der Sitz des Belgischen Rundfunks (BRF).

Eynatten. Der Ort liegt rund 8 Kilometer südlich der deutschen Kaiserstadt Aachen im Osten Belgiens in der »Deutschsprachigen Gemeinschaft Belgiens«. Seit der Gemeindezusammenlegung im Jahr 1977 ist Eynatten ein Ortsteil von Raeren. Zur Bevölkerung zählen auch die Einwohner von Lichtenbusch.

Hergenrath. Der kleine Ort gehört zur Gemeinde Kelmis. Um sich das Rüstzeug zum Schreiben historischer Romane zu holen, war der Autor neben etlichen anderen Herrschaftssitzen im In- und Ausland in der dortigen »Eyneburg« (im Volksmund »Emmaburg«) als Burgmanager tätig. Diese Burg spielte schon einmal eine Rolle in den Krimis des Autors.

Homburg, auch Hombourg. Der Ort ist ein Teil von Bleyberg (Plombières) und liegt ungefähr 12 Kilometer westlich von Aachen. Er gehört zur »Deutschsprachigen Gemeinschaft Belgiens« und ist ein beliebtes Ausflugsziel.

Kelmis, französische Bezeichnung La Calamine. Eine der neun Gemeinden der sogenannten Ostkantone in der Provinz Lüttich. Die meisten der knapp 11.000 Einwohner sprechen deutsch und französisch. Der Autor hat bisher 15 Jahre lang in dieser einzigartig geschichtsträchtigen Region (Altenberg, Neutral-Moresnet/Neutrales Gebiet, heute Kelmis/La Calamine) gelebt und all seine bisherigen historischen Romane, Gegenwartkrimis, Reiseführer und Geschichtsaufsätze geschrieben. Diese wunderschöne Gemeinde zählt zur »Euregio Maas-Rhein«. Zum Gemeindegebiet gehören die Ortsteile Neu-Moresnet und das höher gelegene Hergenrath mit der Eyneburg, deretwegen der Autor in Belgien »kleben« geblieben ist. Sein erster Gegenwartskrimi »Am Abgrund zur Hölle« (Grenz-Echo-Verlag, Eupen/Ostbelgien) spielt in weiten Teilen dort, wo der Autor als Burgmanager tätig war.

Kempten. Die kreisfreie Allgäuer Metropole ist das Verwaltungszentrum der umliegenden Wirtschafts-, Urlaubs- und Planungsregion Allgäu mit rund 470.000 Einwohnern. Weil die beiden Hauptprotagonisten Frederic Le Maire und Dr. Angelika Laefers schon öfter in dieser Region zu tun hatten und es ihnen dort sehr gut gefällt, erwägen sie ernsthaft, sich dorthin oder an den Bodensee versetzen zu lassen.

Lüttich, französisch Liège. Das kulturelle Zentrum der französisch sprechenden Region. Mit etwa 197.000 Einwohnern die zweitgrößte Stadt der wallonischen Region Belgiens. Hauptstadt der Provinz Lüttich, alter Bistumssitz und moderne Universitätsstadt. Etwa 25 Kilometer südlich des niederländischen Maastricht und 39 Kilometer südwestlich des deutschen Aachen. Viele Sehenswürdigkeiten, nette Cafés und Restaurants lohnen ebenso einen Ausflug wie der weltbekannte *Marché de Noël* (Weihnachtsmarkt) und der sonntägliche Straßenmarkt.

Maastricht. Die Universitätsstadt liegt im äußersten Südosten der Niederlande zwischen Belgien und Deutschland an beiden Seiten der Maas. Maastricht grenzt sowohl an das gleichsprachige Flandern als auch an die französisch sprechende belgische Wallonie. Die Hauptstadt der niederländischen Provinz Limburg ist eine der ältesten Städte der Niederlande. Sie zählt etwa 121.500 Einwohner.

Mergellandroute. Eine etwa 130 Kilometer lange touristische Wander-, Rad- und Autoroute von Maastricht aus durch die Hügelgebiete Niederländisch-Südlimburgs, das Mergelland selbst und zurück nach Maastricht … oder umgekehrt.

Oberstaufen, eigentlich Bad Oberstaufen. Wie in all seinen Romanen baut der Autor seinen Allgäuer Heimatort und andere Teile des Allgäus immer irgendwie mit ein, selbst wenn die eigentliche Handlung mehrere Tausend

Kilometer entfernt spielt, wie zum Beispiel in seinem historischen Romanen »Das Teufelsweib« (Gmeiner-Verlag, 2018) und »Die Herrin von Syld« (Gmeiner-Verlag, 2019), die hauptsächlich auf Sylt, auf hoher See und in Marokko spielen. Über Oberstaufen hat er den Kultur- und Reiseführer »Tradition trifft Trend in Oberstaufen« (ebenfalls Gmeiner-Verlag, 2013) verfasst, in dem er das international bekannte »Schrothheilbad« auf touristischer Ebene vorstellt, das mitten im wunderschönen Allgäu, zwischen dem Schloss Neuschwanstein und dem Bodensee liegt. Oberstaufen mit seinen Ortsteilen Thalkirchdorf, Steibis und Aach verzeichnet alljährlich weit über eine Million Übernachtungen, ohne ein Massentourismusort geworden zu sein. Bezaubernd grüne Hügel vor einem beeindruckenden Alpenpanorama, ausgedehnte Wälder sowie Hochmoore, Riedflächen, idyllische Seen, Wasserfälle und stille Weiher – Oberstaufen mit seiner Umgebung hat viel zu bieten. Da sind bäuerliche Traditionen und Bräuche lebendig, obwohl der moderne Pulsschlag unüberhörbar ist. Und dort gibt es auch den »Fasnatziestag«, einen in seiner Art wohl einmaligen alten Brauch, der auf die Pest im Jahre 1635 zurückgeht und den der Autor in seinem historischen Roman »Die Säulen des Zorns« (Gmeiner-Verlag, 2014) beschreibt. Kaum ein Sport-, Freizeit- oder Wellnessangebot, das es hier nicht gibt. Hervorzuheben sind das riesige zusammenhängende Wandernetz und die gepflegten Ski- und Langlaufpisten rund um den Ort.

Scharm asch-Schaich. In Deutschland ist der ägyptische Urlaubsort besser bekannt als *Scharm El-Scheich.* Er liegt auf der Sinai-Halbinsel, zwischen der Wüste und dem Roten Meer, das als Tauchparadies gilt. Der Autor betaucht die Riffe der Na'ama-Bucht und den Ras-Mohammed-Unterwassernationalpark schon seit weit über 30 Jahren.

St. Vith. Die etwa 10.000 Einwohner zählende Kleinstadt liegt in der belgischen Eifel im Osten von Belgien und gehört zur Provinz Lüttich.

Vaals. Die Gemeinde liegt direkt an der Grenze zur Kaiserstadt Aachen und zum ostbelgischen Kelmis im äußersten Südosten der niederländischen Provinz Limburg. Bekannt ist Vaals durch seinen weithin beliebten Wochenmarkt. Das beliebte Einkaufsstädtchen verfügt aber auch über eine vielseitige Gastronomie, zum Beispiel das Café »De Fockink«, das im Roman eine Rolle spielt.

ERLÄUTERUNG DER BEGRIFFE, NAMEN UND ZITATE

Brasserie. Französische Bezeichnung für eine einfacher eingerichtete Gaststätte. Darin ist alles weniger formell als in einem Restaurant. Im Gegensatz zu einem Bistro oder Café allerdings bekommen die Gäste dort eine größere Auswahl an warmen Speisen.

Concierge. Französische Bezeichnung für einen Portier, Hausmeister, quasi das »Mädchen für alles« in einem Hotel.

Doucement. Französisch für: Moment. Ganz ruhig. Bleib gelassen.

Femur. Medizinlatein für Oberschenkelknochen.

Fritten. Belgische und niederländische Bezeichnung für »Pommes frites«. Fritten sind in Belgien Kult, Lebensgefühl und Werbeträger zugleich. Fritten sind dort nicht nur das beliebteste Nahrungsmittel, ihr Genuss ist wohl auch die einzige das ganze Land verbindende Philosophie. »Pommesbuden« werden in Ostbelgien, insbesondere im Gebiet der sogenannten »Deutschsprachigen Gemeinschaft Belgiens« als »Friterie/Fritterie« bezeichnet. Im wallonischen, überwiegend französischsprachigen Teil

Belgiens, sagt man dazu »Fritüre/Frittüre/Fruture/Fritture«, ausgesprochen »Fritüür«.

»Garçon, la facture s'il vous plaît!« Französisch für: »Herr Ober, die Rechnung bitte!«

Gemeentepolitie. Niederländische »Gemeindepolizei«.

Jupiler, ausgesprochen: »Schüpileer«. Die in Belgien am meisten verkaufte heimische Biermarke nach Pilsener Brauart.

Klausen. Im Allgäuer Dialekt »Klôse«. Jahr für Jahr ziehen am 5. Dezember und am Nikolaustag Furcht einflößende Gestalten durch die Allgäuer Ortschaften. Der uralte heidnische Brauch soll böse Wintergeister vertreiben. Dabei hüllen sich junge ledige Burschen in Tierfelle mit Fellmasken, die von Gehörnen oder Geweihen bekrönt sind. An ihren Gürteln hängen Kuhschellen oder Glocken, die bei jedem Schritt ebenso läuten und scheppern wie die Ketten, die sie oftmals um ihre Körper gewickelt haben.

KTU. Abkürzung für: Kriminaltechnische Untersuchung. Eine auf naturwissenschaftliche Verfahren basierende Analyse sachlicher Beweismittel oder Indizien im Rahmen eines Strafprozesses durch Experten der Kriminalpolizei.

Molukken. Inselgruppe, die heute zu Indonesien gehört. Nach dem Indonesischen Unabhängigkeitskrieg waren ehemalige Mitarbeiter und Soldaten der niederländischen Kolonialmacht auf den Molukken unerwünscht. So flohen ungefähr 13.000 in den Niederlanden »Molukkers« genannte Einwohner der Molukken 1951 nach Rotterdam. Mit der schwindenden Aussicht auf eine Rückkehr und zunehmender Ausgrenzung durch die niederländische Bevölkerung und der damit einhergehenden Perspektivlosigkeit entstanden Spannungen, die in den 1970er-Jahren in mehreren bewaffneten Aktionen mit Todesopfern gipfelten. In jüngerer Vergangenheit sorgte die erfolgreiche Integration jüngerer Niederländer mit molukkischer Migrationsgeschichte für eine deutliche Entspannung der Lage in den Niederlanden.

Bis in die 1970-Jahre des vergangenen Jahrhunderts wurden die Molukker in den Niederlanden als ›Ambonesen‹ bezeichnet, weil der Großteil der in den Niederlanden lebenden Molukker von der Insel Ambon stammt.

Nazarenerstil. Eine romantisch-religiöse Kunstrichtung, die deutsche Künstler zu Beginn des 19. Jahrhunderts in Rom und in Wien begründeten. Vertreter dieser Stilrichtung, die Nazarener, standen überwiegend dem Katholizismus nahe, weswegen dieser Stil in vielen katholischen Kirchen zu sehen ist.

Öcher. Bezeichnung für Aachener Bürger im »Öcher« Platt. »Oche« steht im Platt für Aachen. Im Karneval rufen die Aachener »Oche Alaaf!«.

peu à peu. Französisch für allmählich, langsam, nacheinander, nach und nach, Stück für Stück.

Schoon. Niederländisch für »Sauber«.

Printen. Eine spezielle Sorte brauner Lebkuchen, die es insbesondere in der alten Kaiserstadt Aachen gibt.

Wallen. Der Teil der drei Amsterdamer Rotlichtviertel liegt zwischen dem Hauptbahnhof und dem Nieuwenmarkt.

DANKE – MERCI – BEDANKT

… in etwa allen, denen ich in den Vorgängerbänden »Frittenmafia« – Le Maires erster Fall (Gmeiner-Verlag, 2018) und »Glühweinmord im Hexenhof« – Le Maires zweiter Fall (Gmeiner-Verlag, 2019) von ganzem Herzen gedankt habe.

Dazu kommen diejenigen lieben und hilfsbereiten Menschen, die mich darüber hinaus dabei unterstützt haben, als ich »Goldmadonna« – Le Maires dritter Fall schrieb, in erster Linie meine Partnerin Eleonore Brux, die ich sehr liebe.

Ein ganz besonderes Dankeschön der Programmleiterin und Cheflektorin Claudia Senghaas für die Selbstverständlichkeit, all meine Bücher anzunehmen – dieses Vertrauen freut und ehrt mich ganz besonders. Meinem Lektor Daniel Abt gilt trotz meiner kurz gehaltenen Dankesworte allein schon deswegen ein ganz besonderes »Vergelt's Gott«, weil er während meiner schlimmen Krankheitsphase so unverrückbar zu mir gestanden hat, dass auch dieser Roman – wie all meine bisherigen Bücher – pünktlich erscheinen konnte.

Dem Verleger Armin Gmeiner danke ich für sein neuerliches Vertrauen und seinem gesamten Team für die tolle Zusammenarbeit!

Weitere Titel finden Sie auf den folgenden Seiten und im Internet:

WWW.GMEINER-VERLAG.DE

Alle Bücher von Bernhard Wucherer:

- Trilogie um die Kastellansfamilie -

Band 1: Die Pestspur
ISBN 978-3-8392-1264-6

Band 2: Der Peststurm
ISBN 978-3-8392-1350-6

Band 3: Die Säulen des Zorns
ISBN 978-3-8392-1579-1

- Die Teufelsweib-Trilogie -

Band 1: Das Teufelsweib
ISBN 978-3-8392-2198-3

Band 2: Die Herrin von Syld
ISBN 978-3-8392-2554-7

Der Geheimbund der 45
ISBN 978-3-8392-2697-1

- Kommissar Frederic Le Maire ermittelt -

Frittenmafia
ISBN 978-3-8392-2313-0

Glühweinmord im Hexenhof
ISBN 978-3-8392-2541-7

Goldmadonna
ISBN 978-3-8392-2828-9

GMEINER SPANNUNG

GUDRUN GRÄGEL
Limoncello-
lügen
Gardasee-Krimi
GMEINER

NIENKE JOS
DIE ANGST DER SCHWEIGENDEN
THRILLER
GMEINER
© FrauG / photocase.de